BASTEI
LÜBBE

Eileen Ross

Es geschah in jener Nacht

Ins Deutsche übertragen
von Ursula Düchting

TRUE CRIME
Der wahre Kriminalfall

BASTEI
LÜBBE

BASTEI-LÜBBE-TASCHENBUCH
Band 13 582

Erste Auflage:
Oktober 1994
Zweite Auflage:
Dezember 1994

Deutsche Lizenzausgabe 1994
Bastei-Verlag Gustav H. Lübbe
GmbH & Co., Bergisch Gladbach
Originaltitel: Savage Shadows:
Eileen Ross's True Story of
Blindness, Rape and Courage
Titelbild: Ricardo Rivera
Umschlaggestaltung:
Quadro Grafik, Bensberg
Druck und Verarbeitung:
Brodard & Taupin, La Flèche,
Frankreich
Printed in France

ISBN 3-404-13582-2

Der Preis dieses Bandes
versteht sich einschließlich der
gesetzlichen Mehrwertsteuer.

Widmung

Für meinen Vater, Rosario Musumeci

Zum Andenken an David Wilson

Für Ricardo Rivera

*Für alle Frauen, Männer und Kinder,
die sexuellem Mißbrauch zum Opfer gefallen sind
und damit fertig werden mußten*

Between cowardice and despair,
valour is gendred.
JOHN DONNE

ANMERKUNG DER AUTORIN

Dies ist die wahre Geschichte eines Menschen: Eileen Ross. Die Darstellung der Ereignisse und Gespräche sowie der darin vorkommenden Personen erfolgte nach Durchführung ausführlicher Interviews und umfangreicher Forschungsarbeit unter Verwendung von Gerichtsakten, Korrespondenz, persönlichen Unterlagen, Presseberichten sowie mit Hilfe des Erinnerungsvermögens der Beteiligten. Zum Schutz der Privatsphäre hat die Autorin deren Namen, die Namen bestimmter Orte sowie in einigen Fällen sonstige Erkennungsmerkmale geändert. Die Ereignisse, in die sie verwickelt waren, entsprechen bis auf geringfügige Abweichungen den Tatsachen.

Danksagung

Mein Dank und meine Anerkennung gelten den unten aufgeführten Freunden und Bekannten, auf deren Hilfe, Nachsicht, Weisheit und Freundlichkeit ich stets zählen konnte und immer noch kann. Sie haben mein Leben erträglicher gemacht.

Ich bedanke mich auch bei Thorn und Ursula Bacon für ihre schriftlichen Beiträge zu diesem Buch.

Al Geissler
Barry Weinstein
Bill Clemons
Bob Kappel
Peter Kross
Carol Shafer
Diane & Alice Hayes
Gail Turner
Gary Trachten
Gregory J. Cannata
Helene Thornton
James Hughes
Janet Lapinski
Janis Lasky
Joanne Shelly
John C. Tortora
Richter Torres
Kristy Miles
Leah Walmer
Linda & Michael Cook
Linda Fairstein
Louise Broadley
Lynn Gottleib
Mary Johnson
Minerva Morales
Moe Tanke
Nancy Patterson
Natasha Kern
der New Horizon Press
Norman Pearlman
Pam Freeman
Pat Sulsona
Paul George
Phillip Turner
Ray & Joan Lucero
Dari Smith

dem Mt. Sinai-Vergewaltigungskrisenzentrum
Richard L. Grant
Richard Fox
Richard N. Hirsh
Richard Fowlks
Schneider, Klinik & Weitz
Schwester Jean Marie
Stuart Kudman
Tessi Clavicilla
der Familie Rivera
Thomas Devincentis
W. Chad Mitchell
Werner Weingartner
all meinen phantastischen Freunden und Kollegen im Willamette-Falls-Krankenhaus

Besonderer Dank gebührt ebenfalls:

Arnold Bunting
Bob und Joyce Ulbrich
David Wilson
David Arocho
Denise Decker
Iona Segal
Joan Wright
Kay Ketchum
Luis Gonzalez
Pat Logan
Marjorie Musumeci
Mary Baumann
Phil Goodbody
Ricardo Rivera
Rosario Musumeci
Sammy Alvino
Patty Kehoe
Sal Catalfumo
James R. McGeown
Bruce Milau
Bob Merz
Richard Harker
Jack Baker
Frank Paganucci
Ginger Trench
Anthony Nozzi
meinen wunderbaren Tieren

Prolog

Die Leuchtscheibe des Radioweckers auf der Ablage über Eileens Kopf warf einen schwachen Schimmer auf ihren Hals und ihre Schultern und milderte die Dunkelheit. Ihr Haar auf dem Kissen umgab sie wie ein weit entfalteter dunkler Fächer, als sie auf dem Rücken lag und ihre Hunde besänftigte. Bonnie und Bethie hatten sich nach langem Zureden endlich beruhigt und aufgehört, einander von beiden Seiten des Bettes feindselig anzuknurren. Die Tiere schmiegten sich an Eileens Oberschenkel, während sie den sonntäglichen Spätnachrichten zuhörte. Das wenige, das es zu berichten gab, stand in krassem Gegensatz zu der sich übertrieben wichtig ausnehmenden Stimme des Sprechers.

Am Montag würde die Temperatur in New York City auf über 30 Grad ansteigen; Jane Geddes hatte die US-Open der Frauen und damit 50.000 Dollar gewonnen; die illegalen Einwanderer des Staates New York mit entsprechend niedrigem Einkommen sollten in das Bundeskrankenversicherungssystem für Bedürftige aufgenommen werden; eine Frau hatte David Letterman auf eine Million Dollar Schadenersatz verklagt, weil er mit einer Bemerkung die Schaukarriere ihres Pudels ruiniert hatte; Präsident Reagan hatte einen Brief an den Generalsekretär Gorbatschow geschrieben, in dem er das Terrain für die Wiederaufnahme von Rüstungskontrollgesprächen vorbereitete; und in Brooklyn sowie in Manhattans East Side versetzten zwei Männer Frauen in Angst und Schrecken und vergewaltigten sie.

Eileen Ross hatte kaum die letzte Meldung gehört, als sie einschlief. Ihre Hände ruhten liebevoll auf ihren Beagles, die sich an sie gekuschelt hatten. Ein paar Minuten später schaltete der Zeitkontakt das Radio ab, und es wurde still in der Wohnung. Man hörte nur noch das metallische Surren der Klimaanlage, das leise Geräusch der Standuhr und das ruhige Atmen der Hunde.

1

Er wartete, wie er es immer tat, bis ungefähr zwei Uhr morgens. Dann begann der tote Teil der Nacht, in dem die Menschen in Tiefschlaf fielen und kaum noch leise, ungewohnte Geräusche wahrnahmen. In der ganzen Stadt verlangsamte sich alles. Es gab weniger Polizisten auf der Straße, Menschenansammlungen verliefen sich, die Bars begannen zu schließen. Es war der ideale Zeitpunkt, um einen Zug zu unternehmen. Er richtete es zeitlich immer so ein, daß er zwischen zwei und drei Uhr morgens einstieg. Dann hatte er ein paar Stunden zur Verfügung, falls er soviel Zeit brauchte.

Zielbewußt, mit langen, athletischen Schritten ging er die Straße hinauf. Er hatte die Frau erstmals auf ihrem Patio gesehen, als er auf dem Weg zu seiner Schwester, ungefähr einen Häuserblock entfernt, zu ihr aufschaute. Selbst aus einer Entfernung von 15 bis 18 Metern bemerkte er etwas an ihr, das ihn erregte. Die Art und Weise, wie ihr langes dunkles Haar über ihre sanft gerundeten Hüften fiel, wenn sie sich bückte, um einen ihrer Hunde auf den Arm zu nehmen und an sich zu drücken, während der andere zu ihren Füßen mit Bellen auf sich aufmerksam machte. Die Hunde sahen dumm aus. Sie hatten einen langen Körperbau, ein weißes Fell mit braunen Flecken und Hängeohren.

Sein Gesichtsausdruck wurde zur Grimasse. Er haßte Hunde. Sie waren eine Plage. Es gab – verdammt noch mal – zu viele! Er hielt inne. Ein schwaches Lächeln spielte um seinen Mund. Aber jetzt gab es einen weniger. Er dachte an die andere Frau, bei der er vor einer Woche eingedrungen war.

Ihre Wohnung lag im sechsten Stock eines Gebäudes, dessen Abstand zum nächsten nur zwei Meter betrug: für manche ein Problem, aber für ihn mit seinen Kletterkünsten ein Kinderspiel. Er begab sich auf das Dach des zweiten Gebäudes, wo er bei der Tür zum Treppenschacht ein verwittertes Stück Holz fand. Es war ungefähr drei Meter lang, 2,5 Zentimeter dick und zwanzig Zentimeter breit. Die Menschen verhielten sich merkwürdig, wenn es um die Sicherheit ihrer Wohnungen ging. Wohnten sie hoch oben, befürchteten sie nichts und machten sich nicht die Mühe, ihre Fenster zu verriegeln. Er ging zum Ende des Daches und blickte hinunter. Das Fenster, das er sich aussuchte, war offen; er sah, wie sich der Vorhang in der leichten Brise bewegte.

Es lag ungefähr 1,80 Meter unterhalb der Oberkante des Daches, auf dem er stand. Er hob das flache Brett über die niedrige Dacheinfassung und legte es unten an dem Fenster ab. Die Neigung war erheblich; sie betrug mindestens 70 Grad. Nachdem er das Brett in Stellung gebracht hatte, verschob er es leicht, bis es sicher auf der Fensterbank ruhte.

Die enge Schlucht von über zwanzig Metern, die sich zwischen den beiden Gebäuden auftat, beachtete er kaum. Er stieg auf das Brett, prüfte sein Gleichgewicht mit den Fußspitzen und machte sich vorsichtig auf den Weg nach unten. In der Mitte schwankte die Bohle unter seinem Gewicht, aber obwohl er spürte, daß er etwas absackte, ließ er sich nicht irritieren. Knapp 15 Sekunden nachdem er losgegangen war, kauerte er sich, auf den Spitzen seiner Tennisschuhe balancierend, auf die Fensterbank und schob das Fenster hoch. Er durchsuchte gerade das Gefrierfach des Kühlschranks nach in Alufolie eingepackten Wertgegenständen, als er die Frau in einem kurzen blauen Nachthemd einen Augenblick lang im Türrahmen stehen sah.

Sie stand da mit offenem Mund und vor Angst weit aufgerissenen Augen, das Nachthemd am Hals festhaltend. Dann drehte sie sich um und rannte zur Wohnungstür.

Als er sie verfolgte mit den Worten: »Hey, Lady, ich tue Ihnen nichts«, hörte er den Hund knurren. Er wandte sich um, mit dem Rambo-Messer in der Hand, und stieß schnell zu, als das Tier, ein Labrador-Schäferhundmischling ihn ansprang.

Der Hund jaulte, und die Frau schrie: »Faß, Blackie, faß!« Sie riß die Tür auf und lief in den Flur.

Der Hund blutete an der Seite, an der er eine lange Schnittwunde hatte. Er knurrte, winselte und biß sich an der verletzten Stelle. Er selbst lief zur Tür und sah, wie die Frau in einem Treppenschacht verschwand, während sie, so laut sie konnte, »Hilfe, er bringt mich um!« schrie.

Wütend schlug er die Tür zu, schloß hinter sich ab und wollte in die Küche. Der Hund versperrte ihm den Weg. Er lag in der Türöffnung, leckte sein Fell und knurrte.

Das Messer blitzte in seiner Hand. Er stach zu und schlitzte das Tier vom Brustbein bis zu den Geschlechtsteilen auf. Das Blut spritzte durch die Küche und bildete Rinnsale und Pfützen. Der Hund lag auf dem Rücken, die Vorderbeine mit den schlaff herabhängenden nassen Pfoten wie zum Gebet vor der Brust gekreuzt.

Er entleerte den Tierkörper. Einige Organe – Leber, Magen, Milz – legte er auf den Boden. Eine lange Kette von Gedärm führte er durch die Griffe an den Schranktüren, wo sie groteske Schlaufen bildeten, während das Blut auf die Arbeitsplatte tropfte. Sogar bei dem schlechten Licht war überall Blut zu erkennen, an den Tischbeinen, auf den Tresen, an der Tür zum Kühlschrank. Auf dem Herd waren Kleckse, die Vorderseite der Spülmaschine war besudelt, ja sogar das Becken der Spüle.

Schwer atmend und immer noch verärgert, weil die Frau seine Pläne durchkreuzt hatte, steckte er das Messer in die Scheide an seinem Knöchel und kletterte durch das Küchenfenster hinaus, eine blutige Fußspur auf der Fensterbank zurücklassend. Er kroch das Brett hinauf und ließ sich auf das Dach des Nebengebäudes fallen. Dann zog er den Steg zurück und ließ ihn neben der Dacheinfassung liegen.

Jetzt wurde ihm bewußt, wie aufgeregt er war, und seine Züge verhärteten sich.

Man mußte den Frauen zeigen, wer der Herr war! Wenn man ihnen den kleinen Finger reichte, dann nahmen sie sich die ganze Hand. Immer! Macht war das einzige, was sie verstanden. Es war schon erstaunlich, wie so ein Weibsbild ganz klein wurde, wenn es sich bedroht fühlte und wußte, daß er es ernst meinte. Nun, dieses Miststück würde sich an das, was er hinterlassen hatte, noch lange erinnern!

Er stand eine Weile still und schaute umher. Heute nacht würde er sich nicht aufhalten lassen. Weder von einem Hund noch von einer Frau. Er bückte sich und hob sein Hosenbein leicht an. Das an seinem Knöchel befestigte

Messer blinkte, während er mit dem Finger über die Klinge glitt. Er hatte es extra vorher geschärft. Schnell rollte er das Hosenbein wieder herunter.

Das Haus, das er suchte, lag genau vor ihm.

Seine Schwester hatte gesagt, berühmte Leute wohnten dort. Sie hatte geschworen, Mary Tyler Moore einmal herauskommen gesehen zu haben, begleitet von einem Pförtner, der wie ein dicker Schmetterling um sie herumflatterte.

Er leckte sich die Lippen. Eine reiche Gegend, eine verdammt reiche Gegend. Und es war an der Zeit, sich anderswohin zu orientieren, fand er. Es sprach nichts dagegen, es jetzt zu tun. Ja, vielleicht war es sogar besonders gut. Schließlich wurde es in Brooklyn langsam heiß. Mit jedem Bruch dort wuchs die Ungeduld der Polizei und ihre Entschlossenheit, ihn zu fassen. Und es gab Zufälle! Die Wahrscheinlichkeit, daß eine der Frauen, denen er Gewalt angetan hatte, oder ihre Ehemänner ihn wiedererkennen würden, lag allenfalls bei eins zu zehntausend. Aber gerade wenn man festgestellt hatte, daß die Prozentsätze für einen sprachen, konnte es passieren, daß man einem der Opfer in einem Lebensmittelgeschäft oder Restaurant direkt in die Arme lief.

Nach Ansicht der Polizei wechselten Berufsverbrecher selten ihr Tätigkeitsfeld. Er kannte diese Theorie und die Statistiken über Wiederholungstäter – ein Grund mehr, den Schauplatz zu wechseln.

Jetzt stand er vor dem Gebäude. In der Dunkelheit, fast ohne jegliches menschliche Treiben, lag die Wohnanlage in ihrem eigenen nächtlichen Schatten. Sie war riesig, wie ein ganzer Häuserblock, und hatte einen großzügigen säulengeschmückten Eingang zur Straße hin. Das Licht im Innern der Halle warf sanfte Strahlen auf die Büsche und jungen Ahornbäume draußen. Darüber und im linken Bereich war die gewaltige Größe des Bauwerks an vereinzelten hellen Fenstern von Wohnungen zu erkennen, deren Bewohner so spät noch auf waren. Ihre Wohnung lag ganz rechts von der Halle, auf der ersten Etage. Aber die Terrasse befand sich oberhalb der seitlichen Gehwege auf einer Stützmauer, die ganz um das Gebäude herumlief. Bewohner der ersten Etage wie sie konnten auf die die Seitenwege benutzenden Fußgänger hinuntersehen.

Er würde langsam, vorsichtig eindringen. Große, ergrünende Ahornbäume an der Ecke schützten diesen Teil des Gebäudes, in dem nur wenige Lichter brannten. Es war ein von Natur aus blinder Fleck, ideal für einen Einbrecher. Ein Fenster lag teilweise hinter Sträuchern versteckt, die ihm Deckung geben würden, wenn er sich an dem Schloß zu schaffen machte.

Manchmal, sinnierte er, konnte man mit dem Messer zwischen die Fensterrahmen fassen und den Riegel öffnen. Die teureren Verschlüsse waren nicht so leicht zu knacken. Falls dieses Fenster zu schwer zu öffnen war, würde er es mit den anderen um die Ecke versuchen. Aber irgendwie wußte er, daß das erste Fenster nachgeben würde. Manchmal hatte er solche Eingebungen, und er freute sich immer, wenn sie zutrafen.

Er schaute nach links und nach rechts. Dann überquerte er die Straße. Nichts regte sich, als er schräg hinüberging, rechts an der verlassenen Halle vorbei. Geschickt hievte er sich in das untere Geäst des Ahornbaums, der genau an der Ecke stand, und schwang sich hinüber auf die Terrasse. Dann schlüpfte er hinter die Büsche vor dem von ihm ausgesuchten Fenster und sah sich den Rahmen genau an.

Er hatte Glück. Es war ein Stahlfenster, aber mit einem alten Riegel. Bevor er nach dem Messer griff, zuckte er mit den Achseln und beschloß, erst einmal festzustellen, ob das Fenster überhaupt verschlossen war.

Die Leute waren so inkonsequent in solchen Sachen! Er war in Dutzende von Häusern eingedrungen, ohne die Fenster aufbrechen zu müssen, weil zwar das Fenster über der Feuerleiter gesichert, die daneben liegenden aber nicht verriegelt waren.

Beim ersten Versuch gab das Fenster nach und ließ sich etwas hochschieben. Er schlüpfte hindurch und nahm sein Messer aus der Scheide an seinem Knöchel. Dann stand er absolut still und atmete ruhig, bis seine Augen sich an die Dunkelheit gewöhnt hatten. Der Raum, in dem er sich befand, war Büro und Schlafzimmer zugleich. Er sah einen Schreibtisch, eine Textverarbeitungsmaschine, Bücher, Papier und ein Diktiergerät. Blaue und beige Zierkissen waren über das Bett verteilt. Ein Fenster ging auf den Patio hinaus, wo er sie zuvor gesehen hatte. Sie und ihre Hunde. Wo schliefen sie?

Er erkundete kurz das Wohnzimmer und sah die Tür zum Patio, die er für den Fall, daß er schnell fliehen mußte, öffnete.

Er ging weiter und begann nach einer Art Hammer zu suchen, den er bei den Hunden einsetzen konnte. Das, was er suchte, lag in einem Blumenkasten aus Holz, der auf einem Tresen stand. Daneben lag ein Knäuel Schnur. Als er das Ding aufnahm, fand er, daß es ein ordentliches Gewicht hatte. Es handelte sich um eine Art Holzhammer mit einer Aluminiumschichte an einer Seite.

In dem Moment, in dem er die Küche verlassen wollte, hörte er ein leises Geräusch. Er drehte sich um und war überrascht, als in der Türöffnung einer der Hunde stand, der zu ihm aufsah und sogleich zu bellen begann. Er versuchte, ihn zu beschwichtigen, bückte sich und griff geschwind nach ihm, bevor er zurückweichen konnte. Dann schlug er ihm einmal kurz auf den Kopf. Das Tier zuckte und fiel um. Er hielt inne und lauschte, um festzustellen, ob der Hund mit seinem Bellen jemanden aufgeweckt hatte. Nein, man hörte nichts!

Auf einmal erinnerte er sich an die Schnur neben dem Blumenkasten. Er holte sie und ging leise ins Wohnzimmer, überprüfte noch einmal die Tür zum Patio und schlüpfte hinaus. Aus dem einen Schnurende knüpfte er eine feste Schlinge und legte sie dem Hund um den Hals. Das andere Ende befestigte er am Gitter des Straßenzauns.

Das Wohnzimmer war leicht zu überblicken: Tische, Stühle, ein Sofa, ein Flügel, ein paar Gemälde. Es gab zwei Türen. Die eine führte offensichtlich in den Flur, die andere wahrscheinlich ins Schlafzimmer. Die Vorstellung, daß sie ganz allein ruhig schlief, ohne eine Ahnung zu haben, was sie in Kürze tun würde, erregte ihn. Vielleicht träumte sie davon, mit jemandem zu schlafen, und wäre dankbar, wenn sie beim Aufwachen einen Mann vorfände, der bereit wäre, ihr dazu zu verhelfen.

Er holte tief Luft. Das würde nicht sofort geschehen. Man mußte die Frauen immer erst kennenlernen. Er mußte sich mit ihren kleinen Besonderheiten vertraut machen, an die er später gerne zurückdenken würde. Die Form des Mundes, die Farbe der Augen. Wie sie größer oder kleiner wurden, wenn sie Angst hatte. Durch diese und andere Einzelheiten konnte er auf die Person schließen und Hinweise auf ihr späteres Verhalten finden, wenn er ihr befahl, sich auszuziehen.

Er konnte es kaum erwarten, bis der Spaß begann! Aber vorher waren noch andere Dinge zu erledigen. Er sah sich weiter um. Wo, zum Teufel, war der andere Hund?

Er wog den Holzhammer in der Hand, der sich bestens bewährt hatte. Es hatte einen Knall gegeben, als er den Hund am Kopf traf. Bei alleinstehenden Frauen kam es oft vor, daß ihre Tiere bei ihnen schliefen. Vielleicht war der andere Hund bei ihr. Er näherte sich verstohlen der Tür und spähte ins Schlafzimmer, wo er vage ihre Gestalt auf dem Bett und ein zusammengerolltes Bündel daneben ausmachen konnte.

Gegenüber dem Bett stand auf einem Toilettentisch eine Lampe. Den Holzhammer fest in der Hand haltend, faßte er unter den Lampenschirm und fand den Schalter. Er schaltete die Lampe ein und trat zurück. Sein Puls begann zu jagen, als sie sich bewegte.

2

Eileen war verwirrt, als sie die Helligkeit durch ihre Augenlider spürte. Das Licht schien ihr ins Gesicht. Ihre Augen flatterten, bis sie ganz wach war und erkannte, daß die Lampe auf dem Frisiertisch gegenüber ihrem Bett leuchtete. Da stimmte etwas nicht. Dann begann Bethie zu bellen. Erschrocken bemerkte Eileen einen Schatten, hörte den Hund in die Luft schnappen und knurren und schließlich den Schlag auf seinen Kopf, das qualvolle Jaulen, den hellen Schmerzensschrei und zum Schluß den dumpfen Fall.

»Bethie! O mein Gott!« rief Eileen aus. Sie schrie, fuchtelte mit den Armen, ihre eigene Stimme klang schrill in ihren Ohren. Sie hatte furchtbare Angst und zitterte am ganzen Körper.

»Halt die Klappe! Halt die Klappe!«

Sie hörte die Stimme des Mannes – ihr Herz pochte, ihr Mund war trocken –, sie spürte den harten Schlag auf ihren Kopf und den plötzlichen heftigen Schmerz. Die Hände hochreißend und sich an den Kopf fassend, dachte sie: O mein Gott! Irgend jemand will mich umbringen. Sie schrie wieder, lauter und diesmal flehentlich. Warum hört mich denn niemand?

Sie versuchte, ein Bein aus dem Bett zu heben, und fiel dabei auf die Seite. Sie glaubte zu sterben; in ihrem Gehirn verschwamm alles, Lichter tanzten hinter ihren Augenlidern. Sie hörte etwas tropfen und wußte nicht, was es war . . . tropf, tropf, tropf . . .

Sie versuchte, die dickflüssige rote Nässe, die ihr in die Augen geriet und sich dort sammelte, fortzuwischen. Es war wie Regen – warmer roter Regen. Sie wollte ihn mit den Fingern abwischen. Dann hielt sie die Hände unmittelbar vor ihr Gesicht und stammelte: »Ich blute.«

Überall war Blut. An ihren Armen, ihrem Nachthemd, an ihren Beinen, Oberschenkeln und Knien. Aus ihrem Haar tropfte es auf die Bettkante. Sie rieb sich die Hände am Nachthemd ab und erkannte die Umrisse von Bethie. Der Hund kletterte auf ihren Schoß und lehnte sich schwach atmend an ihre Brust. Eileen näherte sich dem Hund mit ihrem Gesicht. Sein rechtes Auge war schwer getroffen und geschwollen. Aus seiner Nase kam Blut.

»O Bethie!« rief sie.

»Halt's Maul! Wo ist dein Geld? Dein Schmuck? Wenn

du nochmals schreist, bringe ich dich um. Das ist mein Ernst.«

Jetzt sah Eileen vage seine Gestalt, ein undeutlicher Schatten mit einem Messer. Es war so beängstigend, daß sie es nicht beschreiben konnte. Von Geburt an blind, bis auf ein partielles tunnelförmiges Sehvermögen ihres rechten Auges, sah Eileen diesen Fremden wie ein gewalttätiges Phantom.

»Bethie, Bethie!« rief sie. »Sie haben Bethie verletzt.«

»Das macht nichts. Wo hast du Geld, Ringe, Armbänder? Steh auf!«

»Ich versuche es ja. Aber ich bin verletzt. Können Sie das nicht sehen? Überall ist Blut. Ich muß schwer verletzt sein.«

»Halb so schlimm. Hör auf, mich anzusehen. Sieh mich nicht an!«

»Ich sehe Sie nicht an. Ich bin blind, ich bin blind. Ich kann nur ganz wenig sehen.«

Überrascht wich der Mann zurück und starrte Eileen an, unsicher und nicht wissend, ob er ihr glauben sollte.

»Los, aus dem Bett«, blaffte er sie an.

»Lassen Sie mich meine Pantoffeln anziehen.« Sie tastete nach der Holzschublade unter ihrem Bett, suchte nach ihren blauen Textilpantoffeln und zog sie an. Ihr war immer noch schummerig, und ihr Kopf schmerzte von dem Schlag, den er ihr versetzt hatte. Sie war erstaunt, wie stark sie blutete. Auch ihre Pantoffeln färbten sich rot und hinterließen Spuren auf dem Holzfußboden.

Aber warum tat ihr Kopf bei soviel Blut nicht noch mehr weh? Sie leckte sich die Lippen und schluckte. Ihre Kehle war trocken. Als sie sich im Bett aufgerichtet hatte, fühlte sie, wie der Mann nach ihrem Handgelenk griff und sie unsanft hochzog.

Mit rauher Stimme fragte er: »Wo ist dein Geld? Hör auf, mir auszuweichen. Wo ist dein Schmuck?« Er zog sie zu sich und schob sie durch die Schlafzimmertür hinaus.

»Ich hab' dich gefragt, wo dein Geld und so was ist!«

Nachdem sie auf war und sehr nah bei ihm stand, konnte sie bis zu einem gewissen Grad seine Kleidung erkennen. Er trug ein helles T-Shirt, eine dunkle Hose und Turnschuhe. Er hatte breite Schultern und war größer als sie.

»Fast alles, was ich habe, ist in den Taschen meiner Jeans. Im Schlafzimmer.« Plötzlich hörte man ein Bellen auf der Terrasse.

Bonnie! Sie mußte vom Bett gesprungen sein und sich versteckt haben, als der Mann auf Bethie einschlug! Sie mußte auf die Terrasse hinausgelaufen sein, als sie gemerkt hatte, daß die Tür offen war.

»Sieh zu, daß der Hund aufhört zu bellen!«

Eileen wollte losgehen und stieß gegen den festen Unterarm des Mannes.

»Nein«, sagte er. »Du gehst nicht nach draußen. Du bleibst hier. Wenn du dich rührst, bringe ich dich um.«

Eileen hörte, wie er rasch und leichtfüßig über das Parkett schritt. Dann bellte Bonnie nicht mehr. Es blieb ihr nicht genug Zeit, um zur Wohnungstür zu laufen, sie aufzuschließen, zu öffnen und nach draußen zu entkommen. Er hatte gesagt, er würde sie umbringen, wenn sie sich rührte. Außerdem war sie sicher, daß er sie durch die offene Tür sehen konnte. Er hatte nicht gezögert, Bethie zu schlagen und am Auge schwer zu verletzen. Und hatte er nicht auch sie auf den Kopf geschlagen, nur weil er dachte, sie sähe ihn an und würde schreien? Was täte er wohl, wenn sie wegliefe? Er hatte immer noch das Messer und das, womit er sie geschlagen hatte – was immer es auch sein mochte. Sie fröstelte und fuhr sich mit der Hand über die Stirn. Ihr Kopf blutete immer noch. Aber das Blut war jetzt dunkler und begann in ihrem Haar und auf ihrer Haut zu gerinnen. Sie hörte, wie er zurückkehrte und die Terrassentür schloß. Seine massige Gestalt kam näher.

Sie spürte seinen Blick. Er starrte sie an. Das wußte sie. Er nahm sie in sich auf und tastete sie mit den Augen ab. Sie fragte sich, wie er über das dachte, was er ihr angetan hatte. Seltsamerweise fiel ihr in diesem Moment das Bild ein, das sie und Anne Bancroft zeigte und das sie in ihrem Album aufbewahrte. Das Foto war während der New Yorker Aufführung von *The Miracle Worker* auf der Bühne gemacht worden.

Sie hatte darin mitgespielt. Vor vielen Jahren. Sie war damals zehn und voller Eifer gewesen. Miss Bancroft hatte gesagt, sie sei hübsch mit ihrem dunklen Haar, den großen, dunklen, romantischen Augen, dem vollen roten italienischen Mund und der leuchtendhellen Haut. Ein reizendes Kind, eine schöne Frau, die jetzt, vor Angst bis ins Mark zitternd, mit blutverschmierten Händen und blutverschmiertem Gesicht dastand und Geisel eines Mannes war, der ihr so leicht, wie er mit den Fingern schnippte, das Leben nehmen konnte. O Gott, hilf mir!

»Ich habe deinen Hund getötet«, sagte er plötzlich. »Den anderen werde ich auch umbringen.«

Nein! schrie es in ihr. Das konnte nicht sein. Sie hatte Bonnie auf der Terrasse nicht winseln oder jaulen gehört. Es hatte auch nichts darauf schließen lassen, daß sie Widerstand leistete. Der kleine Beagle hätte mit Sicherheit irgendein Geräusch gemacht. Vielleicht sagte er nur, Bonnie sei tot, um sie unter Kontrolle zu halten. Vielleicht hatte er den kleinen Hund angebunden und sagte nur, er sei tot, um Eileen noch größere Angst zu machen. Verängstigte Leute denken nicht. Sie geben nach, tun, was man ihnen sagt. Sie fürchten, daß man ihnen sonst weh tut, sie umbringt. War es das, was ihr bevorstand? Sie dachte an Bethie, die verletzt und still auf dem Bett lag, und rief: »Bitte, töten Sie den Hund nicht. Ich tue alles, was Sie sagen, wenn Sie ihn in Ruhe lassen. Meine Hunde sind mein Leben. Bitte!«

Hör auf, dir etwas vorzumachen, sagte sie sich und zwang sich, nicht mehr an den Hund zu denken. Wenn du überleben willst, mußt du Bonnie vergessen. Sie ist tot. Du mußt sie vergessen, oder du verlierst den Verstand, und dann ist alles verloren!

Plötzlich wurde ihr klar, daß dieser Mann, wer immer er auch war, wußte, was er tat. Er beherrschte sie mit seinen Drohungen völlig. Er hatte zweimal bewiesen, daß er gewalttätig und schnell war. Er hatte sie sofort geschlagen und Bethie mit einem Hieb niedergestreckt. Und er sagte, er hätte Bonnie getötet. Er schien gut im Einbrechen zu sein. Er mußte es viele Male getan haben.

Auf einmal erinnerte sich Eileen an die Nachrichtensendung, die sie gehört hatte, bevor sie das Licht ausmachte, und sie verlor fast den Boden unter den Füßen. Sie dachte an die beiden Männer, die Frauen in Brooklyn und Manhattans East Seventies beraubt und vergewaltigt hatten! Er mußte einer von ihnen sein!

Eileen schluckte. Ihre Kehle war trocken, ihr Magen verkrampfte sich, und ihre Arme waren steif, ja fast starr, vor Angst vor dem, was ihr bevorstand. Aber sie mußte den Tatsachen ins Auge sehen, sonst kam sie nicht mit dem Leben davon. Sie würde etwas Dummes tun und sterben müssen. Sie seufzte leicht, dankbar, daß sie nicht versucht hatte fortzulaufen. Er hätte sie eingeholt. Das wußte sie genau! Sie würde vergewaltigt werden. Auch das wußte sie. Dieser Mann hatte so etwas Direktes, Sicheres und Selbstgefälliges an sich, als ob er im voraus genau wüßte, was geschehen würde, als ob er einen Plan hätte.

Eileen konnte nicht sagen, warum sie glaubte, diesem Eindringling nicht entkommen zu können. Sie spürte es einfach. Es war die gleiche schlimme Gewißheit wie damals vor sieben Jahren, als ein Psychopath sie überfallen hatte. Sie war allein auf dem Weg nach Hause, weil der Freund, mit dem sie zu Abend gegessen hatte, so betrunken war, daß er sie nicht begleiten konnte. Der Mann hatte sie in der Nähe eines Sanierungsgeländes angesprungen, ihren Kopf gegen ein Metallteil an einem Gerüst geschlagen und ihre Jacke mit einem Messer aufgeschlitzt. Dann hatte er, während er sie mit obszönen Namen belegte, seinen Penis herausgezogen, hatte hastig masturbiert und auf ihr Bein ejakuliert. Sie war zu verängstigt gewesen, um davonzulaufen. Schwach und zitternd hatte er sie zurückgelassen, war zu einem Auto gerannt und davongerast. Nachdem sie in ihre Wohnung getaumelt war, rief sie die Polizei, und ein Streifenpolizist teilte ihr mit, daß sie nicht erwarten könne, daß man ihren Angreifer fasse, wenn sie ihn nicht beschreiben konnte.

Nun, so viele Jahre später, geschah dies. Heute nacht stand sie wieder einem Mann gegenüber, der sie angegriffen hatte und drohte, sie umzubringen, wenn sie Widerstand leistete. Gab es irgendeine Möglichkeit, ihn davon abzuhalten, sie zu vergewaltigen? Nein! Eine solche Hoffnung war vergeblich. Er besaß das Messer und die Waffe, mit der er sie geschlagen hatte. Selbst ohne die beiden wäre er stärker als sie. Einige Männer – das wußte sie – wurden erregt, wenn die Frau Widerstand leistete und sich verteidigte. Das würde sie jedenfalls nicht tun. Sie würde nachgeben, beschloß sie. Sie würde ruhig, schlaff, teilnahmslos sein. O Gott, das hatte sie nicht verdient!

Sie leckte sich die Lippen und rieb mit den Fingern über ihre Mundwinkel. Auf ihrer Zunge schmeckte sie Blut. Sie fuhr auf, als er sie fragte: »Hast du nicht gehört? Wo ist deine Jeans?«

»Im Schlafzimmer, auf der Erde.«

»Okay, bleib stehen.«

Er war nur einen Moment lang weg und kehrte mit der Jeans in der Hand zurück. Er legte etwas Glänzendes und etwas Dickes auf einen weißen Lederstuhl. Jetzt stand sie nahe genug dabei, um die beiden Gegenstände als Messer und Holzhammer identifizieren zu können. Der Hammer stammte aus ihrer Küche und war ein Fleischklopfer, der an einer Seite mit scharfen Metallspitzen versehen war. Sie holte tief Luft. Damit hatte er auf Bethies Auge eingeschlagen und sie selbst am Kopf verletzt! Wenn er Zeit genug gehabt hatte, in ihren Küchenschubladen zu wühlen, was hatte er wohl noch entdeckt? Wie lange war er in ihrer Wohnung gewesen, bevor er die Lampe auf dem Frisiertisch eingeschaltet hatte?

Wie war er hereingekommen? Wahrscheinlich durch das Fenster neben der Küche, an dem der Riegel kaputt war und über das sie sich seit Monaten beschwert hatte.

Er warf ihr die Jeans mit nach außen gewendeten Taschen zu und sagte verärgert: »Das ist aber nicht gerade viel.« Er hatte vier Eindollar- und einen Zehndollarschein gefunden.

»Ich habe nicht viel Geld. Ich bin arm.«

»Hör doch auf. Du kannst nicht arm sein. Du wohnst in diesem Haus!«

»Ja, gerade darum bin ich arm.«

»Weißt du, du bist sehr komisch. Jetzt sag mir, wo du sonst noch Geld hast.«

»Ich habe sechzehnhundert Dollar in Schecks drüben in der Schreibtischschublade.«

»Die interessieren mich nicht.«

Er drehte sich plötzlich um und wandte sein Gesicht ihrem zu.

»Was heißt das, du bist blind? Du kannst sehen. Ich weiß, daß du sehen kannst.«

»Ja, aber nur ganz wenig.«

»Belüg mich nicht. Darum habe ich dich geschlagen. Du hast mich direkt angesehen und geschrien.«

»Ich lüge nicht. Wenn ich Sie angesehen habe, dann war das Zufall. Ich kann keinen Blickkontakt herstellen.«

»Nun, dein Pech. Wenn ich gewußt hätte, daß du blind bist, hätte ich dir den Mund zugehalten oder so etwas. Du hättest mich nicht ansehen sollen. Was genau kannst du denn sehen?«

»Nicht genug, um Sie identifizieren zu können, wenn es das ist, worüber Sie sich Sorgen machen.«

»Ich mache mir keine Sorgen. Aber du kannst mich sehen. Ich weiß es.«

Sie schüttelte den Kopf und verneinte: »Ich sehe nur ganz vage Bilder, und mein linkes Auge ist nicht einmal echt.«

»Für mich sieht es echt aus.«

»Es soll ja auch echt aussehen. Soll ich es herausnehmen und Ihnen zeigen?«

Er seufzte angewidert. »Nein! Wo ist dein Schmuck?«

»Ich habe nicht viel.« Sie tastete nach der Uhr an ihrem Arm. »Ich habe diese Gucci-Uhr. Ich mache mir nichts aus Schmuck.«

»Gib mir die Uhr.«

Eileen gehorchte und nahm die Uhr vom Handgelenk. Dann berührte sie ihre Ohren mit den Fingerspitzen. »Ich habe noch diese Ohrringe. Ich weiß nicht, ob sie etwas wert sind.«

»Gib sie mir.«

Sie nahm zwei kleine unechte Diamanten ab und hielt sie in seine Richtung. Hastig griff er danach. Dann packte er sie am Handgelenk und zog sie mit ins Nebenzimmer, das als Büro diente und in dem es eine große Deckenbeleuchtung gab.

Er schaltete das Licht ein und fragte: „Wieso trägst du die Ohrringe im Bett? Sie müssen dir doch weh tun, wenn du dich auf die Seite legst.«

»Ich weiß nicht, warum. Bisher haben sie mich jedenfalls nicht gestört.«

»Nun, ich will dir was sagen: Wer immer dir diese Ohrringe geschenkt hat, er kann dich nicht sehr geliebt haben.«

»Das ist schon in Ordnung. Ich mochte ihn auch nicht besonders.«

Er drückte ihr die Ohrringe in die Hand und sagte: »Du bist sehr komisch.«

»Ich hoffe es«, flüsterte Eileen sich zu. »Ich hoffe, ich bin komisch genug, um am Leben zu bleiben.«

Langsam bekam sie einen Eindruck von dem Mann. Er war gefährlich. Man durfte ihn auf keinen Fall unterschätzen.

Er war intelligent und handelte schnell. Sie war absolut sicher, daß er sie bestrafen würde, wenn er auch nur einen Augenblick glaubte, sie hielte Geld oder Wertgegenstände vor ihm versteckt. Aber war er ein Mörder oder ein Vergewaltiger? Vielleicht war er keines von beiden, sondern nur ein Einbrecher. Er schreckte jedenfalls vor einem Kontakt mit ihr zurück, beinahe als ob sie eine ansteckende Krankheit hätte. Als er sie aus dem Bett gezogen hatte, hatte er nach ihrem Handgelenk gegriffen, als ob Hände etwas zu Intimes für ihn wären. Ein Mann, der sich durch Hautkontakt abgestoßen fühlte, der vielleicht Angst hatte, daß eine Berührung einen Abdruck auf ihm hinterlassen könnte, würde nicht vergewaltigen, oder? Auf jeden Fall war der Mann ein einziger Widerspruch. Er war ein Dieb, vielleicht sogar ein Einbruchexperte, aber er hatte keine rüde Sprache und benutzte keine Schimpfwörter oder Flüche, um sie einzuschüchtern. Seine Sprache war nicht emotionsgeladen und zeugte nicht von Haß oder Frustration, wie man es bei einem Verbrecher, der raubt, vergewaltigt und sich dann davonmacht, erwarten würde. Er war sachlich in seinem Verhalten und Benehmen, fast ohne persönliches Engagement, was seine Befehle und Handlungen noch kälter erscheinen ließ. Er machte einem angst, war brutal und nicht im voraus einzuschätzen. Somit gehörte er zu der gefährlichsten Sorte von Eindringlingen!

Irgendwie fühlte Eileen sich dadurch, daß sie ihn analysieren konnte, etwas erleichtert. Aber sie wurde auch vorsichtiger und beschloß, ihm etwas zu geben. Damit konnte sie ihm vielleicht beweisen, daß sie ehrlich war. Vielleicht würde er dann glauben, sie habe nichts mehr, wonach es sich lohnte, Ausschau zu halten, und würde gehen.

»Ich habe einige Pennies in einer Plätzchendose im Küchenschrank. Ich weiß nicht, ob die für Sie von Interesse sind.«

»Jede Kleinigkeit hilft weiter.« Er schubste sie in die Küche, öffnete die Schranktür und hob die runde Plätzchendose hoch. »Voller Pennies, was?« fragte er.

»Es sind sicher auch ein paar Zehn- und Fünfcentstücke dabei.«

»Wieviel, meinst du, ist drin?«

Er hatte den Deckel abgenommen und grub mit den Fingern in den Münzen.

»Ich weiß nicht. Neunzehn oder zwanzig Dollar.«

Er stellte die Dose wieder ab. »Nun, mach mir was zu essen.«

Eileen war erstaunt. Sie verbarg ihre Enttäuschung. So leicht würde sie ihn nicht los. Sie fühlte sich ertappt. Warum zögerte er die Dinge hinaus; warum ließ er sich Zeit? Hatte er es nicht eilig, und fand er nicht, daß die Zeit zu schnell verging? Hatte er keine Angst, daß jemand kommen könnte?

Er hatte natürlich keine Angst. Wie dumm von ihr. Wer sollte schon mitten in der Nacht an ihre Tür klopfen?

Was könnte ihm gefährlich werden? Sie waren allein in einer Wohnung mit dicken Wänden, umgeben von Hunderten anderer Leute, die im selben Haus wohnten, sie aber nicht hören konnten, und denen sie wahrscheinlich auch egal war. Auf ihr Schreien hatte schließlich niemand reagiert.

Warum sollte er sich Sorgen machen? Die Hunde waren ruhiggestellt, einer war wahrscheinlich tot. Sie preßte die Augenlider über den plötzlich aufsteigenden Tränen zusammen. Bonnie, arme Bonnie. Ja, er hatte Zeit. Warum sollte er nicht um drei Uhr morgens einen kleinen Imbiß zu sich nehmen, bevor er entschied, wo er weiter nach Wertgegenständen suchen sollte?

»Was möchten Sie zu essen haben?« fragte sie.

Er stand vor dem geöffneten Kühlschrank und sah sich die Lebensmittel in den einzelnen Fächern an.

»Pepsi, Slice, Bologneser Wurst, Milch, Hamburger, Salat, Sellerie, Sauce Tartare, Orangen, Paprika, Huhn, Shrimps. Hey, Shrimps! Die esse ich am liebsten. Hier, mach mir ein paar Eier.« Er streckte die Hand aus, in der er die Eier hielt.

Eileen griff danach und ging zum Herd. Auf einer der vorderen Platten, die kalt war, stand die Bratpfanne mit Resten ihres Abendessens. Sie hatte Kalbfleisch gehabt. Die Pfanne war noch nicht abgewaschen, und das wenige Geschirr, das sie benutzt hatte, stand im Spülbecken.

»Rühreier mit Toast? Okay?«

»Ja, ja, hau sie einfach in die Pfanne. Das Fett ist sicher zu gebrauchen, wenn es geschmolzen ist.«

Er hatte in den Schrank gesehen, in dem sie ihre Gewürze aufbewahrte, und stützte sich jetzt auf die offene Kühlschranktür, eine 2-Liter-Flasche Slice hochhaltend.

»Hörst du keine Nachrichten?« fragte er plötzlich. »Das Zeug könnte vergiftet sein. Weißt du nicht, daß irgend jemand Slice mit Zyanid versetzt hat? Sie haben Tausende von Flaschen zurückgerufen. Natürlich kann man jemandem aus Versehen davon zu trinken geben und ihn umbringen, wenn es die richtige Flasche ist. Vielleicht wolltest du das sogar, was? Mir etwas unterjubeln, wenn ich gerade nicht aufpasse. Du hast vielleicht gedacht, ich hätte nicht gehört, daß das Zeug vergiftet ist.«

»O nein«, antwortete Eileen. »Ich würde nicht wollen, daß Sie hier umkommen. Wie sollte ich der Polizei eine Leiche in der Küche erklären?«

»Du bist wirklich sehr komisch.«

Möglicherweise war es die Flasche Slice, die sie auf den Gedanken brachte. Eigentlich waren es zwei Gedanken: Zunächst überlegte sie, ihm die Pfanne ins Gesicht zu werfen, wenn das Fett heiß war, und auf den Korridor zu rennen, wenn er schreiend mit verbrannten Augen in der Küche herumtappte. Der andere Gedanke zielte darauf ab, ihn etwas anfassen zu lassen, auf dem seine Fingerabdrücke so klar zurückblieben, daß die Polizei ihn später identifizieren konnte.

Eileen verstand nicht, warum ihre Wut und ihre Entschlußkraft, sich zu wehren, so lange gebraucht hatten. Aber jetzt waren sie da! Die Idee mit dem heißen Fett ließ sie gleich wieder fallen. Der Mann war zu schnell. Wenn sie nicht richtig zielte, konnte er ausweichen. In dem Fall wäre sie dran. Sie konnte sich seinen Zorn gut vorstellen: »Und gerade, als ich anfing, dir zu trauen, mußtest du so etwas abziehen. Nun, ich werde dir eine Lektion erteilen . . .«

Nein, sie mußte sich etwas anderes einfallen lassen! Eileens Hand zitterte leicht, als sie die Eier in eine Rührschüssel schlug. Sie tat einen flachen, bebenden Atemzug und war froh, daß sie den ersten Gedanken aufgegeben hatte. Inzwischen hatte er eine Flasche 7-Up geöffnet. Sie bemühte sich, so natürlich wie möglich zu klingen, als sie sagte: »Ich werde Ihnen ein Glas holen.«

Der zweite Gedanke, den sie gehabt hatte, kam wieder: seine Fingerabdrücke. Sie mußte an seine Fingerabdrücke kommen!

Als ob er ihren Plan erraten hätte, unterbrach er sie: »Ich will kein Glas.«

Unverzagt fuhr Eileen fort: »Nun, solange Sie hier sitzen, können sie auch ein Glas und einen Teller benutzen. Sie brauchen schließlich einen Teller für die Eier.«

Das klang vernünftig.

»In Ordnung.«

Sie kaschierte ihren kleinen Triumph und ihre Nervosität, indem sie unnötig klapperte, während sie in der Spülmaschine nach einem sauberen Glas und einem Teller suchte. Sie faßte extra behutsam den runden Fuß des blauen Wasserglases an und hoffte, er würde nicht bemerken, wenn sie es ihm reichte, daß sie sich das alles ausgedacht hatte. Sie fühlte, wie seine Finger ihre berührten, während sie das Glas umschlossen und es ihr aus der Hand nahmen.

Sie seufzte, als sie ihn das 7-Up eingießen hörte. Sie fühlte sich etwas sicherer und hatte weniger Angst. Sie brauchte keine Augen. Sie war klug genug, ihn mit den Fähigkeiten, die sie hatte, zu beherrschen. Mit Vorsicht, Intelligenz und Mut konnte sie diesen Mann, diesen brutalen Eindringling, der auf einem Hocker an ihrem Küchentresen saß und mit einem Päckchen Cornflakes spielte, überlisten.

Für Eileen, die von Geburt an praktisch blind war, bestand Sehen aus einer Kombination akustischer und tastbarer Wahrnehmungen. Auf einen Meter Abstand konnte sie die Finger ihrer Hand zählen. Bei darüber hinausgehenden Entfernungen verblaßten die Objekte. Sie hatte kein peripheres Sehvermögen. Sie konnte nur geradeaus sehen, wie durch eine Röhre. Zeitungsdruck konnte sie lesen, wenn sie ihn bis zu zehn Zentimeter an ihr rechtes Auge heranbrachte. Ansonsten mußte sie, um sich ein Bild von einer Person machen zu können, auf Daten wie Temperatur, Struktur, Dichte, Entfernung, Leuchtkraft, Farbe, Intonation und Klangfarbe der Stimme zurückgreifen. Sie konnte dem menschlichen Charakter besser erfassen als physische Dimensionen.

Sie fühlte sich nicht benachteiligt, weil sie nicht sehen konnte, und war auch nicht der Meinung, daß Gott und eine unvollkommene Welt sie ungerecht behandelt hatten. Sie war Eileen Ross, eine reife, 37jährige selbständige Frau, die einmal geliebt hatte und sich an Musik erfreute, die gute Freunde hatte, stolz auf ihren Beruf war (sie schrieb medizinische Berichte nach Band) und von anderen nicht mehr wollte, als diese bereit waren, ihr zu geben.

Jetzt war sie entschlossen, mit diesem Mann fertig zu werden. Wenn es ihr gelang, einen Weg zu finden, ihn physisch zu berühren und sich Informationen über seine Größe, sein Haar und seine Merkmale zu verschaffen, dann konnte sie dieses Wissen später an die Polizei weitergeben. Keine leichte Aufgabe, denn schließlich hatte der Eindringling möglichst jede Berührung mit ihr vermieden, ja war fast vor ihr zurückgeschreckt.

Einen Augenblick lang wunderte sie sich darüber, daß es ihr bestimmt zu sein schien, Gewalt anzuziehen. Zwei Vergewaltiger in sieben Jahren! Gab ihre Blindheit ihr die Aura wehrloser Unschuld? Sah es so aus, als sei sie leichter angreifbar? Sie wußte, es gab keine Antwort auf diese Fragen. Doch sie hatte erfahren, daß sie der Polizei die

Physis des Angreifers möglichst genau beschreiben mußte. Auf vage Äußerungen würde man nicht reagieren. Man würde ihr allenfalls auf die Schulter klopfen, sie bedauern und ihre Sache bald zu den ungeklärten Fällen legen. Sie biß sich auf die Lippe. Ihr Entschluß stand fest. Das würde sie niemals zulassen. Doch was für Möglichkeiten hatte sie? Wenn sie in der Lage sein wollte, den Mann in ihrer Küche zu identifizieren und der Polizei zu überführen, dann mußte sie unwiderlegbar nachweisen können, wer er war. Während sie darüber nachdachte, wie sie das anstellen sollte, und in den auf kleiner Flamme garenden Eiern rührte, unterbrach er ihre Überlegungen.

»Ich finde es ziemlich beschissen, daß ich dich auf den Kopf geschlagen habe. Weil du blind bist.«

»Nun, ja, wissen Sie«, sagte Eileen, »Sie sollten überhaupt niemanden auf den Kopf schlagen.«

»Ich breche ein, um zu leben. Aber ich finde es trotzdem beschissen, daß ich dich geschlagen habe.«

Eileen schluckte, und dann, ihre Angst verbergend, beschloß sie, die Frage zu wagen: »Sind Sie der Typ, von dem ich im Radio gehört habe?«

Sie wußte, daß sie ein Risiko einging. Sie konnte ihn gegen sich aufbringen oder noch Schlimmeres heraufbeschwören. Aber je mehr sie über ihn in Erfahrung brachte, um so größer waren schließlich ihre Chancen, die Polizei für die Suche nach ihm zu motivieren. Sie hatte absichtlich nicht das Wort *Vergewaltiger* wiederholt, das der Nachrichtensprecher verwendet hatte, um die Männer zu beschreiben, die Frauen bestohlen und sexuell angegriffen hatten. Vor allem wollte sie ihn nicht noch auf Ideen bringen. Aber wenn er zugab, der Dieb zu sein, dann wüßte sie eher, was auf sie zukommen konnte. Der Ton ihrer Frage war berechnet und sollte Interesse an der »Berühmtheit« des Mannes vortäuschen, so als ob die Handlungen von Kriminellen sie faszinierten.

»Vielleicht«, antwortete er heftig. »Es könnte sein.«

»Haben Sie denn keine Angst, auf die Freunde der Frauen oder die Ehemänner zu stoßen?«

»Darüber mache ich mir keine Gedanken. Es ist mir einmal passiert. Der Typ griff nach einer Pistole und drohte, mich zu erschießen. Zum Teufel auch! Ich habe ihm einfach das Gesicht demoliert und die Pistole weggenommen. Dann habe ich ihn festgebunden und zusehen lassen, während ich weitergemacht habe.« Er hielt inne. »Hör zu, ich will jetzt Cornflakes essen. Gib mir Milch und einen Löffel.«

Eileen nahm einen Löffel aus der Schublade vor ihr und eine Tüte Milch aus dem Kühlschrank. Sie fand, dies war genau der Augenblick, auf den sie gewartet hatte! Als sie die Milch in seiner Nähe auf den Tresen stellte und den Löffel hinlegte, tat sie, als verlöre sie den Halt. »Oh«, rief sie aus und taumelte auf den Eindringling zu. Sie versuchte, sich mit der Hand abzustützen und glitt über seine linke Schulter und sein kurzes Nackenhaar.

Er versteifte sich auf seinem Hocker. »Hände weg!« schrie er. »Faß mich nicht an! Sieh mich nicht an! Mach, daß du wegkommst!«

Ganz verkrampft lehnte er sich zurück. Seine Muskeln waren angespannt. Eileen konnte seinen wütenden Blick förmlich spüren.

»Es tut mir leid«, rief sie. »Ich muß ausgerutscht sein. Ich wollte nur den Löffel hinlegen.«

Sie faßte das leere blaue Wasserglas, aus dem er getrunken hatte, am Rand vorsichtig an und brachte es hinüber zum Becken, wo sie vorgab, Wasser darüberlaufen zu lassen. Behutsam stellte sie es im Becken an die Seite. Mit seinen Fingerabdrücken war, soweit sie wußte, nichts passiert.

Er wirkte immer noch verstört. »Bleib, wo du bist«, sagte er. Eine kleine Weile noch saß er düster dreinblikkend und verkrampft auf dem Hocker. Doch dann entspannte er sich allmählich und goß Milch in eine Schale mit Cornflakes. Eileen stand schweigend da und hörte ihm zu, wie er die Cornflakes kaute. Sie war dankbar, daß er nicht gewalttätig geworden war. Seltsamer Mann. Hat Angst davor, berührt zu werden. Scheint schon fast eine Phobie.

Die Eier waren nahezu fertig, als er seinen Löffel in die leere Schale fallen ließ und aufstand. Plötzlich, ohne Vorwarnung, griff er hart nach Eileens Handgelenk. »Komm her.« Er schob sie durch die Türöffnung zwischen der Küche und dem kleinen zweiten Schlafzimmer, das sie als Büro benutzte. Sie immer noch am Handgelenk umklammert haltend, öffnete er den Schrank, in dem sie ihre Vorräte an Büromaterial untergebracht hatte. Ein seltsames Gefühl der Schwäche beschlich sie. Auf der Innenseite der Schranktür hingen Schraubenzieher an einer Metallschiene.

Der größte war 23 und der kleinste 15 Zentimeter lang. Alle hatten einen leuchtenden, gelb-schwarz gestreiften Kunststoffgriff. Sie konnte erkennen, daß er seine Hand danach ausstreckte, und hörte das Geräusch, als er sie aus der Halterung nahm.

Eileen schluckte. Was wollte er mit den Schraubenziehern? Woher wußte er, wo sie waren? Er mußte viel länger in ihrer Wohnung gewesen sein, als sie gedacht hatte. Das Gefühl der Hilflosigkeit nahm wieder zu. Sie hatte keine Ahnung, was sie tun sollte. Sollte sie etwas sagen? Die Stimme schien ihr in der Kehle steckenzubleiben.

Sie zitterte, als er die Schraubenzieher in eine Hand nahm und zu dem großen, an der Westwand des Raumes stehenden Bett ging. Er zog sie mit sich.

Mehrere Zierkissen waren dekorativ auf dem Bett verteilt. Er warf sie auf den Boden. Sie hörte, wie er die Schraubenzieher auf das Bett fallen ließ, wo sie geräuschvoll zusammenrollten. Er ließ ihr Handgelenk los, und sie sah, wie sich seine Hände innerhalb und außerhalb ihres tunnelförmigen Sehbereichs bewegten. Ihr Magen rebellierte, und sie fühlte sich schwach. Sie glaubte, daß er mit den Schraubenziehern so etwas wie ein rituelles Muster bildete. Sie konnte seine Bewegungen nicht klar erkennen, sondern sah nur seine Hände, die mit den Schraubenziehern eine Art Kreis bildeten. O mein Gott! Am oberen Ende des Kreises, wo man normalerweise mit dem Kopf lag, meinte sie, den kleinsten Schraubenzieher festzustellen; dann, zu beiden Seiten, bei ungefähr drei und zehn Uhr, je einen weiteren. Nachdem sie ihr Gesicht näher herangebracht hatte, sah es so aus, als ob auch je einer bei fünf und sieben Uhr läge. Den längsten hatte er bei sechs Uhr, mit der Spitze nach oben zeigend, plaziert.

Was bedeuteten diese Schraubenzieher? Sie erinnerte sich mit Schrecken, gelesen zu haben, daß der Würger von Boston seinen Opfern Besenstiele in die Vagina gestoßen hatte.

Sie fröstelte und wischte sich die feuchten Handflächen über ihren Schenkeln am Nachthemd ab.

»Was machen Sie da?« fragte sie und erkannte ihre Stimme nicht wieder. Sie klang heiser und trocken.

Er antwortete nicht, sondern schubste sie gegen das Bett, wo sie steif, mit herabhängenden Armen, stehenblieb und seine Brust anstarrte.

»Nun, zieh dich aus.«

»O nein, bitte! Das wollen Sie doch nicht wirklich. Es lohnt sich nicht.«

Sie fühlte, wie sein Blick über sie glitt. Seine Stimme war hart und kalt. »Mach es mir nicht schwer, sonst bringe ich dich um. Das ist mein Ernst. Ich bringe dich um, ohne auch nur einen Gedanken dabei zu verschwenden, genauso wie deinen Hund.«

Eileen nickte. Seine absolute Entschlossenheit war ihr nicht entgangen. Jedes Wort, das er sagte, war ihm ernst. Sie zog das Nachthemd über den Kopf und ließ es auf den Boden fallen. Dann legte sie ihren Slip ab und stellte sich mit geraden Schultern hin.

Sie zitterte.

Ihre Kehle schmerzte.

Sie hätte gerne geweint, geschrien, gebettelt, aber sie wußte, daß es ihr nichts nützte.

Dann fiel ihr seltsamerweise wieder ein, daß sie ja seine Fingerabdrücke haben wollte. Es war ihr gelungen. Sie waren auf den Schraubenziehern, auf jedem einzelnen.

Ich hasse dich, du Hurensohn. Wenn ich das hier überstehe, dann kriege ich dich! schrie es laut in ihr.

3

Eileen wartete darauf, daß der Mann nach ihr griff. Sie war naßgeschwitzt und bebte vor Angst. Sie war gegen das Ende des Bettes zurückgewichen. Er ragte drohend vor ihr auf und verdeckte mit dem Kopf den Lichtstrahl, der von den abgeblendeten Lampen der Strahlerschiene an der Küchendecke hereinfiel. Dann tat er etwas für sie Überraschendes. Fast zögernd streckte er die Hand nach ihrer linken Brust aus und rieb mit den Fingerspitzen über die Brustwarze. Für einen Augenblick zog er sich zurück und wiederholte dann die Geste, indem er ihre rechte Brust unbeholfen mit den Fingern seiner linken Hand berührte.

Eileen war erstaunt. Ein kleiner Junge, der ein Mädchen heimlich anfaßte, würde sich so verhalten, dachte sie. Hatte er Angst vor ihr? Als sie in der Küche gegen ihn taumelte, war er aufgeschreckt. Vielleicht hatte er tatsächlich Angst vor Frauen, hatte Angst vor ihnen und fühlte sich gleichzeitig zu ihnen hingezogen, um beweisen zu können, daß er ein Mann war. Vielleicht käme sie daran vorbei, wenn sie Widerstand leistete.

Seine messerscharfe Stimme unterbrach ihre optimistischen Gedanken. »Leg dich aufs Bett.«

»Sie wollen doch nicht wirklich . . . Bitte nein!« flehte sie, zunehmend in Panik geratend.

»Halt die Klappe. Leg dich hin.«

Er stieß gegen ihre rechte Schulter und brachte sie aus

dem Gleichgewicht. Sie fiel aufs Bett. Er öffnete seinen Gürtel, ließ die Hose fallen und kletterte rittlings über sie. Eileens linkes Bein lag angewinkelt über der Bettkante. Sie lag nur zu einem Teil mit dem Gesäß auf der Matratze. Sein Gewicht war schwer und ungleichmäßig. Der Geruch von Cornflakes und Knoblauch erfüllte die Luft. Er atmete schwer und schnell. Sie wandte den Kopf ab und glaubte, ihr würde schlecht. Aber es gelang ihr, die Übelkeit wie einen Kloß im Hals hinunterzuschlucken.

»Und jetzt steck ihn rein«, befahl er.

Eileen nahm seinen Penis mit der linken Hand und führte ihn zwischen die Schamlippen. Sie versuchte, sich nicht zu verkrampfen, als er in sie eindrang. Sie dachte an den bei ihrer rechten Hand liegenden Schraubenzieher. »Sie tun mir weh«, rief sie.

Er stöhnte und stieß weiter vor.

Ihre Finger schlossen sich um den Schraubenzieher. Jetzt zustechen! Er war scharf. Sie konnte ihn mit einem Ruck in seine linke Seite stoßen. Vielleicht drang er tief genug ein, um sein Herz zu treffen. Und wenn nicht? Was war, wenn sie eine Rippe traf und abrutschte? Er würde aufschreien, von ihr herunterrollen und sie wahrscheinlich umbringen. Er hielt immer noch das Messer in der rechten Hand. Sie wußte, er war stark. Seine bloßen Arme, auf die er sich stützte, waren zugleich weich und fest.

Plötzlich zog er sich aus ihr zurück und rollte vom Bett.

»Rühr dich nicht!« sagte er und ging in die Küche. Dann kehrte er zurück, sah sie an und ging ins Wohnzimmer. Sie konnte hören, daß er etwas tat. Dann kam er wieder und faßte nach ihrem Handgelenk. »Steh auf«, befahl er. Sie stolperte, als sie ihm, mit hartem Griff gezogen, folgte.

Vor ihr lag das besonders dicke Stuhlkissen auf dem Boden. »Leg dich auf den Bauch«, knurrte er. Eileen schrie leise auf. Sie tastete sich auf den Boden und fühlte sich noch hilfloser und ihm mehr ausgeliefert als vorher.

Plötzlich warf er sich schwer auf sie und drückte sie in das Kissen, so daß ihre Brüste flach wurden. Er preßte sein Gewicht in ihren Körper, bis sie nach Luft schnappte. »O mein Gott!« dachte sie entsetzt. »Was hat er vor?« Sie wollte schreien und all ihre Körperöffnungen verschließen.

Verkrampf dich nicht! ermahnte sie sich selbst. Sonst tut es noch mehr weh. Vor ihren Augen tauchte das Bild einer kleinen Terrierhündin auf, die sie im Park gesehen hatte, als sie mit Bonnie und Bethie spazierenging. Sie war von einem großen gelben Hund gegen den in seiner Halterung befindlichen Reservereifen eines geparkten Autos gepreßt worden, während er aufgeregt in sie hineinstieß. Sie hatte vor Angst und Schmerz gejault, als der Hund in sie eindrang und auf ihrem geschwollenen Geschlechtsteil herumhämmerte.

Die festen Oberschenkel des Mannes drückten gegen ihren Po, als er plötzlich seinen Penis in ihre Scheide stieß. Sie spürte einen stechenden Schmerz, und dann drang er in sie, die Hände an ihre Hüften geklammert: vor – zurück, vor – zurück.

Eileen versuchte, nicht zu schreien, und barg ihr Gesicht in den Armen. Sie kniff die Augen zu, während seine heftigen Bewegungen sie in das Kissen drückten. Sie ließ sein Stöhnen und das mechanische Stoßen über sich ergehen. Tränen liefen ihr über das Gesicht. Sie fühlte sich besudelt und gedemütigt. Sie wurde vergewaltigt und ausgeraubt. Man entriß ihr das letzte Geheimnis ihres Körpers. Und sie haßte sich, weil sie Angst hatte und weinte, weil sie hilflos war und still dalag, obwohl sie ihn eigentlich töten wollte.

Die Zeit verging. Wieviel oder wie wenig, sie wußte es nicht. Sie spürte, daß seine Bewegungen sich verlangsamten. Als er sich aus ihr zurückzog, stöhnte er. Ihre Gefühle hatten einen absoluten Tiefpunkt erreicht. Sie war von einem Tier benutzt worden. Sie hätte in Ohnmacht fallen, dahinschmelzen oder sich in nichts auflösen wollen. Wieviele andere Frauen hatte er so erniedrigt?

Sie lag eine Weile still, während er über sie hinwegstieg wie über einen Müllhaufen, in das Bürozimmer ging und nach seiner Hose griff. Sie hörte, wie er sich anzog, seinen Gürtel schloß und leise zufrieden grunzte. Dann traf sie ein neuer Schrecken. Was war, wenn er Aids hatte? Sie erschauerte, fühlte sich wieder wie weggeworfen . . . und plötzlich wurde sie wütend. Die Verärgerung, die sie in der Küche gespürt hatte, als sie beschloß, seine Fingerabdrücke auf einem Trinkglas zu sichern, war verschwunden. Statt dessen hatte sich ihrer eine anschwellende Wut bemächtigt, die ihr die Kontrolle zurückgab und eine neue Richtung wies. Hatten sich die anderen Frauen, die er vergewaltigt hatte, genauso benutzt gefühlt? Hatten sie die gleiche Wut empfunden, aber nicht gewagt, an sie zu denken, weil man es ihnen hätte anmerken können?

Eileen unterdrückte ihr Schluchzen. Wenn er sie hörte, könnte er ein Gefühl der Erregung, der Macht bekommen. Diese Befriedigung sollte er nicht haben. Sie raffte sich hoch auf die Knie. Sie war ganz wund. Ihre Vagina fühlte sich an wie rohes Fleisch, war geschwollen und verletzt. Sie versuchte, es zu ignorieren. Sie lebte – und war entschlossen, einen Weg zu finden, ihn für jede Träne büßen zu lassen. Gleichzeitig kam sie sich verloren vor, war aufgebracht und hatte Angst vor dem Mann, der sie gerade vergewaltigt hatte. Sie konzentrierte sich auf den Ärger.

Es gab mehrere Möglichkeiten, es ihm heimzuzahlen. Die wichtigste blieb jedoch, mehr über ihn in Erfahrung zu bringen, um ihn der Polizei auszuliefern . . . sofern sie am Leben blieb. Man könnte ihn durch seine Fingerabdrücke überführen – und bestimmt durch eine gentechnische Untersuchung seines Spermas. Sie hatte gelesen, daß diese Methode absolut sicher war. Sein Blut oder sein Sperma – wenn er welches in ihr hinterlassen hatte – könnten untersucht werden. Aber sie war nicht sicher, daß ein Samenerguß stattgefunden hatte. Jedenfalls war es nicht zu einem feststellbaren Höhepunkt gekommen.

Eileen entschied sich, nicht zu urinieren. Wenn sie das Entleeren der Blase verschieben konnte, bis die Polizei kam, dann könnte vielleicht durch einen Scheidenabstrich festgestellt werden, ob sie sein Sperma in sich hatte. Damit wollte sie einen großen Beitrag zur Verwirklichung ihres Vergeltungsplans leisten. Doch noch während sie sich dies vornahm, spürte sie die erste kleine warme Warnung. Auch wenn sie bereits zweimal eine Vergewaltigung überlebt hatte, so hieß das nicht, daß die Gefahr vorüber war. Vielleicht hatte er sich entschlossen, sie zu töten, damit sie nicht als Zeugin gegen ihn aussagen konnte. Sie mußte ihm klarmachen, daß eine Blinde niemanden identifizieren konnte.

Plötzlich rief er aus der Küche nach ihr. »Komm her!« Sie stand jetzt. Ihr war kalt, und sie hatte eine Gänsehaut. Sie beschloß, ihn mit ihrem Verstand zu überlisten, ganz egal, was passierte. Langsam ging sie dorthin, von wo sie gerufen worden war. Als sie bei ihm ankam, klang seine Stimme jovial. »Ich glaube nicht, daß du kochen kannst. Sieh dir diese Eier an. Vielleicht sollte ich für dich kochen.«

»Ich habe nichts dagegen. Aber kann ich etwas anziehen?«

»Ja, also nicht das, was du eben anhattest. Hey, wenn ich wirklich etwas für dich kochen würde, würdest du es essen?«

»Sicher, warum nicht?« antwortete Eileen, während sie in ihr Schlafzimmer ging. Sie nahm ihren blau-rosa Satinbademantel vom Haken am Schrank, zog ihn an und ging zurück ins Wohnzimmer, denn dort hörte sie ihn an der Stereoanlage hantieren. Er würde etwas Musik machen, die »einem weißen Mädchen gefallen würde«. Er fand Frank Sinatra auf einem Sender, und als sie sagte, sie möge ihn nicht, erwiderte er lachend: »Okay, spiel etwas, das dir gefällt.«

Eileen legte ihr Joan-Baez-Band mit Liedern aus den sechziger Jahren auf, die sie stets mit den Protesten der Bürgerrechtsbewegung und der Ära der Hoffnung in Verbindung gebracht hatte. Während die Stimme der Folksängerin den Raum erfüllte, ging er hinüber zu Eileens Klavier. »Ein hübsches Bild«, sagte er und meinte offensichtlich das Foto zweier Beagles, Bonnie und Bea, Bonnies Mutter (Bea war Eileens erster Hund gewesen), das auf dem Flügel stand.

»Und das ist eine ganz nette Uhr«, sinnierte er, indem er an den Eichenverzierungen der Standuhr herumfingerte. »Ich wünschte, ich könnte sie mitnehmen.«

Obwohl Eileen innerlich kochte, versuchte sie, normal

zu sprechen: »Nun, mein Klavier ist auch ganz nett, warum nehmen Sie es nicht ebenfalls mit?«

»Du bist sehr komisch«, stellte er erneut fest.

Zur Seite schielend, erkannte Eileen den undeutlichen Schatten des Stuhlkissens, das immer noch auf dem Boden lag. Sie schob den Kopf vor, um mehr sehen zu können. Er hatte einen blauen Koffer aus dem Schrank im Flur geholt und ihn geöffnet aufs Sofa gelegt.

»Was werden Sie mitnehmen?« fragte sie ruhig.

»Nun, auf jeden Fall den Videorecorder. Der ist wohl ein paar Dollar wert. Wo ist dein anderer Schmuck?«

Eileen erklärte noch einmal, daß sie sonst keinen Schmuck hatte. In Wirklichkeit hatte sie einen Ring, ein Armband, eine Brosche mit einem Saphir und eine Perlenkette, die wertvoll waren, in einem Hohlraum im Inneren des dekorativen Sorrent-Tisches versteckt, der in ihrem Schlafzimmer an der Wand stand. Der Tisch enthielt eine Spieluhr, die die italienische Ballade *Sorrent* spielte, wenn man das aufklappbare Oberteil öffnete. Sie war froh, daß sie sich nicht für das Gefrierfach des Kühlschranks entschieden hatte. Er sagte, er habe dort zuerst gesucht, als er wissen wollte, was für Lebensmittel da waren.

»Du tust ja wirklich so, als ob du schrecklich arm wärst«, sagte er.

»Ich *bin* arm.«

»Und warum lebst du dann in einem so protzigen Haus, wenn du kein Geld hast?«

»Meine Mitbewohnerin und ich teilen uns die Miete, und ich betreibe einen Schreibdienst für mehrere Krankenhäuser. Ich bin in einem Wohnblock in Queens aufgewachsen. Meine Eltern waren blind. Die Eltern meiner Mitbewohnerin haben jedoch etwas Geld.«

Es schauderte sie, als er antwortete: »Ich habe vorher niemanden außer dir gesehen.«

Ihr Herz schlug schneller, als ihr bewußt wurde, daß er sie auf der Terrasse beobachtet haben mußte. Ein seltsames Gefühl überkam sie bei dem Gedanken, daß er ihr vielleicht zugesehen hatte, als sie die Terrasse fegte oder ein Sonnenbad nahm. Für einen Einbrecher, überhaupt für jemanden, der sportlich ist, war es nichts Besonderes, von den Seitenwegen aus die Stützmauer hinaufzuklettern und festzustellen, daß der Riegel des auf die Terrasse hinausgehenden Fensters kaputt war.

O Gott! Wie oft hatte sie sich wegen der Reparatur an die Hausverwaltung, die für die 520 Wohnungen zuständig war, gewandt? Monate waren vergangen, und sie hatten weder auf ihre Briefe noch auf ihre Anrufe reagiert. Zum Teufel mit ihnen! Wenn das Fensterschloß nicht kaputt gewesen wäre, hätte er vielleicht nicht eindringen können. Sie war verbittert über die Nachlässigkeit, die zu diesem Angriff auf sie geführt hatte.

»Nun, wie ich schon sagte, habe ich eine Wohnungsgenossin, die für ein paar Tage verreist ist. Sie können sie nicht gesehen haben. Sie ist Entertainerin und abends oft nicht da.« Eileen dachte, das klänge einleuchtend.

»Wer wohnt nebenan bei der nächsten Terrasse? Auch eine Frau, nicht wahr?«

»Ja, aber ich weiß nicht, wie sie heißt«, antwortete Eileen entschlossen. Natürlich kannte sie Gail.

»Vielleicht hat sie etwas Besseres als du. Ich glaube, ich werde sie mal besuchen. Bleib ruhig stehen. Rühr dich nicht. Setz dich auf die Couch, und bleib hier, bis ich zurückkomme. Wenn du dich bewegst, bringe ich dich um. Das ist mein Ernst.«

Sein Tonfall war gleichmäßig. Er klang genauso emotionslos wie zuvor, als er von dem Messer gesprochen und ihr befohlen hatte, sich auszuziehen. Offensichtlich meinte er, was er sagte, und Eileen glaubte wirklich, daß er sie töten würde, wenn sie sich rührte. Er ging, und sie blieb zitternd sitzen und lauschte. Sie hörte, wie die Terrassentür geöffnet und wieder geschlossen wurde. Würde er Gail vergewaltigen, wenn er in ihre Wohnung gelangte? Gail war nervöser als sie. Sie wartete darauf, Gail schreien zu hören, und wagte nicht, sich auszudenken, was passieren könnte.

Eine Minute später war der Mann zurück. Eileen wußte plötzlich, daß er die Terrasse nicht verlassen, ja daß er überhaupt nicht die Absicht gehabt hatte. Wollte er sie glauben machen, er ginge nach nebenan, um festzustellen, wie sehr er sie mit ihrer Angst in der Gewalt hatte? Sie schluckte und sprach leise ein Stoßgebet, um nie in Versuchung zu kommen, diesen Mann zu unterschätzen. Er war clever und konnte seine Opfer manipulieren. Wenn er dieselbe Person war, die ein Dutzend oder mehr Frauen vergewaltigt hatte, bevor er sie überfiel, und nicht gefaßt worden war, dann sprach seine Freiheit für seine Klugheit.

»Sie waren nicht lange weg«, sagte sie langsam.

»Ich bin zu der Einsicht gekommen, daß ich keine Zeit mehr habe, deine Nachbarin zu besuchen. Sie wird bis zum nächsten Mal warten müssen. Und es wird ein nächstes Mal geben. Hier wohnen doch viele reiche Leute, oder?«

»O ja, und auch einige berühmte: Schauspieler, die viel Geld haben, Börsenmakler und solche Leute.«

»Nun, einigen von ihnen werde ich einen Besuch abstatten.« Er hielt inne und fügte dann hinzu: »Ich habe deinen Hund auf der Terrasse nicht getötet, wie ich gesagt habe. Es geht ihm gut. Ich habe ihn nur festgebunden.«

»Bonnie ist also in Ordnung?« Sie atmete erleichtert auf, wußte aber nicht, ob sie ihm glauben sollte. »Ich bin wirklich froh, daß Sie ihr nichts getan haben.«

»Sie ist kein besonders guter Wachhund. Das steht fest. Sie lief hinaus, als ich hereinkam. Mit Hunden kann man sich sowieso nicht gut schützen. Katzen sind viel besser. Man erwischt sie nie im Schlaf. Manche fauchen oder kratzen. Hunden kann man Angst einjagen, ihnen etwas vormachen, aber Katzen nicht.«

Er schwieg und schien über etwas nachzudenken. »Weißt du«, sagte er dann, »es tut mir leid, daß ich dich auf den Kopf geschlagen habe. Wenn dein Hund nicht gebellt und du nicht geschrien hättest, dann wäre es nicht passiert. Ich konnte nicht zulassen, daß du alle Leute aufweckst.«

Seine Stimme wurde wieder sanfter. »Komm«, sagte er, »ich wasche dir besser das Blut von der Stirn. Ich glaube nicht, daß die Wunde schlimm ist. Los, steh auf.«

»Oh, das brauchen Sie nicht. Es hat aufgehört zu bluten.«

Was für ein seltsamer Mann, dachte Eileen, die rot geworden war vor Ärger. Er entschuldigt sich dafür, mich auf den Kopf geschlagen zu haben. Aber wegen der Vergewaltigung hat er keine Gewissensbisse!

Sie raffte sich von der Couch auf. Er legte ihr die Hand auf die Schulter und schob sie vorsichtig in Richtung Badezimmer.

Der Telefonhörer lag auf einem zusammengerollten

Handtuch neben der Wanne. Als er das Badezimmer hinter Eileen betrat, sah er, daß der Hörer mit der Schnur aus Kunststoff verbunden war, die von der leeren Gabel an der Wand herunterhing. Und auf einmal explodierte er: Seine Finger gruben sich tief in Eileens Schulter. Er wirbelte sie herum, damit sie ihn ansah. Sie strauchelte, erschrocken, bestürzt, und griff nach dem Becken, damit sie nicht fiel. »Du verflixtes Weibsbild«, zischte er mit dem Telefonhörer an seinem Ohr.

»Du hast die Bullen angerufen!« schrie er. »Wann hast du das getan? Ich sollte dich sofort töten.«

In der Hand, mit der er sie ins Bad geführt hatte, schwenkte er plötzlich das Messer und richtete das scharfe Ende auf ihre Kehle. Die metallene Spitze bohrte sich leicht ein, als er es ihr auf den Hals drückte.

»Nein!« schrie sie, »ich habe niemanden angerufen. Ich habe vergessen, den Hörer wieder aufzulegen, nachdem ich gebadet hatte. Ich habe niemanden angerufen!« Sie rang nach Luft. »Ich habe vergessen, ihn wieder aufzulegen. Ich nehme ihn immer ab, wenn ich bade. Ich habe nur vergessen, ihn wieder aufzulegen.« Sie zitterte am ganzen Körper. »Ich würde nicht versuchen, Sie hereinzulegen. Ich möchte nicht noch mehr verletzt werden.«

Er nahm den Druck von dem Messer zurück. Sie fühlte, wie die Spitze abhob und ein stechendes Mal hinterließ. Ihre Augen taten ihr weh, und sie kämpfte mit den Tränen.

»Wenn du mich hereingelegt hast, dann bringe ich dich um, du Miststück. Ist das klar? Überraschungen durch die Polizei kann ich nicht gebrauchen.« Er sprach das Wort *Po-li-zei* sehr gedehnt aus. Es war das erste Mal, daß Eileen ihn so reden hörte, wie sie es von der Straße her kannte.

»Hören Sie, ich habe nur vergessen, den Hörer wieder aufzulegen.« Sie holte tief Luft. »Ich habe Sie bisher nicht angelogen, oder? Ich bin doch nicht verrückt. Ich würde niemals mein Leben riskieren.«

»Das läßt du auch besser«, sagte er kalt, sie warnend. »Jetzt setz dich auf die Toilette. Dann sehe ich mir deinen Kopf an.«

Sie wich zurück, weil sie nicht wollte, daß er sie noch einmal anfaßte. »Sie brauchen sich wirklich nicht . . .«

»Das geht schon in Ordnung. Ich möchte nicht, daß irgend jemand denkt, ich ziehe umher und tue Leuten ohne Grund weh. Gib mir den Waschlappen von der Dusche.«

Eileen gab ihm das immer noch feuchte Tuch von der Seifenschalenhalterung, an der sie es stets aufhängte. Er hielt den genoppten Lappen im Porzellanbecken unter den Wasserhahn, wrang das überschüssige Wasser aus und reinigte dann vorsichtig Eileens Kopf. Nachdem er ihr Haar vom verkrusteten Blut befreit hatte und die Platzwunde deutlich sehen konnte, sagte er: »Oh, das ist überhaupt nicht schlimm. Mit zwei oder drei Stichen bist du wieder so gut wie neu. Und jetzt komm mit.«

Eileen trocknete sich das Gesicht mit einem Handtuch ab und ging ihm nach ins Schlafzimmer. Dort hörte sie Bethie auf dem zerwühlten Bett schnarchen. Als sie sich dem Tier näherte, konnte sie sehen, daß sein rechtes Auge von dem Schlag, den es erhalten hatte, zugeschwollen war. Es sprang wie eine Walnuß neben der Nase vor. Die Bettücher und Decken waren von ihrem eigenen Blut besprenkelt. Bethie knurrte, als der Mann sie aufnahm und Eileen in die Arme legte.

»Das wird wieder«, sagte er barsch. »Leg sie hin, wenn du sie gestreichelt hast. Dann gehen wir zurück ins Wohnzimmer.«

Was für ein seltsamer, verdrehter Mann, dachte Eileen wieder. Wenn er so hilfsbereit war, ihre Wunde auszuwaschen, dann hatte ihm das vielleicht geholfen, sein Schuldgefühl wegen des Schlags auf den Kopf zu bewältigen, aber sie haßte ihn dafür kein bißchen weniger. Sie kämpfte ums Überleben. Er sah in ihr offensichtlich keine Bedrohung mehr, weil sie blind war. Er hatte sich die Zeit genommen, ihr zu beweisen, daß er keineswegs schlecht war. Das hieß, es lag ihm etwas an ihrer Wertschätzung, und vielleicht war es auch ein Zeichen, daß er ihr das Leben lassen würde.

Als Eileen das Schlafzimmer verließ, wurde ihr klar, daß sie ihre Blase nicht länger bezwingen konnte. Sie war nicht in der Lage, den Beweis dafür, daß man ihr Gewalt angetan hatte, noch länger zu bewahren. Die Angst vor dem Messer an ihrer Kehle hatte den Druck auf die Blase verstärkt. Sie konnte nicht mit dem Entleeren warten, bis die Polizei kam – bis man sie ins Krankenhaus brachte. Ja sie konnte sich kaum noch ein oder zwei Minuten beherrschen.

»Hey, ich muß unbedingt ins Bad«, sagte sie zu ihm. »Ich kann nicht länger warten.« Ihre Wangen waren heiß und rot. War das nicht lächerlich? Dieser Mann war zweimal in ihren Körper eingedrungen, und jetzt war es ihr peinlich, ihm zu sagen, daß sie urinieren mußte.

»Laß die Tür offen«, antwortete er, ohne zu zögern. »Ich warte draußen.« Als Eileen ins Wohnzimmer zurückkam, rief er ihr zu: »Ich habe dein Portemonnaie.« Er untersuchte die Kreditkarten. Als er zu ihrer Scheckkarte kam, nahm er sie heraus und sah sie sich näher an.

»Eileen Ross. Eile-e-e-e-n Ro-s-s-s-s-s.« Er dehnte den Namen so, um ihm eine falsche Betonung zu geben.

Er sagte ihn nochmals und sprach ihn wieder so langsam aus, daß Eileen, obwohl sie gereizt war, gelassen bemerkte: »Ja, das bin ich. Und wer sind Sie?«

»Das möchtest du wohl gerne wissen?«

»Ja, das möchte ich. Aber ich kann Ihnen auch einen Namen geben, mit dem ich mich an Sie erinnere.«

»Was für einen Namen?«

»Ich glaube, Hani wäre ein guter Name für Sie.«

»Wie? Hankey?«

»Nein, Hani.«

»Hani? Was für ein Name ist das denn?«

»Es war der Name meines Freundes.«

»Und so willst du mich nennen?«

Sie biß sich auf die Lippen. »Es war keine glückliche Beziehung.«

»Nanu! Der Typ muß ein ziemlicher Idiot gewesen sein.«

Ihre Gesichtszüge verhärteten sich. »Niemand kann sich mit ihm messen.«

»Er hat dem kleinen blinden Mädchen weh getan, nicht wahr?« meinte er leicht sarkastisch und fuhr fort: »Ich hab' deine Scheckkarte. Laß das mit den Namen. Ich werde dir meinen nicht nennen. Ich mache keine Reklame für mich. Gib mir nur deine Geheimnummer.«

Eileen sah ihn beunruhigt an.

»Ich . . . weiß sie nicht mehr.«

»Was soll das heißen, du weißt sie nicht mehr?« fragte er drohend.

»Nun, sie ist neu.« Eileen wurde unsicher. »Ich kann mich nicht mehr an sie erinnern. Ich . . . ich . . .«

Mit einem energischen Schritt stand er vor ihr und grub seine Finger in ihr Kinn. In der anderen Hand war das Messer zu sehen, das wieder direkt auf ihre Kehle gerichtet war.

»Ich hab' dir gesagt, du sollst mich nicht verscheißern, aber du versuchst es immer wieder. Ich hab' dir mehr durchgehen lassen als irgend jemandem sonst, weil du blind bist. Aber du nutzt das aus. Jetzt geht's ans Messer. Ich muß dir wohl doch eine Lektion erteilen.« Er setzte die Schnittseite der Klinge unterhalb Eileens Kinn an.

»Jetzt brauche ich nur einmal entlangzuziehen«, flüsterte er, »und dein Kopf fliegt weg wie bei einem abgestochenen Schwein.«

Eileen begann wieder zu zittern. Ihre Stimme erstickte, als sie schluchzte: »Ich . . . o Gott . . . die Zahlen entsprechen dem Wort *Beagle*. Das weiß ich noch. Ich muß nur nachdenken, für welche Zahlen die Buchstaben stehen . . . Tun Sie mir nichts. Es tut mir leid. Ich wollte nicht . . .«

Tränen liefen ihr über die Wangen. Sie konnte sein Gesicht nicht sehen; aber das Drohende in seiner Stimme hatte ihr mehr Angst eingeflößt als irgend etwas, das er gesagt hatte, und auch mehr als die Schraubenzieher. Sie spürte seine Wut, eine bösartige, kontrollierte Wut. Er würde sie dafür bestrafen, daß sie seine Fürsorge ausgenutzt hatte. Eileen erkannte, daß sie einen schweren Fehler gemacht hatte. Durch ihren Versuch, ihn mit der Scheckkarte zu täuschen, hatte sie vielleicht alles aufs Spiel gesetzt. Instinktiv wußte Eileen, daß sie die nächsten paar Minuten vielleicht nicht überleben würde. Die Schnittkante des Messers war so tief in ihre Haut eingedrückt, daß nur ganz wenig mehr Druck genügte, um ihr den Hals aufzuschlitzen. Ihre Zunge war wie Pergament und ihr Kopf leer. Die Zahlen, für die das Wort *Beagle* stand, fielen ihr nicht ein. Und sie begriff, daß sie sterben mußte.

4

»Weißt du nun endlich die Zahlen?« fragte der Mann. Er verstärkte leicht den Druck des Messers auf Eileens Hals. Sie wollte schlucken, wagte es aber nicht. Eine falsche Bewegung konnte das Messer tief eindringen lassen.

»Bitte«, sie weinte leise, »bitte. Ich glaube, ich weiß sie wieder.«

Er verminderte den Druck des Messers, ließ es aber da, wo es war. Dankbar schluckte sie und spürte die Trockenheit in ihrer Kehle wie einen heißen, pochenden Schmerz.

Sie hatte verzweifelt versucht, sich die Zahlenfolge für das Wort *Beagle* auf der Wählscheibe des Telefons vorzustellen. Sie zwang ihren Verstand, auf die Kombination zu kommen. Die Zahl, die dem Buchstaben *b* entsprach, war zwei. Gott sei Dank! Die anderen Zahlen fielen ihr schneller wieder ein, und sie sagte: »Die Zahl lautet zwei ... drei ... zwei ... acht. Nein! ... vier ... fünf ... und dann drei. Ja genau. Zwei ... drei ... vier ... fünf ... drei.«

Der Mann nahm das Messer weg und trat zurück. Auf Eileens Schreibtisch an der Wand fand er eine Postkarte, die sie von einem Freund, der in Oregon Urlaub machte, erhalten hatte. Auf den Rand dieser Karte schrieb er die Zahlenreihe, die Eileen ihm genannt hatte. Als er sich dazu bückte, merkte Eileen, die dort geblieben war, wo er sie hatte stehen lassen, wie schwach sie war. In ihrem Kopf schwirrte es; sie schwankte, riß sich wieder hoch und holte schaudernd zweimal tief Luft. Sie war fast ohnmächtig geworden. Ihre schreckliche Angst hatte die Oberhand über ihre Sinne gewonnen. In den letzten Sekunden war sie dem Tod unvorstellbar nahe gewesen. Noch nie in ihrem Leben hatte sie solche Angst gehabt.

Am schwersten fiel ihr, nicht die Kontrolle über sich zu verlieren und bei Verstand zu bleiben, damit sie eines Tages mit diesem Mann abrechnen konnte. Sie stöhnte leise, denn sie wußte, was kommen würde. Sie würde nie mehr so sein wie früher. Auch wenn sie am Leben blieb, ein Teil ihres Vertrauens zu anderen Menschen würde dahin sein. Statt dessen würde sie diesen versteckten Ärger empfinden, an den sie sich klammerte wie an eine Leuchtboje und der sie stark machte.

Der Mann trat auf sie zu und sagte: »Nun, ich muß gehen. Deshalb sollten wir uns darum kümmern, was du den Bullen erzählst, wenn du sie rufst.« Sie wich zurück, war aber nicht überrascht. Er mußte gehen. Was konnte er ihr denn auch sonst noch antun?

Sie hörte aufmerksam zu, als er ihr mitteilte, er würde ihren gebraucht gekauften Nerzmantel mitnehmen, den er für wertvoll hielt, den Videorecorder, ein paar Dollar Kleingeld aus dem Küchenschrank, ihre Scheckkarte und die Shrimps aus dem Kühlschrank.

»Daraus mache ich mir eine kleine Mahlzeit. Ich liebe Shrimps.« Dann fügte er hinzu: »Und das wirst du den Bullen erzählen: Du sagst einfach, ein Mann ist bei dir eingebrochen und hat dich bestohlen, sonst nichts. Denk dran. Ich werde mit dir fertig, und ich könnte dich töten, ohne mit der Wimper zu zucken. Am besten üben wir jetzt einmal, damit du es nicht vergißt.«

»Stell dir vor, ich sei ein Bulle«, sagte er und zog sie quer durch den Raum zu ihrem Schreibtisch. Er nahm den Telefonhörer ab und hielt ihn sich ans Ohr.

»Hallo, Po-li-zei«, sagte er in einem heiter gedehnten Tonfall, der Eileen erstaunte. Er wollte selbst mitwirken an der komischen Darstellung eines Bereitschaftspolizisten, der einen Notruf beantwortet. »Was sagst du denn nun?« fragte er Eileen und gab ihr zu verstehen, sie solle so tun, als ob sie 911 angerufen habe.

Sie schluckte und versuchte, sich etwas einfallen zu lassen: »Oh, ich, oh, ist da die Polizei? Ich bin gerade bestohlen worden und möchte das anzeigen.«

»Das klingt aber nicht so, als ob jemand, der Angst gehabt und sich geärgert hat, die Polizei anruft«, bemängelte er. »Du mußt überzeugender sein.« Seine Stimme verhärtete sich. »Sonst kommen sie erst gar nicht.«

Während der nächsten Minuten übte Eileen, 911 anzurufen, bis sie den nach seiner Ansicht genügend dringenden Ton in der Stimme hatte. Sie kam sich dumm vor bei diesem Theater und hörte sich dem Mann versprechen, daß sie nur den Diebstahl von ein paar Wertgegenständen anzeigen und nichts davon sagen würde, was noch geschehen war. Er hatte gedroht, zurückzukommen und sie umzubringen, falls sie redete. Glaubte er wirklich, sie würde nichts sagen? War ihm nicht klar, daß er sie, wenn er erst fort war, nicht mehr ängstigen konnte? Hatten auch einige seiner Opfer – und sie war jetzt sicher, daß es viele waren – die Vergewaltigung verschwiegen und versuchten, mit der Erinnerung daran zu leben, in der Hoffnung, sie würde verblassen, dann wußte sie, daß sie sich nicht so verhalten würde! Es gab viele solcher Frauen, arme, verschüchterte Wesen, die sich einredeten, die Schande sei noch schlimmer als die Brutalität ihres Vergewaltigers. Zu diesen Frauen gehörte sie jedoch nicht. Sie hatte überlebt, und sie würde mit dem Täter abrechnen!

Sie hörte die Lieder von Joan Baez, die seit ungefähr zehn Minuten liefen, und ihr wurde bewußt, daß man sie in solche Angst versetzt hatte, daß diese Musik zu einem festen Bestandteil der ganzen Tortur geworden war. Jetzt konzentrierte sie sich auf den Text. Das Lied hieß: *We shall Overcome*, und sie erkannte die Ironie, die darin lag, daß diese Worte in einem Raum erklangen, in dem man eine Frau durch eine Vergewaltigung auf ganz gemeine Weise ihres Selbstwertgefühls beraubt hatte. Bitterkeit stieg in ihr hoch wie Galle. Sie würde dafür sorgen, daß diese Worte wahr wurden, auch wenn sie im Augenblick verwundbar war. Letzten Endes würde er für alles bezahlen.

Als der Mann sie plötzlich fragte, wo die nächste Filiale ihrer Bank sei, antwortete sie ruhig, daß es an der Kreuzung 86. Straße und Lexington Avenue einen automatischen Informationsdienst gäbe. Sie hoffte, er würde dorthin gehen, weil sie ihm die Polizei nachschicken wollte.

»Und jetzt binde ich dich fest«, sagte er. Eileen protestierte.

»Ich habe versprochen, nichts zu sagen. Glauben Sie mir nicht?«

»Ich will nicht das Risiko eingehen, daß du wieder Mut faßt, bevor ich einen Vorsprung habe. Ich will, daß du wenigstens zehn Minuten mit niemandem sprichst.«

Er nahm die besonders lange Schnur vom Kopfhörer

ihres Bandgeräts, um sie auf der Couch mit der linken Hand am rechten Fußgelenk zu fesseln.

Als er den Koffer vom Boden aufnahm, sagte er: »Ich habe die Schnur nicht zu fest gebunden. Du kannst dich bald selbst befreien.« Er ging mit seiner Beute ins Büro. Sie hörte, wie er das Fenster über ihrem Arbeitsplatz öffnete, – und dann einen dumpfen Aufprall. Wahrscheinlich hatte er den Koffer aus dem Fenster geworfen und war ihm in den Schutz der Sträucher, hinter denen er sich auch bei seinem Eindringen verborgen hatte, nachgesprungen.

Eileen hielt in der unbequemen Lage, in der er sie verlassen hatte, ein paar Minuten aus, um sich zu vergewissern, daß er tatsächlich fort war. Die Wände um sie herum schienen von dem Unglück widerzuhallen. Dann war alles in tiefe Stille getaucht. Es war so unheimlich, daß Eileen unwillkürlich fröstelte. Sie konnte das Fenster, durch das er gefallen war, nicht sehen. Außer den letzten Takten der Musik war nichts zu hören.

Er hatte ihre rechte Hand freigelassen, damit sie die Knoten lösen konnte. Aber wie sehr sie sich auch bemühte, es gelang ihr nicht; sie waren zu fest. Sie versuchte sich hinzustellen. Aber dazu war die Schnur zu straff gebunden. Sie gab jedoch so weit nach, daß sie sich teilweise aufrichten konnte. In gebückter Haltung humpelte sie langsam in die Küche. Dort setzte sie sich auf den Stuhl und griff mit ihrer freien Hand nach dem Haustelefon, über das man alle Nebenstellen des Gebäudes erreichen konnte, und wählte die Nummer des Sicherheitsdienstes.

»Hilfe!« schrie sie ins Telefon. »Rufen Sie die Polizei! Ich bin vergewaltigt worden! Hier spricht Eileen Ross,

Wohnung Nr. 35! Ich bin vergewaltigt worden! Rufen Sie die Polizei! Ich bin vergewaltigt worden!«

Sie zitterte so sehr, daß sie nicht genau wußte, ob man ihren Anruf über die Wechselsprechanlage bestätigt hatte. Auf jeden Fall wollte sie sich nicht darauf verlassen. Die Nummer 911 konnte sie nicht anwählen. Ihr fiel ein, daß der Hörer im Badezimmer nicht aufgelegt war. Widerstrebend beschloß sie, ihren Freund David Wilson anzurufen, der im selben Haus wohnte. Er hatte einen Schlüssel von ihrer Wohnung, aber krank, wie er war, würde er sich in die Küche schleppen müssen, um ans Telefon zu gehen. Endlich hörte sie seine schlaftrunkene Stimme.

»Wer . . . ja. Was gibt's?«

»David, ich bin es, Eileen. Ich bin vergewaltigt worden. Hörst du mich? Wach auf! Kannst du verstehen, was ich sage?«

»Eileen . . . du bist vergewaltigt worden? Um Himmels willen! Wie geht es dir?«

»Ich habe eine Wunde am Kopf, und ich bin gefesselt. Könntest du wohl herunterkommen und mich befreien?«

»Eileen, o mein Gott. Hast du die Polizei angerufen?«

»Nein, aber ich habe den Gebäudeschutz darum gebeten. Bis jetzt ist jedoch niemand da.«

»Zum Teufel mit Ihnen. Ich komme, so schnell ich kann.«

Sie wartete – wie es ihr schien – unendlich lange. Aber in Wirklichkeit waren es nur zehn Minuten. Schließlich öffnete David die Tür mit seinem Schlüssel. Sie hörte ihn, als er vor der Eingangstür ankam.

»Ich komme, Eileen, ich komme!« rief er.

Sie war immer noch in ihrer unbequemen Lage mit den

Fesseln, als David eintrat. Er taumelte gegen den Türrahmen; als er näher kam, bemerkte sie, wie grau er aussah. Er glich einem gebrechlichen, müden älteren Mann. Er atmete schnell und schwer nach der physischen Anstrengung, die es ihn gekostet hatte, herunterzukommen.

»O David, es tut mir so leid, daß ich dich aufwecken mußte.« Eileens Mund zitterte. Sie hätte am liebsten geweint. Die Anwesenheit ihres Freundes, die Sicherheit und die Besorgnis, die er ihr vermittelte, ließen den letzten Rest der Kraft, den sie sich in den vorausgegangenen beiden Stunden hatte bewahren können, schwinden.

»O Gott, David, ich bin so froh, daß du da bist«, schluchzte sie und konnte die Tränen nicht mehr zurückhalten.

»Jetzt ist alles gut, Eileen«, sagte er. »Ach du meine Güte! Du siehst ja schrecklich aus. Ist mit deinem Kopf alles in Ordnung? Hat er dich irgendwo schwer verletzt?«

Eileen, die nicht in der Lage war zu sprechen, schüttelte den Kopf. Sie war immr noch überwältigt von dem Gefühl der Sicherheit, das David ihr gab.

Schließlich bekam sie sich wieder unter Kontrolle. »Bonnie ist auf der Terrasse. Würdest du sie bitte holen? Ich weiß nicht, ob sie tot ist oder nur festgebunden.«

David nickte, stand mühsam auf und ging zur Terrassentür. Nach zwei Minuten kehrte er zurück.

»Alles okay«, sagte er. »Sie ist an das Gitter angebunden. Ich habe den Gummiring von ihrem Maul entfernt. Jetzt geht es ihr wieder gut. Sie hat mir die Hand geleckt.«

David setzte sich auf die Couch und machte sich daran, ihre Fesseln zu lösen. Sie erzählte ihm währenddessen, was geschehen war. Seine Finger arbeiteten langsam. Er zupfte an der Schnur und holte immer wieder tief Luft, um die Energie für diese Handgriffe aufzubringen.

»Ich möchte wetten, er kam durch das Fenster mit dem kaputten Riegel«, vermutete er, nachdem er endlich Eileens linke Hand befreit hatte. »Es tut mir leid, daß es so lange gedauert hat.« Er keuchte. »Wie oft hast du dich über das Fenster beschwert?« fragte er. »Du solltest sie verklagen.« Er schüttelte den Kopf und wickelte die Schnur langsam in losen Schlaufen um seine Hand.

Eileen war immer noch unsicher auf den Beinen, als sie aufstand und ins Badezimmer ging. Ihre Hand zitterte, als sie den Telefonhörer auflegte.

Dann, nachdem sie tief Luft geholt hatte, rief sie die Polizei an und anschließend ihre beste Freundin, Kay. David und Eileen saßen beide auf der Couch, als es an der Wohnungstür mehrmals klopfte und jemand sagte: »Polizei.«

Eileen ließ die beiden Polizisten in Uniform ein. Sie maßen sie mit einem abschätzenden Blick und sahen David vorwurfsvoll an. Der eine Beamte, in mittleren Jahren, mit meliertem Haar, fragte sie streng: »Hat er Sie geschlagen? Ist alles in Ordnung? Habt Ihr beide euch gestritten?«

Erschrocken und wütend über seine Unterstellung erwiderte Eileen: »Sind Sie verrückt? Nein, nein, er ist mein Freund. Er ist zu mir heruntergekommen, um mich zu befreien. Der Vergewaltiger hat mich gefesselt.«

»Sie sind vergewaltigt worden?« fragte der Polizist argwöhnisch.

»Ja«, antwortete sie leise.

»Wer hat Sie denn auf den Kopf geschlagen? Er?«

»Nein!« Tränen brannten ihr in den Augen.

»Wissen Sie«, sagte der jüngere Polizist, bei der Meldung, die wir erhalten haben, hieß es, es ginge um einen Familienstreit. Hat er einen Schlüssel? Wußten Sie, daß er in der Wohnung war? Nun, ich muß Ihre Fingerabdrücke nehmen«, erklärte er, sich an David wendend, der zugleich erstaunt und verärgert immer noch auf der Couch saß.

In den darauffolgenden Minuten hatte Eileen alle Mühe, nicht aus der Haut zu fahren, während die Polizisten ihre Wohnung in Augenschein nahmen und ein Schwall von Fragen auf sie und David niederging, die eindeutig darauf schließen ließen, daß man sie für ein Liebespaar hielt, das sich gestritten hatte. Nachdem der ältere Polizist Eileens Schlafzimmer gesehen hatte, stürmte er ins Wohnzimmer und rief: »Wo kommt denn das ganze Blut her?«

Seine Skepsis nahm noch zu, als Eileen ihm erklärte, daß man sie, ebenso wie Bethie, die immer noch bewußtlos auf dem Bett lag, auf den Kopf geschlagen hatte. Dann fragte sie der Polizist mit dem melierten Haar, ob das Blut auf dem Bett, an den Wänden und an der Decke zum Teil von dem Einbrecher stamme. Anschließend sagte er zu David: »Nun, wir werden bei Ihnen eine Blutprobe machen.«

Eileen und David waren empört.

Kurze Zeit später erhielt der ältere Polizist einen Anruf auf seinem tragbaren Empfangsgerät. Er eilte aus der Wohnung und kam fünf Minuten später mit drei verängstigten Schwarzen zurück, die man nach seiner Information ein paar Türen weiter die Straße hinunter aufgegriffen hatte. Eileen wurde gefragt, ob der Mann, der sie angegriffen hatte, dabei sei. Sie schüttelte den Kopf und sagte, sie sähen ihrem Angreifer nicht einmal ähnlich.

»Wie wollen Sie das wissen, wenn Sie blind sind?« beharrte der Polizist. Widerwillig ließ er die Männer frei, und Eileen dämmerte es, obwohl sie sich dagegen sträubte, daß diese ungeschickten Gesetzesvertreter so unfähig waren, daß ihr Vergewaltiger von Minute zu Minute bessere Chancen hatte zu entkommen. Sie konnte es einfach nicht glauben, daß zum zweiten Mal in ihrem Leben ein Mann, der sie angegriffen hatte, wegen des Versagens der Polizei unbeschadet davonkommen sollte! Der Vergewaltigungsversuch damals auf der East End Avenue war nicht verfolgt worden, weil sie den Mann, der ihre Jacke mit einem Messer in Streifen zerfetzt hatte, nicht hinreichend beschreiben konnte. Und jetzt, wo sie in der Lage war, ihren Angreifer zu identifizieren, wollte man ihr nicht glauben, weil sie blind war.

Nicht lange danach erfuhr sie von dem Polizisten mit dem melierten Haar, daß ein Kollege im Streifenwagen, ein Anfänger, einen Schwarzen mit einem Koffer gesehen hatte, der sich auffällig in der Nähe eines automatischen Bankinformationsdienstes an der Kreuzung 86. Straße und Lexington Avenue aufhielt. Ihre Hoffnung stieg sprunghaft, bis sie hörte, daß der unerfahrene Polizist zu lange gezögert hatte und der Verdächtige das Weite suchen konnte.

Mit zunehmender Frustration begann Eileen nun, bei sich nach Anhaltspunkten für die Identität ihres Angreifers zu suchen. Sie sah es als gegeben an, daß der Mann, der sie vergewaltigt hatte, wahrscheinlich einer der beiden Vergewaltiger war, von denen der Radioreporter gesprochen hatte. Wenn dem so war, dann sollte er der Verantwortung für das, was er ihr angetan hatte, nicht entgehen. Wenn sie die Gelegenheit dazu bekam, dann würde sie sich an die Öffentlichkeit wenden und vor den Medien die zwei Stunden Terror beschreiben, denen der Eindringling sie ausgesetzt hatte. Sie würde das Schweigen brechen, mit dem Vergewaltigungsopfer geschützt wurden und das gleichzeitig dazu führte, daß der Täter, wenn er überhaupt gefaßt wurde, eine zu niedrige Strafe erhielt. Konnte es ihr schlechtergehen, wenn sie ihre Geschichte erzählte? Wieviele Vergewaltiger liefen frei herum wegen dieses Diskretionsgebots?

Als die Leute von der Manhattaner Abteilung zur Bekämpfung von Sexualdelikten, zwei Männer und eine Frau, eintrafen, hatte sich Eileens Entschlossenheit in ihrem Magen zu einem festen Knoten verdichtet. Sie war froh, als sie feststellte, daß sie es diesmal mit einer anderen Art von Justizbeamten zu tun hatte. Sie waren ruhig, höflich, scharfsichtig und intelligent. Aber trotz ihrer Professionalität, ihrer gezielten Fragen und ruhigen Kommentare hatte Eileen es selbst übernommen, den Mann, der sie wie ein Tier mißbraucht hatte, ausfindig zu machen und seiner Bestrafung zuzuführen. Sie würde nicht geduldig darauf warten, daß die Gerechtigkeit ihren Lauf nahm. Nein, sie würde aktiv dazu beitragen, daß der Mann gefaßt wurde.

Sie wußte, daß die New Yorker Polizeibehörde auf die Stimmung in der Öffentlichkeit reagieren würde. Sie würde eine größere Zahl von Polizisten abstellen und mehr unternehmen, um ihres Vergewaltigers habhaft zu werden, wenn die kritischen Augen der Öffentlichkeit auf sie gerichtet waren und den Zorn widerspiegelten, den die Schmach der Vergewaltigung nicht nur bei ihr, sondern auch bei Millionen anderer Frauen in New York City, die ebenfalls in Gefahr waren, auslöste. Während Eileen sich mit dem Gedanken trug, an die Öffentlichkeit zu gehen, vergaß sie keinen Augenblick, daß der Eindringling gesagt hatte, er würde sie töten, wenn sie redete. Was würde er tun, wenn er eine Beschreibung seiner Person in der Zeitung las? Sie hatte keine Ahnung. Aber trotz ihrer Angst war sie zu allem entschlossen.

David Wilson, der erschöpft war und dem man die verheerenden Auswirkungen der Krankheit, die seinen Körper für Virusinfektionen empfänglich gemacht hatte, ansah, durfte in seine Wohnung zurück, nachdem Eileen die Polizei davon überzeugt hatte, daß er der Mann war, der sie von den Fesseln, die ihr von dem Vergewaltiger angelegt worden waren, befreit hatte. Dann drängten die Beamten Eileen höflich, aber bestimmt, ihnen zu erzählen, was genau in den zwei Stunden geschehen war, in denen der Eindringling sie gefangenhielt. Als sie von den Fingerabdrücken sprach, die sie dem Mann in der Küche mit dem blauen Trinkglas abgeluchst hatte, und ihnen sagte, sie würden es im Spülbecken finden, schien der Ranghöchste der Beamten überrascht. »Das war eine gute Idee«, bemerkte er anerkennend.

Sie erklärte ihm auch, sie sei sicher, daß der Eindringling im Badezimmer auf den Keramikfläschchen und Armaturen noch mehr Fingerabdrücke hinterlassen haben mußte. Ihre Schilderung wurde durch die Ankunft des Krankenwagensanitäters unterbrochen, der ihren Kopf flüchtig untersuchte und meinte, die Wunde blute nicht, müsse aber genäht werden. Als die Spurensicherung der Polizei eintraf, um nach Fingerabdrücken und kleinen

Hinweisen auf die Identität des Täters, von denen er vielleicht selbst nichts wußte, zu suchen, unterbrachen die Beamten die Befragung von Eileen lange genug, um die Kollegen auf die Dinge aufmerksam zu machen, auf die Eileen hingewiesen hatte.

Um sechs Uhr befand sich Eileens Apartment gänzlich in den Händen der Justiz. Beamte gingen ein und aus, um die verschiedensten Arten von Untersuchungen durchzuführen.

Kay Ketchum, eine enge Freundin von Eileen, kam nach ihrem Anruf in die Wohnung, stellte sich vor, sah Eileen kritisch an und nahm sie tröstend in die Arme. Dann hob sie Bethie auf und versprach, das Tier im Taxi in eine Tierklinik in Manhattan-Mitte zu bringen. Der Hund wirkte teilnahmslos und schläfrig; er hatte die Symptome einer Gehirnerschütterung. Nachdem sie Bethie abgeliefert hatte, sollte Kay ins Lenox-Hill-Krankenhaus kommen, wohin man Eileen, sobald die Kriminalbeamten die erste Befragung abgeschlossen hatten, bringen würde.

Eileen war dankbar für Kays Hilfe. Kay war eine Frau, die Freundschaft in die Tat umsetzte.

Mit ihrem Bademantel bekleidet, wurde Eileen von einem männlichen und einem weiblichen Mitglied der Manhattaner Polizeikommission zur Bekämpfung von Sexualdelikten ins Krankenhaus gebracht. Sie war dankbar und erleichtert, daß es wahrscheinlich lange dauern würde, bis sie wieder in ihre Wohnung zurückkehren konnte. Die Vorstellung, allein dort zu sein, störte sie plötzlich. Dabei liebte sie ihr Heim. Es war ihr Nest, der Ort, wo sie sich geborgen und der Welt gegenüber unangreifbar fühlte.

Doch mit all dem war es vorbei – mit ihrer Sicherheit und ihrer Unabhängigkeit. Diese Erkenntnis fiel ihr wie eine große Last auf die Seele. Bestürzt kniff sie die Augen zusammen, um nicht wieder zu weinen. Sie war immer gerne allein und unabhängig gewesen und hatte es genossen, daß sie sich zutraute, selbst für sich zu sorgen. Jetzt hatte sie Angst und verspürte eine tiefe Leere, weil sich ihr Leben so sehr verändert hatte. Es würde nie wieder wie früher sein. »O Gott«, sagte sie zu sich, »es ist einfach nicht fair! Was mache ich jetzt bloß?«

Im Krankenwagen stellten die Kriminalbeamten ihr eine Reihe von Fragen zum Umfang ihrer Blindheit. Konnte sie genug sehen, um einen Mann anhand eines Portraitfotos zu identifizieren? Würde sie ihn auf der anderen Seite des Raumes erkennen? Wie lautete der medizinische Fachausdruck für ihre Sehbehinderung? Inwieweit konnte sie als Blinde einen Eindringling einwandfrei identifizieren? Durch Berührung? Durch das Gehör? Würde sie die Stimme des Mannes wiedererkennen?

Eileen antwortete immer noch geduldig auf diese Fragen, als der Krankenwagen die Notaufnahme des Lenox-Hill-Krankenhauses erreichte. Man half ihr aus dem Fahrzeug und durch die geräuschlosen Türen.

Ein paar Minuten saß sie allein in einem Untersuchungszimmer und war sicher, daß der Raum wie Dutzende andere aussah, die sie im Laufe ihrer Berufspraxis als Schreibkraft für medizinische Berichte betreten hatte. Da stand gewiß ein Metalltisch mit einer dicken Auflage, über die man wiederum ein frisches weißes Tuch gebreitet hatte. Außerdem gab es wohl verschlossene Schränke mit vielen Schubladen, in denen Vorräte für die ärztliche Versorgung und chirurgische Instrumente aufbewahrt wurden. Der Untersuchungstisch war unten wahrscheinlich mit zwei Pfosten aus Niro-Stahl versehen, an deren oberem Ende 15 Zentimeter breite Kunststoffschlaufen oder Bügel angebracht waren.

Es klopfte energisch an der Tür, und, begleitet von der Kriminalbeamtin, trat ein Mann in Uniform ein, der sich als Polizeifotograf vorstellte.

Man bat Eileen, aufzustehen und sich fotografieren zu lassen. Während der Fotograf Blitzlichtaufnahmen aus verschiedenen Winkeln von ihr machte und sie dann bat, sich wieder zu setzen, damit er ihre Kopfwunde aus der Nähe aufnehmen konnte, erklärte die Kriminalbeamtin, daß die Bilder für die Akte des Opfers bei der Polizei bestimmt seien und die Grundlage für die Anklageunterlagen bildeten, die von dem für Manhattan zuständigen Staatsanwalt zusammengestellt würden. Man erwartete auch von Eileen, daß sie sich am nächsten Tag im 20. Bezirk Fingerabdrücke abnehmen ließe. Die Kriminalbeamtin gab Eileen ihre Karte, als sie und der Fotograf sie verließen.

Eine andere Frau, die sagte, sie sei Ärztin, ohne jedoch einen Namen zu nennen, betrat den Raum zusammen mit einer Schwester in Tracht, die Eileen später als Karen kannte.

Sie konnte die Frau kaum sehen. Aber nach dem, was sie mit ihrem tunnelförmigen Sehvermögen gelegentlich erhaschte, erschien ihr die Ärztin als eine große, schlanke Frau, die ein Stethoskop um den Hals trug und einen gestärkten weißen Kittel anhatte. Nüchtern erklärte sie Eileen, daß die von ihr vorgenommenen Untersuchungen der Erstellung einer Beweiskette dienen sollten und daß das Opfer für jede einzelne Untersuchung eine Zustimmungserklärung unterschreiben müsse. Die Untersuchungsergebnisse würden dem kriminaltechnischen Labor der New Yorker Polizeibehörde zur Verfügung gestellt.

Eileen konnte die Frau vom ersten Augenblick an nicht leiden. Sie war kalt, gebieterisch, hatte keinen Humor und keine Persönlichkeit. Die mit den Formularen neben ihr stehende Schwester zeigte sich ebenfalls wenig mitfühlend oder freundlich. Eileen ärgerte sich. Sie war hier als Opfer einer Vergewaltigung, als eine Frau, die man auf übelste Weise physisch und psychisch mißbraucht hatte, und jetzt sollten die Spuren, die der Vergewaltiger in ihrem Körper hinterlassen hatte, von medizinischem Personal aufgelistet und beschrieben werden, das nicht im mindesten an ihrem Wohlbefinden interessiert zu sein schien.

Eileen kritzelte ihren Namen mit einem Kugelschreiber der Schwester auf das erste Formular und stellte sich auf die kleine Fußmatte aus weißem Papier, die die Schwester hingelegt hatte.

Die Ärztin sah schweigend zu, als Eileen ihren Bademantel auszog, ihn der Schwester reichte und dann das ihr übergebene dünne weiße Krankenhaushemd anzog. Das Papier wellte sich unter ihren Füßen, während sie das Gewicht verlagerte. Sie war überrascht, als die Schwester sagte: »Auf dem Papier sollen Körperhaare oder Fasern der Kleidung des Mannes aufgefangen werden, die dieser vielleicht auf Sie übertragen hat.«

Sie wies auf ein anderes Formular hin, das Eileen unterschreiben mußte. Dann berührte die Ärztin Eileen leicht am Ellenbogen und gab ihr zu verstehen, daß sie auf den Tisch klettern und sich auf den Rücken legen solle. Die

Schwester faltete die Matte, auf der Eileen gestanden hatte, zusammen und packte sie in eine Papiertüte.

»Ich werde eine Scheidenuntersuchung vornehmen«, sagte die Ärztin frostig, hob Eileens Bein hoch und schob eine Kunststoffschlaufe über ihren Knöchel. Mit ihrem rechten Bein ging sie genauso vor, so daß Eileen mit gespreizten Beinen auf dem Rücken lag und sich unbeholfen und unwohl fühlte.

Die Ärztin begann ruhig und unpersönlich die einzelnen Schritte der Untersuchung anzugeben. Eileen meinte, endlich etwas Wärme zu spüren, die sie vorher nicht wahrgenommen hatte.

»Ich werde Sie dehnen und daraufhin untersuchen, ob der Täter eingedrungen ist und Verletzungen verursacht hat. Außerdem werde ich einige Abstriche machen.« Sie hielt ein langes, glänzendes Instrument in der Hand, das Eileen nicht genau erkennen konnte. Es hieß Spekulum und ähnelte einer großen, verlängerten Pinzette mit flachen, entenschnabelförmigen Enden. Die Ärztin warnte Eileen davor, daß es vorübergehend etwas kalt werden könne, wenn sie das Instrument in die Vagina einführte.

»Verkrampfen Sie sich nicht«, riet ihr die Ärztin.

Es war wie ein seltsamer, plötzlicher Kälteschock, als das Spekulum zwischen die großen Schamlippen, die weichen, empfindlichen, geschmeidigen Teile der Vulva drang. Eileen hielt vor Unbehagen die Luft an.

»Sie nehmen kein Östrogen, oder?« fragte die Ärztin. »Wann wurde die Gebärmutter entfernt?«

Eileen bestätigte, daß sie seit sechs Jahren kein Östrogen genommen hatte, und sagte, der Uterus sei ihr 1980 entfernt worden.

Die Ärztin nickte und führte Tupfer in Eileens Scheide

ein. Diese fuhr zusammen, als die mit Flüssigkeit getränkten Läppchen wieder herausgenommen und der Schwester übergeben wurden, die damit zwei Glasscheiben bestrich. Auf Eileens Unbehagen keine Rücksicht nehmend, fuhr die Ärztin fort: »Ich muß Ihnen jetzt ein paar Haare ausziehen, Eileen. Sie werden das Ziepen spüren.«

Eileen zuckte, als die Ärztin die Haare ausriß. Doch kaum eine Pause machend, sagte diese: »Sie werden jetzt etwas in Ihrem Darmausgang spüren, Eileen. Es ist nur ein Wattetupfer. Wir brauchen auch davon eine Probe.«

Eileen fühlte den leichten Druck des Tupfers, und ihr Rücken versteifte sich. Dann versuchte sie sich zu entspannen. Wenn man auch nochmals in sie eindrang, in Anbetracht dessen, was sie hinter sich hatte, machte ihr das nichts aus. Trotz dieser Entschlossenheit jedoch spürte sie, wie ihr die Tränen in die Augen stiegen. Sie verbarg sie, indem sie ihr Gesicht mit dem Arm bedeckte.

Die Ärztin schien nichts zu merken und fand keine Worte des Trostes. »Ich werde jetzt Ihren Schambereich kämmen, Eileen. Wir suchen nach Fremdrückständen, getrocknetem Sperma des Täters oder ähnlichem.« Eileen spürte, wie der Kamm durch ihre Schamhaare fuhr. Obwohl sie es haßte, war sie froh, daß es gemacht wurde, weil es der letzte Schritt in der Erstellung einer Beweiskette gegen ihren Vergewaltiger war.

»Setzen Sie sich«, bedeutete ihr die Schwester ungeduldig und befreite ihre Fußgelenke von den Kunststoffschlaufen an den Pfosten. Eileen öffnete die Augen. Sie hörte, wie die Ärztin den Raum verließ, ohne ein Wort des Zuspruchs und ohne auch nur den Versuch zu unternehmen, für eine andere Frau, der man übel mitgespielt hatte, Verständnis zum Ausdruck zu bringen. Eiskalte Hexe!

dachte Eileen und nahm den ihr angebotenen sauberen Kamm, um ihr nunmehr mit trockenem Blut verklebtes Haar wenigstens teilweise zu kämmen. Sie gab den Kamm mit dem darin enthaltenen losen Haar der Schwester zurück, die ihn in einen Umschlag steckte.

Dann, während Eileen auf der Kante des Untersuchungstisches saß, öffnete die Schwester den Nackenverschluß des Krankenhaushemdes und untersuchte Eileens Haut eingehend mit einer Infrarotlampe. »Ich suche nach Spermaresten auf Ihrer Haut«, erklärte sie und gab Eileen das Krankenhaushemd nach der Untersuchung zurück. »Jetzt brauchen wir von Ihnen nur noch etwas Blut und eine Urinprobe.«

»Was ist mit der Wunde an meinem Kopf?« fragte Eileen. »Die Ärztin hat sich so schnell aus dem Staub gemacht, als hätte sie Feuer unterm Hintern.«

»So sollten sie aber nicht von einer Ärztin sprechen.«

»Sie arbeiten für sie, ich nicht. Was ist nun mit meinem Kopf?«

»Nun, er blutet nicht mehr. Ein Assistenzarzt wird in Kürze danach sehen. Sie müssen etwas Geduld haben.«

»Geduld haben, was soll das heißen? Man hat mich vergewaltigt, mit einem Hammer angegriffen und mich in meiner Wohnung zwei Stunden gefangengehalten, und jetzt soll ich auf einen Assistenzarzt warten, damit er meine Kopfwunde näht? Ich habe keine Zeit, hier herumzusitzen. Ich muß mich mit *Crimestoppers* in Verbindung setzen. Andere Frauen in unserer Stadt sollten von dem Schweinehund, der mir das angetan hat, erfahren, und ich will, daß die Polizei etwas Druck spürt, damit sie in die Gänge kommt und den Täter findet, bevor ihm noch eine Frau zum Opfer fällt.«

Die Schwester war entsetzt. Eileen hörte, wie sie überrascht zurücktrat. »O nein, Miss Ross!« rief sie aus. »Das ist der Schock. Wir können nicht zulassen, daß Sie etwas tun, das Sie vielleicht für den Rest Ihres Lebens bedauern. Vergewaltigungsopfer wissen oft nicht, wie tief der Schock sitzt. Sie sollten keine wichtige Entscheidung treffen, bevor sie mit einem Psychiater gesprochen haben. Ich kenne eine Frau, die bei einem Rendezvous vergewaltigt wurde und die psychiatrische Behandlung abgebrochen hat. Ein halbes Jahr später landete sie in einer Nervenheilanstalt. Sie wollen doch nicht, daß Ihnen auch so etwas passiert, oder?«

Eileen wandte der Frau ihr Gesicht zu und antwortete: »Vielen Dank für den Rat, aber ich möchte telefonieren.«

»Ich habe Ihnen gerade gesagt, daß wir nicht erlauben können, etwas zu tun, das Sie später bereuen. Wir müssen Ihnen klarmachen, was für Sie am besten ist. Wissen Sie, was, ich nehme Ihnen jetzt Blut ab, und Sie beschaffen mir auf der Toilette eine Urinprobe. Danach sollten Sie sich einfach hinlegen und ausruhen, damit Sie wieder zu sich kommen. Wenn Sie ein wenig geschlafen haben, dann stellt sich alles ganz anders dar. Sie sind mit Recht aufgebracht. Sie haben etwas Schreckliches durchgemacht, aber Sie müssen uns vertrauen. Wir haben oft mit Vergewaltigunsopfern zu tun. Sie sollten auf keinen Fall auf sich aufmerksam machen oder . . .«

Eileen wollte gerade unterbrechen, als es klopfte und Kay Ketchum den Kopf durch die Tür steckte. »Bist du präsentabel?« fragte sie.

Eileen stieß einen Seufzer der Erleichterung aus und rief: »Kay! Gott sei Dank, daß du da bist.« Sie wandte sich an die Schwester und erklärte: »Das ist meine Freundin Kay Ketchum.«

»Oh, gut.« Die Schwester schnitt Kay eine Grimasse. »Vielleicht können Sie sie zur Vernunft bringen.«

Kay hob die Augenbrauen, die ihrem hübschen Gesicht einen besonderen Ausdruck verliehen. »Natürlich werde ich dafür sorgen, daß sie das Richtige tut«, versprach sie, während sie zu Eileen hinüberging und kameradschaftlich deren Hand drückte.

»Du bist einfach überdreht«, meinte sie und drückte nochmals Eileens rechte Hand, um ihr zu verstehen zu geben, daß sie auf ihrer Seite war.

Kay unterhielt sich freundlich mit der Schwester, die Eileen an ihrem linken Arm Blut abnahm. Kurz darauf verließ die Schwester den Raum mit einer Urinprobe von Eileen und dem Beweismaterial, den Tupfern, Glasplättchen und den Zustimmungserklärungen.

Als sie die Tür schloß, flüsterte Eileen Kay hastig zu: »Sie wollen mich nicht telefonieren lassen. Du mußt dich mit *Crimestoppers* in Verbindung setzen und sie bitten, ins Krankenhaus zu kommen.«

»Man wird es nicht gerne sehen.«

»Das ist ihr Problem. Ich lasse mich nicht davon abhalten. Ich will, daß der Kerl gefaßt wird. Ich habe lange darüber nachgedacht. Wenn man schweigt, dann ist vielleicht der Name der Frau geschützt. Aber so kommt man nicht an den Mann. Ich werde in dieser Stadt das Oberste zuunterst kehren, um den Hurensohn zu finden.«

»Du hast ja recht, Herzchen.« Kay drückte leicht ihren Arm.

Eine dreiviertel Stunde später waren Kay und Eileen sich darüber im klaren, daß, wenn Eileen ihre Geschichte ins Fernsehen bringen wollte, dies nur mit Hilfe eines Ablenkungsmanövers möglich war. Kay hatte sich inzwischen mit *Crimestoppers* von Kanal 7 in Verbindung gesetzt, wie Eileen es gewollt hatte, und der Reporterin Rolanda Watts mitgeteilt, daß ein Vergewaltigungsopfer, das man in seiner Wohnung in East Side mißbraucht hatte, sich mit einem Aufruf an die Öffentlichkeit wenden wolle, damit der Eindringling gefaßt würde. Watts sagte Kay zu, daß ein Kamerateam sich binnen Minuten auf den Weg zum Krankenhaus machen und im Warteraum der Notaufnahme mit Eileen zusammentreffen wolle.

Kay hielt sich dort auf, als Rolanda Watts, eine attraktive Schwarze mit hohen Backenknochen, funkelnden braunen Augen und einer kultivierten Stimme erschien und von einem Krankenhausposten sowie einer Oberschwester zu hören bekam, daß sie und ihr Kameramann nicht zu Eileen in den Untersuchungsraum durften.

»Dann warten wir im Wagen auf der anderen Straßenseite und machen das Interview draußen«, sagte sie.

»O nein«, fauchte die Schwester. »Sie haben kein Recht, hier zu sein. Wir müssen die Privatsphäre des Opfers schützen. Sie sollten sich schämen.«

Die Reporterin zuckte mit den Achseln, bedeutete ihrem Kameramann, ihr vorauszugehen, und warf Kay einen fragenden Blick zu. Diese nickte kaum wahrnehmbar. Der energische Sicherheitsbeamte folgte ihr und wartete, die Hände in die Hüften gestemmt, bis Watts und ihr Gefährte die Straße überquerten und zum Übertragungswagen gingen. Sobald Watts fort war, wandte die Schwester sich an Kay und sagte in vernichtendem Ton: »Wenn Sie sich nicht an die Krankenhausvorschriften halten, müssen wir Sie bitten, zu gehen. Sie tun ihrer Freundin keinen Gefallen, wenn Sie sie zu etwas ermutigen, das sie vielleicht für den Rest ihres Lebens bereut.«

Kay schluckte die Erwiderung, die ihr auf der Zunge lag, herunter, drehte sich auf dem Absatz um und ging ins Untersuchungszimmer. Als sie Eileen erzählte, was geschehen war, sagte diese schnell: »Die Leute vom Fernsehen warten nicht ewig. Ich muß raus zu Ihnen. Idioten! Ich lasse mir von ihnen nicht die Chance verderben, den Typ festnageln zu können!«

Eileen hatte die Fäuste geballt und zitterte leicht. Sie holte tief Luft und konzentrierte sich einen Moment. Dann lächelte sie Kay plötzlich verschmitzt an. »Hör zu«, sagte sie, »wie wäre es, wenn wir für etwas Aufregung sorgen, einen Aufstand inszenieren würden, damit ich hinausschlüpfen kann? Würdest du das tun: Theater machen, weil sie sich immer noch nicht um meinen Kopf gekümmert haben? Ja, das ist eine gute Idee: Du lenkst sie ab, sie werden wütend auf dich, und ich nutze die Gelegenheit, um mich davonzumachen.«

Kay schmunzelte. Ihr hübsches Patriziergesicht leuchtete auf bei dem Gedanken an das, was sie im Schilde führten. »Ja, mit Vergnügen«, antwortete sie, ging zur Tür und blieb aber dann stehen.

»Doch was, um Himmels willen, willst du denn anziehen? Du wirst niedlich aussehen im Fernsehen in deinem Krankenhaushemd mit Lochstickerei. Durch den Schlitz am Rücken könnte ein Lkw fahren!«

»Oh, mach dir keine Sorgen um mich«, sagte Eileen. »Ich werde mir das Tuch vom Untersuchungstisch umlegen.«

Eileen hatte das Tuch gerade an sich genommen, als sie

Kay plötzlich durch die Tür des Untersuchungsraums kreischen hörte. »Was fällt Ihnen ein? Warum kümmern Sie sich nicht um die Wunde an ihrem Kopf? Sie glauben wohl, sie einschüchtern zu können, indem Sie sie warten lassen. Und wo sind ihre Kleider? Wo haben Sie ihre Kleider versteckt?«

Eileen grinste, als sie das Krankenhaushemd fertig umgedreht und die beiden Seiten über die ganze Länge eingeschlagen hatte. Dann band sie sich das Tuch fest um die Hüften über den unteren Teil des Hemdes. Sie öffnete die Tür des Untersuchungszimmers und glitt hinaus. Obwohl sie nicht sehen konnte, wie Kay rot angelaufen und wütend, das Kinn kämpferisch vorgeschoben, vor der Oberschwester stand, hatte sie eine Vorstellung von der Szene.

Schnell machte sie sich auf den Weg in Richtung Außentür. Sie war mehrmals wegen ihres Schreibdienstes im Lennox-Hill-Krankenhaus gewesen. Das Archiv mit den Berichten war nicht weit von der Notaufnahme. Eine Drehtür aus Glas führte auf die 77. Straße, wo sie hinwollte. Auf der anderen Straßenseite wartete Rolanda Watts von Kanal 7 mit dem Übertragungswagen.

Eileen fühlte, wie sie mutiger und entschlossener wurde, als sie die gläserne Drehtür fand und hinausschlüpfte. Während sie das Krankenhaus verließ, sah sich Kay der Oberschwester, dem stämmigen Wachposten, zwei Empfangsdamen von der Notaufnahme mit weit aufgerissenen Augen, einem erzürnten Arzt und einem sich belustigt fühlenden Krankenpfleger gegenüber. »Wenn Sie nicht mit diesem Theater aufhören«, sagte der Wachmann, »dann muß ich Sie mit Gewalt entfernen.«

Kays hübscher Mund zog sich zusammen. »Mein lieber Junge, wenn du mich anrührst, dann hast du schneller einen Prozeß am Hals, als du sagen kannst, daß es dir leid tut.«

»Denken Sie denn gar nicht an die Kranken? Der Aufruhr, den Sie verursachen, kann ihre Genesung beeinträchtigen. Sie müssen leiser sprechen. Wirklich! Darauf muß ich bestehen«, sagte die Oberschwester zu Kay.

Den Kopf wendend, sah Kay Eileen durch die Drehtür huschen; sie lächelte die Oberschwester an und zuckte mit den Achseln. »Leute wie Sie müssen lernen, daß sie niemanden zwingen können . . .«

Die Schwester blickte in dieselbe Richtung wie Kay zuvor und sah gerade noch, wie Eileen mit unordentlichem Haar, auf nackten Füßen, in dem umgedrehten Krankenhaushemd und dem als Rock darüber drapierten Tuch das Krankenhaus verließ.

»Halt!« schrie die Schwester und stürzte zur Drehtür. »Halt! Wenn Sie das Krankenhaus verlassen, können wir Sie nicht mehr behandeln.«

Eileen wandte nicht einmal den Kopf. Sie hatte den Bordstein an der 77. Straße Ost erreicht. Gegenüber, auf der anderen Seite, wartete Rolanda Watts, das wußte sie. Ein Assistent kam Eileen entgegen und beobachtete den in beide Richtungen fließenden Verkehr.

Kay verließ jetzt auch das Gebäude und ging zu Eileen. Als sie sich anschickten, die Straße zu überqueren, drehte sich die Oberschwester um und eilte mit steifem Rücken durch die Drehtür zurück in die Notaufnahme. Sie war offensichtlich darauf aus, Hilfe zu holen, um etwas gegen die flüchtende Patientin zu unternehmen. Aber es war zu spät.

Rolanda Watts lächelte Eileen an. »Wo sind Ihre Kleider?« fragte sie.

»Die Polizei hat sie zur Untersuchung. Im Krankenhaus haben sie mir ein Hemd gegeben, und ich habe mir das Tuch geborgt.«

Watts lachte: »Sie haben Mumm, Lady. Tut Ihnen der Kopf weh? Wie heißt Ihre Freundin?«

»Mein Kopf sieht bestimmt mitgenommen aus, ist aber in Ordnung, und das ist Kay Ketchum, eine sehr gute Freundin.«

Die Reporterin wandte sich an Kay und fragte: »Sind Sie die Lady, mit der ich am Telefon gesprochen habe?«

Kay nickte.

Eileen, auf ihr Ziel bedacht, fügte rasch hinzu: »Was erzähle ich am besten, damit man ihn findet?«

»Nun, Sie müssen mir ein paar Fragen beantworten, bevor wir das Band starten. Sie sind ein Sonderfall: eine vergewaltigte Frau, die sich nicht schämt, es zuzugeben. Wie kommt das?«

Eileen seufzte. Plötzlich fühlte sie sich schwindelig, müde und ausgelaugt. Die Entschlußkraft, die sie sich in jenen quälenden Stunden bewahrt hatte, hatte Kraft gekostet, führte nun aber zu einem positiven Ergebnis: Sie würde jetzt eine Geschichte erzählen, die einem Millionenpublikum zu Ohren kam. Irgend jemand würde sie sehen, ihre Worte hören und ihren Angreifer wiedererkennen. Sie war keine hilf- und glücklose Frau!

Eileen fühlte sich erleichtert, ja prächtig. Der Vorsatz, den sie in der Küche gefaßt hatte, als ihr klar wurde, daß der Mann sie vergewaltigen würde, wurde in die Tat umgesetzt. Sie hatte dafür gesorgt, indem sie ihre Sinne beieinander hielt, und jetzt war sie am Ball. Sie konnte nicht verhindern, daß ihr die Tränen die Wangen hinunterliefen. Es war so angenehm, weinen zu können, sich in Sicherheit gehenzulassen und zu spüren, wie die ganze aufgebaute Spannung nachließ.

Sie trocknete sich die Augen mit einem Ende des Lakens und lächelte Rolanda Watts erschöpft an.

»Es tut mir leid«, sagte sie. »Auf einmal kam soviel zusammen.« Sie holte tief Luft und meinte dann: »Keine Frau sollte sich schämen, weil sie vergewaltigt wurde. Sich vor der Realität zu verstecken, führt zu nichts.« Sie hob das Kinn, und ihre Stimme wurde fester.

»Ein Mann drang in meine Wohnung ein, hielt mich zwei Stunden gefangen, vergewaltigte mich zweimal, stahl meinen günstig erstandenen Nerzmantel, das bißchen Schmuck, das ich hatte, etwas Bargeld und meine Scheckkarte. Ich darf wütend sein. Frauen, die schweigen, weil sie Angst haben, gebrandmarkt zu werden, spielen dem Angreifer direkt in die Hand. Nun, das werde ich nicht tun. Ich will, daß dieser Kerl gefaßt wird, daß man ihn bestraft und daß andere Frauen wissen, daß sie reden müssen, wenn etwas geschehen soll. Ich möchte Druck auf die Polizei ausüben, damit sie den Täter faßt, solange sich noch jemand, der ihn vielleicht gesehen hat, gut an ihn erinnern kann.«

Rolanda Watts nickte zufrieden: »Das ist gut.«

Im weiteren Verlauf des Interviews stand Eileen aufrecht und entschlossen im Sonnenschein eines heißen Julimorgens inmitten des lärmenden Verkehrs auf der 77. Straße Ost und hatte den bekannten scharfen Geruch des warmen Asphalts in der Nase. Sie beantwortete Rolanda Watts' Fragen aufrichtig und klar und berichtete über die schrecklichen Dinge, die sich in ihrer Wohnung abgespielt hatten. Dann richtete sie den ihr aus dem Herzen kommenden Aufruf an alle Frauen, nicht vor der Öffentlichkeit zurückzuschrecken, sondern vorzutreten und ihre Angreifer zu beschuldigen. Das Einschalten der Öffentlichkeit helfe nicht nur der Polizei bei der Ergreifung der gewalttätigen Männer, sondern habe auch eine abschreckende Wirkung auf potentielle Vergewaltiger, die sich ein Verbrechen vielleicht zweimal überlegten, wenn sie damit rechnen mußten, daß sie angezeigt und festgenommen würden.

Eileen war realistisch genug, um zu wissen, daß von dem ganzen Interview wahrscheinlich höchstens eine Minute gesendet würde, wobei die Vergewaltigung als solche, ihre Beschreibung des Mannes und die Tatsache, daß er ihren Koffer bei sich hatte, zweifellos im Mittelpunkt ständen. Der Teil, in dem es um ihre freimütige Haltung zur Offenbarung gegenüber der Öffentlichkeit ging, würde vermutlich auf ein Minimum reduziert, wenn er überhaupt gesendet wurde. Aber Eileen erzählte trotzdem unbeirrt und mit aller Gelassenheit, wie es gewesen war, und begann damit, die Falle zu stellen, in der sich ihr Angreifer verfangen sollte . . .

5

Das 71. Polizeirevier in Crown Heights, Brooklyn, an der Ecke Empire und New York Avenue ist in einem modernen Gebäude aus Stahl, Glas und Beton untergebracht. Zentral gelegen zwischen Wohnanlagen, ruhigen, von

Bäumen gesäumten Straßen und kleinen Geschäftsenklaven, bestehend aus Reinigungen, Tankstellen, Juwelieren, Lebensmittelgeschäften, Bäckern, Zahnärzten und Blumenläden, ist es typisch für Dutzende neuerer Polizeireviere in New York City.

Während Detective Lieutenant Jim McGeown die Stufen hinaufeilte, sah er nachdenklich, ja besorgt aus. In seinem Büro auf der zweiten Etage angekommen, fühlte er sich plötzlich etwas wohler. Seit 15 Monaten arbeitete er nun in diesem 6 × 3,50 Meter großen Raum. Für einen Fremden, einen Zivilisten, der noch nie im Büro eines Polizeiabteilungsleiters war und der Polizeitrophäen und -embleme nicht kannte, würde er vermutlich schäbig, unpersönlich und vollgestopft aussehen. Aber er liebte die verblichenen Poster auf den grauen Wänden mit den verschmutzten Schwarzweißfotografien von *Perps*, wie die Polizisten gesuchte Männer und Frauen nannten. Viele der auf den alten Plakaten Dargestellten waren schon längst gefaßt und in Haft, oder ihre Akte war zu den ungelösten Fällen gelegt worden.

An einer Wand hing eine vergrößerte Straßenkarte von Brooklyn. Sie war etwa 1,20 × 1,50 Meter groß und durch eine hellgrüne Glasscheibe geschützt, auf der man bei entsprechendem Licht rundum Spuren von Fingerabdrücken feststellen konnte. Hinter McGeowns Schreibtisch stand ein Bücherschrank aus Holz mit gebundenen Ausgaben über Polizeiverfahrensfragen, Anleitungen für die einzelnen Abteilungen, Bücher über Kriminologie und Fallberichte. Er war versucht gewesen, sein Diplom in Kriminologie einzurahmen und es an einer der Wände aufzuhängen. Doch er vermutete, es würde ihm den Spott anderer Polizisten des 71. Reviers einbringen, die ihm möglicherweise hinter seinem Rücken vorwarfen, ein Angeber zu sein. Er wußte, daß man ihn den »Professor« nannte wegen seiner Gewohnheit, die Stirn zu runzeln und gebückt zu gehen, und weil er, bevor er sich zu etwas äußerte, seine Worte stets bedächtig und sorgfältig wählte.

McGeown hatte nämlich festgestellt, daß es einem häufig spätere Reue ersparte, wenn man sich vor einer Entscheidung Zeit zum Überlegen nahm. Sein Grundsatz, Vor- und Nachteile abzuwägen, hatte ihm während seiner vierundzwanzigjährigen Berufspraxis bei der New Yorker Polizei zigmal das Leben gerettet. Schon in der Zeit, in der er als Streifenpolizist zu Fuß in Harlem unterwegs war und Regen und Schnee haßte, die wie eine kalte Hand am Kragen seines schwarzen Capes eindrangen, hatte er sich an Vorsicht und Nachdenken gehalten. Viele Male hatte er sich in gefährlichen Situationen befunden, aus denen er dank seiner nüchternen Betrachtungsweise, mit der er die Chancen abwog, herausgekommen war.

Kurzum, er hatte sich von einem Anfänger in Harlem über Queens und Kfz-Delikte zum Sergeant in Uniform bei der Manhattaner Kripo hinaufgearbeitet und war zwei Jahre später Lieutenant geworden. Seine leicht gebückte Haltung rührte von einer Begegnung mit einem Rauschgiftdealer in Queens her, der ihn fast zwanzig Meter mitgeschleift hatte, als es ihm gelungen war, in den Wagen des Verfolgten zu greifen und seine Polizeimarke zu zeigen. Er hatte es geschafft, sich in dem immer schneller werdenden Auto auf den Schoß des Fahrers zu hieven und den Mann zu überwältigen, aber erst nachdem er mit seinem Körper einen Telefonmast gestreift und bei dem Gerangel sein Schulterhalfter sowie die Pistole verloren hatte. Seine Nackenverrenkung, Muskelrisse und Schürfwunden heilten. Aber die verletzte Wirbelsäule hatte sich leicht verformt, so daß er mit den Schultern nach vorn geneigt, leicht gebückt ging.

In den darauffolgenden Jahren hatte McGeown sich den Ruf erworben, ein zäher, solide arbeitender Polizist zu sein.

Jetzt setzte er sich hinter seinen Schreibtisch und wippte behaglich mit dem Stuhl, während das durch das Fenster in seinem Rücken einfallende Morgenlicht wieder einen warmen Julitag verhieß. In wenigen Minuten, wenn seine Leute sich einfanden, würden sie eine wichtige Entscheidung zu treffen haben. Sie kamen zusammen, um festzustellen, ob es genug Beweise dafür gab, daß ein mutmaßlicher Serienvergewaltiger, der Frauen in Brooklyn in Angst und Schrecken versetzt hatte, nach einem bestimmten Muster vorging. Die für Sexualdelikte zuständige Gruppe, deren Leiter er war, hatte ein halbes Dutzend in Brooklyn begangene, brutale Vergewaltigungen untersucht, bei denen es sich – davon waren sie überzeugt – um denselben Täter handelte. Die Gruppe hatte den Ruf, erfolgreich zu sein. In weniger als anderthalb Jahren konnte sie zwei tückische Vergewaltiger und eine ganze Reihe weniger gewalttätiger Triebtäter zur Strecke bringen.

So hatte sie zum Beispiel die berüchtigte Bestie von Bensonhurst, Lionel Walker, festgenommen, der überführt und zu dreiundvierzig Jahren Haft verurteilt worden war. Er hatte jeden Morgen, wie er einem Mitglied der Gruppe gegenüber aussagte, Frauen in Queens auf furchtbare Weise vergewaltigt. In dem anderen Fall ging es um einen ebenso gefährlichen Neunzehnjährigen, Keith Braithwaite, der Kindern auflauerte. Dieser wurde nach seiner Festnahme in Handschellen im Fernsehen vorgeführt, um die besorgten Eltern, die ihre Kinder kaum noch vor die Tür ließen, zu beruhigen. Der junge Vergewaltiger erhielt für seine Vergehen dreißig Jahre.

McGeown kaute gedankenverloren an seiner Lippe. Er wußte, daß seine Gruppe wegen ihres Erfolgs der Kritik ausgesetzt war. Und das war das Verrückte: Für die Untersuchung von Vergewaltigungen bedurfte es besonders qualitativer Kriminalbeamter; aber im Bewertungssystem der Polizei war dieser Zweig so niedrig angesiedelt, daß man die Polizisten, die in die Abteilung für Sexualdelikte versetzt wurden, automatisch für Versager hielt. Auch Jim hatte einmal geglaubt, daß die Übernahme des Abteilungsleiterpostens einer Strafversetzung nach Sibirien gleichkam. Und sogar in New York City, wo vielleicht die erfahrensten und am besten ausgebildeten Polizisten der Nation tätig waren, hatte der Bereich Vergewaltigungen einen schlechten Ruf.

Morde waren spektakulärer, und mit Diebstahlsdelikten kam man beruflich schneller weiter. Bei Vergewaltigungen bereiteten nicht nur die schwer faßbaren Täter Schwierigkeiten, sondern vor allem die emotional am Boden liegenden Opfer, die den Beamten viel mehr zu schaffen machten als die Toten, die ein Mörder zurückließ.

Jim dachte an die Publicity, die seiner Einheit zuteil geworden war, als sie die »Bestie« verhaftet hatten, und daran, daß die Leute in der Chefetage die Art und Weise, wie er Sexualdelikte handhabte, nicht guthießen. Sie haßten das Licht der Öffentlichkeit und zogen es vor, daß ihre Beamten im Schatten arbeiteten. Faßte man Gewalttaten nicht methodisch an und mit einem Minimum an Publizität, so stieß dies auf Argwohn. Und das war nach Meinung der Kriminalbeamten das eigentliche Problem bei Vergewaltigungsfällen: Sie machten die Vorgesetzten auf die Polizisten der Gruppe aufmerksam. Für die leitenden Beamten jedoch gab es nichts Schlimmeres als mit Sexualdelikten befaßte Ermittler, die vorübergehend in der Presse zu Helden wurden.

Jim McGeown seufzte. Das brutale Vorgehen des Delinquenten, mit dem er und seine Kollegen sich in wenigen Minuten befassen würden, ließ auf eine Person schließen, die noch eigenartiger war als alle, mit denen sie es bisher zu tun gehabt hatten. Er fragte sich, ob die Vorgesetzten, die die Taktik seiner Einheit kritisierten, nicht wußten, daß eine besondere Strategie erforderlich war, um die heimtückischen und sadistischen Männer hinter Gitter zu bringen, die es auf Frauen abgesehen hatten.

Er klopfte mit dem Kugelschreiber auf die vor ihm liegenden Unterlagen und wartete geduldig darauf, daß sein Team eintraf.

Wenn es ihnen gelang, diesen ganz besonderen Täter zu fassen, könnte es für sie der letzte Erfolg sein. Aber sie würden nicht geräuschlos abtreten, sondern mit einem lauten Knall.

»Dieser Kerl ist verrückt«, murmelte McGeown. Er stand auf, ging zum Konferenztisch hinüber und setzte sich auf den Holzstuhl am Kopfende.

Bob Merz war es, der sich für einen Vergewaltiger, der wie ein Affe nur mit Hilfe eines dünnen Antennenkabels ein Backsteingebäude in Brooklyn hinuntergeklettert war, den Namen *Spiderman* ausgedacht hatte. Merz, ein Mitglied des für Sexualdelikte zuständigen Teams, der regelmäßig entsprechende Polizeiberichte in das Buch für Verbrechensmuster eintrug, war ein kräftiger, untersetzter Mann mit weißblondem Haar, den man nicht so schnell beeindrucken konnte. Er hatte über die Dacheinfassung eines achtstöckigen Hauses gesehen und war erschauert: Um ein Standrohr war ein Ende des Fernsehantennenkabels gewickelt; es war von dem Teil, der in die Wohnungen darunter führte, abgeschnitten und an dem Rohr befestigt worden. Das freie Ende hatte der Vergewaltiger über die Mauerkappe geworfen und war daran 15 Meter hinuntergeklettert.

»Würde irgend jemand, der seine Sinne beisammen hat«, so hatte Merz am Tag zuvor gefragt, »sein Leben einem flachen Band anvertrauen, das nur aus zwei in Plastik gepreßten, dünnen Drähten bestand?« Dieser Merz kam nun herein und tauschte Freundlichkeiten mit Jim McGeown aus. Dann nahm er sich Kaffee aus einer Kanne auf einem kleinen Tisch. Das Buch mit den Verbrechensmustern hatte er unter dem linken Arm. Er setzte sich neben Jim und legte das Buch vor sich neben seine Kaffeetasse. In der Mitte des Tisches standen drei große Kartons mit Karteikarten von Hunderten von Sexualverbrechern, auf Bewährung Entlassenen und sonstigen Verdächtigen. Merz war 1966 zur New Yorker Polizei gekommen, hatte fünf Jahre Uniform getragen, war dann elf Jahre bei der Sitte gewesen und hatte sich auf Undercover-Untersuchungen von Glücksspielaffairen spezialisiert. Wie sein Chef McGeown, hatte er ein Examen in Kriminologie abgelegt.

Als nächster erschien Bruce Milau, der sich schnell setzte und seine Ellenbogen fast über eine ganze Tischhälfte ausstreckte. Der frühere Athlet von über 1,90 Meter mit einem gewaltigen Brustkasten, der 127 Kilo auf die Waage brachte, liebte Modeschmuck und das einfache Wort. Dieser kräftige Polizist besaß eine Schublade voller Orden und hatte den besten Grund, Mitglied der Gruppe für Sexualdelikte zu sein: Die Verhaftung eines dieser Schweine war jedesmal ein persönlicher Triumph für ihn. Sie war wieder ein Beitrag zur Besänftigung der Wut, die sich seiner bemächtigt hatte, als ein Mitglied seiner eigenen Familie Opfer einer Vergewaltigung geworden war.

Bruce hatte einen Gefangenen nie schlecht behandelt. Aber er war ehrlich gewesen bei seinem Vorstellungsgespräch mit Jim McGeown. »Ich weiß nicht, was ich tun werde, wenn ich zum ersten Mal solchen Abschaum verhaften muß«, hatte er gesagt.

Jim bewunderte seine Ehrlichkeit und war froh, einen Mann zu haben, der so stark engagiert war. Er fürchtete nicht, daß er unberechenbar sein könnte. Milau war ein Profi und würde daher wegen seiner Gefühle bei der Behandlung mutmaßlicher Vergewaltiger besonders vorsichtig sein.

Patti Kehoe, das einzige weibliche Mitglied des Teams, kam herein und rief: »Hallo!« Sie war blond und zierlich, intelligent, witzig und durch und durch Polizistin. Ihre kesse Fraulichkeit stand ihr bei der Ausübung ihres Berufes nie im Weg, und sie wies jeden männlichen Kollegen, der ihre Leistung in Frage stellte, schnell in seine Schranken. Patti war 1973, nachdem sie die Hälfte ihrer Ausbildung absolviert hatte, vom Status einer Aufsichtsperson zu einer vollwertigen Polizistin aufgestiegen, als die New Yorker Polizeibehörde ihre Politik, wonach Frauen nicht auf die Straße sollten, änderte. Bevor sie zu der Einheit für die Bekämpfung von Sexualdelikten im 71. Revier kam, hatte sie sich einen hervorragenden Ruf bei der Sitte als vertrauliche Undercover-Informantin in Kinderpornosachen erworben und sich die Detectivemarke verdient. Drei Jahre später wurde sie vom 70. Revier abgezogen und in die Abteilung für Sexualdelikte versetzt. Zuerst war sie wütend, denn diese Abteilung entsprach nicht ihren Vorstellungen als ehrgeizige Kriminalbeamtin. Sie dachte auch irrtümlich, man habe sie zurückgestuft.

Der letzte war, wie üblich, Sal Catalfumo. »Du kommst wieder zu spät«, sagte Patti und stubste ihn kurz in die Rippen.

»Das Beste kommt zuletzt.« Sal grinste, zog einen Stuhl unter dem Tisch hervor und ließ sich darauf fallen. Er war ein engagierter Polizist. Das wußten alle. Als Leiter der Kommission zur Untersuchung der Vergewaltigungssache Flatbush, die zusammengestellt worden war, um den Mann zu fassen, der sieben Frauen in Brooklyn beraubt und auf übelste Weise sexuell mißbraucht hatte, war er besonders erfahren, als McGeowns Abteilung Ende 1984 gegründet wurde.

Er war der Beamte gewesen, der den 26jährigen Gregory Pought durch einen Polizeikordon hindurch verfolgt hatte, nachdem dieser bei einer gewöhnlichen Verkehrskontrolle wegen Waffenbesitzes gestellt worden war. Ballistische Untersuchungen wiesen die Waffe als eine Automatik, Kaliber 0,25, aus, wie sie bei den Vergewaltigungsdelikten mit Raub benutzt worden war. Er wurde vom obersten New Yorker Gericht unter Vorsitz von Sybil Hart, die ihn als »eine Bedrohung für die Frauen von Brooklyn« bezeichnete, zu fünfhundertsechsundvierzig Jahren verurteilt.

Sal, ein 1,88 Meter großer Italiener mit einem operettenhaften Aussehen, das durch seinen dichten schwarzen

Schnurrbart noch verstärkt wurde, hatte sofort die Bedeutung der Gruppe für Sexualdelikte erkannt. Dadurch, daß man eine separate Einheit aufbaute, deren Mitglieder ebenso Fachleute waren wie ihre Kollegen für Autodiebstahl oder Mord, ließ sich ein Spitzenteam schaffen, das auf der Basis der Spezialisierung mit maximaler Effizienz arbeiten konnte. Der Schlüssel zu dieser Effizienz lag im Sichten und Auswerten von Informationen und Vergewaltigungsanzeigen, die von überall in Brooklyn eingingen.

Das Team, das eigentlich *Pattern Crimes and Special Investigation Squad* (Sonderkommission zur Untersuchung von Verbrechensmustern) hieß, sollte sich auf Fälle konzentrieren, in denen gleiche Verhaltensmuster erkennbar waren. Jim McGeown, auch ein Veteran der Flatbushtruppe, wußte, daß Vergewaltiger immer wieder zuschlugen, bis sie gefaßt wurden. Sie waren programmierbare Größen wie schmutzige Straßen vor dem Regen. Die Strategie, mit der man ihnen beikommen konnte, war einfach: Man mußte ihr Verhaltensmuster untersuchen. Sie waren hinterhältige Gewohnheitstiere. Es machte ihnen Spaß, Frauen zu verletzen und sie zu beherrschen. Der hastige Geschlechtsverkehr verlief für sie häufig ohne Höhepunkt.

Nun, an diesem warmen Sommermorgen, war die Gruppe versammelt, um eine endgültige Entscheidung bezüglich des ›Spiderman‹ genannten Vergewaltigers zu treffen. Alle Mitglieder des Teams wußten, daß sie, wenn sie Spiderman zum Serientäter erklärten, Tausenden von Brooklyner Wohnungsinhabern Sorgen bereiten würden, wenn die Radio- und Fernsehreporter die akrobatische Geschicklichkeit beschrieben, mit der der Mann durch hoch über dem Bürgersteig gelegene, als einbruchsicher geltende Fenster einstieg. Wer hatte schon je von einem Vergewaltiger gehört, der in den frühen Morgenstunden, wenn es noch dunkel war, wie ein Drahtseilartist auf einem wackeligen kleinen Brett die breite Kluft zwischen zwei einander gegenüberliegenden Gebäuden überquerte und dann durch ein Küchenfenster, an dem es abgesehen von dem 1,5 Zentimeter breiten Holzrahmen außen nichts zum Anfassen gab, eindrang?

Der Ärger der Menschen in Brooklyn bestand darin, daß sie wegen der Bedrohung durch den Spiderman die Fenster schließen mußten. Tausende von Wohnungen hatten keine Klimaanlage, und die Bewohner waren auf Kühlung durch die Nachtbrise angewiesen, die die Temperatur um 5 bis 10 Grad fallen ließ. Wenn die Sonne unterging, riß man die Fenster weit auf. Wohnungsinhaber, die sich in warmen Sommernächten in ungelüfteten, kastenförmigen Räumen einschließen mußten, um nicht belästigt zu werden, waren gereizt und bald mit ihrer Geduld am Ende. Es käme zu Diskussionen und Beschwerden, die wiederum zu Hunderten von unnötigen Anrufen bei der Polizei führten.

Jim McGeown seufzte. »Okay«, sagte er und betrachtete die drei Männer und Patti. »Wir fangen am besten an. Wer beginnt? Sal?«

Sal Catalfumo glättete die Ecken eines Stapels von Anzeigen und stieß sie auf dem Tisch auf, um sie zurechtzurücken. »Soweit ich feststellen kann, dürfte es keinen Zweifel darüber geben, daß der Täter nach einem Muster vorgeht. Bob hat das Buch. Wir haben es alle gelesen. Dieser Kerl ist wie ein Eichhörnchen. Ich kann es einfach nicht fassen, wie er immer wieder rein- und rauskommt.

Und soviel wissen wir: Er ist schwarz, nicht ganz dunkel, sondern mahagonifarben. Wahrscheinlich wiegt er 77 bis 89 Kilo, wirkt nicht muskulös, ist aber stark. Das muß er auch sein, wenn er so in die Häuser gelangen will, wie er es tut. Sein Haar ist vier Zeuginnen zufolge kraus und kurz. Es liegt fest an seinem Kopf an wie eine Kappe. Möglicherweise handelt es sich um einen kurzen Afro-Stil. Er trägt schmutzige Jeans, Turnschuhe und kurzärmelige Polohemden.

Ein paar Frauen bestehen darauf, daß er einen kurzen Spitzbart hatte, der wie ein schwarzer Wattebausch wirkte. Andere sagen: ›Nein, er war glatt rasiert.‹ Bei drei Frauen war die Rede von einem Schnurrbart und einem Spitzbart. Und das ist auch schon fast alles, soweit es sich um die Beschreibung handelt. Oh, eine Frau sagte noch, er roch, als ob er drei oder vier Tage nicht gebadet gehabt hätte. Fingerabdrücke? Wir haben welche, aber bislang konnten wir sie keinem Verdächtigen zuordnen. Das ist der nächste Schritt«, meinte Sal abschließend und zeigte auf die übervollen Kartons mit den Karteikarten.

»Bob«, sagte Jim McGeown und sah Merz erwartungsvoll an, »du hast das Buch.«

Merz setzte umständlich seine Brille auf, öffnete das dicke, in Leinen gebundene Buch mit den Verbrechensmustern und ging ohne Hast mehrere Eintragungen auf einer Seite durch, bevor er sprach.

»Wir glauben, daß dieser Typ sechs Frauen in Brooklyn vergewaltigt hat, das heißt, das sind die Fälle, die bekannt sind. Er schneit in den frühen Morgenstunden zwischen ein und drei Uhr durch ein Fenster herein. Ich glaube, er sieht sich zuerst in der Wohnung um, bevor er ins Schlafzimmer geht. Das ist mein Eindruck, weil mehrere Opfer ausgesagt haben, er schien zu wissen, wo bestimmte Dinge waren. Er hat sie auf die Probe gestellt mit kleinen Fangfragen wie: ›Wo steht der Viedeorecorder?‹ oder ›Hast du wertvolle Ringe?‹ Er tut das, um festzustellen, ob sie die Wahrheit sagen. Wenn er glaubt, sie lügen, wedelt er mit dem Messer vor ihrem Gesicht herum oder hält es an die Kehle.

Bevor er Frauen vergewaltigt, veranlaßt er sie gewöhnlich, ihm ein Frühstück zu machen. Dadurch haben sich einige der Opfer fälschlicherweise in Sicherheit gewogen. Der Kerl ist seltsam, sagen sie. Er redet gerne und möchte, daß die Frauen über sich sprechen. Anfangs ist er vielleicht im Grunde harmlos. Mag sein, er tut uns nichts, dachten sie. Denn wer hat schon von einem Vergewaltiger gehört, der es nicht eilig hatte? Vielleicht ist er nur hinter meinen Wertsachen her, haben sie überlegt. Aber da lagen sie falsch.

Nach einem unterhaltsamen Frühstück kommt er zur Sache. Ich glaube, er war zunächst nur ein Einbrecher, der zu einem Vergewaltiger wurde. Wahrscheinlich ist er auf der Suche nach Geld und Schmuck auf eine Frau gestoßen und hat dann beschlossen, sie zum Nachtisch zu vergewaltigen. Und sie hat ihn nicht angezeigt. Viele Frauen tun es nicht, wie wir wissen, und er glaubt, daß alles gut für ihn läuft. Einer Sache bin ich mir sicher, nämlich daß er seine Opfer vorher beobachtet. Darin, glaube ich, ist er unheimlich genau. Er findet ihren Rhythmus heraus, stellt fest, mit wem sie zusammen wohnen, und trifft dann seine Entscheidung. Es scheint ihm nichts auszumachen, wenn ein Ehemann im Spiel ist. In mancher Hinsicht kann es für ihn dadurch einfacher werden. Wir wissen von zwei Fällen, in denen er hineingeschlüpft und auf den neben seiner Frau schlafenden Ehemann gesprungen ist, ihm ein Messer an die Kehle gesetzt und gedroht hat, ihn aufzuschlitzen, wenn die Frau ihm nicht zu Willen wäre. Er bringt sie dazu, ihren Mann zu fesseln und geht dann mit ihr in die Küche zur Frühstücksszene. Nachdem er gegessen hat, vergewaltigt er die Frau, und der Mann muß tatenlos zusehen.«

Patti Kehoe saß da und hielt die Tischkante umklammert. Sie schüttelte den Kopf, während sie sich die Angst der Frau ausmalte und sich vorstellte, wie gedemütigt sie sich gefühlt haben muß.

»Besteht die Möglichkeit«, fragte Jim McGeown, »daß der Typ der *Perp* von East Side ist, den die Zeitungen den ›Silver-Gun-Vergewaltiger‹ nennen? Er ist auch auf Raub aus.«

»Ich glaube nicht«, antwortete Bruce Milau. »Ich habe heute mit den Kollegen in Manhattan gesprochen. Nach Auskunft des Beamten, den ich am Apparat hatte, verschafft sich der Kerl dort Einlaß, indem er von der Straßenseite aus die Gitter bis zur ersten Etage hochklettert. Er ist ein Vergewaltiger und Sadist. Er bestiehlt seine Opfer, aber er will kein Frühstück, keine Unterhaltung, und er hält sich nicht so lange auf wie unser Mann.« Bruce fuhr fort: »Ich räume ein, es gibt viele Ähnlichkeiten zwischen den beiden. Figur und Farbe sind ungefähr gleich, und sie kleiden sich auch ähnlich. Bisher hat der Mann in Manhattan, soweit ihnen bekannt ist, viermal zugeschlagen. Aber nach dem, was wir wissen, ist unser Mann wohl eher ein Schauspieler. Er genießt es, seine Opfer irrezuführen und sie glauben zu machen, daß, wenn sie sein seltsames Bedürfnis nach Unterhaltung befriedigen, er ihnen nichts tut, sie also nicht zum Geschlechtsverkehr zwingt. Auch hat der Täter in Manhattan nie solche Geschicklichkeit gezeigt wie der Spiderman.«

»Das stimmt«, unterbrach Sal. »Bob und ich haben ein paar von den Dingern gesehen, die der Kerl abzieht. Es ist unglaublich. In einem Fall, in der Ocean Avenue, hat dieser Hurensohn eine Planke zwischen der Mauerkappe eines Hauses und einem offenen Fenster in einem drei Meter entfernten Nachbargebäude angebracht. Der Winkel betrug ca. 40 Grad. Und das im 7. Stock, 24 Meter über der Erde! Er ist auf dem Brett hinuntergestiegen, als ob er die Fifth Avenue entlangschlenderte. Er muß verrückt sein! Nein, ein schmiedeeisernes Gitter hinaufzuklettern ist eine Sache, aber praktisch auf Luft zu gehen eine andere. Vielleicht sollten wir nach jemandem suchen, der im Zirkus als Akrobat ausgebildet wurde.«

Patti Kehoe, die sich ungewöhnlich ruhig verhalten hatte, brannte offensichtlich darauf, etwas zu sagen, was sie bis jetzt zurückgehalten hatte. Sie sagte: »Ich glaube, etwas an diesem Mann haben wir übersehen. Einer der Fälle zeigt, auf welch hohen Grad der Gewalttätigkeit wir uns bei diesem *Perp* einzustellen haben.«

Sie richtete ihre scharfsichtigen braunen Augen auf Sal und fragte ihn: »Erinnerst du dich, wie die Küche in der Rogers Avenue aussah?«

Sal nickte. Es dämmerte ihm, worauf Patti hinauswollte.

»Und weißt du noch«, fügte sie, die drei anderen Männer am Tisch ansehend, hinzu, »das war der einzige Fall, bei dem das Opfer fliehen konnte. Der Hund der Frau, eine Art Mischling zwischen Labrador und Schäferhund, griff den Kerl an, als er durch das Küchenfenster kam. Sie hörte, daß da etwas nicht in Ordnung war, und lief durch die Wohnungstür hinaus. Nachdem sie fort war, tötete der

Mann nicht nur den Hund mit einem Messer, sondern er weidete ihn auch aus und verteilte die Eingeweide in der Küche. O Gott, es sah aus wie im Schlachthof!« Patti lehnte sich zurück. »Der Typ war wütend«, erklärte sie. »Er war außer sich, weil ihm die Frau entkommen war. Und um ihr zu zeigen, was mit Leuten geschieht, die nicht tun, was er will, brachte er ihren Hund nicht nur um, sondern zerlegte ihn auch noch. Damit demonstrierte er seinen Frust. Und ich glaube, es war eine eindeutige Warnung vor dem, was passiert, wenn der Kerl das nächste Mal auf eine Frau trifft, die ihm Widerstand leistet oder versucht zu fliehen. Er schleppt ein hohes Aggressionspotential mit sich herum, und er wird noch gewalttätiger werden. Wenn das geschieht und wenn er merkt, wie gut er sich dabei fühlt, dann, glaube ich, wird er weitertöten. Wir haben es mit einem wirklich üblen Burschen zu tun«, schloß Patti mit leiser, fester Stimme, »vielleicht mit dem schlimmsten von allen bisher, und ich meine, wir täten gut daran, ihn schnellstens zu finden. Andernfalls geht er seinen Weg bis zum Ende.«

Jim McGeown nickte. Er sah Bob, Sal und Bruce an, deren grimmige Mienen die von Patti ausgesprochene tiefe Sorge widerspiegelten.

»Nun«, sagte er, »dann steht wohl außer Frage, daß der Kerl nach einem bestimmten Muster vorgeht. Von den Informanten, vermute ich, liegt nichts vor, und es gibt wahrscheinlich auch keinen braven Bürger, der uns zu Spiderman führen kann.« Er lächelte. »Das war nicht anders zu erwarten.« Also, ich werde zu Nicastro gehen und ihm sagen, daß wir Spiderman zu einem Täter erklären wollen, der nach einem bestimmten Muster vorgeht. Es wird ihm nicht gefallen.«

»Es wird ihm noch viel weniger gefallen«, sagte Patti energisch, »wenn eine Frau umgebracht wird und die Zeitungen herausfinden, daß das Verhaltensmuster des Täters bekannt war und die Öffentlichkeit nicht gewarnt wurde. Ich meine, du solltest es tun, Jim. Bitte Nicastro, in der Pressemitteilung darauf hinzuweisen, daß der Typ durchdreht, wenn man nicht tut, was er will.«

McGeown schüttelte den Kopf. Leicht sarkastisch sagte er zu Patti: »Kannst du dir nicht vorstellen, was das bedeutet? Richard Nicastro, der Leiter der Kripo, gibt sein Okay zu einer Pressemitteilung, in der den Frauen praktisch geraten wird, stillzuhalten, wenn sie vergewaltigt werden! Dann wäre der Teufel los.«

Die vier Kriminalbeamten schoben ihre Stühle zurück und knüllten ihre leeren Pappbecher zusammen. Sie waren einstimmig zu dem Entschluß gekommen, ihre Vorgesetzten darüber zu unterrichten, daß ein gefährlicher Serientäter Jagd auf Frauen machte und daß alles dafür sprach, daß seine Angriffe an Gewalttätigkeit zunehmen und mit Mord enden könnten, wodurch er zu einer noch größeren Bedrohung würde.

Bob, Sal, Bruce und Patti überließen es Jim McGeown, die richtigen Worte für die Meldung an seinen Chef zu finden. Sie nahmen die vollen Kartons mit den Karteikarten vom Tisch und brachten sie in ihr Büro. Viele Stunden würden vergehen, bis sie aus der ungeheuer großen Zahl perverser Männer, die verdächtig waren, Frauen aufzulauern, eine Liste in Frage kommender Personen zusammengestellt hatten.

6

Nachdem die Reporterin von Kanal 7, Rolanda Watts, Eileen die Hand gegeben und ihr alles Gute gewünscht hatte, nahm diese lächelnd Kays Unterarm, um mit ihr die Straße zu überqueren und zum Krankenhaus zurückzugehen.

Als die beiden in den Bereich der Notaufnahme gelangten, war zu erkennen, daß das Krankenhauspersonal das Fernsehinterview gesehen hatte.

Schwester Karen, die dabei gewesen war, als Eileen untersucht wurde, trat Eileen und Kay in den Weg und sagte zu Kay streng: »Sie haben keinen Zutritt zum Krankenhaus. Sie müssen gehen. Sofort.«

Kay bemerkte die Entschlossenheit der Frau und die Wut in ihren Augen.

»Ich warte draußen auf dich, Eileen.«

Die Schwester führte Eileen in einen anderen Untersuchungsraum.

»Gleich kommt ein Assistenzarzt und kümmert sich um die Wunde an Ihrem Kopf«, erklärte sie in kaltem Ton.

Wenige Minuten, nachdem die Schwester stumm den Untersuchungsraum verlassen hatte, trat ein junger Arzt ein.

»Sie sind Eileen Ross«, sagte er lächelnd und streckte den Arm aus, um ihr die Hand zu geben. »Ich freue mich, Sie kennenzulernen. Wie ich hörte, haben Sie etwas Schlimmes durchgemacht. Es tut mir sehr leid.«

»Das ist sehr freundlich«, erwiderte sie. »Sie sind die erste Person hier, die nett zu mir ist.«

»Einige Leute bei uns sind stark überfordert. Sie dürfen sich nichts daraus machen.« Er schüttelte den Kopf.

Während er ihr zu verstehen gab, sie möge sich auf einen Metallhocker setzen, erklärte er ihr, daß er ihre Wunde nähen würde. In einem verschlossenen Schrank suchte er nach Scheren, Fäden, Tupfern und einem Antiseptikum und stellte dabei fest: »Wissen Sie, Eileen, es sieht so aus, als ob der Mann, der Sie vergewaltigt hat, derselbe ist wie der, der noch fünf Frauen überfallen und in East Side einen Mann gefesselt hat.«

Sie hörte genauer hin: »Reden Sie weiter.«

»Er hat ein paar Frauen gezwungen, das Haus sauberzumachen, und ihnen Vorhaltungen gemacht, weil sie unordentlich und schmutzig waren. Was sagen Sie dazu? Dann hat er zwei Frauen unter Androhung von Waffengewalt vergewaltigt. Man hat sie hierher gebracht, und sie mußten sich der gleichen Untersuchung unterziehen wie Sie.«

Eileen nickte. »Die Beschreibung dieser Frauen klingt wie meine«, sie hielt inne, »und der Tathergang ist auch ähnlich.« Sie runzelte die Stirn. »Ja, er hat sogar damit geprahlt, daß er den Mann eines Opfers gefesselt hat, nachdem dieser eine Pistole auf ihn gerichtet hatte. Es war ihm auch wichtig, mir zu sagen, daß ich seiner Meinung nach nicht gut kochen kann.«

Der Arzt war mit ihrer Wunde fertig. Er wünschte ihr alles Gute und verabschiedete sich. Obwohl es faszinierende Übereinstimmungen zwischen den beiden Vergewaltigern gab, konnte Eileen nicht sicher sein, daß es sich um denselben Mann handelte.

Es war jetzt fast zwei Uhr nachmittags. Die Oberschwester versuchte, sie dazu zu bewegen, über Nacht zur Beobachtung im Krankenhaus zu bleiben.

»Es ist in Ihrem eigenen Interesse«, sagte die Schwester mit besänftigender Stimme.

»Ich glaube nicht«, antwortete Eileen entschlossen.

Sie verließ das Krankenhaus und fühlte sich von einer erdrückenden Erfahrung befreit. Kay und Eileen riefen ein Taxi und fuhren zu Eileens Wohnung.

»Ich muß wieder zu mir finden, mit meinen Gedanken allein sein und mit meinen Gefühlen ins reine kommen, wenn ich bedenke, was in den letzten zwölf Stunden alles geschehen ist.« Eileen hielt Kays Hand. Doch ihre Ruhe würde sie so schnell nicht finden, denn der Reporter John Randazzo von den *New York Daily News* begrüßte sie, als sie und Kay das Gebäude betraten. Der silberhaarige, circa 60 Jahre alte Mann ging gründlich, geschickt und gewissenhaft vor, als er begann, langsam Eileens Bericht über ihre Vergewaltigung aufzuzeichnen. Von seinem Bemühen, jede Einzelheit zu erfassen, beeindruckt, lud Eileen ihn nach oben ein. Als er und der Fotograf Clarence Davis ihr Apartment verließen, war es fast fünf Uhr, und Eileen begriff allmählich, daß ihre Geschichte bei der New Yorker Presse und einer Menge Leute, die mittlerweile bei ihr angerufen hatten, etwas in Bewegung gesetzt hatte.

Kay nahm den ganzen Nachmittag die Gespräche an und hörte sich mit zunehmender Verwunderung die unterschiedlichsten Anrufe an: Manche waren mitfühlend; andere zeugten von krankhafter Neugier oder auch Opportunismus. Eileen, die mit dem Interview für die *Daily News* beschäftigt war, wußte nichts von der breiten Palette der Anrufe und ihrem zum Teil seltsamen Inhalt, bis Kay ihr später darüber berichtete und Eileen schließlich begann, selbst ans Telefon zu gehen.

Bis dahin jedoch hatten sie das Interview mit den *Daily News*, ein Anruf von der *New York Post* wegen eines Interviews und Anfragen von Radio- und Fernsehstationen davon überzeugt, daß ihr Plan, mit Hilfe der Medien den Verbrecher zu stellen, aufging. In ein paar Stunden war sie zu einer kleinen Berühmtheit geworden und hatte die Neugier vieler Menschen auf sich gelenkt. Ihr wurde klar, daß sie jetzt die Gelegenheit hatte, etwas für Tausende von Frauen zu tun, indem sie nicht wie die meisten Vergewaltigungsopfer schockiert, verschämt und verwirrt vor der Öffentlichkeit zurückschreckte. Und wenn sie durch ihr Verhalten beweisen konnte, daß ihre Aussage vielleicht zu einer baldigen Verhaftung führte, dann würde sie möglicherweise so manche Vergewaltigung von vornherein verhindern.

In Wirklichkeit ging es Eileen um weit mehr als um Abschreckung. Sie war überzeugt, daß die Täter das soziale Tabu ausnutzten, das den Opfern die Beweispflicht für ihre Unschuld und Nichtbeteiligung auferlegte. Das war nicht in Ordnung! Sie hatte nunmehr die Chance, sich zur Vorkämpferin für die Rechte der vergewaltigten Frauen zu machen. Wenn sie für sich und ihr Geschlecht eintrat, dann würden vielleicht andere Frauen aufgrund ihres Beispiels Mut fassen und auch für sich eintreten. Es kam Eileen nicht in den Sinn, daß sie eine sehr idealistische Vorstellung hatte. Der Gedanke, die sexuellen Rechte der Frauen überall zu verteidigen, ließ sich in die Praxis umsetzen, wenn es ihr gelang, die Kränkung, die sie erfahren hatte, als stellvertretend für die Kränkung der anderen darzustellen.

Wenn Eileen noch einen Beweis für das Mitgefühl und die Bewunderung, die man ihr entgegenbrachte, brauchte, dann bekam sie ihn durch die Anrufe, die sie entgegennahm, als sie Kay am Telefon ablöste. Ihre wachsende Überzeugung, daß der von ihr eingeschlagene Weg richtig war, wurde weiter verstärkt, wenn sie hörte, wie die Leute ihr zu ihrem Mut gratulierten und sie wegen ihrer schlimmen Erfahrung bedauerten.

Sie war überrascht, die Stimme von Louise Broadley von der Verwaltung des Fifth-Avenue-Krankenhauses, in dem sie vor vielen Jahren als Schreibkraft gearbeitet hatte, zu hören.

»Eileen, ich möchte Ihnen nur sagen, wie leid es mir getan hat, als ich hörte, was Ihnen passiert ist. Geht es Ihnen wieder besser? Kann ich irgend etwas für Sie tun . . .?«

Eileen bedankte sich und war verwirrt über die Gerührtheit, die sie empfand, als sie die freundlichen Worte ihrer früheren Chefin hörte.

Der Anruf von Louise Broadley war nur eine von einem Dutzend Überraschungen:

Anita Moallen, eine Röntgenologin, meldete sich und bot an, Eileen Geld zu leihen, damit sie in ihrer Wohnung eine Alarmanlage installieren lassen konnte.

Adele Noppe, die anspruchsvolle, ein wenig verschrobene Chefin des Schreibdienstes im katholischen St.-Vinzenz-Krankenhaus, die nie mit Eileens Lieferzeit zufrieden war, zeigte wahre Anteilnahme und offenbarte eine andere Seite ihres Wesens, indem sie sagte: »Wenn ich irgend etwas für Sie tun kann, lassen Sie es mich bitte wissen.«

Eileen war besonders verwundert über die vielen Anrufer, die ihr dazu gratulierten, daß sie ihren Vergewaltiger angezeigt und den Mut hatte, sich über seine Drohung, er würde es ihr heimzahlen, wenn sie redete, hinwegzusetzen.

Menschen, die sie nur flüchtig kannte oder auf Spaziergängen mit ihren Hunden kennengelernt hatte, aber auch Vertreter der Krankenhäuser, für die sie arbeitete, brachten ihr Bedauern zum Ausdruck und boten Hilfe an. Eine Frau war bereit, Besorgungen für sie zu machen. Eine andere schlug vor, mit Eileen Gespräche zur Verarbeitung des Geschehenen zu führen bzw. ihr nur zuzuhören. Sie hatte eine Tochter, die vergewaltigt worden war.

Eine ehemalige Kollegin bot ihr ihre Gesellschaft an und wollte für sie kochen.

Nachdem Eileen mit vielen Leuten gesprochen hatte, sah sie sich selbst in einem ganz anderen Licht, wie es häufig der Fall ist, wenn jemand mit Aufmerksamkeit überschüttet wird. Es gab auch Anrufe, die nicht so erhebend waren. Eileen und Kay verglichen ihre Notizen über all die schmierigen Rechtsanwälte, die angerufen hatten, um Eileens Interessen wahrzunehmen.

Einer war typisch: »Ich bin ein in New York praktizierender Anwalt, und da ich Sie aus Gründen der Berufsethik in der Sache nicht vertreten kann, würde ich Ihnen gerne bei anderen Dingen helfen. Es ist schrecklich, daß Sie in Ihrem eigenen Bett vergewaltigt wurden. Sie sollten auf Schadenersatz klagen.«

Nachdem sie ihren Namen genannt und ihren Rat gegeben hatten, trat immer eine Pause ein, in der sie hofften, Eileen würde in die Bresche springen und ihre Dienste in Anspruch nehmen. Sie lehnte alle Angebote ab.

Ein Anrufer, der angab, Mike zu heißen und im zweiten

Jahr auf dem College in Brooklyn zu sein, sagte, er habe Eileen im Fernsehen gesehen. »Sie sind sehr attraktiv, und ich habe nichts gegen Blinde. Ich sehe gut aus, habe eine Brustausdehnung von 117 Zentimetern, eine Taillenweite von 81 Zentimetern und bin gut im Bett. Die Mädchen mögen es, wie ich es mache. Ich würde gern Ihr Freund sein.« Eileen legte sofort auf, ohne zu antworten.

Ein anderer Mann ließ Eileen in gebrochenem Englisch wissen, daß er mit ihr zusammenleben wolle. Sie solle ihm ein Taxi schicken. Eileen und Kay konnten ihr Lachen nicht unterdrücken.

Schließlich, nachdem Eileen mit ihren Verwandten gesprochen hatte, die schon durch eine frühe Fernsehsendung Bescheid wußten, und nachdem sie ihnen versichert hatte, daß es ihr gutging, blockten sie und Kay weitere Anrufe ab, indem sie den Anrufbeantworter einschalteten. Dann machten sie den Fernseher an, und Eileen, die bis auf 15 Zentimeter herangerückt war, befaßte sich mit dem Bild, das sie und Rolanda Watts abgaben. Sie wirkte bitter, traurig und verschreckt, während sie die Fragen der Reporterin beantwortete. Das letzte, was Rolanda sagte, war: »Jeder, der Hinweise zu der Vergewaltigung von Eileen Ross geben kann, möge sich bitte an unseren heißen Draht Nr . . . (Die Nummer wird eingeblendet.) wenden.

Nach 20 Uhr glaubte Eileen eigentlich, daß nun keine Anrufe mehr kamen, doch das Telefon läutete wieder: Das Fernsehen, Kanal 5, war am Apparat. In der nächsten halben Stunde wollte der Sender in ihrer Wohnung ein Interview mit ihr machen. Obwohl sie erschöpft war, willigte sie ein. Man bat sie, sich Bildmontagen des Mannes anzusehen, den die Polizei den »Silver-Gun-Bandit« nannte. Eine Skizze seines Gesichts war mehrfach auf Kanal 5 ausgestrahlt worden. Ein Nachrichtenredakteur erhoffte sich von Eileen die Bestätigung, daß der skizzierte Mann derjenige war, der sie vergewaltigt hatte.

Sie saß auf der Couch und betrachtete gewissenhaft die Phantombilder mit dem Nahsichtvermögen ihres rechten Auges. Aber sie wußte schon bald, daß der Mann nicht derjenige war, der sie angegriffen hatte. Der Reporter und das Kamerateam bedankten sich und gingen. Sie hörte ihre negative Antwort noch am selben Abend in den 10-Uhr-Nachrichten, ebenso wie ihre Beschreibung des Täters als ein Mann mit Oberlippen- und Spitzbart.

Nachdem das Fernsehen abgeschaltet war, machten Eileen und Kay eine traurige und für Eileen beunruhigende Entdeckung. Sie stellten oberhalb des rechten Auges von Bonnie ein Loch fest. Eileen und Kay, die über Nacht blieb, streichelten den Hund, der den Tag bei Eileens Freund, David Wilson, verbracht hatte.

Es dämmerte Eileen, als sie den Beagle später in ihrem Bett liebkoste, daß der Eindringling gelogen hatte. Er hatte zu ihr gesagt, er habe dem Tier nichts getan, sondern es nur auf der Terrasse an einem Gitter festgebunden. Das Loch in Bonnies Kopf über dem rechten Auge und das Knötchen, das Eileen fühlen konnte, waren der Beweis für seine Gemeinheit. Der kleine Hund, der verwirrt war und Schmerzen hatte, zitterte, wenn sie ihn berührte. Eileen begann ebenfalls zu zittern.

Irgendwie war die gemachte Entdeckung für sie besonders erschreckend. Wie andere Menschen, in deren Leben Gewalttäter eingebrochen waren, hatte sie im Geiste ein Psychogramm ihres Angreifers entworfen. Sie hatte geglaubt, sein Denken nachvollziehen zu können. Und sie war erschüttert, als ihr klar wurde, wie falsch ihre Einschätzung des Mannes gewesen war. Sie hatte sich geirrt. Er war viel verschlagener und deshalb gefährlicher, als sie gedacht hatte. Er hatte ihr gedroht, wiederzukommen und sie umzubringen, wenn sie der Polizei etwas von der Vergewaltigung sagte. Sie hatte ihm nicht geglaubt. Sie sah Bonnie an, die an ihrem Busen ruhte, und drückte sie an sich. Die Angst, die sie verlassen hatte, als der Mann aus dem Fenster geschlüpft war, kehrte zurück, und sie erschauerte.

Während sie in einen unruhigen Schlaf fiel, war es tröstlich für sie, zu wissen, daß sie nicht alleine war. Rick Rivera, der als Bote für sie arbeitete, hatte sich sofort angeboten, vorübergehend als Leibwächter zu fungieren, und schlief in dem Gästebett in ihrem Büro. Sammi, Kays Ehemann, warf sich rastlos auf der Couch hin und her. Es waren gute Menschen, ein Gegengewicht zu dem Terror, der in ihr Leben gedrungen war.

7

Jim McGeown streckte sich auf seiner Wohnzimmercouch aus, um sich die abendlichen Fernsehnachrichten auf Kanal 7 anzusehen. Er fluchte leise, als Eileen Ross, ein Vergewaltigungsopfer, begann, über den Mann, der sie überfallen hatte, zu sprechen. Zunächst wehrte er sich gegen die Gewißheit; aber sein Instinkt sagte ihm, daß der von der Frau beschriebene Täter derjenige sein mußte, mit dem sich seine Einheit den ganzen Tag befaßt hatte, das heißt der *Perp*, der im Brooklyner Crown Heights Frauen in ihren Wohnungen vergewaltigt und beraubt hatte.

Was Jim zunächst unsicher gemacht hatte, war der Umstand, daß der Mann, hinter dem seine Leute her waren und der von den Zeitungen als »Spiderman« bekannt gemacht worden war, sich bisher scheinbar nur in Brooklyn herumgetrieben hatte. Alle Frauen, die er angegriffen hatte, wohnten in Crown Heights. Wenn es um ihre Vorgehensweise ging, waren Vergewaltiger wie die meisten Verbrecher. Sie beschränkten ihre Aktivitäten auf ein bestimmtes Gebiet. Der Grund dafür war einfach. Auf ihrem Terrain waren sie mit der Gegend vertraut. Sie wußten, wo sie sich verstecken, wohin sie ausweichen und wo sie sich verschanzen konnten, falls es nötig war. Dementsprechend planten sie ihre Taten.

Sowie sie das ihnen vertraute Gelände verließen, erhöhte sich ihr Risiko. Auch Vergewaltiger, die aus anderen Motiven handelten, wie dem Zwang, andere zu beherrschen, fühlten sich auf ihrem eigenen Terrain sicherer. Doch das Verhalten des Spiderman war komplexer, als Jim und sein Team es von ihren bisherigen Fällen kannten. Anscheinend war er ein Einbrecher, der zum Vergewaltiger geworden war. Es war nicht das erste Mal, daß ein Einbrecher, durch die Hilflosigkeit einer allein lebenden Frau gereizt, sich plötzlich, aus einem Impuls heraus, über sie hergemacht hatte.

Jim McGeown stand auf, ging langsam durch den Raum und schaltete den Fernsehapparat ab. Dann stand er da, nippte an seinem kalten Kaffee und dachte, daß das, was Patti Kehoe gesagt hatte, tatsächlich eingetreten war. Der Spiderman war irgendwo aufgekreuzt, wo man ihn nie erwartet hätte. Das war beunruhigend, weil es auf

Flexibilität in seinem Denken hindeutete. Aber was noch schwerer wog, war die Tatsache, daß er Eileen Ross so geschlagen hatte, daß sie blutete. Als sie geschrien hatte, war er mit einem Holzhammer auf sie losgegangen.

McGeown erinnerte sich unweigerlich an Pattis Bericht über die Frau, die ihren Hund auf den Spiderman gehetzt hatte. Er war ausgerastet und hatte das Tier verstümmelt. Hätte er das gleiche mit ihr getan, wenn sie ihm nicht entkommen wäre? Falls das, was er Eileen Ross angetan hatte, auf zunehmende Aggressivität schließen ließ, dann lautete die Antwort »ja«!

Er nahm den Telefonhörer ab, um Sal Catalfumo anzurufen. Er und Patti Kehoe waren ein gutes Team. Er würde ihnen auftragen, ein Gespräch mit Eileen Ross zu führen und sich gegebenenfalls weitere Informationen über ihre Vergewaltigung von der Manhattaner Polizei zu beschaffen.

Ganz egal jedoch, welche Umstände eine Vergewaltigung begünstigten, es handelte sich stets um die Freisetzung von Frust oder Wut. Gewöhnlich saß der Frust so tief, daß der Vergewaltiger selbst nicht merkte, daß er ihn an der armen Frau, die er sich ausgesucht hatte, ausließ. Er glaubte immer, daß ein übermächtiges Bedürfnis nach Sex ihn dazu trieb, sich über eine Frau herzumachen. Das war eine akzeptable, typisch männliche Erklärung. Natürlich wußte McGeown, daß der auslösende Faktor eine starke, tiefsitzende Frustreaktion war, die wie ein freigelassenes Ungeheuer zutage trat. Und fast zwangsläufig war bei der zweiten Vergewaltigung mehr Grausamkeit im Spiel als bei der ersten. Mit jedem Mal nahm die Gewalttätigkeit zu.

Während er an Eileen Ross dachte, wie sie an einem

heißen Julitag, blutbespritzt, das Haar durcheinander und das dürftige Krankenhaushemd an sich pressend, auf einer Straße in Manhattan stand und erzählte, wie der Mann sie gezwungen hatte, Frühstück für ihn zu machen, und dann zweimal über sie hergefallen war, erkannte McGeown, daß mit dieser Frau der Durchbruch eingetreten war, auf den seine Leute gehofft hatten. Er beschloß, Sal Catalfumo und Patti Kehoe anzurufen, um sie zusammen mit der Manhattaner Abteilung für Sexualdelikte, die den Fall untersucht hatte, der Sache nachgehen zu lassen.

McGeown verzog das Gesicht. Er hatte eine schlechte Meinung von einigen Mitarbeitern der Manhattaner Abteilung für Sexualdelikte. Anders als in Brooklyn wurden nämlich in Manhattan für Vergewaltigungen oft schlecht qualifizierte Polizisten abgestellt. Und das, obwohl dieses Delikt in den fünf Revieren von New York City im Vergleich zu anderen Verbrechenskategorien am meisten zunahm.

McGeown erhob sich von seinem Stuhl und ging in die Küche, um sich eine Tasse Kaffee einzugießen. Mit seiner Einheit war es zum Glück anders. Er war stolz darauf, mit besonders gut ausgebildeten Polizisten gegen Vergewaltiger vorgehen zu können.

Sal Catalfumo sah Eileen Ross in den Fernsehnachrichten von Kanal 7 am Montagabend um elf Uhr, nachdem er von seinem Chef, Jim McGeown, auf sie aufmerksam gemacht worden war.

Als er Eileen berichten hörte, daß sie für den Täter Eier zubereiten mußte, konnte er sich des Gefühls nicht erwehren, daß McGeown zu Recht annahm, daß der Spiderman sein Tätigkeitsfeld gewechselt hatte. Anscheinend entwikkelte er größeren Ehrgeiz und dehnte den Bereich, in dem er auf Raubzug ging, aus. Das war kein gutes Zeichen, wußte Sal, denn es konnte bedeuten, daß das Ego des Mannes sich stärker bemerkbar machte und nach mehr emotionaler Befriedigung und tückischer Freude bei seinen Vergewaltigungen verlangte.

Und das war das Erschreckende, wenn es um Kriminelle ging, die Sex als Ventil für ihren Frust benutzten. Man konnte davon ausgehen, daß sie gefährlicher wurden. Er hatte nie das eine Opfer des Täters vom Brooklyn College, Derrick Hamilton, den er hinter Gitter gebracht hatte, vergessen können: Es war ein 18jähriges Mädchen, das man mit teilweise entblößtem Körper und gefesselten Händen gefunden hatte. Entsprechende Male an seinem Körper wiesen darauf hin, daß es gewürgt und erstochen worden war. Die Leiche hatte Hamilton in eine Toilette der U-Bahn-Station President Street geworfen und angezündet.

Sal rief sofort Patti Kehoe an, die sich mit Eileen Ross zu einem Gespräch am Mittwoch verabredete. Gemeinsam würden sie die Geschichte der Frau durchgehen – in der Hoffnung, daß sie ihr genügend Informationen entnehmen konnten, um definitiv zu wissen, ob der Vergewaltiger von Eileen Ross identisch war mit dem Mann, der mehrere Frauen in Brooklyn überfallen hatte. Oberflächlich gesehen schien alles zu passen.

Sal bewunderte Patti Kehoe. Er grinste, als er sich die kleine, blonde, temperamentvolle 39jährige Irin mit der Figur eines Hydranten, den langen Beinen und dem festen Vorsatz, sich von den Kollegen nicht als Frau behandeln zu lassen, vorstellte.

Er dachte daran zurück, wie sie in dem Fall »Brooklyn

College« ihre Intelligenz unter Beweis gestellt hatte, als sie bei der Überprüfung von gestohlenem Schmuck, den sie und ihre Kollegen während der Untersuchung der Vergewaltigung zusammengetragen hatten, einen goldenen Talisman entdeckte, den der Vergewaltiger einer Freundin geschenkt hatte. Er ähnelte dem, der dem toten Mädchen gehört hatte. Kehoe gab die Information an die Mordkommission weiter. Als man den Talisman Verwandten der Ermordeten zeigte, identifizierten diese ihn als denjenigen, den das Mädchen am Tag seines Todes getragen hatte. Im Juni wurde Derrick Hamilton angeklagt, Monica Crichlow ermordet zu haben.

Durch die Aufmerksamkeit von Patti Kehoe hatte man den Fall in den Griff bekommen.

Unmittelbar nachdem er mit Patti gesprochen hatte, wählte Sal noch eine Nummer, unter der er einen Kriminalbeamten erreichte, der zur Manhattaner Abteilung für Sexualdelikte gehörte. Als Sal sich auswies, indem er die Tageslosung nannte (auf diese Weise geben sich Polizisten einander zu erkennen, bevor sie vertrauliche Informationen am Telefon austauschen), und seinem Gesprächspartner sagte, er und sein Chef glaubten, der Mann, der Eileen Ross vergewaltigt hatte, könne derselbe sein wie der, der mindestens vier Frauen in Brooklyn auf dem Gewissen hatte, antwortete dieser: »Verrennt euch nicht in diese Idee. Wir halten es für möglich, daß das Opfer lügt. Viele Dinge passen nicht zusammen.«

»Zum Beispiel?« fragte Sal.

»Nun, zum einen hieß es in der Meldung, es handele sich um einen Familienstreit. Der Wachposten von der Wohnanlage sagte, die Frau sei eine Querulantin. Er sprach von Wichtigtuerei und davon, daß sie schon öfter aufgefallen sei. Nach seiner Darstellung befand sich ›ein schwarzer Freund‹ in ihrer Wohnung, als unsere Jungs vom 20. Revier eintrafen.

Dem Wachmann zufolge haben sie sich gestritten. Sie wurde verletzt. Er hat sie auf den Kopf geschlagen, und deshalb war überall Blut. Sie ist hysterisch geworden, hat den Sicherheitsdienst angerufen und etwas von Vergewaltigung geschrien. Da sie nicht als Lügnerin dastehen wollte, hat sie an der Geschichte festgehalten, als die Kripo kam. Dann ist sie auf die glorreiche Idee verfallen, daß sie vielleicht etwas aus der Sache machen könnte, zum Beispiel die Wohungsverwaltung verklagen, und hat Kanal 7 angerufen.

Als nächstes erscheint sie in den 5-Uhr-Nachrichten. Der Wachmann sagt, sie hat immer etwas zu mosern. Deshalb würde ich an eurer Stelle die Geschichte mit Vorsicht genießen.«

Sal Catalfumo bedankte sich bei dem Kollegen und beendete das Gespräch. Er war nicht davon überzeugt, daß Eileen Ross log. Der Umstand, daß der Vergewaltiger darauf bestanden hatte, daß sie ihm Frühstück machte, kam ihm zu bekannt vor. Diese Schau hatte er auch bei den vier Brooklyner Frauen abgezogen.

Sal beschloß, sein Urteil darüber, ob die Frau die Wahrheit sagte, zurückzustellen, bis er mit ihr gesprochen hatte. Er wußte, Polizisten waren genauso leicht zu beeinflussen wie andere Menschen. Wenn der Wachmann Eileen Ross nicht leiden konnte und eine Auseinandersetzung mit ihr gehabt hatte, dann mußte sein Bericht voreingenommen sein. Es gab ein Dutzend Möglichkeiten, die Bewertung der Geschichte des Opfers zu beeinflussen. Sal würde abwarten. Aber wenn er an Eileens Erscheinung im

Fernsehen dachte, dann hatte die Stärke und Entschlossenheit dieser jungen blinden Frau etwas, das ihn beeindruckte.

Officer Richie Harker, der ebenfalls die Übertragung des Interviews mit Eileen Ross auf Kanal 7 gesehen hatte, kam ein Verdacht. Das Problem war nur, daß er, da er kein Detective, sondern ein *Latent Print Man* (Spezialist für verborgene Fingerabdrücke) bei der New Yorker Polizeibehörde war, nicht die Befugnis hatte, diesem soweit nachzugehen, wie er es gerne getan hätte. Am Abend hatte er sie im Fernsehen gesehen, und jetzt, am nächsten Morgen, war er hinausgeeilt, um sich die *New York Daily News* zu kaufen und eine gedruckte Fassung der Geschichte zu lesen.

Um acht Uhr war er dabei, eine Tasse Kaffee in einem kleinen Delikatessengeschäft in Crown Heights zu trinken, wo ihn niemand störte und er nachdenken konnte. An diesem, vornehmlich von Nachbarn aufgesuchten Ort gab es ein paar Tische und eine Küche, aus der die köstlichsten Gerüche kamen. Niemand hier versuchte, sich in die Angelegenheiten des anderen einzumischen, und das, einschließlich des guten Kaffees und Blätterteiggebäckes, war etwas, das er wirklich schätzte. Die Kaffeestube war auch geeignet und sicher für Polizisten, welche inoffiziell mit Leuten von der Straße sprechen wollten, die einen diskreten Treffpunkt auf neutralem Terrain wünschten, wenn sie wichtige Auskünfte zu geben hatten.

Gerade in diesem Augenblick dachte Harker an einen Informanten, der nicht als solcher gelten wollte. Die kleinen Tips, die er der Polizei gab, sollten bezeugen, daß er ein guter Bürger war. Die zehn oder zwanzig Dollar, die

Harker ihm gelegentlich zukommen ließ, waren keineswegs als Bezahlung anzusehen. Dazu waren die Beträge zu klein. Es handelte sich, darauf bestand der Mann, lediglich um die Erstattung von Kosten!

Das letzte Mal war Harker seinem Informanten vor einigen Wochen begegnet, als dieser ihm einen Hinweis auf einen Einbrecher gegeben hatte. Während er am Abend zuvor Eileen Ross zum ersten Mal im Fernsehen sprechen hörte, hatte es bei ihm geklingelt. Und das war der Grund, warum ihn die Geschichte in der *Daily News*, die er gerade las, so sehr interessierte. In dem in knappem Journalistenstil gehaltenen Bericht wurde erwähnt, daß der Vergewaltiger darauf bestanden habe, daß Eileen ihm Frühstück machte:

Ross sagte, sie versuchte Rührei mit Speck und Toast für ihn zuzubereiten, während der Mann die Wohnung durchsuchte. Als das Rührei in der Pfanne war, zwang er sie, ins Schlafzimmer zu gehen, und vergewaltigte sie. Dann aß er ein wenig und vergewaltigte sie nochmals im Wohnzimmer.

Es war die Frühstücksszene, die Richie Harker fesselte. Sie zeugte von einem charakteristischen Verhalten, das den Mann, der Eileen angegriffen hatte, fast so eindeutig erkennbar machte wie ein lesbarer Fingerabdruck. Er wünschte sich, er könnte Eileen Ross anrufen und sie fragen, ob der Vergewaltiger Obstsaft zum Frühstück hatte haben wollen. Aber dazu war er nicht berechtigt.

Bei dem Verdacht, den er beweisen wollte, handelte es sich um folgendes: Als »Fingerabdruck-Mann« des 77. Reviers in Crown Heights, Brooklyn, war er, zusammen mit seinem Partner Jack Baker, unter den ersten am Tatort, wenn ein größeres Verbrechen begangen worden war. Unter den Hunderten von Abdrücken, die sie im vergangenen Jahr sichergestellt hatten, waren die eines noch nicht identifizierten Mannes, eines Berufseinbrechers, der sich jedoch von anderen Einbrechern unterschied: Er war entweder dumm und sorglos, oder er stand unter Drogen, wenn er seiner Tätigkeit nachging. Bei zwei Einbrüchen hatte er seine Fingerabdrücke auf Obstsaftflaschen hinterlassen, und bei wenigstens vier anderen hatte sich herausgestellt, daß er Saft oder, wenn kein Saft da war, ein anderes alkoholfreies Getränk zu sich nahm, bevor er den Tatort verließ. Deshalb war Harker an dem Bericht in der *Daily News* und speziell an dem Teil, in dem es darum ging, daß der Vergewaltiger Eileen Ross zwang, ihm Rührei zu machen, interessiert. Was trank er zu diesem Frühstück? Oder hatte er später etwas zu trinken verlangt? Das wollte Harker wissen.

Die Antwort auf diese Fragen konnte von entscheidender Bedeutung für die Brooklyner Abteilung für Sexualdelikte sein, die die Fälle von Crown Heights untersuchte, in denen der Täter ebenfalls seine Opfer zwang, ihm Frühstück zu machen, nachdem er sich wie Tarzan in ihre in oberen Stockwerken gelegenen Wohnungen geschwungen hatte.

Harker verfügte über mehrere Informationen. Wenn sie sich zusammenfügen ließen, dann könnten sie in der Summe vielleicht zur Enttarnung von Spiderman führen. Harker ging sie Punkt für Punkt durch.

Zunächst einmal gab es überhaupt keinen Beweis dafür, daß der Einbrecher, der Wohnungen im Brooklyner Crown Heights geplündert hatte, dieselbe Person war wie der Vergewaltiger, der buchstäblich die Wände hinunterkletterte, um in unzugängliche Wohnungen in Crown Heights zu gelangen, und die Bewohnerinnen vergewaltigte. Aber es gab natürlich schon Grund zu der Annahme, daß die beiden identisch sein könnten! Harker kratzte sich am Kinn. Weiter war zu bedenken, daß sein Informant vor sechs Wochen einen Mann ausfindig gemacht hatte, der für die Einbrüche in Frage kommen konnte. Harker hatte festgestellt, daß es sich dabei um einen entlassenen Sträfling mit einem beachtlichen Vorstrafenregister in Sachen Einbruch handelte. Aber er hatte keinen Grund gesehen, den Mann mit den Vergewaltigungen in Verbindung zu bringen, bis Eileen Ross mit ihrem Bericht über den Täter, der sich von den Frauen bekochen ließ, bevor er sie vergewaltigte, an die Öffentlichkeit gegangen war.

Die Idee, den Einbrecher von Brooklyn, der gerne Saft trank, mit dem Einbrecher und Vergewaltiger gleichzusetzen, wäre Richie vielleicht früher gekommen, wenn er gewußt hätte, daß die vier Brooklyner Frauen, die vor Ross in Manhattan vergewaltigt wurden, Frühstück für den Täter gemacht hatten. Informationen darüber wären, wenn man sie notiert hatte, in den Berichten der Polizisten enthalten, die als erste die Vergewaltigungsfälle untersucht hatten.

Und das war Harkers Problem! Man stürzte sich nicht mit einer vagen Theorie auf den Fall eines Detective, wenn man sich nicht dafür zurechtweisen lassen wollte, seine Nase in anderer Leute Angelegenheiten zu stecken. Auch konnte man nicht gut einen Detective bitten, seinen Bericht über eine Vergewaltigung einsehen zu dürfen, solange die Ermittlungen noch andauerten. In gewisser Weise, grübelte Harker, setzte sich das System selbst außer Kraft.

Eine weitere Einschränkung ergab sich aus der archaischen Methode, mit der man auf den Revieren Fingerabdrücke identifizierte. Ein *Latent Print Man* eines typischen, zur New Yorker Polizei gehörenden Reviers verfügte über Hunderte von Fingerabdrücken, die Kriminellen zugeordnet werden konnten, von denen man annahm, daß sie sich im Zuständigkeitsbereich des betreffenden Reviers betätigten. Wenn ein Einbrecher, dessen Fingerabdrücke unbekannt waren, dort auftauchte, konnte es geschehen, daß er über Wochen unerkannt blieb, bis er wirklich lästig wurde. Dann nahm der Fingerabdruckexperte vom Revier die an einem Tatort sichergestellten Fingerabdrücke, ging damit zum BCI (Bureau of Criminal Identification = kriminaltechnische Identifizierungsstelle) im Geschäftsviertel von Manhattan und versuchte, sie dort in der aus vielen tausend Karten bestehenden Ablage wiederzufinden.

Der Vergleich erfolgte von Hand, das heißt in einem unglaublich ermüdenden Verfahren, das wegen seiner Umständlichkeit schweren Fehlern Vorschub leistete. Es war die Rede davon, das Fingerabdrucksystem auf Computer umzustellen, aber bis es soweit war, wurde die größte Polizeitruppe der Welt durch vorsintflutliche Methoden so gehemmt, als ob man zu einer Zeit, in der Turbojetmaschinen elektronisch auf Touren gebracht wurden, ein Auto mit der Handkurbel starten wollte!

Das Ergebnis war, daß Dutzende von Fällen auf ihre Lösung warteten oder hinter spektakulärere Vergehen, die ein schnelles Handeln verlangten, zurückgestellt wurden. Auf dem 77. Revier gab es sieben Leute, die sich mit Fingerabdrücken befaßten: Harker und sein Partner Jack Baker, zwei weitere Zweimannteams und Frank Pagnucci, der Techniker im Innendienst. Seine Aufgabe war es, die auf dem Revier vorhandenen Abdrücke auf Übereinstimmung mit neuen, von Harker, Baker oder den anderen an einem Tatort abgenommenen zu vergleichen. Die sieben Männer standen unter Druck, wenn sie mit dem Arbeitsanfall Schritt halten wollten. Trotzdem war es Harker und seinem Partner gelungen, während einer beachtlichen Zeit fast allein genügend Beweise zu liefern, um viele Verdächtige aufgrund ihrer Fingerabdrücke zu überführen. Dadurch gab es weniger Schwierigkeiten bei der Klageerhebung, mehr Verurteilungen, und die Einbrecher waren gewarnt. Die in Crown Heights angezeigten Diebstähle gingen in einem Jahr von durchschnittlich 3000 auf 2100 zurück.

Als Harkers Informant den Namen Tyrone Graham nannte, beschrieb er diesen als »einen eitlen Mann, dem es Spaß macht, Menschen weh zu tun«. Er kam geradewegs von Attica, war Dieb von Beruf und auf Einbruch spezialisiert.

Zu jenem Zeitpunkt hatte Harker noch keine besondere Einstellung Graham gegenüber, sondern er sah in ihm nur einen weiteren Strolch, der einbrach, um zu leben. Auf keinen Fall brachte er ihn mit den merkwürdigen Einbrüchen in hoch gelegene Wohnungen in Crown Heights in Zusammenhang. Diese Taten verblüfften ihn, und zunächst äußerte er in einem vertraulichen Gespräch mit Jack Baker die Vermutung, die Täter seien im Verwandtenkreis der Opfer zu suchen. Zu Frank Pagnucci sagte er das gleiche.

»Weißt du, Frank, ich glaube, bei diesen Einbrüchen

handelt es sich um familieninterne Angelegenheiten. Ein Schwiegersohn, eine Schwiegertochter oder so bestiehlt die eigenen Leute. Ein Fremder kann es einfach nicht schaffen, dort hineinzugelangen. Es gibt keine Feuerleiter, nichts.«

Als die Zahl der Einbrüche in hoch gelegene Wohnungen zunahm, wurde es immer unwahrscheinlicher, daß die Diebe aus der eigenen Familie kamen. Parallel dazu hörte Harker, daß die Wohnungsinhaber von leeren Saftflaschen oder Behältern von anderen nichtalkoholischen Getränken sprachen, die sie fast ausnahmslos in der Küche fanden. Allerdings gab es auch eine ältere weißhaarige Lady am Eastern Parkway, die wütend darüber war, daß zwei leere Coladosen auf ihrem Konzertflügel stehengeblieben waren und dort Ränder verursacht hatten. Sie war außer sich und erschrocken bei dem Gedanken, daß jemand, der so unbedacht war, nachts, während sie schlief, hatte in ihre Wohnung eindringen können.

Harker besprach diese Information mit seinem Partner, und beide Männer waren sich einig, daß es sich um einen weiteren Teil eines Verbrechensmusters handelte, nach dem ein Mann, der durch Fenster einstieg und die Geschicklichkeit eines Affen besaß, vorging. Später, als Harker von seinem Informanten den Namen erfuhr, rief er das BCI in Manhattan an und sprach mit einem Angestellten in der Latent-Print-Abteilung der Polizeidirektion, Police Plaza Nr. 1, dem er den Namen Tyrone Graham sorgfältig buchstabierte.

Wenn die New Yorker Polizeibehörde zu der Zeit noch nicht die Einrichtungen zum Vergleich von Fingerabdrükken per Computer besaß, so konnte man doch Computerauszüge aus dem Namensregister der Verbrecherkartei bekommen. Tyrone Graham, so stellte sich heraus, war ein immer wieder rückfällig gewordener Einbrecher, den man im März 1986 auf Bewährung aus der staatlichen Strafanstalt in Attica entlassen hatte. Die New Yorker Polizei gibt jedem überführten Täter eine Kennziffer. Diese Kennziffer und Tyrones Namen gab Harker an Frank Pagnucci weiter, zusammen mit der schriftlichen Bitte, in den Unterlagen des Reviers nach Fingerabdrücken von Graham zu suchen.

Ein paar Tage später erhielt Harker einen Anruf von Pagnucci: »Hallo, Richie, wie heiß ist dieser Fall Tyrone Graham?«

»Nun, man sagt, er sei ein übler Bursche, der einbricht.«

»Hm, wir haben keine Fingerabdrücke von ihm. Ich muß nach Manhattan fahren, um sie mir zu beschaffen. Ich habe mit dem BCI telefoniert. Der Kerl war jahrelang unter Verschluß. Er war nicht da. Also was steht an?«

»Ich würde es inneren Instinkt nennen«, sagte Harker. »Fahr zum BCI. Besorg dir seine Karte. Ich glaube, er dreht seine Dinger hier. Wenn ich recht habe, wirst du ihn wahrscheinlich auf einige Fälle festnageln und wieder für Jahre ins Gefängnis bringen können.«

Das war das letzte Mal, daß Harker über Tyrone Graham nachdachte, bis er Eileen Ross im Fernsehen sah, die über ihre Vergewaltigung in Manhattan sprach ...

8

Als Eileen am Dienstagmorgen spät aufwachte, dachte sie für ein paar Augenblicke nicht an das, was sich in den vorangegangenen dreißig Stunden ereignet hatte. Es war wieder ein heißer Julitag, und das Sonnenlicht flutete in prächtigem Gelb in ihr Zimmer. Bonnie und Bethie hatten sich wie kleine Hügel neben ihrer linken Hälfte zusammengerollt. Bethie war noch träge von ihrer Gehirnerschütterung, und Bonnie, die auch einen Schlag abbekommen hatte, wirkte ebenfalls apathisch. Der Tierarzt, bei dem Kay mit beiden Hunden gewesen war, hatte gesagt, sie könnten sich zu Hause erholen.

Eileen setzte sich auf und löste sich von den Hunden, was ihr ein unzufriedenes Knurren von Bonnie einbrachte. O Gott, dachte sie, war es erst gestern, daß ich vergewaltigt wurde? Gestern war wie eine Erinnerung an eine längst vergangene Zeit. Während sie so dasaß und überlegte, drang die Stimme von Kay Ketchum zu ihr durch, die sagte, was für ein Glück es doch gewesen sei, daß Eileen ruhig Blut bewahrt und den mutigen Entschluß gefaßt habe, sich um des Überlebens willen zu ergeben. Eileen dachte darüber nach, daß Kraft und Gewalt wohl schon immer zu ihrem Leben gehört hatten.

Ihre ersten Lebenserfahrungen hatte sie in der Siedlung Queensbridge im mittelständischen Queens, New York, gemacht. Die früheste, ihr lieb gewordene Erinnerung war die an Weihnachten 1951, als sie noch ein kleines Kind war. Sie wußte noch, wie ihr Vater sie auf die Schultern genommen hatte und mit ihr zu einem Schrank im Flur gegangen war, wo sie sich von auf dem Bord versteckten, in Silberpapier eingewickelten Süßigkeiten bedienen durfte. Es war eine herrliche Entdeckung. In jenem Jahr lag für sie eine wunderschöne Puppe unter dem Baum, die ihre Mutter ausgesucht hatte. Eileen nannte sie sofort Lulu nach dem albernen Kinderlied *Little Lulu*. Fünfunddreißig Jahre später war Lulu für Eileen immer noch eine aus der Kindheit übriggebliebene Gefährtin, die sie stets an die schönsten Jahre ihres Lebens erinnerte.

Es war ihr Vater, der sie gelehrt hatte, Gitarre zu spielen und der sie später vor ihrer Mutter in Schutz nahm.

Ross (Rosario) Musumeci, der im Alter von zehn Jahren durch Hirnhautentzündung blind geworden war, hatte sich ursprünglich Dorothy Musumecis Wunsch nach einem Baby widersetzt. Infolge der in ihrer Familie vererbten Veranlagung zu grauem Star durfte es fast als sicher gelten, daß Kinder aus der Vereinigung von Ross und Dorothy blind sein würden. Aber Ross liebte sein einziges Kind sehr.

Im Gegensatz zu seiner Tochter Eileen, die mit dem rechten Auge etwas sehen konnte, war Ross Musumeci völlig blind. Doch er war ein Zauberer, wenn es um technische Dinge ging. Seine Fähigkeit, fast alles reparieren zu können, und die Art und Weise, wie er das Klavier-, Orgel- und Akkordeonspiel beherrschte, waren bezeichnend für seine innere Unabhängigkeit, die er an seine Tochter weitergab.

Die beiden waren sich sehr ähnlich und liebten sich sehr. Sie hatten den gleichen leichten Körperbau, und ein Fremder, der nichts von ihrer Beziehung wußte, hätte wegen der Ähnlichkeit sofort erraten, daß es sich um Vater und Tochter handelte. Eileen hatte von ihrem Vater die Kopfform, die gerade Nase und die dunklen Augen geerbt. Von ihm hatte sie auch zuerst gelernt, als Mensch etwas zu leisten, sich von Rückschlägen nicht unterkriegen zu lassen und mit den Herausforderungen eines Lebens als Blinde fertig zu werden.

Ihre Mutter war warmherzig und liebevoll, bis sie drei war. In ihrer Erinnerung gab es zwei Frauen: eine gute Mutter und eine schlechte. Es war seltsam, wenn sie darüber nachdachte, daß die beiden Bilder nie miteinander verschmolzen. Das eine zeigte die geduldige, sich sorgende Frau, die erstaunliches Feingefühl für die Ängste eines blinden, tauben und zurückgebliebenen Nachbarkindes bewiesen hatte. Dorothy Musumeci kümmerte sich um eine Zweijährige, wenn deren Mutter zu betrunken war, um für sie zu sorgen.

Eileen, die damals selbst noch klein war, hatte Angst vor Delores, die mit Gegenständen warf und mit seltsamen, unkoordinierten Bewegungen herumkroch, sich beim Anstoßen an Möbel blaue Flecken holte und vor Wut und Frust schrie. Delores lebte in einer schrecklichen Welt. Sie hatte nichts. Ihre Eltern, die ganz normal sehen konnten, ignorierten sie oder behandelten sie mit Verachtung. Sie fütterten sie wie ein Tier. Von feindseliger Dunkelheit umgeben, war sie unfähig, ihrer Angst und Verwirrung Ausdruck zu verleihen.

Dorothy brachte dem Kind bei, zu gehen, allein zu essen und auf den Tisch zu klopfen, wobei Laute entstanden, die es mit sich selbst beziehungsweise seinem eigenen Willen in Zusammenhang bringen konnte.

Die Fortschritte, die Delores unter der Aufsicht von Dorothy Musumeci machte, schwanden dahin, wenn die Eltern sie wieder für längere Zeit, in der es chaotisch zuging, übernahmen. Danach war sie wieder wild und unbändig, ein in einem unzulänglichen Körper gefangenes Menschenkind, das seine Qualen nur durch unverständliche Laute, ziellose Bewegungen und Schlagen mit den Fäusten äußerte.

Eileen mochte es nicht, wenn Delores zu ihnen kam. Sie verstand sie nicht und wünschte sich, daß sie wieder ging. Aber ihre Mutter war geduldig und zärtlich mit dem Kind.

Dorothy sprach selten von ihrer eigenen Kindheit. Eileen erfuhr erst Jahre später davon. Dann half es ihr etwas, die Frau, die sie zur Welt gebracht hatte, zu verstehen. Dorothy war von frühester Kindheit an ohne Eltern aufgewachsen. Ihr Vater trank, und ihre Mutter litt an der Augenkrankheit, die Eileen später erben sollte. Dorothy wurde katholischen Nonnen überlassen. Die Erziehung bei ihnen war streng und lieblos. Sie schlief zusammen mit anderen Kindern in einem großen Saal, und die Nonnen, die Gehorsam zu einem Fetisch machten, verliehen ihrer Autorität Nachdruck, indem sie die Kinder mit Kleiderbügeln schlugen und panische Angst vor Gestalten mit schwarzen Hauben erzeugten, die im Dunklen umherschlichen – um festzustellen, ob noch jemand sprach, nachdem das Licht aus war.

Wenn Dorothy nachts ins Bett machte, wurde sie dafür auf einzigartige Weise bestraft: Am nächsten Morgen mußte sie mit ihrer nassen Matratze quer über die Straße auf den Rasen vor der gegenüberliegenden High School ziehen, wo sie dem Spott und Hohn der Schüler ausgesetzt war, bis sie nach Ansicht der Nonnen ihre Lektion gelernt hatte. Eileen vergaß diese Geschichte von der Demütigung ihrer Mutter nie.

Als Dorothy heiratete, war es so, als ob man eine Strafe von ihr genommen hätte. Sie begegnete Ross Musumeci in einem Betrieb, in dem Filme entwickelt wurden, wo sie beide in der Dunkelkammer arbeiteten. Ross liebte Musik; er spielte wunderbar Klavier. Für Dorothy war er ein Symbol der Freiheit und so etwas wie eine kulturelle Brücke. Obwohl Ross mit dreiundzwanzig nur ein Jahr älter war als sie, heiratete er sie bereits knapp fünf Monate, nachdem sie sich kennengelernt hatten. Für sie war seine musikalische Begabung eine greifbare Verbindung zu der aufregenden Welt des Films und des Theaters sowie zu strahlenden Stars, deren Namen wie Leuchtfeuer für sie waren.

Sie mochte vor allem seine Stimme. Sie war volltönend und hatte einen Klang, der auf eine Person mit weitem Horizont schließen ließ.

Die irritierenden Anzeichen eines anderen Wesens in Eileens Mutter kamen zum Vorschein, als Eileen drei Jahre alt war. Eileen war Linkshänderin und benutzte daher am liebsten die linke Hand, wenn sie aß oder ihr Haar bürstete. Auf Dorothy wirkte das wie ein Zeichen von Schwäche oder Minderwertigkeit beziehungsweise wie ein schleichender Mangel gegenüber anderen Kindern. Daher bestand sie darauf, daß Eileen die rechte Hand benutzte. Wenn sie ihrer Tochter ein Glas Milch gab, dann ließ sie es nicht los, bis Eileen es in die rechte Hand nahm.

Als das Kind hartnäckig an seiner Gewohnheit festhielt, wurde Dorothy grausam. Einmal, als Eileen die linke Hand nach etwas ausstreckte, griff ihre Mutter nach ihren

Fingern und zerrte so daran, daß es weh tat. Ein anderes Mal fuhr Dorothy herum und knurrte Eileen an wie ein Hund, weil sie die Ellenbogen auf dem Tisch liegen hatte. Eileen bekam Angst, als sie die gutturalen Laute aus dem Mund ihrer Mutter hörte. Dorothy gab den Kampf mit ihrer Tochter um den Gebrauch der richtigen Hand nie auf.

Die Schule war für Eileen im Alter von fünf Jahren ein größeres Trauma als für ihre Mitschülerinnen, mit denen sie jedoch letzten Endes Freundschaft schloß. Und dann wollte ihre Mutter ihre Gedanken und Handlungen völlig beherrschen. Eileen war zu jung, um zu verstehen, daß sie über ihre Tochter die gleiche strenge Kontrolle ausübte wie die Nonnen seinerzeit über sie. Eileen sah nur, daß aus ihrer einst liebevollen Mutter ein Tyrann geworden war. Solange sie ihre Kindheit innerhalb der von ihrer Mutter gesteckten Grenzen auslebte, hatten die beiden ein harmonisches Verhältnis. Aber immer wenn Eileen eigene Vorstellungen entwickelte, dann hielt Dorothy dies für Verrat an ihrer Mutterliebe.

Eileen lernte Braille, die Blindenschrift, in einer Schule, in der nur ein Teil der Schüler blind war. In der ersten Klasse begegnete sie Pat Logan, die ihre langjährige Freundin werden sollte. Immer wieder kreuzten sich ihre Wege. Sie lernte auch Richard Wingard, Allan Oringer und Denise Decker kennen, die mit Pat Logan und Eileen zusammen ein Quintett bildeten, das immer zusammen war.

Denises Mutter starb, als sie sechs Jahre alt war. Das war Eileens erste Begegnung mit dem Tod.

Nachdem Eileen das Glück gehabt hatte, im ersten Schuljahr Miss Sullivan (die Helen Keller unterrichtet hatte) als Lehrerin zu haben, machte sie bei deren Nachfolgerin, Miss Roman, die Erfahrung, daß diese Lieblingsschüler hatte und eine starke Abneigung gegenüber Eileen und ihren vier Freunden hegte. Sie spielte diese aus, als Eileen eines Tages mit schmutzigen Knien und einem schmutzigen Kleid in der Schule auftauchte. Sie war strahlend sauber von zu Hause fortgegangen, hatte sich dann aber auf ein Spiel mit anderen Kindern eingelassen, mit denen sie sich bald auf dem Boden des Schulbusses wiederfand.

Miss Roman wartete, bis Eileen in ihrem schmutzigen gestreiften Matrosenkleid mit anderen Kindern nach vorne kam. Sie war an der Reihe, bei einem Treuegelöbnis gegenüber dem Vaterland stolz die Fahne zu halten.

Als Eileen mit der Fahne bereitstand, trat die Lehrerin neben sie und nahm sie ihr aus der Hand.

»Setz dich«, befahl sie. »Du bist schmutzig. Schmutzige kleine Mädchen dürfen keine Fahne halten. Ich nehme an, deine Eltern wissen nicht, wenn du schmutzig bist.«

Eileen vergaß diese grausamen, ungerechten Worte von Miss Roman nie. Was für eine Welt war das, grübelte sie später, die eine sehende Frau so blind machte, daß sie dachte, Menschen, die nicht sehen konnten, wären nicht imstande, ihre Kinder sauberzuhalten?

Mit sieben Jahren entdeckte Eileen, daß sie ein Naturtalent im Rollschuhlaufen war. Schon bald wurde sie zu einer vertrauten Gestalt auf den Gehwegen der Queensbridge-Siedlung. Ihre Fähigkeit, wie durch ein Schlüsselloch zu sehen, gab ihr die Zuversicht, unmittelbar vor ihr befindliche Hindernisse zu erkennen, und ihr Wahrnehmungsvermögen in bezug auf ihre Umgebung, die sie als undeutliche Schatten sah, reichte aus, um ihr Mut zu verleihen, während sie über die geraden Betonflächen sauste. Das Rollschuhlaufen gab ihr eine Freiheit, die sie glücklich machte. Über Stunden konnte sie damit der übertriebenen Aufsicht ihrer Mutter entrinnen und sich physisch und emotional befreit fühlen.

Ein Ereignis, das Eileens Leben grundlegend verändern und sie für die Unsicherheit ihrer Mutter gegenüber anderen Leuten sensibilisieren sollte, hatte seinen Ursprung in einer schriftlichen Einladung von der Einrichtung *Lighthouse for the Blind* (Leuchtturm für die Blinden), in der es hieß, Eileen solle für eine kleine Rolle in der Broadway-Inszenierung von *The Miracle Worker* vorsprechen. Dazu war es gekommen, weil Eileens Mutter samstags mit ihr mit dem Zug zu den Veranstaltungen im *Lighthouse*, das in Manhattan lag, fuhr.

Für Dorothy Musumeci bedeutete das, jeden Samstag vier Stunden wartend herumzusitzen, während ihre achtjährige Tochter sich an den Aktivitäten erfreute, die das *Lighthouse* blinden Kindern bot. Dieses Verhalten zeugte von Dorothys Absicht, Eileen an der kurzen Leine zu halten. Sie sollte sich so entfalten, wie Dorothy es nie gekonnt hatte. Um das zu erreichen, war ihrer Mutter kein Opfer zu groß. Sie weigerte sich, einzusehen, daß ihre Dominanz ihre Tochter unweigerlich von ihr forttrieb.

Andere blinde Kinder fuhren zusammen mit dem Bus von Queens zum *Lighthouse.* Sie waren dann frei von ihren Eltern und freuten sich darauf. Dorothy jedoch bestand auf der mühsamen Fahrt mit dem Zug. Dadurch dehnte sie ihren Einfluß auf Eileen aus. In Eileen aber wuchs der Widerstand gegen ihre Mutter und wurde von Jahr zu Jahr größer.

Das *Lighthouse* war ein wundervoller Ort für Eileen. Dort konnte man herrliche Dinge tun: Es gab eine Bowlingbahn und ein Zimmer für Spiele. Man konnte Rollschuh laufen, töpfern, an Theaterkursen teilnehmen und Dutzende andere Sachen machen. Eileen meldete sich für einen Theaterkurs, fand ihn aber zu langweilig. Nach zwei Wochen wechselte sie zu Spielen und teilte ihre Zeit fortan zwischen diesen, Rollschuhlaufen und Bowling auf.

Das Rollschuhlaufen brachte sie mit Richard Swanson, einem ein paar Jahre älteren Jungen zusammen, der von der dunkeläugigen und dunkelhaarigen Eileen begeistert war. Eileen ließ sich nicht durch negative Kommentare ihrer Freunde zu Richard, der ein Schuljahr wiederholen mußte, verunsichern. Er war dreizehn. Sie gestanden einander ihre Zuneigung, und zum ersten Mal war Eileen verliebt.

Sie begegnete auch einem jungen Mann, der im *Lighthouse* in der Halle saß und Gitarre spielte. Sie bewunderte ihn, weil er den Saiten wunderschöne Musik entlocken konnte. Ihr Klang weckte in ihr das Verlangen, ebenfalls Gitarre spielen zu lernen. Der Mann war José Feliciano, der viele Jahre später wegen seiner künstlerischen Leistung zu internationaler Anerkennung und Ruhm gelangte.

Eine andere Person, die Eileen nie vergaß, war ein seltsamer, freundlicher Mann namens Malcom Parkhurst, der im *Lighthouse* ehrenamtliche Aufgaben wahrnahm. Er war besonders nett zu den kleinen blinden Mädchen und kaufte ihnen Geschenke. Doch er war immer so höflich, die Eltern um Erlaubnis zu fragen. Er war ein mitfühlender, sanfter, reizender Mann und offenbar wohlhabend, denn er ging verschwenderisch mit Geld um. Einmal bat er Dorothy um die Erlaubnis, Eileen eigene Rollschuhe zu kaufen, und ging mit Mutter und Tochter in ein elegantes Sportwarengeschäft in Manhattan, wo Eileen sich Rollschuhe aussuchte, »die genauso aussahen wie die, die bei den Meisterschaften getragen wurden«. Sie waren ein Traum und kosteten 125 Dollar. Dorothy wunderte sich. Ihr Mann verdiente nur 73 Dollar pro Woche. Eileen war außer sich vor Freude.

Zu dieser Zeit geschah dann das Aufregende: Es kam der an ihre Eltern gerichtete Brief vom *Lighthouse,* in dem es um das Vorsprechen für *The Miracle Worker* ging. Dieser Brief war auf Veranlassung der Produzenten des Stücks geschrieben worden. In einer wichtigen Szene verließ Annie Sullivan, gespielt von Anne Bancroft, die *Perkins School for the Blind* (Blindenschule) in Massachusetts, um Helen Keller in Alabama zu unterrichten. Es war ein tränenreicher Abschied, als die Schulkinder Lebewohl sagten und ihre Lehrerin umarmten.

Eileen gehörte zu vierundzwanzig Kindern gleichen Alters, für deren Eltern es aus mehreren Gründen attraktiv war, daß sie in dem Stück mitspielten. Die Musumecis, insbesondere Eileens Mutter, wollte es. Der eine Grund war der, daß jedes Kind, das eine Rolle in dem Stück hatte, 135 Dollar die Woche verdienen würde. Der zweite blieb unausgesprochen. Dabei ging es um die Gelegenheit, dem Zauber der Bühne nahe zu sein und mit Leuten auf Tuchfühlung zu kommen, deren Namen in leuchtenden Rahmen erschienen. Dorothy Musumeci hätte mit Stars zu tun!

Das Vorsprechen fand im *Playhouse Theatre* an der Ecke

48. Straße und 7th Avenue statt. Im Zuschauerraum saßen die Prinzipale Peter Van Zandit, Dick Via und William Penn. Was Eileen zu sagen hatte, lautete: »Es tut mir leid, daß du fortgehst, Annie.« An dem Tag, als es soweit war, zog Dorothy Eileen ein wunderschönes blaßgelbes Kleid an. Ihr Haar fiel in sanften Locken, und ihre Wangen waren leicht gerötet.

Als sie Anne Bancroft begegnete, sagte die Schauspielerin: »Oh, was für ein hübsches Kind.«

Eileen selbst war nicht besonders beeindruckt. Miss Bancroft war eine nette Lady, aber ihre Mutter benahm sich, als ob sie eine Göttin sei. Eileen wäre lieber Rollschuh gelaufen oder mit ihren Freunden herumgetollt. In dem Alter war sie ein richtiger Wildfang und liebte Beschäftigungen, die sie physisch beanspruchten, und alles, was laut und aufregend war.

Als ihre Mutter ihr auf dem Heimweg vorschwärmte, sie sei sicher, Anne Bancroft würde bei den für die Besetzung Verantwortlichen ein gutes Wort für sie einlegen, antwortete Eileen: »O Mom, sie wollte nur höflich sein.« Ihre exaltierte Mutter mit dem ungeheuren Bedürfnis, sie in dem Stück mitwirken zu sehen, war schon fast bemitleidenswert, fand sie.

Es wurden vier Kinder vom *Lighthouse for the Blind* ausgewählt. Eileen war dabei als Ersatzbesetzung. An erster Stelle hatte man sich für Donna Pastore entschieden, die für ein Lighthouseposter Modell gestanden hatte. Bei den anderen Mädchen handelte es sich um Lynn Schoenfeld und Rita Levy. Es wurden auch zwei Kinder, die sehen konnten, ausgesucht: Candy Culkin (Bonnie Bedilias Schwester) und Dale Bethea.

Von dem Moment an, als die Proben für das Stück begannen, versuchten viele Eltern, Strategien zu entwickeln, mit denen sie ihre Kinder voranbringen konnten. Eileen stellte bei anderen Kinderdarstellern fest, daß ihre Mutter nicht als einzige so überdreht war und sich wie eine Bühnenmutter benahm, die ihre eigenen phantastischen Wunschträume von Film- oder Theaterruhm in der Tochter neu entfachte.

»Du mußt dich so gut wie möglich darstellen, Eileen«, sagte Dorothy ständig. »Man kann nie wissen, was aus dieser Rolle einmal wird.«

Um ihres Vaters willen war Eileen froh, daß das Geld, das sie verdiente – viel mehr als sein Lohn –, dazu beitrug, den Lebensstandard der Musumecis zu verbessern. Aber realistisch, wie sie als Kind schon war, beteiligte sie sich nicht an den Höhenflügen ihrer Mutter, was ihre Zukunft auf der Bühne betraf. Sie war dankbar für die ihr von Miss Bancroft entgegengebrachte Aufmerksamkeit.

Nachdem *The Miracle Worker* in Philadelphia angelaufen war und das Stück wieder an den Broadway zurückkehrte, wurden der Zank unter den Eltern und die Machenschaften, mit denen sie ständig versuchten, ihrem Kind einen Bühnenvorteil zu verschaffen, immer schlimmer. Letzten Endes durften die Kinder nicht mehr vor den Vorhang treten, weil die Eltern so heftig darüber stritten, welches Kind wo stehen sollte, um den Applaus entgegenzunehmen.

Eileen war nicht traurig, als ihre Rolle in dem Stück zu Ende ging. Am Broadway wurde es nach neunzehn Monaten abgesetzt. Die Hälfte der ursprünglichen Besetzung war bereits gegen andere Schauspieler ausgetauscht worden. An Stelle von Anne Bancroft spielte Suzanne Pleschette die Rolle von Annie Sullivan. Eileen blieb bis zum Ende dabei. Aber sie war zu groß geworden, um für eine Rolle in der Verfilmung des Stücks in Betracht zu kommen.

Einige der Leute, die sie kennengelernt hatte, würde sie vermissen: Patricia Neal, Patti Duke, Torin Thatcher, Michael Constantine und James Cogdon, das heißt Männer und Frauen, die Abend für Abend eine hervorragende Leistung vollbracht hatten. Es waren so bemerkenswerte Persönlichkeiten, daß sie es bedauern würde, den Kontakt mit ihnen zu verlieren. Und natürlich würde es ihr besonders fehlen, Anne Bancroft zu erleben, eine Schauspielerin, die einer sagenhaften Palette von Emotionen Ausdruck verleihen konnte. Sie würde sie nie vergessen.

Als Eileen von der öffentlichen Schule zur *Lavell School for the Blind* wechselte, trat ein 70jähriger Wäschereibesitzer in ihr Leben, dessen kleiner Betrieb mit dem Eingang zu der Straße lag, in der Eileen, zusammen mit ihrer Mutter, auf den Schulbus wartete, der sie jeden Morgen um 7.15 Uhr abholte.

Es war Winter, und es lag Schnee. Die Temperaturen fielen unter den Gefrierpunkt. Um sich zu wärmen, stampfte Eileen mit den Füßen und zog den Mantel fester um sich, während sie wartete. Sie haßte den Winter und den Schnee. Sie haßte die Kälte.

Als Mr. Hyde, der Wäschereibesitzer, der jeden Morgen eine halbe Stunde vor Eileen und ihrer Mutter eintraf, Eileen anbot, in sein Geschäft zu kommen, um sich aufzuwärmen, war sie dankbar und kaum verwundert, daß die Einladung nicht auch für ihre Mutter galt. Dorothy Musumeci hielt es für eine gute Idee, daß Eileen sich in der Wäscherei des alten Mannes aufwärmte. Es machte ihr nichts aus, selbst draußen im Kalten zu bleiben.

In der Wäscherei war es behaglich; es roch nach Reinigungsmittel, Seifenpulver und Öl. Eileen hatte nichts dagegen, wenn der alte Mann ihr über den Kopf strich und sie unter dem Kinn streichelte. Er roch nicht besonders gut und hatte langes Haar. Sie haßte die Vorstellung, wieder hinausgehen zu müssen. Daher hatte sie nichts dagegen, sich bewundern zu lassen. Mr. Hyde ließ immer das Rollo an der Tür herunter, so daß niemand hineinsehen konnte, nachdem er Eileen in die Wäscherei geführt hatte. Er achtete jedoch immer auf die Zeit und öffnete stets ungefähr eine Minute, bevor der Schulbus kam, die Tür.

Zuerst berührte Mr. Hyde sie wie jeder andere Erwachsene und umarmte sie mit großväterlicher Zuneigung. Dann begann er, sie auf den Mund zu küssen. Danach wurde alles schnell schlimmer. Bald schubste er sie, wenn sie an seiner Hand hereingekommen war, gegen gefüllte Wäschesäcke und fuhr ihr mit der Hand über den Körper und unter die Kleider.

Sie haßte es, wenn er sie küßte, ertrug es aber, weil sie es warm haben wollte. Doch sein nasser Mund verursachte ihr Übelkeit, und wenn er seine Zunge in ihren Mund preßte, hätte sie am liebsten gespuckt. Es war abscheulich. Eileen wußte nicht, was mit Mr. Hyde los war. Fragte sie ihre Mutter: »Warum küßt der Wäschemann mich immer?«, antwortete diese jedesmal: »Weil er dich liebt.«

Wenn ihre Mutter nichts gegen das Verhalten des alten Mannes einzuwenden hatte, überlegte Eileen, dann mußte es in Ordnung sein. Doch damit war sie nicht zufrieden. In ihrem Hinterkopf tauchten bohrende Fragen auf, wenn sie daran dachte, wie aufgeregt er wurde, wie seine Hände manchmal zitterten und wie heiß sein Atem auf ihrem Gesicht war.

Zwei Jahre lang begab sich Eileen im Winter, wenn es kalt war, in das Geschäft des alten Mannes und ließ es zu, daß er sie gegen die Wäschesäcke drängte und seinen Körper an sie preßte, während ihre Mutter draußen fror. Als sie in der fünften Klasse die Schule wechselte, hielt ihr Schulbus woanders, und sie sah den alten Mann nie wieder. Manchmal jedoch träumte sie von ihm und erschauerte unter ihren Laken. – Und bisweilen, wenn sie daran dachte, wie er sie geküßt hatte, war ihr Ekel so groß, daß sie sich den Mund ausspülen mußte, als ob dadurch die Erinnerung an seine dicken Lippen ausgelöscht werden könnte.

Zu Hause wurde Dorothy Musumeci immer fordernder gegenüber Eileen, als ihre Tochter in der Zeit, bevor sie ein Teenager wurde, die Gesellschaft von Freunden außerhalb der Familie suchte. Sie wurde strenger und behandelte Eileen schlechter, da sie glaubte, die Unabhängigkeit ihrer Tochter sei ein bewußter Versuch, sich von ihr zu lösen. Die Vorstellung, daß sie die Kontrolle über ihre Tochter verlieren könnte, erschreckte sie. Sie wurde bösartig und quälte Eileen ständig. Das Kind konnte ihr nichts recht machen. Über Jahre hatte Dorothy sich Eileen gegenüber mit den Händen durchgesetzt. Jetzt wurden die Schläge häufiger und arteten zur Gewohnheit aus. Wenn Eileen in der Küche an ihrer Mutter vorbeiging, war es nicht ungewöhnlich, wenn diese plötzlich herumfuhr und Eileen ohne Erklärung eine Ohrfeige gab. Jede Meinungsverschiedenheit war für Dorothy ein Grund, ihre Hand gegen Eileen zu erheben.

»Wenn du schreist, setzt es noch mehr.«

Die Mißhandlungen nahmen solche Formen an, daß kleine Venen in Eileens Schenkeln, die das bevorzugte Angriffsziel ihrer Mutter waren, sich erweiterten und sie oft schwarze und blaue Striemen von wiederholten Schlägen mit der offenen Hand hatte. Wenn Ross Musumeci versuchte, sich in die willkürlichen Bestrafungen einzumischen, wurde alles nur noch schlimmer. Einmal, als er es nicht mehr ertragen konnte, daß Dorothy Eileen zurechtwies, weil sie ihre Milch nicht ausgetrunken hatte, ergriff er das Glas und schüttete den Inhalt mit einem heftigen Schwung durch die Gegend, so daß es bis zur Decke spritzte. Wütend griff Dorothy ihn an, und sie wälzten sich auf der Couch, während sie mit geballten Fäusten auf ihn einschlug. Sie kämpften wie Hund und Katze.

Dorothy war Eileens Freunden gegenüber immer argwöhnisch gewesen. Nur wenige waren ihr genehm, und gegen eine Freundin hatte sie besonders viel einzuwenden: Pat Logan zog sich ihren Zorn zu, weil sie sich weigerte, ihre Eltern in einem günstigen Licht darzustellen. Als Pat und Eileen einmal in der Badewanne spielten, ließen sie sich hinreißen und überschwemmten das Bad. Dorothy trat in die Pfütze, wurde wütend und begann wie wild auf Eileen einzuschlagen. Pat fing an zu schreien, und als Dorothy erkannte, daß ihre heimliche Mißhandlung von Eileen aufgedeckt worden war, verließ sie den Raum. Von dem Tag an kannte ihr Haß auf Pat Logan keine Grenzen mehr. Sie nahm jede Gelegenheit wahr, um das Kind bei Eileen schlechtzumachen.

Der Beginn ihrer Periode wirkte sich sehr stark auf Eileens Gefühlsleben aus. Als sie begann, sich mit Jungen zu treffen, zitterte sie, wenn diese sie küßten und geriet außer Fassung. Sie bekam zuweilen sogar Ausschlag am Mund. Erst mit neunzehn erkannte sie, daß sie noch immer unter der Erfahrung litt, die sie als Zehnjährige mit den Küssen des Wäschemanns gemacht hatte. Sie hatte damals gewußt, daß etwas nicht in Ordnung war, aber sie hatte es nie in Worte fassen können.

Obwohl Eileen sich die Mißhandlungen ihrer Mutter gefallen ließ, reagierte sie mit zunehmendem Alter bitterer darauf. Sie mied Dorothy, wo sie nur konnte. Inzwischen war diese noch bissiger und anklagender gegenüber Leuten geworden, von denen sie glaubte, daß sie ihr unrecht tun wollten. Mit sechzehn hatten die Mißhandlungen und die Verunglimpfungen durch ihre Mutter ein Ausmaß erreicht, daß man eine Litanei darauf machen konnte: »Du taugst nichts, du bist schlecht, schlecht, schlecht.« Eine Auseinandersetzung wegen eines Jungen, Roberto Arroyo, den Eileen gern hatte, eskalierte und führte dazu, daß Eileen für zwei Tage von zu Hause fortlief.

Selbst wenn Robert genauso gewesen wäre, wie Dorothy sich Eileens Freund vorstellte, hätte sich ein starker Konflikt zwischen Dorothy und ihrer Tochter nicht vermeiden lassen. Ein Jahr später kam es zum Bruch. Trotz ihrer Schuldgefühle, weil sie ihrer Mutter Böses wünschte, konnte Eileen nicht mehr aufhören zu träumen, daß ihre Mutter eines gewaltsamen Todes sterben, wie aus dem Fenster fallen und mit dem Kopf aufschlagen, würde.

Sie konnte sich nicht mehr genau erinnern, warum sie so heftig stritten. Sie befanden sich in der Küche, und Dorothy versetzte Eileen aus einem ihr möglicherweise selbst unbekannten Grund einen harten Schlag. Das gab Eileen den Rest. Die ganzen Jahre, in denen ihre Mutter verrückt gespielt, die Strenge, mit der sie sie beherrscht hatte, die ständigen Vorwürfe und Herabsetzungen, die wüsten Beschimpfungen, die Tränen, Schreie und die ungerechtfertigte Kritik, all das kam in Eileen hoch, und zum ersten Mal trat sie ihr, wütend darüber, zu Unrecht angegriffen worden zu sein, entgegen: »Wage es nicht, mich noch einmal zu schlagen!« schrie sie. »Wenn du mich noch einmal schlägst, dann schlage ich zurück!«

Eileen merkte gar nicht, daß sie, während sie schrie, den Arm schützend vor ihre Stirn hielt. Dorothy, die leichenblaß geworden war, griff danach und verdrehte Eileen die Finger.

Gekränkt und außer sich vor Zorn faßte Eileen nach ihrer Mutter und schüttelte sie. Die beiden Frauen hielten einander fest und kämpften. Sich gegenseitig umklammernd, bewegten sie sich im Kreis, und Dorothy drängte Eileen gegen das Küchenfenster.

Mit einem scharfen Ruck kehrte Eileen die Situation um und brachte ihre Mutter in diese Position. Deren Gesicht befand sich direkt neben ihr. Über Dorothys Schulter hinweg konnte Eileen die Fensterscheibe sehen, und sie wußte, daß tief darunter die Straße lag.

Sie dachte: Ich werde sie hinausstoßen und hörte sich selbst schreien: »Ich bring' dich um. Ich bring' dich um.«

»Tu's doch«, stöhnte ihre Mutter, während sie weiter miteinander kämpften. »Vielleicht habe ich Krebs, und du brauchst dir nicht einmal Vorwürfe zu machen.«

Entsetzt schob Eileen ihre Mutter weg, und die beiden Frauen standen da, schluchzten und atmeten schwer. Eileen hatte das Gefühl, sie hätte ihre Mutter nicht aus dem Fenster gestoßen, aber absolut sicher würde sie nie sein. Sie hatte es gewollt, und sie war sehr nahe daran gewesen.

Eileen trat zurück. »Laß mich in Ruhe«, sagte sie.

Als Dorothys Krebsdiagnose bestätigt wurde, wußte Eileen, daß sie sich wieder einmal von der Eifersucht ihrer Mutter und deren Drang, sie zu beherrschen und ihr Schuldgefühle zu vermitteln, hatte manipulieren lassen. Danach war sie dem Vorwurf ausgesetzt, sie sei schuld am Fortschreiten der Krankheit, weil sie Dorothy aufregte. Sie sei ein undankbares Kind, das seine Mutter am liebsten tot sehen würde. Aber inzwischen war Eileen bereits so gefeit gegenüber den Drohungen und Warnungen ihrer Mutter, daß sie deren Beschuldigungen einfach beiseite schob.

Die Liebe, die sie vielleicht einmal für einander empfunden hatten, war schon lange in den haßerfüllten Bestrafungen Dorothy Musumecis untergegangen. Eileen hatten die Prügelstrafen und Mißhandlungen letzten Endes gestählt, und sie sah in ihrem weiblichen Elternteil nur noch eine unglückliche Frau, die kein Selbstwertgefühl hatte und versuchte, durch ihre Tochter zu leben. Aber obwohl sie sich von ihrer Mutter gelöst hatte, verbrachte sie die darauffolgenden zwei Jahre, in denen Dorothy langsam an Brustkrebs starb, mit einer gewissen Angst und Resignation.

Hätte Ross Musumeci nicht darauf bestanden, wäre Eileen nicht zur Beerdigung ihrer Mutter gegangen. Viele ihrer Verwandten nahmen Anstoß daran, daß sie bei der Bestattung nicht weinte, aber nur wenige kannten die Wahrheit über die langen Jahre ihrer Mißhandlung.

Wenn sie jetzt mit ihren siebenunddreißig Jahren an ihre Mutter zurückdachte, meinte sie, daß ihre negativen Gefühle gegenüber der Frau, die ihr das Leben geschenkt hatte, sich etwas gemildert haben sollten. Aber es ließ sich nun einmal nicht bestreiten, daß ihre Mutter ihre Beziehung zerstört und ihr lediglich ein paar Erinnerungen an jene fernen Tage, als ihr Familienleben noch intakt war, hinterlassen hatte. Und doch hatte Eileen es ihrer Mutter zu verdanken, daß sie stark geworden und nicht unterzukriegen war. Dorothy Musumeci hatte ihre Tochter dazu gezwungen, aus einem verzweifelten Kind zu einer tapferen Frau zu werden. Auf höchst seltsame Weise war ihr diese Stärke zu Hilfe gekommen, als sie vergewaltigt wurde, und sie würde ihr auch bei den noch vor ihr liegenden Prüfungen von Nutzen sein.

9

Kay Ketchum ging in Eileens Schlafzimmer und schnappte nach Luft. Rick war bei ihr.

»Meine Güte, Eileen, hier sieht es ja fürchterlich aus!« rief Kay aus.

Auf einmal huschten Eileen nicht nur blutbefleckte Bilder durch den Kopf, während sie im Bett saß, sondern sie erinnerte sich auch daran, daß sie die blutverschmierten Laken am Abend zuvor hatte auswechseln und in einen Wäschesack stopfen müssen. Kay fuhr fort: »Überall ist Blut. Wie ist es nur an die Decke gekommen? Auf den Lampenschirm? Sogar an der Schranktür sind Flecken.«

Um sich schauend, kam Rick eher auf den Punkt. »Du hast Glück gehabt«, sagte er mit harter, leiser Stimme. »Er hätte dich umbringen können.«

Kay faßte Rick an der Schulter und sagte zu Eileen: »Wir lassen dich einen Augenblick allein. Ruf uns, wenn du etwas brauchst. Wir sind nebenan.«

Eileen faßte nach dem Verband an ihrem Kopf und dachte über den Mann nach, der sie so brutal mit einem Küchengerät geschlagen und ihr dann, sich entschuldigend, aber mit Arroganz die blutige Wunde gereinigt und mit dem Handtuch getrocknet hatte, um zu beweisen, daß er ein »anständiger Kerl« war. Tränen des Ärgers traten ihr in die Augen. Auf sie folgte jedoch schnell der unheimliche Gedanke an Aids. Ob ihr Angreifer diese verhängnisvolle Krankheit wohl hatte? Ihr Magen drehte sich um, und ihr wurde schwindelig. Aids! Konnte er sie angesteckt haben? Die Blutuntersuchung im Krankenhaus würde es ergeben. Aber wie lange würde es dauern, bis sie tatsächlich wußte, ob sie in Gefahr war, eines langsamen Todes zu sterben? Einen Moment lang dachte sie an ihren Freund David oben, der dabei war, dieser Krankheit zum Opfer zu fallen, und sein liebes, verwüstetes Gesicht sowie sein ausgezehrter Körper tauchten vor ihr auf.

Dann gingen ihre Gedanken wieder zurück zu ihrem Angreifer.

Dieser Bastard, dachte sie, der in ihr Leben eingebrochen war. Bastard! Bastard! Ihr Ärger brachte ihr Blut in Wallung. Was würde sie tun, wenn sich herausstellte, daß sie Aids hatte? Sie verdrängte den Gedanken.

Das erste, worauf sie sich konzentrieren mußte, war, ihn zu finden. Dafür mußte sie ihre ganze Energie und Kraft einsetzen. Die Berichterstattung durch das Fernsehen sollte helfen. Sie fröstelte, als ihr plötzlich seine Drohung, sie zu töten, wenn sie über die Vergewaltigung sprach, einfiel. Er war im Fernsehen als ein Typ Jekyll oder Hyde beschrieben und dann lächerlich gemacht worden, weil er fünf Pfund Shrimps gestohlen und sie mit dem Videorecorder und dem Nerzmantel in einen Koffer gepackt hatte. In Erinnerung an sein Ego war sie sicher, daß ihm das nicht gefiel. Wenn sie an den Mantel dachte, mußte sie lächeln. Sie hatte ihn in einem Second-hand-Laden für 50 Dollar gekauft. Er würde wütend sein, wenn er herausfand, daß er nicht so wertvoll war, wie er geglaubt hatte.

Eileen erhob sich langsam aus dem Bett. Eines wußte sie genau: Ihr Leben würde nie mehr so sein wie früher, auch wenn es sie etwas befriedigte, daß auf die Hausverwaltung wegen ihrer Nachlässigkeit, die es einem Verbrecher ermöglicht hatte, durch ein Fenster mit kaputtem Riegel einzudringen, hohe Kosten zukommen würden.

Ihr Rechtsanwalt und Freund, Gary Trachten, würde am Nachmittag kommen und einen auf Körperverletzung spezialisierten Anwalt, Norman Pearlman, mitbringen, um über ihre gesetzliche Vertretung in einer Klage gegen die Hausverwaltung zu sprechen. Sie schüttelte den Kopf über die Dummheit, Habgier und Sorglosigkeit der Leute. Da die Hauseigentümer den kaputten Riegel nicht repariert und ihre Bitten, Briefe und Anrufe einfach ignoriert hatten, waren sie zu einer Partei in ihrem Fall geworden. Ein Verfahren zur Wiedergutmachung des durch ihre Nachlässigkeit entstandenen Schadens war doch wohl gerechtfertigt.

Eileen betrat das Bad und begann, ihre Dinge in die Hand zu nehmen, die alle falsch standen. Überall waren Schmutzflecken von dem Pulver, das die Polizei über die Flächen verteilt hatte, um Fingerabdrücke sicherzustellen. Sie schüttelte den Kopf und fühlte sich plötzlich deprimiert und elend. An vielen Stellen in der Wohnung waren Schmutzspuren, im Badezimmer auf dem Wandtelefon, dem Wäschekorb, dem Spiegelschrank und den Fächern darin, dem Waschbecken und der Lichtschalterleiste neben der Tür.

Fetzen einer Unterhaltung drangen durch die Wand. – Sammi, Kays Mann, sprach im Wohnzimmer. Eileen seufzte. Sie war so dankbar, daß sie bei ihr geblieben waren, obwohl sie halb amüsiert und halb bitter an die Nacht zurückdachte. Einmal, als sie aufgestanden war, um ins Badezimmer zu gehen, und Sammi umherwandern hörte, hatte sie grufen: »Was ist los? Kannst du nicht schlafen?« Da sie sein Gesicht nicht sehen konnte, mußte sie sich die ängstliche Miene vorstellen, die zu dem Zittern in seiner Stimme paßte.

»Was ist, wenn er zurückkommt?« hatte er geflüstert. »Was tun wir dann?«

»Wir sind zu viert, Sammi«, war Eileens Antwort gewesen, und sie hatte die Zahl betont.

»Ja, aber er könnte uns überraschen, so wie er dich überrascht hat.«

»Nun, versuche, nicht daran zu denken. Wir sind mehr als er.«

Sie war wütend auf sich selbst, weil sie, als sie wieder im Bett lag, tatsächlich über die Möglichkeit nachdachte, daß der Eindringling wiederkommen könnte. Zum Teufel mit Sammi und seiner Angst! Obwohl sie sehr müde war, lag sie noch einige Zeit wach, bis sie wieder einschlafen konnte.

Gegen neun Uhr hatten Sammi und Kay gefrühstückt und die Wohnung verlassen. Eileen erwiderte Telefonanrufe, und Rick Rivera, der zuverlässig und beschützend in ihrer Nähe geblieben war, plante seinen Tagesablauf und die

Arbeitsverteilung an freiberufliche Schreibkräfte, mit denen er sich in Verbindung setzen würde.

Um zehn Uhr hatte Eileen einen Anruf von einem der diensthabenden Pförtner ihres Wohnhauses erhalten, der fragte, ob sie eine religiöse Gruppe empfangen wolle, die gekommen war, um für sie zu beten und eine Botschaft über das Heilen der Seele zu bringen. Eileen ließ ihren Dank ausrichten und sagte nein.

Ein paar Minuten später nahm Rick einen Anruf vom Empfang in der Halle entgegen, in dem man ihm mitteilte, daß die Morgenpost besonders umfangreich sei. Er nahm den Wäschesack für die zusätzliche Korrespondenz, und Eileen war erstaunt, als sie einundneunzig Briefe zählte, in denen Fremde ihr ihre Anteilnahme und ihr Mitgefühl aussprachen.

Während Rick ihr die Briefe vorlas, stellte Eileen fest, daß die Mehrzahl von Frauen kam, die nicht mit ihrem Namen unterschrieben hatten; viele erklärten, sie wollten anonym bleiben, weil sie Angst davor hatten, sich als Opfer einer Vergewaltigung zu erkennen zu geben. Aber sie alle gratulierten Eileen zu ihrem Mut, die Dinge auszusprechen und auch für sie die Stimme zu erheben.

Es war bedrückend für Eileen, den Schmerz zu spüren, der durch die handgeschriebenen Zeilen drang. Das waren Frauen, die zugaben, daß ihre Vergewaltigung das Schlimmste war, was sie sich je hätten vorstellen können. Als nächstes kam ihre Feigheit. Betrübt erkannte Eileen, daß sie sich schämten, weil sie geschwiegen hatten, und daß diese Scham ihnen große Qualen bereitete. Sie zerstörte ihr Selbstvertrauen. Ein Brief, der in New Jersey aufgegeben worden war, rührte sie besonders:

Liebe Miss Ross,

ich bin eine vergewaltigte Frau und habe geweint, als ich las, was Sie durchgemacht haben. Ich schreibe Ihnen, weil ich Ihr Leid und Ihren Kummer mit Ihnen teilen möchte. Wenn Sie so sind wie ich, dann werden Sie das Geschehene nicht so leicht wieder vergessen. Mich hat man vor drei Jahren überfallen, und ich bin immer noch nicht darüber hinweg. Aber es hilft, wenn man sein Unglück mit jemandem teilt, und Ihnen gegenüber kann ich wenigstens über meine Gefühle reden, weil ich weiß, daß Sie sie verstehen.

Ich bin stolz auf Sie. Wenn ich eine Schwester hätte, sollte sie so sein wie Sie. Ich wünschte, ich hätte den Mut gehabt, zu sagen, was mir passiert ist. Aber ich hatte ihn nicht. Niemand, außer meinem Mann und den Polizisten, die gekommen sind, weiß etwas davon. Sie haben so getan, als sei es meine Schuld, als ich sagte, ich wollte einfach vergessen, was geschehen ist.

Am schlimmsten war, daß ich zuließ, daß sie mir Schuldgefühle vermittelten. Ich wünschte, ich wäre wütend geworden und für mich eingetreten wie Sie.

Ich wollte Ihnen nur sagen, wie sehr ich Sie bewundere. Ich glaube, Sie werden es leichter haben als ich. Wenn ich für mich eingetreten wäre, hätte ich mich bestimmt besser leiden können.

Viel Glück, Eileen.
Eine stille Freundin

Als Eileen einen anderen Brief öffnete, flatterte ihr eine Hundertdollarnote entgegen, der folgende kurze Notiz beigefügt war:

Liebe Miss Ross,

ich bin nicht reich. Aber vielleicht können Sie sich mit dem

Geld ein paar der verlorenen Dinge ersetzen. Ich hoffe, daß es Ihnen bald bessergeht.

Keine Unterschrift

Eileen fühlte es warm in sich aufsteigen, als sie das Briefchen las. Ein Geschenk von einem Fremden, der keinen Dank, keine Anerkennung wollte. Ein Zeichen allgemeiner Menschlichkeit. Tränen traten ihr in die Augen.

Eine Mutter, deren Tochter vergewaltigt worden war, schrieb einen nachdenklich machenden Brief, aus dem die von vielen Frauen geteilte Meinung, Vergewaltigung solle geheimgehalten werden, hervorging sowie die Ambivalenz der Schreiberin gegenüber Eileens Entscheidung, sich in der Presse zu offenbaren.

Liebe Eileen,

ich schreibe Ihnen in der Hoffnung, etwas sagen zu können, das Ihnen hilft. Sexueller Mißbrauch ist eine zutiefst schockierende Erfahrung. Sie fühlen sich vielleicht gerade jetzt sehr hilflos und allein. Aber es gibt noch mehr Frauen, denen es so ergangen ist.

Als man sich über meine Tochter hergemacht hatte, habe ich mehr gelitten, als ich gedacht hätte. Ich war überwältigt, hatte Angst und ein Verlustgefühl, das weit über alles Verstehen hinausging. Meine Tochter und ich vertrauten uns einem Berater an, als Teil des Heilungsprozesses. Der Schock ist vorbei, aber es bleibt eine große Trauer darüber, daß sie dieses Trauma erdulden mußte. Vergewaltigung scheint wie ein geheimes Verbrechen zu sein, über das man normalerweise nicht spricht.

Was ihre Entscheidung betrifft, sich der Presse zu offenbaren, bin ich gespalten. Ich akzeptiere Ihren Mut, bin aber nicht sicher, daß es richtig war. Vergewaltigung ist ein Thema, bei dem sich viele Menschen unbehaglich fühlen. Bis zu einem bestimmten Punkt kann ich nachvollziehen, was in Ihnen vorgeht, und mein Herz schlägt für Sie. Sie dürfen glauben, daß Ihnen die Liebe und Unterstützung vieler Frauen gehört. Sie werden diese Krise überwinden. Meine Tochter hat es geschafft, und Sie werden es auch schaffen.

Eine leidende Mutter

Ein Insasse der *Clinton Correctional Facility* (Besserungsanstalt) in Danemora, New York, bot mehrere hundert Dollar Belohnung für die Wiederbeschaffung von Gegenständen an, die Eileen gestohlen worden waren. Seinen Worten entnahm Eileen als Motiv, daß er jemandem helfen wollte, dem man übel mitgespielt hatte. Sie nahm sich vor, ihm schriftlich für seine Anteilnahme zu danken. Unter den Briefen befanden sich noch drei weitere von irgendwelchen Insassen, einsamen Männern, die ihre Situation zum Anlaß nahmen, durch ihr Mitgefühl für sie ihr Verlangen nach menschlichem Kontakt mit der Außenwelt zu bekunden.

Der Brief, der ihr am besten gefiel, kam von einem Mann, der sie für die Gründe lobte, die sie bewogen hatten, über das an ihr verübte Verbrechen zu sprechen:

Liebe Miss Ross,

ich möchte Ihnen danken für die mutige und selbstlose Tat, die Sie gesetzt haben, indem Sie in der Öffentlichkeit über das an Ihnen begangene Verbrechen berichteten. Die wirksamste Art der Führung ist das Beispiel. Ich denke, daß durch Ihr Beispiel, durch seine Wirkung auf andere, unsere Stadt für uns alle wieder sicherer wird.

Ich hoffe, daß es Ihnen und Ihrem Beagle bald wieder gutgeht.

Nachdem Rick ihr die meisten Briefe vorgelesen hatte, war sie überzeugt, daß ihr Vorgehen richtig gewesen war. Die meisten Frauen empfanden denselben Wunsch nach Rache, nach dem, was man ihnen angetan hatte, wie sie. Sie erkannte auch, daß Vergewaltigung viel mehr war als erzwungener Geschlechtsverkehr: sie war ein Akt der Roheit, die Erschütterung des Selbstwertgefühls der Frau als fähiges und unabhängiges Wesen. Die Frau, der das geschah, verlor ihr ganzes Selbstvertrauen, ihren Stolz und ihr richtiges Bild vom eigenen Ich, und es bedurfte einer gewaltigen Anstrengung ihrerseits, um die Scherben ihres Lebens wieder zusammenzusetzen.

Der letzte Brief stammte von einer Psychologin. Sie brachte ihre eigene Angst vor den Nachwirkungen der Vergewaltigung zum Ausdruck:

Liebe Miss Ross,

ich bin eine Frau in Ihrem Alter, die von einem Eindringling vergewaltigt wurde. Mein Mann war auf einer Geschäftsreise. Es geschah vor vier Jahren, und ich bin fast darüber hinweg. Damit meine ich, ich habe meinen Frieden geschlossen mit dem, was geschehen ist, und erschrecke nicht mehr vor jedem Schatten. Ich habe wohl immer noch Angst davor, Gelegenheiten zu schaffen für Leute, die dies ausnutzen könnten. Mit anderen Worten: ich lebe in einer Welt der Schlösser, Verriegelungen und Vorsichtsmaßnahmen. Ich bin Psychologin von Beruf. Daher hilft Ihnen das, was ich Ihnen schreibe, vielleicht in den vor Ihnen liegenden Wochen.

Wenn Sie nicht sehr viel anders sind als die meisten Vergewaltigungsopfer, dann werden sie unter einem »Vergewaltigungstraumasyndrom« leiden. Dazu gehören kurz-, mittel- und langfristige Reaktionen. Die akute Phase ist gekennzeichnet durch Schlafstörungen, Angst, Mißtrauen, Unruhe, relativ starke Depressionssymptome und Schwierigkeiten im gesellschaftlichen Bereich. Ich brauchte ungefähr drei Monate, um damit fertig zu werden.

In Anbetracht dessen, was Sie getan haben, indem Sie an die Öffentlichkeit gegangen sind und den Täter beschrieben haben, kann ich wohl davon ausgehen, daß Sie Schneid haben. Aber sind Sie nicht überrascht, wenn Sie einige der von mir beschriebenen Symptome oder alle bei sich feststellen. Ich habe sie nicht aufgezählt, um Sie zu beunruhigen, sondern ich möchte Sie nur warnen, damit Sie, wenn sie auftreten, die Zuversicht haben, daß sie vorübergehen. Aus einer Erfahrung, wie wir sie gemacht haben, geht man nicht unbeschadet hervor. Es dauert eine Weile, bis unserem Herzen wieder ein Schutzpanzer gewachsen ist.

Da Sie ein Beispiel gegeben haben, dachte ich, gerade Sie müßten wissen, was Ihnen unter Umständen bevorsteht. Es dürfte auch hilfreich sein, wenn Sie einen qualifizierten, auf Vergewaltigungskrisen spezialisierten Berater ausfindig machten, jemanden, mit dem Sie sprechen können.

Ich wünschte, ich könnte diese Person sein. Aber ich habe nicht den Mumm bzw. die Weisheit, die man für diese Art der Kommunikation braucht. Der Brief hier ist das Beste, was ich tun kann.

Viele gute Wünsche für Sie.

Aus verständlichen Gründen unterschreibe ich nicht.

Eileen fröstelte. Die Stimme dieser Frau klang in ihren Ohren, als ob sie selbst die Worte geflüstert hätte, die die Schreiberin zu Papier gebracht hatte. Dem Gedanken an das Alleinsein war sie ausgewichen. Rick, Kay und Sammi hatten vorübergehend eine Wand gebildet, durch die die Nachwirkungen der Vergewaltigung von ihr ferngehalten wurden. Nun, sie konnte sich nicht für immer hinter ihnen verstecken. Was würde sie tun, wenn sie sie allein ließen? In weniger als einer Stunde mußte Rick seine Botengänge machen. Sie konnte ihren Schreibdienst nicht einstellen, weil man ihr etwas angetan hatte und sie unter einem Vergewaltigungstrauma litt. Sie würde allein sein, bis Rick mit den Diktatkassetten mehrerer Krankenhäuser zurückkehrte.

Während sie den dunkelhaarigen jungen Mann, der sich gewissenhaft über ihren Schreibtisch in dem zusätzlichen Schlafzimmer, aus dem sie ein Büro gemacht hatte, beugte, ansah, stieg plötzlich eine Welle der Zuneigung in ihr auf. Sie hatte ihn als Boten eingestellt, und er hatte schnell begriffen, wie ihre Zusammenarbeit mit den Krankenhäusern ablaufen mußte. Jetzt war sie gerührt von seiner Loyalität, seinem Feingefühl und beschützendem Schweigen. Sie wußte, er bewunderte sie und war angetan von der direkten Art, mit der sie die Dinge anging. Ja, auf subtile, unaufdringliche Weise wachte er sogar über sie, als ob er meinte, sie sei ein Mensch von Wert, der einen stillen, anspruchslosen Gefährten brauchte.

Rick war nicht groß, nur um 1,60 Meter, von schlanker Gestalt, und hatte tiefbraune Augen sowie ein asketisches Gesicht. Er sprach sehr wenig und behielt seine Ansichten für sich. Rick war Puertoricaner und kam von der New Yorker West Side. Er hatte einen trockenen Humor, einen starken Familiensinn und war ihr sehr ergeben. Das Gefühl, das sie miteinander verband, nahm an Intensität zu. Binnen kurzer Zeit war er fast unentbehrlich geworden.

Das Telefon klingelte, als Eileen im Begriff war, zu Rick an den Schreibtisch zu treten. Es war ihr Vater. Sofort fühlte sie sich besser. – Sie sprach immer gern mit ihm. Seine Fragen beantwortend, versicherte sie ihm, daß es ihr gutginge und daß die Kopfwunde ihr keine Probleme mehr bereite, wenn auch der Verband lästig sei.

Ihr Vater hatte mit dem Manager des Apartmenthauses gesprochen, der ihm zugesagt hatte, daß bis spätestens 17 Uhr der Reparaturdienst kommen und das Fenster mit dem kaputten Riegel mit Stangen sichern würde. Er könne sich darauf verlassen.

»Die Hauptsache ist, es geschieht etwas«, sagte Eileen. Sie plauderte noch eine Minute mit ihrem Vater über Alltägliches und legte dann auf. Überrascht stellte sie fest, als sie sich vom Telefon umwandte, daß Rick bereit war, sich auf den Weg zu machen.

»Du gehst? Ist es schon so spät?«

»Ja, kommst du klar?«

»O ja, natürlich. Ich muß noch Briefe schreiben, und hier sieht es aus wie in einer Räuberhöhle. Überall ist dieses Pulver, mit dem die Polizei die Fingerabdrücke abgenommen hat. Was haben die nur für einen Dreck gemacht.«

»Nun, dann gehe ich wohl besser.«

Rick wollte sich in Bewegung setzen, blieb dann aber stehen und sah Eileen noch einmal an.

»Es ist okay«, versicherte sie ihm, und obwohl er anscheinend Gewissensbisse hatte, machte er sich schnell davon.

Es war seltsam, allein in der Wohnung zu sein. Die Stille war beunruhigend, als ob alles wie Eileen darauf wartete, daß etwas geschah.

»Verflixt«, sagte Eileen streng zu sich. »Hör auf! Sonst gerätst du noch in Panik, du dumme Gans!«

Sie machte sich – absichtlich geräuschvoll – in der Küche zu schaffen, nahm Pepsi-Cola aus dem Kühlschrank und brach Eiswürfel aus der Eiswürfelschale, wobei einige ins Becken fielen. Sie gab sie in ein Glas und füllte es aus der Flasche auf. Dann stellte sie die Flasche sorgfältig wieder zurück in den Kühlschrank, nahm sich die Zeit, nach dem Etikett zu fühlen, und drehte es nach vorne. Plötzlich wurde ihr klar, daß sie dieses Spiel nicht gewinnen konnte. Ihr Nackenhaar stand hoch; sie hatte Angst!

»Ich muß mit diesem Unsinn aufhören«, flüsterte sie entschlossen, schritt energisch zu ihrem Schreibtisch und setzte sich an den Computer. Ihr Vater hatte den Arbeitsplatz für sie eingerichtet. Er befand sich an der Außenwand des Gebäudes. Wenn sie auf dem Stuhl saß, hatte sie die Wand mit der Tür zum Wohnzimmer im Rücken.

Eileen richtete sich auf, schaltete den Computer ein und beugte sich vor, als der Bildschirm grün aufleuchtete. Sie drückte einen Knopf, um eine Datei aufzurufen. Aber sie verspürte ein Unbehagen, das sich wie eine ständige Warnung in ihrem Hinterkopf bemerkbar machte.

Sie bewegte sich mit ihrem Stuhl etwas seitwärts, so daß sie in einem leichten Winkel zum Computer saß. Es war dumm, ihre Sitzposition zu ändern, um eine defensivere Haltung einnehmen zu können.

»Wenn du versuchst, so zu schreiben, dann hast du in zehn Minuten einen Krampf in der Seite«, sagte sie zu sich.

Aber sie fühlte, wie sie zitterte, als sie den Computer bediente.

»Was mache ich nur?« murmelte sie.

Sich vom Schreibtisch abwendend, lehnte sie sich niedergeschlagen zurück. Sie hörte das leise Surren der Klimaanlage. Dann kam plötzlich ein anderes leises Summgeräusch aus der Küche. Sie wollte aufspringen, aber dann entspannte sie sich vorübergehend. Natürlich. Es war der Kühlschrank, der sich eingeschaltet hatte! Sie holte tief Luft und atmete wieder aus.

Ihr fiel die Vorhersage der Psychologin ein, die ihr geschrieben hatte. Während der akuten Phase unmittelbar nach der Vergewaltigung würde sie Angst haben, mißtrauisch sein und Unruhe verspüren. Nun, dachte sie, die Lady hat den Nagel auf den Kopf getroffen. Ich sitze hier und traue mich nicht, dem Raum den Rücken zuzukehren.

Sie versuchte, sich unter Kontrolle zu bekommen, indem sie langsam und regelmäßig atmete. Wovor habe ich Angst? Daß er am hellichten Tag um ein Uhr mittags wiederkommt? Sei nicht albern, tadelte sie sich selbst. Als nächstes stellst du dir vor, daß die Wände sich an Gewalt erinnern können und daß aus der Luft Grausamkeit widerhallt.

Eileen stand schwankend auf und rieb sich die Arme. Ihr war kalt, sie kam sich unentschlossen und unsicher vor. Sie wußte, sie vermied es, den Tatsachen ins Auge zu sehen. Es machte ihr angst. Sie fürchtete sich, allein zu sein. Als sie sich das eingestand, war es, als ob sie ein Fenster geöffnet hätte, durch das schwarze, erschreckende Gedanken eindringen konnten. Ihr schönes Arbeitszimmer, in dem sie sich einmal so wohl gefühlt hatte, war ihr plötzlich zu klein. Sie fühlte sich gefangen, war wie in Panik und wollte davonlaufen.

»Bonnie!« rief sie in einem rauhen, zögernden Ton. Sie war erstaunt über ihre Stimme.

»Bonnie, Bethie, kommt, ihr Hunde, wir gehen spazieren!«

Sie eilte in die Küche, und die Hunde gelangten in den engen Tunnel ihres Sehvermögens; man konnte ihre Pfoten auf dem Linoleumfußboden kratzen hören. Sie nahm sie in ihre Arme und drückte die warmen Tiere an sich. Bonnie leckte ihr die Nase. Eileen fühlte sich besser, griff nach den Leinen, legte sie den Hunden an und schloß, für die Beagles mit der Zunge schnalzend, die Wohnungstür hinter sich. Ihre Entscheidung, auszugehen, war kein Zeichen von Feigheit oder Schwäche. Sie hatte ihre Angst ehrlich zugegeben. Sie mußte sich damit abfinden. Der Angriff auf sie hatte dazu geführt, daß Alleinsein für sie beängstigend geworden war. Sie mußte jemanden finden, der bei ihr blieb, bis diese Angst nachließ, bis an Stelle ihrer Hilflosigkeit wieder neues Selbstvertrauen getreten war.

Sie fragte sich, ob es je geschehen würde. Plötzlich überkam sie ein schmerzliches Verlustgefühl, das ihr weit mehr zu schaffen machte als die Kränkung am Tag zuvor. Sie begann zu verstehen, wie einschneidend ihre Vergewaltigung für ihr bislang unbekanntes tiefstes Inneres gewesen war. Die Nachwirkungen der Gewalt, die sie über sich hatte ergehen lassen müssen, würden schlimmer als die Tat selbst sein. Das wurde ihr jetzt klar, und sie erbebte vor Angst.

Eileen ging langsam durch den Park und versuchte, die Sonnenwärme zu genießen. Sie munterte Bethie auf, die ein wenig zurückblieb, was Eileen einer durch die Gehirnerschütterung verursachten Müdigkeit zuschrieb. Als sie sich auf eine Bank setzte, seufzte sie wieder, weil sie erkannte, daß es nicht nur der Sommertag war, der sie draußen hielt, sondern die Furcht vor der Rückkehr. Rick würde noch nicht mit seiner Arbeit fertig sein. Es wäre niemand in der Wohnung.

Sie stand wieder auf. Unter den grünen Bäumen die vom Schatten der Blätter gesprenkelten Wege entlangzugehen, erfrischte sie und nahm ihr ein wenig die Unruhe. Da sie nunmehr die Hitze spürte, suchte sie schattige Stellen auf, wo die Kühle mit dem Geruch von gemähtem Gras, beschnittenen Sträuchern und nassem Beton durchsetzt war, der nach dem nachmittäglichen Sprengen durch die Gärtner, die darauf bedacht waren, große Rasenflächen feucht und grün zu halten, trocknete.

Als sie sich der Tür zu ihrer Wohnung näherte, dachte Eileen über ihr Dilemma nach. Ihre Unabhängigkeit hatte ihr soviel bedeutet. Sie war ihr ganzer Stolz und der Beweis für ihre Leistungsfähigkeit gewesen. Sie wollte nicht akzeptieren, daß ihre Freiheit verloren war, denn das bedeutete, ihre ausgeprägte Individualität und das Gefühl persönlicher Sicherheit aufzugeben. Es richtete sich gegen alles, wonach sie als Frau, die stolz darauf war, allein mit dem Leben fertig zu werden, gestrebt hatte. Eileen betrachtete ihr mangelndes Sehvermögen selten als ein Handicap. Jetzt, da sie um ihrer Sicherheit willen auf andere Leute angewiesen war, gehörte sie zu der Kategorie »nicht vollwertiger Menschen«, die keine Kontrolle über ihr Leben hatten. Ihre Vergewaltigung hatte zu einer größeren Behinderung geführt als ihre Blindheit. Ärger stieg in ihr auf. Sie würde sich von dieser verfluchten Bestie nicht alles kaputtmachen lassen, was sie geschaffen hatte. Zielbewußt, mit geradem Rücken und erhobenem Kopf, betrat sie ihre Wohnung.

Erst als sie die Tür geschlossen hatte und mitten im Wohnzimmer stand, begannen Bethie und Bonnie zu bellen. Die plötzliche, hysterische Intensität, mit der die Beagles Laut gaben, erschreckte Eileen. Die Hunde hatten offenbar Angst. Sie bellten hell und liefen dann ungestüm im Kreis um sie herum. Bethie knurrte böse und drängte sich zwischen ihre Beine. Eileen konnte die Spannung und Furcht in dem verängstigten Tier spüren, und sie begann zu zittern.

Innerhalb von Sekunden war sie von totalem Entsetzen gepackt. Ihr Herz schlug wild, sie atmete schnell und kurz. Sie war wie gelähmt von der Leere des Raumes, die auf sie einstürzte und sie umgab. Sie konnte nicht schreien oder die Lippen bewegen und auch keine Luft in ihre leeren Lungen aufnehmen. Erstarrt, steif stand sie da und zitterte, überzeugt, daß jemand in der Wohnung war und darauf wartete, ihr etwas anzutun, sich wieder über sie herzumachen und sie diesmal zu töten. Versteinert hörte sie dem schrillen Gebell der Hunde zu. Sie spürten etwas in dem Raum, genau wie sie. Schließlich fand sie die Willenskraft, sich zu bewegen. Sie lief in ihr Büro. Gerade in dem Moment klingelte das Telefon. Eileen riß das drahtlose Gerät von ihrem Schreibtisch und flüchtete durch die Terrassentür. Es war Kay. Unbewußt begann Eileen zu schreien. Sie konnte das helle Angstgeschrei, das wie durchdringende abgesetzte Schmerzlaute aus ihrem Mund kam, nicht aufhalten.

»Kay! Kay! Kay!« schluchzte sie. »Bitte sag doch etwas. Hilfe! Hilfe! Er ist hier. Er ist hier.«

Sie hörte kaum Kays Stimme, die bestürzt und die Situation erfassend, mehr wissen wollte. »Was ist? Er ist da? Warte, ich rufe 911 an, auf der anderen Leitung.«

»Ja. Ja.« bestätigte Eileen und hastete zu dem Eisengitter, das die Terrasse zu dem 2,50 Meter tiefer gelegenen Gehweg abgrenzte. Ihre aufgeregte Stimme drang bis zu den Passanten auf dem Gehweg.

Sie konnte einen rufen hören: »Was ist los? Sind Sie verletzt? Brauchen Sie Hilfe?«

Sie weinte fast, als sie die vertraute Stimme von Louis erkannte, dem freundlichen Friseur, den sie bei ihren Spaziergängen mit den Beagles kennengelernt hatte. Er war in Begleitung eines anderen Mannes.

»Was ist los, Eileen? Ist jemand bei dir?« schrie Louis. »Fred ruft die Polizei. Bleib ruhig! Rede weiter! Warum bellen die Hunde?«

»Ich weiß es nicht«, sagte Eileen und hielt das Telefon fest. Sie hörte, wie Kay sie anflehte, wieder mit ihr zu sprechen. Eileen redete zusammenhanglos und wußte nicht einmal, was sie zu Kay sagte, als der erste Polizist in Uniform den neben der Terrassenwand wachsenden Baum hinaufkletterte und auf ihrem Patio absprang.

»Lady, ist alles in Ordnung? Wo ist er?«

Unfähig zu sprechen, verwirrt, dankbar und erleichtert wies sie auf ihre Wohnung. »Da drin ist jemand. Die Hunde haben verrückt gespielt.« Eileen war in die Hocke gegangen. Sie drückte die Beagles gegen ihre Beine, streichelte sie und bemühte sich, sie zu beruhigen, so wie sie auch sich selbst mit ihren besänftigenden Worten zu beruhigen suchte.

Weitere Polizisten in Uniform erschienen lärmend auf der Terrasse. Zwei gingen in die Wohnung, nachdem sie den Patio vorsichtshalber mit gezogenem Revolver überquert hatten, und betraten ihr Arbeitszimmer. Eine Minute später öffneten sie die verschlossene Wohnungstür und ließen eine Schar von Polizeibeamten herein, die auf die Tür gehämmert hatten.

Eileen, die auf einen Terrassenstuhl gesunken war und den Beagles zusprach, während das Telefon stumm auf ihrem Schoß lag, konnte nur nicken, als ein großer, dunkelhaariger Polizist zu ihr sagte: »Wer immer es auch war, Ma'am, er ist fort. Ist alles in Ordnung mit Ihnen?«

Sie hörte, wie sie sich entschuldigte, als sie ein paar Minuten später erfuhr, daß man in ihrer Wohnung keinerlei Beweis für das Eindringen eines Fremden gefunden hatte.

»Das heißt nicht, daß niemand da war, Miss Ross«, sagte ein stämmiger Polizist mit einer rauhen Stimme. »Sie und Ihre Hunde haben ihn vielleicht vertrieben.«

Eileen antwortete mit unsicherer Stimme: »Meine Freundin wird wohl nicht so schnell hier sein. Kann jemand von Ihnen bei mir bleiben, bis sie kommt?«

Der Polizist nickte. Als Kay eintraf, zitterte Eileen immer noch. Sie war durcheinander und verlegen, glaubte aber fest daran, daß jemand in ihrer Wohnung gewesen war.

Als der Sergeant begann, seine Sachen zusammenzusuchen, sagte er: »Machen Sie sich nicht verrückt. Es geschehen seltsame Dinge in Manhattan. Zögern Sie nie, die Polizei zu rufen, selbst wenn es sich als falscher Alarm herausstellt. Man kann nie wissen. Vielleicht geht es um Ihr Leben. Es ist unsere Aufgabe, für Sie da zu sein.« Eileen drückte ihm dankbar die Hand.

Später, als sie und Kay in der Küche saßen, Pepsi tranken und sich wunderten, daß auf die beiden Anrufe unter der Nr. 911 so schnell vierzehn Polizisten erschienen waren, vertraute Eileen ihrer Freundin an: »Ich dachte, ich hätte Angst gehabt, als der Kerl mir das Messer an die Kehle hielt, und ich fürchtete, er würde Ernst machen. Aber das war nichts im Vergleich zu dem, was heute passiert ist. Kay, ich war wie gelähmt! Ich konnte mich weder bewegen noch schreien. Ich hatte keine Stimme mehr. Es war schrecklich. Ich erinnere mich nicht einmal, daß ich auf die Terrasse gelaufen bin. Ich war da, aber ich weiß nicht, wie ich dahin gekommen bin.«

Sie holte tief Luft und atmete langsam wieder aus.

»Die Polizei muß innerhalb von fünf Minuten hier gewesen sein. Sie war wirklich schnell. Aber mir kam es vor, als ob es ewig gedauert hätte. Ich weiß, daß du sie angerufen hast.« Eileen hielt inne, und Kay nickte. »Louis' Freund muß sie auch angerufen haben. Ich fühlte mich so hilflos.«

Sie seufzte. »Es muß jemand hier gewesen sein. Warum hätten die Hunde sonst gebellt? Sie waren wie verrückt, außer Rand und Band. Die armen Kleinen. Es muß sie etwas zu Tode erschreckt haben«, schloß Eileen.

»Kay, ich weiß, du wirst es nicht glauben«, fügte sie hastig hinzu, »aber ich bin überzeugt, der Kerl, der mich vergewaltigt hat, ist zurückgekommen. Die Hunde haben sich noch nie so verhalten. Er hat sie und mich beim ersten Mal überrascht. Sie konnten sich vielleicht an seinen Geruch erinnern. Das soll nicht heißen, daß er noch da war, als wir von unserem Spaziergang zurückkamen, aber ich möchte wetten, er war da, während wir unterwegs waren. Du weißt, Kay, er hat geschworen, zurückzukommen, wenn ich der Polizei etwas von der Vergewaltigung sage. Und wenn er zurückgekommen ist, dann wollte er mich umbringen.

Als Rick Rivera kurz nach 17 Uhr zurückkehrte und die Geschichte von den Hunden und der ganzen Aufregung erfuhr, bat er Eileen um die Erlaubnis, einige seiner Freunde anzurufen.

»Wir werden einen Wachtrupp zusammenstellen und abwechselnd jeweils zu dritt hier schlafen.« Nach Ricks Aussage waren seine Freunde jung, kräftig und nicht so leicht zu erschrecken. Sie konnten sie beschützen.

Eileen brauchte über den Vorschlag nicht zweimal nachzudenken. »Rick, ich weiß nicht, wie ich dir danken soll«, sagte sie leise, während ihr Tränen in die Augen traten.

»Deine Freunde können in Schlafsäcken auf dem Boden übernachten.«

»Ist das Fenster inzwischen repariert?« fragte Rick und sah sich um. Anstatt zu antworten, schüttelte Eileen den Kopf. »Verflucht noch mal«, murmelte Rick.

Die Eigentümer der Wohnanlage hatten ihr Versprechen, an dem Fenster, durch das der Vergewaltiger eingedrungen war, Stangen anzubringen, nicht eingehalten. Es war nicht nur niemand erschienen, sondern der Manager hatte es auch versäumt, Eileen davon in Kenntnis zu setzen, daß die Reparatur nicht stattfinden würde.

Verärgert sagte Rick: »Am besten mauern wir das Fenster zu.«

»Eine gute Idee«, fand Eileen.

Geschwind rief Rick drei seiner Freunde an, die wie er massive Gebrauchsfahrräder mit Körben, die schwere Lasten aufnehmen konnten, hatten.

Die vier Männer trafen sich in einer spätabends noch geöffneten Ziegelei in Manhattan West Side und beluden ihre Körbe mit Steinen und Mörtel. Um Mitternacht war das Fenster sicher mit festen roten Ziegelsteinen zugemauert, und Rick sowie seine drei Freunde, Alex Holmes, Rodney Holems und David Alisea, legten sich schlafen.

Es war ein Uhr, als Eileen, die gerade ins Bett gehen wollte, und Kay, die im Begriff war zu gehen, das Telefon läuten hörten. Verwundert und wegen eines so späten Anrufs gewisse Befürchtungen hegend, meldete Eileen sich zögernd.

Sie vernahm eine hohe Stimme, die in einem gedehnten und weinerlichen Tonfall sagte:

»Weißt du, wer hier spricht, Eileen?«

Eileen war unsicher. Doch dann erkannte sie, daß es nicht die Stimme des Mannes war, der sie vergewaltigt hatte.

»Nein! Wer sind Sie?« fragte sie.

»Willst du damit sagen, daß du nichts über mich in der Zeitung gelesen hast? Das überrascht mich aber. Ich bin nämlich berühmt. Doch ich habe eine Menge über dich gelesen. Ich bin Calvin, und ich glaube, ich sollte dich einmal besuchen . . .«

Eileen warf das Telefon hin und drehte sich zu Kay um.

»Ein Typ namens Calvin hat gerade angerufen und sich bei mir eingeladen. Ich soll seinen Namen kennen. Er hat in der Zeitung gestanden. Weißt du, wer das ist?«

In Kays »Nein« spiegelte sich ihre Verwirrung wider. Eine Woche später löste sie das Problem.

»Eileen«, rief sie entsetzt am Telefon. »Erinnerst du dich an diesen Calvin, der dich angerufen hat. Es ist der Silver-Gun-Vergewaltiger. Man hat ihn gerade gefaßt!«

10

In Eileens Wohnanlage gab es drei Waschsalons, die alle in der ersten Etage lagen. Wenn derjenige, den Eileen bevorzugte, nicht wegen Wartungsarbeiten geschlossen gewesen wäre, wäre sie wahrscheinlich nie in Raum B gegangen und hätte die Unterhaltung zwischen einem Mitglied des Gebäudeschutzes und einer Frau, die darauf wartete, daß ihre Wäsche fertig geschleudert war, gehört.

Die dünne, grauhaarige Frau sagte: »Ich wünschte, ich könnte mir auch so etwas zusammenträumen wie diese Eileen Ross, um an Geld zu kommen. *Leicht verdientes Geld*. Sie muß der Polizei gegenüber sehr überzeugend geklungen haben, wenn die es geschluckt hat. Kennen Sie diese Person?«

»Nein«, antwortete der etwa sechzigjährige Wachmann. »Ich habe sie manchmal gesehen. Auf mich macht sie nicht den Eindruck, daß sie blind ist. Aber ich stimme Ihnen zu. Ich habe Frau und Kinder. Ich wünschte, ich könnte einen Weg finden, um auf leichte Art Geld zu verdienen.«

Eileens Gesicht brannte. Am liebsten wäre sie mit ihrem Wäschewagen zu den beiden gefahren und hätte ihnen ins Gesicht gespuckt. Sie versuchte, sich zu beruhigen, und schob ihn statt dessen unbemerkt an einer Reihe glänzend weißer Maschinen, zwei Gänge von dem Mann und der Frau entfernt, entlang. Dann füllte sie schweigend eine leere Maschine mit ihrer Wäsche.

Glauben die Leute das wirklich? fragte sie sich. Eileen

war gekränkt und verärgert. Wie kamen sie darauf, daß sie sich die Vergewaltigung ausgedacht hatte? Wo, glaubten sie, rührte wohl ihre Kopfwunde her? Sollte sie sie sich etwa selbst beigebracht haben? Dachten sie, sie hätte einen Hammer genommen und sich den Kopf aufgeschlagen, damit sie einen blutigen Beweis für den Angriff hatte? Wie sollte sie im Schlafzimmer ihr eigenes Blut umhergespritzt haben? An der Decke und an den Wänden waren so viele Flecken, daß Rick und seine Freunde sie streichen würden, sobald die Brooklyner Polizisten, die in ein paar Stunden kamen, sich dieses Bild der Gewalt angesehen hatten. Zum Teufel mit diesen bornierten Menschen, die immer dem Opfer die Schuld gaben und jeden, der für sich selbst eintrat, heruntermachten!

Eileen zwang sich zur Ruhe. Sie hatte gelernt, für ihre Rechte einzustehen. Entweder man stand für sich ein, oder es wurde auf einem herumgetrampelt. Sie runzelte die Stirn und überlegte, wo die Verleumdungen des Wachmanns und der alten Frau ihren Ursprung haben konnten.

Irgendwo mußte der Klatsch seinen Ausgang genommen haben, und die Quelle konnte nur die Verwaltung des Gebäudekomplexes sein. Dort mußte man wissen, daß einer ihrer Anwälte, Norman Pearlman, in Windeseile einen Fragebogen bei den Bewohnern des Hauses in Umlauf gesetzt hatte, in dem diese gebeten wurden, eventuelle Beschwerden wegen mangelnder Sicherheit in dem riesigen Haus schriftlich zu formulieren. Außerdem konnte der Verwaltung nicht der von Pearlman mitgebrachte Fotograf entgangen sein, der viele Bilder vom Äußeren der Wohnanlage, ihrer Terrasse und dem Fenster, durch das der Täter eingedrungen war, gemacht hatte.

Sie hatte die Sache Pearlman übergeben müssen, der bei der Beschaffung von Beweisen für Versäumnisse keine Zeit verschwendete. Sie erinnerte sich an seine Worte zuvor am Telefon. »Ja, Eileen, die Klage wird heute nachmittag eingereicht. Es geht um elf Millionen Dollar. Die sollten ihre Aufmerksamkeit erregen. Sie wollten, daß es schnell geht. Nun, da haben Sie es. Außerdem geht ein Fragebogen bei den Mietern rund, in dem diese nach Sicherheitsproblemen im Haus gefragt werden. Natürlich wird es in vielen Fällen auf die übliche Meckerei hinauslaufen, aber wir werden auch echte Beschwerden erhalten, die wir beim Nachweis allgemeiner Nachlässigkeit als Munition verwenden können.

Eileen nahm ihre geschleuderten Sachen aus der Waschmaschine und gab sie in einen Trockner. Sie setzte sich wieder hin und begann darüber nachzudenken, daß, wenn sie den Wohnungseigentümern wegen ihres schriftlichen Bestehens auf der Reparatur des Fensterriegels und ihrer Freundschaft mit einem Schwarzen bisher ein Dorn im Auge war, sie ihnen jetzt wohl gewaltige Schmerzen bereiten mußte!

Während sie mit System ihre Sachen faltete und in den Korb auf dem Wäschewagen legte, schweifte sie im Geiste zu anderen Dingen ab. Auf einmal mußte sie lächeln, als sie an den Anruf von Lisa am Vortag dachte. Lisa Sliwa, die mit ihrem Mann Curtis die *Vigilantes*, einen Wachdienst für die New Yorker U-Bahn, gegründet hatte, eine enthusiastische, kämpferische Gruppe, die unter dem Namen *Guardian Angels* bekannt war. Die »Schutzengel« arbeiteten ehrenamtlich. Sie patrouillierten in den U-Bahn-Stationen und hielten Ausschau nach Typen, die darauf aus waren, die Fahrgäste zu berauben. Lisa sagte, daß die *Angels*, nachdem sie Eileens Geschichte in der Zeitung gelesen hatten, fünfzig oder mehr Leute schicken wollten, die das Wohngebäude nach Vergewaltigern durchsuchen sollten. Eileen war entzückt. Ihr Hauptanwalt und Freund, Gary Trachten, jedoch war entsetzt: »Um Himmels willen, Eileen, was hast du vor? Willst du noch mehr Aufsehen erregen? Das ist nicht gut für unseren Fall. Du mußt die Sache unterm Deckel halten. Die Leute haben es nicht gern, wenn man sie ans Licht der Öffentlichkeit zerrt. Bestärke diese *Vigilantes* nicht. Der Schuß geht nach hinten los.«

Garys Rat annehmend, hatte Eileen die Sliwas zurückgerufen und ihr Angebot mit Bedauern abgelehnt. Jetzt zog sie entschlossen die Lippen zusammen. Wenn Gary oder irgend jemand sonst dachte, sie würde von ihrer Absicht, die New Yorker Presse weiter für ihren Fall zu interessieren, zurücktreten, dann täuschten sie sich. Doch ihr war klar, daß, wenn die *Guardian Angels* einen Wachtrupp in ihrem Haus bildeten, sich tatsächlich mancher Mitbewohner irritiert fühlen mochte. Das Risiko würde sie nicht eingehen, denn es lag ihr wirklich an der Unterstützung für ihr Anliegen, statt der Reaktion der vergewaltigten Frau, das an ihr verübte Verbrechen in den Vordergrund zu rücken.

Doch dieser Klatsch war beunruhigend, vor allem, was die ältere Frau gesagt hatte: »Sie muß überzeugend gewesen sein, wenn die Polizei es geschluckt hat.«

Während Eileen mit dem Wäschewagen zu ihrer Wohnung zurückfuhr, dachte sie über die häßlichen Unterstellungen der Frau nach. Sie konnte den Polizisten nicht vergessen, der in ihr Wohnzimmer stolpernd David beschuldigte, sie auf den Kopf geschlagen zu haben, und zu ihr sagte, bei dem Anruf auf 911 sei ein »Familienstreit« gemeldet worden. Gestern hatte zweimal die Manhattaner Polizei angerufen und darauf bestanden, daß David Wilson zum 20. Revier kam, um sich Fingerabdrücke abnehmen zu lassen.

»Er ist zu krank, um sich dorthin zu begeben«, hatte sie geantwortet. »Können Sie niemanden hierher schicken?« Dieser Vorschlag schien den Polizisten zu verwirren.

»Er ist zu krank?« stellte der Beamte fragend fest. »Ich weiß nichts davon, daß wir jemanden schicken sollen.«

Dann hatte ein anderer Polizist angerufen. Eileen erklärte ihm wieder geduldig, daß David krank und sehr schwach war. Sie fragte sich, warum sie David nicht direkt anriefen.

Für Eileen war es offensichtlich, daß die Polizei David verdächtigte, bei der Vergewaltigung eine Rolle gespielt zu haben, und deshalb machte sie sich große Sorgen wegen der Beleidigungen der alten Frau. Und wenn sie versuchte, sich auf das Vorgehen der Polizei einen Reim zu machen, hatte sie Probleme. Falls sie David für den Vergewaltiger hielt, warum nahm man ihm dann nicht die Fingerabdrücke in seiner Wohnung ab, wie sie vorgeschlagen hatte, und redete mit ihm? Warum spielte man Katz und Maus wegen seiner Fingerabdrücke? War die Polizei sich vielleicht tatsächlich nicht sicher, ob sie ihre Geschichte glauben sollte, wollte sich aber nicht mit ihr anlegen?

Eileen dachte an den Argwohn in der Stimme des Polizisten, als er sie gefragt hatte, ob David sie geschlagen habe. Er war als erster in der Wohnung gewesen, und er war es auch, der hinauslief, drei erschrockene Schwarze von der Straße mit sich zerrte und sie drängte, einen von ihnen als ihren Vergewaltiger zu identifizieren.

Eileens Zweifel an der Einstellung der Polizei zu ihrer Geschichte waren durch vier andere Umstände im Hinblick auf die polizeilichen Ermittlungen verstärkt worden: Erstens hatte Gary Trachten berichtet, Norman Pearlman habe von einem Kontaktmann auf dem 20. Revier erfahren, daß der mit Aluminium beschichtete Holzhammer aus ihrer Küche, mit dem der Eindringling sie geschlagen hatte, nicht die Spur eines Beweises für den Tathergang hatte erkennen lassen.

Sie war erschrocken, als Gary diese Information an sie weitergab. »Ich kann es nicht glauben«, sagte sie erstaunt und skeptisch. »Hat man denn keine Haare oder Blut an der Schlagfläche gefunden? Das Ding hatte Vertiefungen und Kanten wie Sägezähne. Es müssen Haare und Blut daran sein. Und was ist mit Hundehaaren? Er hat Bethie geschlagen und auch Bonnie!

Gary versicherte ihr, daß seine Information stimmte.

Zweitens teilte Gary ihr mit, ihre klinische Untersuchung habe nichts ergeben. Beim Kämmen ihres Schamhaars hatte man kein Fremdhaar gefunden. Außerdem waren weder Sperma noch Speichel und auch kein Blut in einer ihrer Körperöffnungen festgestellt worden. Abgesehen von der unauslöschlichen Erinnerung an seine Gegenwart hatte der Mann anscheinend keine andere erkennbare Spur an ihr hinterlassen.

Der dritte Umstand war Eileens Bericht den Beamten von der Manhattaner Abteilung zur Bekämpfung von Sexualdelikten gegenüber, sie sei bereits einmal mit knapper Not einer Vergewaltigung entronnen. Dabei war ihre Jakke von dem Täter aufgeschlitzt worden. Ihr wurde klar, daß ihre Offenheit mißverstanden werden konnte. Sie erinnerte sich an die ungläubigen Stimmen der Kriminalbeamten und fragte sich, ob sie sie für eine Närrin hielten, weil sie allein durch ein dunkles Baugelände nach Hause gegangen war und das Unheil praktisch heraufbeschworen hatte, oder für jemanden mit heimlichen sexuellen Phantasien, der sich in Gefahr begab, um seine seltsamen Wünsche zu befriedigen.

Das vierte, was Eileen beunruhigte, war wie ein Schlag ins Gesicht. Norman Pearlman hatte angerufen, um ihr zu sagen, sie solle aufpassen, was sie am Telefon sagte, »weil es angezapft sein könnte«.

»Angezapft? Warum?« fragte sie.

»Oh, das geschieht manchmal in Fällen wie dem Ihren, hat man mir gesagt. Ich weiß es nicht genau, aber seien Sie nicht überrascht, wenn es so ist.«

»Ich glaube, sie haben zuviel Phantasie«, antwortete Eileen. Aber nachdem das Gespräch mit ihrem für Körperverletzung zuständigen Anwalt zu Ende war, stellten sich doch gewisse Befürchtungen bei ihr ein.

Was war, wenn es stimmte, was Pearlman gesagt hatte – wenn die Polizei wirklich ihr Telefon angezapft hätte? Wäre das dann nicht ein zusätzlicher Beweis dafür, daß man von der Glaubwürdigkeit ihrer Geschichte nicht überzeugt war?

O Gott, was brauchten sie nur, um ihr zu glauben? Ihre verstümmelte Leiche?

Als Eileen die Wohnungstür hinter sich schloß und den Wäschewagen ins Schlafzimmer schob, hörte sie die Wechselsprechanlage in der Küche summen, die sie daran erinnerte, daß es elf Uhr sein mußte. Um diese Zeit sollte ein Polizeibeamter vom 20. Revier kommen, um ihr Fotos von Verdächtigen vorzulegen.

Als Eileen ihrem Besucher die Tür öffnete, sah sie sich einer kleinen, dunklen Frau mit kräftiger Stimme gegenüber, die sich als »Officer Cruz« vorstellte. Sie weigerte sich, Platz zu nehmen, und sagte: »Ich habe vier Fotos, die Sie sich bitte ansehen wollen. Es dauert nur eine Minute.«

Eileen stand neben ihr und hielt die Fotos, so wie sie ihr von der Frau gereicht wurden, eins nach dem anderen vor ihr rechtes Auge.

»Kommt Ihnen einer davon bekannt vor?« fragte Officer Cruz.

Eileen schüttelte enttäuscht den Kopf. Nicht einer der Männer entsprach der Beschreibung, die sie der Polizei gegeben hatte. Hört einem denn keiner zu? fragte sie sich. Die Haut des Mannes, der sie vergewaltigt hatte, war mahagonifarben. Die Männer auf den Fotos jedoch hatten eine helle Haut und lockiges, glattes beziehungsweise langes Haar.

»Würden Sie sie sich bitte noch einmal anschauen?« bat die Frau.

Wiederum hielt Eileen sie sich einzeln vor ihr rechtes Auge und schüttelte den Kopf, während sie die Gesichter in den mit einem Film überzogenen Quadraten genau betrachtete.

»Sind Sie sicher, daß keiner von diesen Männern aussieht wie der, der Sie angegriffen hat?«

»Ich glaube nicht, daß er dabei ist«, antwortete Eileen.

Die Frau zuckte mit den Achseln und legte die Fotos in einen Ordner, den sie dann in eine große flache Mappe mit Schulterriemen packte. Zwei Minuten später bat sie darum, hinausbegleitet zu werden, und hinterließ den Eindruck einer kalten, nur ihrem Job nachgehenden Frau, die es wenig kümmerte, was Eileen durchgemacht hatte.

Aber es blieb noch ein weiterer Eindruck zurück. Eileen war sicher, daß die Tatsache, daß sie keinen der Männer als ihren Angreifer identifizieren konnte, gegen sie sprach.

Doch als sie müde die Tür schloß, war sie froh, daß sie die Bilder nicht ausdrücklich zurückgewiesen hatte. Sie würde niemanden identifizieren, bis sie absolut sicher war, daß es sich bei dem Verdächtigen um den Mann handelte, der sie vergewaltigt hatte. Sie war bemüht gewesen, der Frau ihre Einstellung zu vermitteln. Selbst wenn Officer Cruz nur eine Botin in Uniform war, vermutete Eileen, würde sie nach ihrem Eindruck von dem blinden Opfer gefragt werden, das nur auf einem Auge wie durch ein Schlüsselloch sehen konnte und behauptete, nach einem bizarren Frühstücksdialog mit einem Phantom vergewaltigt worden zu sein, wobei das Phantom so flüchtig war, daß sich bei der anschließenden klinischen Untersuchung kein Beweis für seine Existenz finden ließ.

»Was ist das für eine Frau, diese Eileen Ross?« würde man Officer Cruz fragen. Eileen überlegte, ob die Antwort vielleicht so lauten könnte: »Nun, sie ist uns nicht auf den Leim gegangen. Sie war enttäuscht, daß keiner der Verdächtigen, die ich ihr gezeigt habe, schwarz war. Wenn sie lügt, werden wir es mit so faulen Tricks nicht herausfinden.«

Eileen war klar, daß sie mit ihrer Mutmaßung, Officer Cruz habe ihr bewußt falsche Bilder gebracht, völlig schiefliegen konnte, aber wenn sie über das Verhalten der Frau nachdachte, war sie überzeugt, daß diese Beamtin mißtrauisch war. Und mehr denn je hatte sie den Verdacht, daß die Polizei glauben wollte, David sei der Vergewaltiger. Es war so bequem. Er hatte sich in ihrer Wohnung aufgehalten, als die Polizei eintraf. In dem Anruf im Polizeirevier war die Vergewaltigung als familiärer Streit dargestellt worden; Eileen hatte herausgefunden, daß der Sicherheitsbeamte im Haus angerufen hatte, als sie »Hilfe! Hilfe! Rufen Sie die Polizei! Ich bin vergewaltigt worden!« geschrien hatte. Die Polizei erwähnte Eileens eigenen Anruf auf 911 zu keinem Zeitpunkt.

Warum, um Himmels willen, hatte der diensthabende Wachmann ihren Hilferuf als Familienstreit gemeldet? Jetzt, wo sie darüber nachdachte, fiel ihr auf, daß er sie nicht zurückgerufen oder jemanden geschickt hatte, der sich um ihre Sicherheit kümmern sollte. Das wäre das einzig Vernünftige gewesen. Ihr Verstand sagte ihr, daß der Wärter, wer auch immer es gewesen sein mochte, geglaubt hatte, bei dem Anruf am frühen Morgen die hysterische Stimme einer Frau zu hören, die in einen Familienstreit verwickelt war, und das hatte er weitergegeben.

Darum hatten die Polizisten, die zuerst gekommen waren und David müde auf dem Sofa sitzend und sie blutverschmiert und derangiert in ihrem blauen Bademantel vorgefunden hatten, sie für Streithähne gehalten, die eine Atempause eingelegt hatten. Darauf eingestellt, es mit einer häßlichen Familienszene zu tun zu haben, sahen die Polizisten sich Eileen und David, einem Schwarzen und einer weißen Frau, gegenüber, deren Zusammensein um vier Uhr morgens schon Beweis genug war. Diese Situation prägte wohl maßgeblich den Eindruck des Streifenpolizisten mittleren Alters, der die Führung übernahm, als er die Wohnung betrat. Augenblicklich interpretierte er das Bild, das sich ihm bot, als Gewalttätigkeit zwischen einem Liebespaar unterschiedlicher Rasse. Sein erster Eindruck blieb haften und beeinflußte seinen Vorgesetzten, nachdem der Hammer und die klinische Untersuchung später nichts hergaben.

Als Eileen, sich für ein Vergewaltigungsopfer atypisch verhaltend, die Medien einschaltete und die Polizei sich plötzlich angesichts der auf der Titelseite erscheinenden Schlagzeilen unter Druck gesetzt fühlte, begann sie, sie für eine clevere Opportunistin zu halten, die die Publizität zugunsten eines Gerichtsverfahrens inszenierte. Dabei kam ihr Manhattans East Side gerade gelegen für ihre erfundene Geschichte von einer zweistündigen Tortur, die sie von einem schwarzen Eindringling erfahren haben wollte, der, bevor er sie mit ihrem Eigentum verließ, so aufmerksam, galant und freundlich war, die Kopfwunde, die er ihr beigebracht hatte, zu reinigen.

Wer hatte je von soviel Mitgefühl gehört bei einem Serieneinbrecher, der heimtückisch Frauen überfiel und sie vergewaltigte?

Eileen spürte einen stechenden Schmerz. Sie konnte die falschen Schlußfolgerungen der Polizisten zwar nachvollziehen, ihnen aber nicht ihre Dummheit und Arroganz verzeihen. Auch konnte sie nicht zulassen, daß ihr schlechtes Urteilsvermögen ihre Entscheidung, den Täter aufzuspüren und vor Gericht zu bringen, beeinflußte. Sie mußte etwas unternehmen! Wenn sie sich die Mühe gemacht hätten, sie zu fragen oder Nachforschungen über ihre Vergangenheit anzustellen, dann hätten sie sofort gewußt, was für ein Mensch sie war. Ihre Träume und Hoffnungen hatten nichts Geheimnisvolles oder Phantastisches. Hätten sie sich damit befaßt, so wäre ihnen nicht entgangen, daß sie sich stets mit Hingabe einer Sache, Idee oder Aufgabe angenommen hatte. Ja sie war sogar einmal eine Folksängerin. Zu jener Zeit nahm sie auch den Vornamen ihres Vaters als Familiennamen an. Sie war eine Meisterin im Rollschuhlaufen und so geschickt und wagemutig auf den blitzenden Rollen gewesen, daß niemand auf ihre Behinderung gekommen wäre.

In den sechziger Jahren hatte sie an den Märschen der Bürgerrechtsbewegung teilgenommen. Arm in Arm mit anderen »Blumenkindern« war sie von der Woge persönlicher Freiheit, die eine Wirkung hatte wie süßer Wein, mitgerissen worden. Unter dem Einfluß der Lieder von Bob Dylan, der Ermahnungen von Timothy O'Leary, der bewegenden Worte von Martin Luther King jr. und der faszinierenden Perfektion der Folksängerin Joan Baez war Eileens Bewußtsein als junge Erwachsene auf Aktivität und Leistung ausgerichtet. Nach zwanzig Jahren der Gärung, die in der Ernüchterung über Vietnam gipfelten, war sie stolz, eine Protestiererin zu sein, die mitten im Leben stand, an aufregenden Veränderungen teilhatte und fest davon überzeugt war, daß auch ein Blinder etwas bewegen konnte.

Der beste Hinweis auf Eileens Charakter, der den zentralen Kern ihrer starken, unabhängigen Persönlichkeit als erwachsene Frau bilden sollte, ist vielleicht in ihrer Beziehung zu einer aktiven, unter dem Motto *Wählen Sie eine Demonstration* arbeitenden New Yorker Einrichtung zu sehen, die sie mit neunzehn entdeckte und bei der es sich um eine Informationsbörse für öffentliche Protestveranstaltungen handelte. Sie befand sich genau am Ende der Straße, in der Eileen wohnte. Ihre Unabhängigkeit als Blinde und ihr Eintreten für das Recht anderer blinder Menschen, sich optimal zu entfalten, war ihr schon früh ein Anliegen gewesen. Die Weigerung, ihr Leben von einer Behinderung beeinträchtigen und einengen zu lassen, war typisch für ihre Entschlossenheit. Sie schaffte es, Rollschuh zu laufen, sie lernte Gitarre spielen, und sie inspirierte andere durch ihre Lieder von Mut und Liebe. Sie ließ sich nicht unterdrücken, als hilflos zurücksetzen oder sonst irgendwie zum Opfer machen.

Sie war Eileen Ross, eine vitale, liebende Frau, die ihr Leben mit Protest und Aktivität gemeistert hatte. Sie war beruflich selbständig, unabhängig und wollte keine Vergünstigungen, für die sie sich nicht revanchieren konnte. Als sie vergewaltigt wurde, reagierte sie, indem sie auf ihre Erfahrung mit Protest und Kampfgeist zurückgriff. Für sie war es selbstverständlich, daß sie ihre Vergewaltigung zu einem Anliegen machte. Aus ihrem Verantwortungsbewußtsein sich selbst und anderen vergewaltigten Frauen gegenüber, die nicht so offen waren wie sie, wurde Besessenheit.

Es war 15 Uhr, als die Kriminalbeamten Sal Catalfumo und Patti Kehoe bei Eileen anklopften. Sie bat sie herein, ließ sie auf der Couch Platz nehmen und setzte sich selbst auf einen Stuhl ihnen gegenüber.

Trotz ihrer Veränderung und ihres starken Verdachts, daß die Polizei ihren Fall möglichst schnell abschließen wollte, damit er in der Presse nicht noch mehr Aufsehen erhielt, war Eileen entschlossen, nicht nur mit den Brooklyner Beamten zusammenzuarbeiten, sondern ihnen auch die wahre Geschichte nahezubringen. Sie hoffte, sie wären nicht so borniert wie ihre Manhattaner Kollegen.

Es war der dunkle, sanfte, hervorragend aussehende Sal mit seinem dichten schwarzen Schnurrbart, der Eileen sofort die Befangenheit nahm mit den einsichtigen Worten: »Wir wissen, Sie haben Ihre Geschichte bereits mehrmals erzählt und müssen es leid sein, sie nochmals zu wiederholen. Aber bitte verstehen Sie, in Brooklyn gibt es einen Mann, der mehrere Frauen vergewaltigt hat. Er vergewaltigt sie und bestiehlt sie dann. Nach dem, was wir über den Mann, der Sie angegriffen hat, gehört und durch die Medien erfahren haben, könnte es sich um dieselbe Person handeln.«

Eileen stieß einen großen Seufzer der Erleichterung aus. Hier war jemand empfänglich für die Wahrheit!

»Wissen Sie, wer es ist?« fragte Eileen.

»Nein, noch nicht, außer daß er wie ein Affe an Gebäuden herumklettern kann.«

»Derjenige, der mich vergewaltigt hat, war ein Schwarzer«, sagte Eileen langsam. »Er prahlte damit, ein Einbrecher zu sein und einem Ehemann die Pistole abgenommen und ihn gefesselt zu haben.«

Patti Kehoe warf Sal Catalfumo einen bedeutsamen Blick zu, der seinerseits ihre stumme Botschaft mit einem Nicken quittierte.

»Was möchten Sie noch hören?« fragte Eileen.

Patti sagte: »Nach dem, was wir gelesen haben, veranlaßte der Mann Sie, ihm Frühstück zu machen. War das vor oder nach der Vergewaltigung?«

»Vorher«, antwortete Eileen und fügte hinzu: »Halten Sie mich bitte nicht für dumm, aber haben Sie nicht die Berichte der Polizisten gelesen, die hier waren und mich befragt haben? Ich habe ihnen alles gesagt. Verstehen Sie mich nicht falsch. Ich bin durchaus bereit, es nochmals zu erzählen. Aber ich hatte die Einzelheiten besser im Kopf, unmittelbar nachdem es passiert war.«

»Wir sind aus Brooklyn, Miss Ross«, erinnerte Patti sie. Wir können froh sein, wenn die Manhattaner uns die Tageszeit sagen. Ich weiß, es klingt lächerlich, aber es besteht immer so etwas wie . . . mh . . . Rivalität zwischen den einzelnen Revieren, besonders wenn es sich um einen berühmten Fall handelt.«

»Sie denken, ich bin berühmt?«

»Danach zu urteilen, wie die Zeitungen mit Ihnen umgehen, sieht es so aus, und ich meine das nicht negativ.«

Eileen begann sich für die Polizistin zu erwärmen. Bei ihrem Eintreten war sie nahe genug bei Eileen vorbeigegangen, um ihr einen Eindruck von ihren markanten Zügen und ihrem entschlossenen Gesichtsausdruck zu verschaffen. Die heitere Blondine trug ihr Haar als lose Mähne. Sie war klein und kompakt, hatte eine gute Figur, einen freundlichen Mund und ein kämpferisches Kinn.

»Nun, ich bin nicht berühmt«, sagte Eileen. »Ich bin ein ganz normaler Mensch, aber ich will, daß man von diesem Kerl und seiner Brutalität erfährt. Mir ist hinreichend bekannt, wie die Dinge in New York funktionieren, und ich weiß, daß man schneller etwas erreicht, wenn man die Presse auf seiner Seite hat.«

»Da stimme ich Ihnen zu«, sagte Patti nachdrücklich.

»Wirklich?«

»Ja«, fiel Sal ein, »und ich auch.«

»Ach Gott, hätte ich doch bloß mit Ihnen zuerst gesprochen.«

»Warum?« fragte Patti.

»Nun . . . weil ich glaube, daß die Polizei von Manhattan etwas gegen Publizität hat. Nicht nur das, ich kann auch nicht verstehen, warum man mir Fotos von weißen Männern italienischer und hispanischer Abstammung zeigt, wenn ich ausdrücklich gesagt habe, daß der Mann, der mich vergewaltigt hat, schwarz war. Ich war ihm nahe genug, um seine Hautfarbe erkennen zu können. Erst vor ein paar Stunden hat mir eine Polizistin einige Bilder gezeigt. Aber keiner von den Verdächtigen sah auch nur annähernd so aus wie der Mann, der bei mir eingebrochen ist und den ich beschrieben habe. Ich verstehe es einfach nicht.«

Sal nickte, und Patti runzelte die Stirn. »Manchmal, wenn die Polizei unter Druck steht«, sagte sie, »klammert sie sich an Strohhalme.«

Eileen konnte sich des Gefühls nicht erwehren, daß da noch viel mehr war, was Detective Patti Kehoe zu diesem Thema zu sagen hatte, aber daß sie sich durch ihr Pflichtgefühl daran gehindert fühlte. Sie versuchte einen anderen Weg.

»Sie würden sich auch wundern . . .« Eileen brach den Satz abrupt ab.

»Hören Sie«, sagte Patti, »könnten Sie wiederholen, was am Montagmorgen passiert ist?«

»Gewiß«, antwortete Eileen. »Bitte folgen Sie mir ins Schlafzimmer.« Sie zeigte auf die Wände, die Decke und berührte den Verband an ihrem Kopf.

»Ich schlief, als Bethie, mein Hund, zu bellen begann. Er schlug auf das Tier und anschließend auf mich ein. Heute habe ich von meinem Anwalt erfahren, daß der Fleischklopfer, den er dazu benutzte und der aus meiner eigenen Küche stammte, keine Blutspuren beziehungsweise Haare aufwies. Nichts. Ich begreife es nicht. Bei all dem Blut sollte man meinen, daß der Hammer etwas abbekommen hätte.«

»Vielleicht hat er ihn abgewaschen«, vermutete Sal.

»Man kann nie wissen«, warf Patti ein.

Während der nächsten halben Stunde zeichnete Eileen

das Vorgehen des Mannes nach, der sie vergewaltigt hatte und schließlich verließ, nachdem er sie mit der langen Schnur ihres Kopfhörers auf einem Stuhl gefesselt hatte. Als die Beamten und sie sich wieder hingesetzt hatten, sagte Patti Kehoe leise, aber eindringlich: »Sie haben angegeben, den Mann berührt zu haben, als Sie sich gegen ihn fallen ließen. Dazu gehörte schon etwas. Hatte er Haare im Gesicht?«

Eileen nickte und fuhr fort, wobei ihr Blick einen nachdenklichen Ausdruck annahm.

»Ja. Wuscheliges Haar auf seinem Kinn und so etwas wie einen dünnen Schnurrbart. Sein Kopfhaar war kurz.«

Patti wandte sich Sal zu. An seinem Nicken und Schweigen war zu erkennen, daß er keine Fragen hatte. Eileen nutzte die Pause aus und sagte: »Wie finde ich heraus, ob die Polizei die Fingerabdrücke des Mannes da gefunden hat, wo sie danach suchen sollte?«

»Was heißt das?« fragte Sal plötzlich stark interessiert. Er sah zu seiner Partnerin hinüber und sagte: »Patti?«, die Stimme hebend.

Eileen ging auf den Tonfall ein.

»Oh, ich nehme an, Sie wissen nichts davon. Ich vergesse immer wieder, daß Sie die Berichte nicht gelesen haben. Bevor ich mich gegen den Mann fallen ließ, habe ich ihm ein Glas gegeben, aus dem er das 7-Up trinken sollte. Ich weiß, daß meine Finger seine berührt haben, als er mir das Glas aus der Hand nahm. Also müssen seine Fingerabdrücke darauf gewesen sein. Die Polizisten, die hier waren, haben das Glas mitgenommen. Ich bin sicher, daß sie auch Fingerabdrücke vom Telefon im Bad abgenommen haben.«

Eileen zögerte. Dann konzentrierte sie ihr begrenztes Sehvermögen auf die beiden Gestalten auf der Couch und sagte: »Es ist derselbe Mann, nicht wahr? Es gibt zu viele Ähnlichkeiten, als daß es ein anderer sein könnte. Der Mann, der hier war, ist der, den Sie suchen. Man nennt ihn Spiderman. Ist es nicht so?«

Patti blickte Sal an. Dann sagte sie zu Eileen: »Es sieht so aus. Aber etwas muß ich genau wissen. Sie sagen, Sie haben den Mann bewußt hereingelegt, indem Sie ihn das Glas haben nehmen lassen.«

»Ja. Ich mußte etwas tun. Ich mußte einen Weg finden, etwas von ihm zu bekommen, womit man ihn fassen kann. Deshalb liegt mir soviel an den Fingerabdrücken. Sie werden beweisen, daß er hier war.«

»Sind Sie sich darin ganz sicher?« fragte Patti.

»Ja«, antwortete Eileen fest. »Ich habe ihm das Glas sehr vorsichtig gegeben, und ich bin sicher, daß er es in der Hand gehalten hat. Er hat daraus getrunken. Auch das Telefon im Badezimmer hat er angefaßt. Das war von mir nicht vorgesehen, aber ich habe es bemerkt.«

Patti grinste und erhob sich. Sal Catalfumo folgte ihr. Patti lehnte sich leicht vor und berührte Eileens Schulter: »Das war toll, was Sie da gemacht haben. Im Vertrauen: Ich glaube, der Mann, der Sie vergewaltigt hat, ist derselbe wie der, nach dem wir suchen, der, den man Spiderman nennt, und ich denke, daß das, was Sie getan haben, uns hilft, ihn festzunageln.«

»Das hoffe ich«, sagte Eileen aus vollem Herzen.

Durch den Besuch der beiden Brooklyner Polizisten war sie ermutigt worden. Sie hatten ihr nichts versprochen, aber sie waren freundlich gewesen und ehrlich in bezug auf die mangelnde Kommunikation zwischen den einzelnen New Yorker Polizeirevieren. Obwohl sie nicht ausdrücklich gesagt hatten, daß der Mann, der mindestens vier Frauen im Brooklyner Ortsteil Crown Heights überfallen hatte, derselbe war wie der, dem sie zum Opfer gefallen war, hatten sie doch den Eindruck hinterlassen, daß es sich ihrer Meinung nach um dieselbe Person handeln könnte.

Sie mochte vor allem Patti Kehoe, von der sie glaubte, daß sie Elan hatte, genau wie sie. Manch einer würde sie als einen Feuerwerkskörper bezeichnen, der drauf und dran war, zu explodieren. Eileen lächelte im stillen. Das war okay. Patti sah aus wie eine Frau, die geübt darin war, ihren lebhaften Enthusiasmus und ihre freimütigen Ansichten genügend unter Kontrolle zu halten, um sie in die richtige Bahn zu lenken, wie es auch bei Eileen der Fall war. Patti hatte ihr ebenfalls zu verstehen gegeben, daß sie nichts gegen deren Kampagne, mit der die Polizei durch die Öffentlichkeit unter Druck gesetzt werden sollte, einzuwenden hatte. Die freundlichen Antworten und der Händedruck der Beamtin beim Abschied hatten mehr zum Ausdruck gebracht, als man beschreiben kann.

Eileen hatte eine Menge von dem gelernt, was die Beamten nicht sagten. Es war anscheinend so, daß die Manhattaner Abteilung für Sexualdelikte den Brooklyner Kollegen freiwillig keine Auskunft gegeben hatte. Vielleicht hortete man in Manhatten sogar die Fakten, die man zusammengetragen hatte. Eines jedoch war gewiß: Sie war überzeugt, daß sie den Druck auf die Manhattaner Polizei verstärken mußte, und zwar bevor ihr Fall an Aktualität verlor. Sie wußte, daß begründete Beschwerden bei der Polizei oft durch deren Gleichgültigkeit in Vergessenheit gerieten oder einfach in der halben Million spektakulärer Fälle, die jedes Jahr in New York bearbeitet wurden, verlorengingen. Wenn ihr Vergewaltiger gefaßt werden sollte, dann mußte sie seine Festnahme zur absoluten Priorität für die Polizei machen.

In den darauffolgenden Tagen betrieb Eileen eine Telefonkampagne. Zu den Organisationen, die sie für ihre Sache gewinnen konnte, gehörten die Staatliche Frauenvereinigung, die New Yorker Frauenvereinigung gegen Vergewaltigung, das Vergewaltigungskrisenzentrum am Mt.-Sinai-Krankenhaus und ihre Nachbarin Gail Turner, die begeistert ihre Freunde anrief und sich mit ihnen verbündete, um eine ständige Welle von Anrufen bei der Telefonzentrale der Polizei auszulösen. Die Manhattaner Abteilung für Sexualdelikte auf dem 20. Revier und das Büro des Bezirksstaatsanwalts in der Center Street wurden mit Hunderten von Telefonanrufen bombardiert. Inzwischen waren das New Yorker Fernsehen, das Radio und die Presse von Eileens Story und ihrer Entschlossenheit, den Täter zu finden, angetan. Sie wollten unbedingt Einzelheiten über ihr Leben, ihre Haltung zu Vergewaltigung und den Rechten der Frau erfahren.

Eileen beantwortete gern ihre Fragen, und mit einer Reporterin, Anne Creason von der *New York Post*, kam es zu einer besonderen Beziehung. Anne war sogar gekommen, um Eileens Beschützer kennenzulernen, die jungen Freunde von Rick, die sich angeboten hatten, die Nacht in Eileens Wohnung zu verbringen.

Anne hatte sie interviewt und fotografiert und war dabei, einen Bericht über sie zu schreiben.

Am Mittwoch nachmittag um vier Uhr trank Eileen zusammen mit Rodney, einem der jungen Leute, die über Nacht bei ihr blieben, Pepsi-Cola und machte eine Bestandsaufnahme dessen, was sie bislang erreicht hatte. »Ich glaube, wir haben endlich eine gute Chance, ihn zu fassen«, sagte sie gerade, als das Telefon klingelte.

Rodney übergab es ihr.

Als sie die knappe Frage von Anne, der *Post*-Reporterin, mit der sie inzwischen auf freundschaftlichem Fuß stand, hörte, war sie bestürzt.

»Eileen, stimmt es, daß du jemanden beschuldigt hast, dich vor ein paar Jahren sexuell belästigt zu haben?«

»Warum? Ja«, antwortete Eileen sachlich. »1979 hat mich ein Typ in der Nähe eines Baugeländes angegriffen. Ich . . .«

»Eileen«, unterbrach sie die Frau in abweisendem Ton, »wir haben die Geschichte in der Abendausgabe über die jungen Leute, die dich bewachen, abgesetzt. Es tut mir leid . . . Auf Wiedersehen.«

11

Eileen war niedergeschmettert von der Auskunft der *New York Post*-Reporterin. »Stimmt es, daß du jemanden beschuldigt hast, dich vor ein paar Jahren sexuell belästigt zu haben, Eileen?« Aus dem harten Zynismus in der Stimme der Frau ging eindeutig hervor, daß sie glaubte, Eileen habe die Medien hinsichtlich ihrer Motive irregeführt, indem sie den Wahnsinnigen, der in der Dunkelheit mit dem Messer ihre Jacke aufgeschlitzt und darauf ejakuliert hatte, unerwähnt ließ. Es war, als ob Klage gegen Eileen erhoben würde, weil man sie zweimal angegriffen hatte.

Müde legte Eileen den Telefonhörer zurück. Sie fragte sich, ob die Reporterin ihre Information zusammen mit einer Interpretation von der Manhattaner Polizei haben könnte. Eileens Freunde und ihre beiden Anwälte hatten ihr geraten, nichts von dem Vergewaltigungsversuch von vor sechs Jahren zu sagen. Deshalb hatte sie ihn gegenüber den Beamten von der Manhattaner Abteilung für Sexualdelikte nicht erwähnt, als sie sie am Montagmorgen befragten. Hätten sie wissen wollen, ob sie schon einmal angegriffen worden war, dann hätte sie es ihnen selbstverständlich gesagt. Sie hatte nichts zu verbergen. Aber sie akzeptierte die Einstellung ihres Anwalts, daß es keinen Grund gab, auf den Vorfall von vor sechs Jahren einzugehen, weil kein Zusammenhang bestand mit dem Mann, der sie zwei Stunden lang in seiner Gewalt hatte.

Plötzlich gingen ihre Gedanken zurück durch die dazwischenliegenden Jahre, und sie erinnerte sich an die beiden Polizisten in blauer Uniform, von denen sie, nachdem sie den rasenden Schlitzer angezeigt hatte, befragt worden war. Sie hatten ihr erklärt, daß, wenn sie nicht imstande war, den Mann, der in der Dunkelheit über sie hergefallen war, eindeutig zu identifizieren, was sie bezweifelten, sie nichts für sie tun könnten. Sie wußte, daß die beiden nur einen oberflächlichen Bericht über den Zwischenfall geschrieben hatten, eine Beschwerde, der nicht nachgegangen wurde.

Als sie Norman Pearlman erzählt hatte, was 1979 geschehen war, hatte er die Stirn gerunzelt und sie gewarnt: »Eileen, wir erreichen nichts dadurch, daß wir die alte

Geschichte wieder aufrühren. Schließlich wollen wir doch alles vermeiden, was sich negativ auf Ihren Fall auswirken könnte.«

Gary Trachtens Rat war ähnlich, aber noch nachdrücklicher formuliert gewesen: »Halt den Mund. Freiwillig sagst du gar nichts!«

Nun, es war klar, daß diese alte Sache einen ungünstigen Eindruck auf die Reporterin von der *New York Post* gemacht hatte. Anne war darauf gestoßen, oder jemand hatte sie darauf aufmerksam gemacht, und plötzlich war das Vertrauen, das man Eileen von seiten der Zeitung entgegengebracht hatte, geschwunden, und man zog den geplanten Artikel über Eileens Beschützer zurück. Es war nicht weit hergeholt, wenn Eileen vermutete, daß die Manhattaner Polizei über den alten Bericht gestolpert war und die Reporterin darüber informiert hatte. Anscheinend war sie von Anfang an argwöhnisch, weil David sich in ihrer Wohnung aufgehalten hatte und sie – für ein Vergewaltigungsopfer atypisch – zu selbstbewußt aufgetreten war. Dann waren Fragen aufgetaucht: Wie groß ist die Wahrscheinlichkeit, daß eine Frau zweimal in ihrem Leben sexuell mißbraucht wird? – aber vor allem: Warum geht eine blinde Frau um 2.30 Uhr morgens im Dunkeln zu Fuß nach Hause? Das war ja geradezu provozierend.

Eileen seufzte. Sie war verärgert und aufgebracht. Warum nahmen manche Leute von anderen stets das Schlechteste an?

Sie war in ihrem Leben schon reichlich auf ungerechte Vorstellungen gestoßen. Verflixt noch mal, es machte sie wütend!

Obwohl sie sehr wenig von ihrer physischen Erscheinung sehen konnte, reichte ihr optisches Wahrnehmungsvermögen aus, um sie wissen zu lassen, daß sie attraktiv war. Wenn sie unmittelbar vor dem Spiegel stand, sah sie das Abbild einer intelligenten Frau, die der Welt ein von einem hübschen Hals getragenes ovales Gesicht mit einem frischen, cremefarbenen Teint und großen tiefbraunen Augen präsentierte, das in verschwenderischer Fülle von dunklem, kastanienbraunem Haar umrahmt wurde. Die dichten schwarzen Augenbrauen, geschwungene Akzente auf einer glatten, weißen Stirn betonten die Wangenknochen. Der Mund, das attraktivste Merkmal in ihrem Gesicht, bestand aus vollen, zu den Seiten hin aufregend gebogenen Lippen. Eileen brauchte keinen Lippenstift, um ihm Farbe zu geben. Ihr Schmollmund war von Natur aus rot und lenkte die Aufmerksamkeit auf das dunkle italienische Geheimnis ihres Äußeren. Gewöhnlich trug sie einen Mittelscheitel, der ihr einen beinahe madonnenhaften Ausdruck gab. Dadurch und infolge ihres ständig fragenden Blickes, dem einzigen Hinweis auf ihre Behinderung, gewann sie ein hohes Maß an Ausstrahlung und vermittelte den Eindruck, daß sie eine Persönlichkeit war. Man hielt sie oft für eine Schauspielerin, an deren Namen man sich nicht erinnern konnte.

Sie schätzte sich selbst nie als mittelmäßig ein. Sie wußte, sie war gescheit, zuverlässig und ein wenig kämpferisch, was ihre Menschenrechtsvorstellungen betraf. Sie empfand ihre Blindheit nicht als Mangel oder ungerechte Behandlung durch Gott oder eine unvollkommene Welt.

Es war nicht einfach für sie gewesen, dahin zu gelangen, wo sie war, Freunde zu finden, mit denen sie zurechtkam und die sich durch ihre Behinderung nicht belastet oder verpflichtet fühlten, sich mit ihr abzugeben – nur weil sie Pech gehabt hatte. Immer wenn sie Mitleid in der

Stimme oder Handlungsweise einer Person feststellte, gab sie ihr zu verstehen, daß sie das nicht wollte. Sollten ihre Beziehungen von Dauer sein, dann mußten sie auf vollem Respekt beruhen. Gründete sich die Wertschätzung, die die Menschen ihr entgegenbrachten, darauf, daß sie ihr wegen ihrer Behinderung Sonderrechte einräumten, so war ihr an ihrer Freundschaft nicht gelegen.

Wenn sie sich in unbekanntem Gelände bewegte, brauchte sie ihren weißen Stock. Sie wollte ihre Blindheit nicht verheimlichen, sondern ihr einfach nur keine vorrangige Bedeutung beimessen. Ihre Unabhängigkeit ließ sie sich von der Welt nicht nehmen.

Auf eine Entfernung von einem Meter konnte sie die Finger ihrer Hand erkennen und auf 1,50 Meter die genaue Grundfarbe eines Damenkleides oder Herrenjacketts, aber sie konnte die Knöpfe nicht sehen. Bis zu drei Meter nahm sie menschliche Umrisse, gefüllt mit Wolken oder Nebel, wahr. Sie wußte, ob ihr jemand entgegenkam oder ob er von ihr fortging. Die Wolke bewegte sich auf sie zu oder von ihr weg.

Leute, die ihr zum ersten Mal begegneten, wunderten sich, wenn sie ein Mittagessen im Geschäftsviertel von Manhattan vorschlug, sich allein mit der U-Bahn dorthin begab und ohne Hilfe ihr Ziel im Zwischengeschoß des Rockefeller Centers erreichte, »wo wir sitzen und Sie den Eisläufern zusehen können, falls wir nicht sofort einen Tisch bekommen«.

Die U-Bahn erschreckte sie nicht, und auch nicht die Straßen von New York. Sie sagte oft: »Aber hören Sie, es ist gar nicht schwer, in New York zurechtzukommen. Sämtliche Avenues führen in die eine Richtung und die Straßen in die andere.«

Es kam vor, daß sie sich vergewissern mußte, wo sie sich befand, und dankbar war für die allgegenwärtige Menge von Menschen, die sie anhalten und nach dem Weg fragen konnte. Sie war keine Frau, die sofort in Panik geriet. Sie wußte genau, was sie wollte, und hatte ein starkes Selbstwertgefühl. Wenn sie irgendwelche Zweifel bekam, fragte sie.

Doch dieser neue Rückschlag war mehr als nur eine weitere Enttäuschung. Es war offensichtlicher als je zuvor, daß die Manhattaner Polizei nicht daran glaubte, daß sie von einem Eindringling vergewaltigt worden war. Deren Verdacht konzentrierte sich immer noch auf David – es war so bequem –, den Schwarzen, der auf ihrer Couch gesessen hatte, als Verdächtigen hinzustellen!

Eileen wandte sich in diesem Moment Rodney zu, der alles beobachtet hatte und nicht wußte, was er davon halten sollte.

»Man hat den Artikel über euch abgesetzt«, erklärte sie verbittert.

»Aber warum?« fragte er.

Geschwind erzählte sie die Geschichte von dem früheren Vergewaltigungsversuch.

»Das Ganze erinnert mich an die Erfahrung, die mein Vater mit der Polizei gemacht hat«, fügte Eileen hinzu. »1978 wurde er in seiner kleinen Wohnung in Queensbridge überfallen. Der Eindringling war eine Frau, die Dad in einen Schrank sperrte und mit einem kleinen Messer mehrfach im Gesicht verletzte, als er versuchte, herauszukommen. Sie machte sich davon mit seinem Akkordeon, für das er sich jahrelang krummgelegt hatte, und einem Scheck von der Sozialversicherung.

Als er das gewaltsame Eindringen einer ›verrückten

Frau, die mich geschlagen, auf mich eingestochen und mich bestohlen hat‹, meldete, weigerte sich der von der Wohnungsbehörde geschickte Polizist, ihm zu glauben.

›Ich habe keine Zeit für solchen Käse‹, meinte der Mann und sagte zu Dad, es klänge plausibler, wenn er eine Frau in der Wohnung gehabt und sie gestritten hätten, worauf die Frau, weil sie wütend auf ihn war, seine Sachen hätte mitgehen lassen.

Nichts, was Dad sagte, konnte den Mann davon überzeugen, daß er das Opfer einer kampflustigen Einbruchskünstlerin geworden war, die genügend Kraft hatte, um ihn zu Boden zu werfen, als er versuchte, sie zu überwältigen.«

Enttäuscht und nachdenklich biß Eileen sich auf die Lippen. »Eine Menge Leute, vor allem Polizisten und Reporter, glauben ohne Rücksicht auf die Tatsachen das, was sie glauben wollen.«

Dann sah sie auf und schob entschlossen das Kinn vor. »Aber ich lasse nicht zu, daß man die Dinge unter den Teppich kehrt. Diesmal nicht. Ich schlage so lange Krach, bis man mir zuhört und glaubt.«

12

Patti Kehoe hatte immer die Gelassenheit bewundert, die Sal Catalfumo hinter dem Steuer eines Dienstwagens im Verkehr an den Tag legte. Bevor sie Sal kennenlernte, hatte sie gedacht, Italiener seien Hitzköpfe, verlören schnell die Geduld und wären rasch bereit, heftig zu streiten oder mit der Faust zu drohen, wenn sie glaubten, daß ihnen jemand in die Quere gekommen war.

Das traf auf Sal überhaupt nicht zu. Im Verkehr war er ein Muster an Geduld. Als ausgesprochen guter Fahrer fand er den kürzesten Weg zum Ziel. Er war ein Naturtalent hinter dem Steuer, hielt sich mit seinen Bewegungen zurück und ging sanft mit Gaspedal und Bremse um. Autofahren machte ihm Spaß. Brooklyn und Manhattan kannte er auswendig. Er war vertraut mit den wichtigsten markanten Punkten, der ethnischen Bevölkerungsstruktur, und er kannte Abkürzungen, die nur jemand, der sich durch die Straßen der Reviere gequält hatte, zu schätzen wußte.

Während er das Fahrzeug in Richtung Brooklyn lenkte, sagte Sal: »Ich mag diese Eileen Ross. Sie hat Mumm.«

Patti lächelte. Da das Kompliment von Sal kam, war es wie eine Segnung. Es bedeutete, daß Sal seine Entscheidung, das Urteil über Eileen Ross zurückzustellen und ihrer Version der Geschichte aufgeschlossen zuzuhören, nicht bereute. Und das, nachdem ihm ein Manhattaner Beamter gesagt hatte, die Frau lüge wahrscheinlich! Dieses Verhalten zeugte von Reife und guter Polizeipraxis. Sal hatte Patti von seinem Gespräch mit dem anderen Polizisten erzählt, und diese hatte sich wie Sal geweigert, voreingenommen in das Gespräch mit Eileen zu gehen.

»Ich glaube, sie sagt die Wahrheit.« Sal nickte.

Patti war froh, daß sie in bezug auf Eileen Ross einer Meinung waren. Sie mochte Sal. Der dunkle, fähige, besonnene Kollege war durch und durch ein Profi, auf den man sich verlassen konnte, wenn man in der Klemme saß. Er war ein ausgezeichneter Partner. Patti und er arbeiteten so gut zusammen, daß ihre Beziehung keiner Definition bedurfte. Bei Befragungen wußte er, daß es stets der Zeuge war, der den Ton und die Art des Gesprächs bestimmte. Kluge Polizisten paßten sich der Person des Zeugen an. Bei Eileen Ross hatte er, genauso wie bei anderen Opfern, sofort gespürt, wie er sich verhalten mußte, um den richtigen Kontakt herzustellen, und als er erkannte, wie Eileen mit Patti harmonierte, hatte er sich auf eine unterstützende Rolle zurückgezogen, ohne Schwierigkeiten mit seinem Ego zu bekommen.

Patti hatte instinktiv den richtigen Ton getroffen.

»Ich mochte sie von Anfang an«, fuhr sie fort. »Und als sie mir erzählte,wie sie sich seine Fingerabdrücke auf dem 7-Up-Glas beschafft hatte, fing ich an, sie zu bewundern. Meine Güte, dazu gehörte schon etwas«, sagte Patti und hielt inne. »Ich fühle mich nur nicht ganz wohl dabei, daß wir Eileen gewisse Informationen vorenthalten mußten.«

»Ich weiß«, warf Sal ein, »aber es ist sicherer. Fast von dem Moment an, als Eileen ihren Angreifer zu beschreiben begann, dachte ich, es handele sich um einen Doppelgänger des Brooklyner Verdächtigen bei diesen Einbrüchen mit Vergewaltigung. Alles, was Ross über den Mann sagte, paßte, bis hin zu seinem Durst.«

»Yeah, ich denke auch so.« Patti schüttelte entschlossen den Kopf.

»Bei den sechs Einbrüchen mit Vergewaltigung, die wir untersucht haben, ist der unbekannte Täter jeweils unmittelbar, nachdem er eingebrochen war, gezielt zum Kühlschrank gegangen.«

»Das war immer das erste, was er tat«, grübelte Sal.

Patti nahm seinen Gedankengang auf: »Ein Merkmal seines Verbrechensmusters.«

»Lange bevor die schlafenden Wohnungsinhaber feststellten, daß sich ein Dieb in ihren Räumen aufhielt, hatte er bereits in großen Zügen Obstsaft getrunken, wenn welcher da war. Die Tatsache, daß er Obstsaft einem kohlensäurehaltigen Getränk vorzog, war ein starkes Signal, findest du nicht auch?«

»Und ob«, stimmte Sal zu. »Saft ist ein Linderungsmittel für einen Junkie, der langsam von einem Kokainrausch zurückkommt.«

»Es geht um den hohen Zuckergehalt«, fiel Patti ein.

»Die Trinkgewohnheit des Brooklyner Vergewaltigers, ob sie nun etwas mit Drogen zu tun hat oder nicht, ist auch ein Ritual, das ihm zum Verhängnis werden könnte.«

»Erinnerst du dich«, fügte Sal hastig hinzu, »in zwei oder drei Wohnungen hat er Fingerabdrücke auf leeren Saftflaschen hinterlassen. Das ist ebenfalls ein Hinweis darauf, daß er möglicherweise drogenabhängig ist. Sorglosigkeit läßt mehr Verbrecher stolpern als jedes Beweisstück. Ein *Perp* im Koksrausch handelt unter erschwerten Bedingungen. Sein Urteilsvermögen ist beeinträchtigt und vermittelt ihm ein falsches Gefühl der Sicherheit.«

»Wir müssen Richie Harker, dem Latent Print Officer vom 77. Revier, dankbar sein, daß er uns auf die Sache mit dem Saft aufmerksam gemacht hat«, bemerkte Patti. »Ihm als dem Fingerabdruckexperten vor Ort ist aufgegangen, wie wichtig diese Trinkgewohnheit ist.« Patti wußte, daß schon geringere Beweise als Saftdosen brutale Verbrecher zur Strecke gebracht hatten.

Sie lehnte sich zurück gegen den Sitz und glättete ihren Rock unter dem engen Gurt. Sie kicherte mehr für sich, stellte aber fest, daß Sal ihre heimliche Freude mitbekommen hatte.

»Was ist so komisch?« fragte er und blickte zu ihr hinüber.

»Ich habe gerade an die Verbrechensrate im 77. Bezirk gedacht.«

Sal brummte und konzentrierte seine Augen wieder auf die Straße. »Die Verbrechensrate im 77., dem dichtbesiedelten Brooklyner Crown Heights, wo Spiderman die meisten seiner Taten begangen hat, ist ja eigentlich nicht zum Lachen; sie ist eine Schande – eine Realität, über die die New Yorker Polizei nicht gerne spricht.«

»Solche Fakten sind auch der Grund«, meinte Patti – jetzt wieder ernst, »warum solche Kerle wie der Einbrecher und Vergewaltiger, hinter dem wir her sind, kaum darauf achten, was sie anfassen. Sie wissen, die Polizei haßt es, im ›Brooklyner Harlem‹ Fingerabdrücke abzunehmen.«

»Das ist nur zu wahr.« Sal seufzte.

Sie beide kannten die Verbrechensstatistik des 77. Reviers auswendig. In seinem nur knapp über fünf Quadratkilometer umfassenden Zuständigkeitsbereich fanden drei- bis viertausend Einbrüche im Jahr statt. Dabei waren Morde, Vergewaltigungen, Raub und Überfälle auf Taxis nicht mitgezählt!

Es war das 77. Revier, das Patti und Sal nun ansteuerten, um mit einem stillen kleinen Beamten zu sprechen, der den Typ eines Polizisten verköperte, auf den Vorgesetzte stolz sind.

Plötzlich ging ein Ruf über Polizeifunk ein, mit dem Patti aufgefordert wurde, ihren Chef auf dem 77. Revier anzurufen.

Sal lenkte das Fahrzeug folgsam zu einer Telefonzelle

einen halben Block weiter und parkte mit laufendem Motor, während Patti das Telefonat führte.

Fünf Minuten später kehrte sie grinsend zurück. »Jim sagt, wir sollen kommen. Es sieht so aus, als ob ein Einbrecher – von dem dieser Fingerabdruckmann Richie Harker wußte – derjenige sein könnte, nach dem wir wegen Vergewaltigung suchen.«

Sal lächelte. »Wir sind schon unterwegs!«

Während er losfuhr, strömte der Rest dessen, was Jim McGeown am Telefon gesagt hatte, aus Patti heraus:

»Dem Chef zufolge hat es damit angefangen, daß Frank Paganucci, der mit Richie Harker zusammenarbeitet, einen Vergleich zwischen frischen Fingerabdrücken von zwei unterschiedlichen Einbruchstatorten in Crown Heights vornahm. Doch fündig wurden sie erst, als sie feststellten, daß der Einbrecher in der Gegend tätig war, in der die letzte Vergewaltigung von Crown Heights stattgefunden hatte, am Sterling Place.

Oberflächlich gesehen konnte man den Eindruck gewinnen, daß die Vorgehensweise des Einbrechers verblüffende Ähnlichkeit mit der von Spiderman aufwies. Sein spektakuläres Eindringen in die Wohnungen der Opfer, egal, wie hoch sie lagen, glich in bemerkenswerter Weise dem des Vergewaltigers. Jim will, daß wir zusammenkommen und unsere Informationen koordinieren. Er meint, wir könnten der Identifizierung von Spiderman näher sein, als wir ahnen.«

»Hoffen wir das Beste«, sagte Sal nachdenklich. »Wann haben sie das alles herausgefunden?«

»Die Dinge begannen ihren Lauf zu nehmen, als Richie Harker am Dienstag nachmittag in der Nähe seines Büros von Reviercaptain Ralph Dumond angehalten wurde.«

McGeown zufolge sagte Dumond zu Harker: »Hallo, ich muß mit Ihnen sprechen. Diese Einbrüche. Wir haben eine Menge Probleme. Der Kerl steigt durch offene Fenster ein. Die Leute sind aufgebracht. Haben Sie irgend etwas?«

Harker antwortete: »Nein, aber wir arbeiten daran. Wir beschaffen Fingerabdrücke und geben sie herein. Wenn Paganucci sie mit jemandem in Verbindung bringen kann, dann steh'n wir sicher besser da.«

Captain Dumond brummte. »Okay, bleiben Sie dran!«

Nachdem Harker sich von dem Captain getrennt hatte, wurde er von einem Detective angehalten, der fragte: »Sind Sie bei Frank Paganucci gewesen? Er hat etwas ziemlich Wichtiges für Sie.«

Neugierig geworden, rief Harker den Fingerabdrucktechniker an, der sagte: »Richie, erinnerst du dich an diese Lady vom Eastern Parkway, von der du erzählt hast, daß sie schrecklich wütend war wegen der Getränkedosen? Du hast Fingerabdrücke daran gefunden, genauso wie am Park Place. Damit rückt der Kerl in die Nähe einiger Vergewaltigungen. Glaubst du, wir sprechen von demselben *Perp?* Könnte es sein, daß unser Einbrecher Spiderman ist?«

»Nach allem, was ich von ihm weiß, möchte ich es annehmen, Frank. Ich wette sogar mit dir. Dieser Exsträfling, dessen Namen ich dir vor einiger Zeit gegeben habe, Tyrone Graham. Erinnerst du dich? Der, von dem ich gesagt habe, ich hätte einen Verdacht gegen ihn, und dem es laut einem meiner Informanten Spaß macht, Leuten weh zu tun. Ich wette, er und der Kerl, nach dem du suchst, sind ein und dieselbe Person. Ich wette um mein verdammtes Hemd, daß seine Fingerabdrücke mit denen vom Eastern

Parkway und Park Place übereinstimmen. Hast du dir seine Fingerabdrücke vom BCI besorgt, wie ich gesagt hatte?«

»Es war zu viel zu tun. Aber ich kümmere mich morgen darum. Vielen Dank, Richie. Ich halte dich auf dem laufenden.«

In der Halle begegnete Richie Harker, nachdem er das Gespräch mit Frank Paganucci beendet hatte, noch einmal Captain Dumond. Er berichtete ihm, was er von Paganucci erfahren hatte, und setzte ihn von seinem Verdacht gegen Tyrone Graham in Kenntnis.

»Jesus, Maria und Josef«, sagte Dumond. »Sie meinen, der Einbrecher und der Sexdieb sind ein und dieselbe Person? Nun, es klingt einleuchtend. Saftflaschen bei den Vergewaltigungen und den Einbrüchen. Und dann diese unglaublichen Tatorte in beiden Fällen: in den oberen Stockwerken gelegene Wohnungen! Wir müssen uns die Fingerabdrücke schnellstens besorgen. Vergleichen Sie sie. Haben Sie schon Lieutenant McGeown angerufen? Er muß informiert werden. Ich rufe wohl besser die Manhattaner Sexkripo an und sage ihnen, daß es fast so aussieht, als ob der Kerl, der sich über Eileen Ross hergemacht hat, derselbe ist wie der, der bei uns Frauen überfallen hat.«

Harker sah dem Captain nach, wie er, ihm den breiten Rücken zukehrend, seinem Büro entgegeneilte. Plötzlich erfüllte ihn eine Welle des Stolzes. Es war ein verdammt gutes Gefühl, zu beobachten, wie sich die Dinge zusammenfügten, und zu wissen, man hatte recht gehabt!

Richie Harker dachte über seinen Verdacht, daß Tyrone Graham Spiderman sein könnte, nach. Als Polizeiveteran hatte er gelernt, seinem Instinkt zu vertrauen. Oft war es fast unheimlich, wie zuverlässig er sein konnte. Bisweilen, wenn er an einem Tatort gewesen war, hatte er den Eindruck gehabt, daß, wenn die Wände sprechen könnten, sie seinen Verdacht bestätigt hätten.

Er hatte gelernt, seiner Intuition zu folgen, und er hatte das unbedingte Gefühl, daß Graham der Mann war, den man suchte. Nach der Verhaltensweise zu urteilen, die Spiderman an den Tag legte, indem er seine Opfer zuerst sexuell mißbrauchte und dann bestahl, konnte man meinen, er sei ein alter Dieb, der schlecht geworden war. Einmal ein Dieb, immer ein Dieb, so lautete das Motto, aber manchmal wandten sich Diebe Schlimmerem zu ...

Der theoretische Teil seiner Arbeit lag nun hinter ihm. Er hatte sich Hunderte von Fingerabdrücken auf dem Revier angesehen, bevor er zum ersten Mal bei zwei Einbrüchen eine Übereinstimmung feststellte. Man bekam einen steifen Nacken davon, da man den Kopf immer im richtigen Abstand von dem Vergrößerungsglas halten mußte, während man damit eine Karte nach der anderen aus einem Haufen von Verdächtigen betrachtete.

Irgendwann verschwamm einem alles vor den Augen. Und dann bekam man auch noch Rückenschmerzen, wenn man dasaß und sich Tag für Tag, stundenlang, die Linien, Windungen, Vertiefungen und Erhebungen ansah, aus denen die einem Fingerabdruck eigenen Konturen und Muster bestanden. Es verblüffte ihn immer wieder aufs neue, daß sie sich alle unterschieden.

Nun war Paganucci an der Reihe. Alles schien darauf hinzudeuten, daß Harker recht hatte, obwohl es sich auch anders herausstellen konnte. Natürlich könnte das geschehen, aber er glaubte nicht daran.

Es wurde Zeit, daß er Lieutenant Jim McGeown auf

dem 71. Revier anrief. Er war verpflichtet, ihm seine Entdeckung mitzuteilen. Über den nächsten Schritt mußte McGeown entscheiden. Wäre er der Lieutenant, dann würde er Paganucci sagen, er solle sich unverzüglich mit den zwei übereinstimmenden Abdrücken zur Latent-Print-Abteilung der kriminaltechnischen Identifizierungsstelle in Manhattan begeben. Grahams Kennziffer war ihm bekannt. Er selbst hatte sie ihm gegeben. Stimmten die Abdrücke nicht mit denen von Graham überein, dann mußte Paganucci Hunderte von Karten durchgehen und nach Fingerabdrücken suchen, die zu den entscheidenden drei paßten.

Aber wenn die drei übereinstimmten, dann wäre es ein Volltreffer! Als nächstes wären dann Grahams Fingerabdrücke mit denen der Vergewaltigungsfälle zu vergleichen. Fiel diese Untersuchung positiv aus, stand Graham eine weitaus schwerere Anklage als wegen Einbruchdiebstahl bevor. Harker hoffte, daß er recht hatte. Es war schön, ins Schwarze getroffen zu haben, vor allem wenn es um einen Kriminellen ging, der seinen Opfern physische und emotionale Schmerzen verursachte. Das machte einen Polizisten aus: in der Lage zu sein, mit dem Finger unwiderruflich auf einen Verdächtigen zu weisen und zu sagen: »Das ist er!«

Im Falle Spiderman war Harker besonders zufrieden. Er hatte eine Frau, die er sehr liebte. Er konnte sich vorstellen, was für Angst und Qualen sie leiden würde, wenn ein Mann, der in einer dunklen Nacht in ihr Schlafzimmer einbrach, sie vergewaltigte. Spiderman hatte sogar ein paar seiner Opfer vergewaltigt, nachdem er ihre Ehemänner gefesselt hatte. Er hatte die Frauen gezwungen, sich ihm zu ergeben, während ihre hilflosen Partner zuschauten.

Harker rief den Chef der Brooklyner Abteilung für Sexualdelikte an:

»Hier McGeown.«

»Lieutenant, Richie Harker am Apparat. Sie erinnern sich vielleicht, daß ich vor einiger Zeit einen Verdacht in bezug auf Spiderman hatte. Nun, ich glaube, ich weiß jetzt, wer es ist.«

»Tatsächlich?« McGeown stieß einen Seufzer der Erleichterung aus. »Wer?«

»Paganucci muß morgen noch letzte Vergleiche in der Latent-Print-Abteilung anstellen, aber ich glaube, es ist ein Serieneinbrecher namens Tyrone Graham.«

»Wie sicher sind Sie sich?« warf McGeown ein.

»Nicht absolut, bis Frank die Vergleiche vorgenommen hat. Aber ich bin mir sicher genug, um Sie anzurufen.«

»Gut gedacht. Gute Arbeit. Ich halte die Daumen. Das könnte der Durchbruch sein, auf den wir gewartet haben. Danke sehr.« McGeowns Stimme wurde heller vor freudiger Erwartung.

»Es war mir ein Vergnügen«, antwortete Harker.

»Wir wollen den Bastard packen.«

Die Besprechung auf dem 71. Revier dauerte keine Stunde. Jim McGeown wollte wissen, ob die vier Mitglieder der Brooklyner Abteilung für Sexualdelikte und er selbst darin übereinstimmten, daß der Mann, der unbestreitbar mit den zwei Einbrüchen in Crown Heights zu tun hatte, derselbe war wie der, der mindestens vier Frauen in Brooklyn und wahrscheinlich eine fünfte in Manhattan vergewaltigt hatte.

Während McGeown die ihm so wohlbekannten Gesichter betrachtete, lagen acht Anzeigen von Opfern vor ihm auf dem Tisch. Um der Sache Nachdruck zu verleihen, nahm er eine nach der anderen in die Hand, ließ sie wieder fallen und sagte dann: »Das sind die Berichte über die Einbrüche, an denen die Jungs vom 77. Revier arbeiten. Wir wissen mit Bestimmtheit, daß zwei von derselben Person begangen wurden, und Richie Harker zufolge, kommt Spiderman für alle in Frage, einschließlich der zwei Einbrüche mit Vergewaltigung. Bevor ihr euch festlegt, hört bitte zu. Es geht um den Fall Julie Matthews, Northern Parkway 233, vom letzten Monat.«

McGeown nahm einen der Berichte und las daraus vor: »Nach Aussage von zwei Frauen, die sich in der Wohnung aufhielten, ließ sich der *Perp* an einem Seil vom Dach herunter und stieg durch ein offenes Fenster ein. Die Wohnung lag im dritten Stock. Er durchstöberte den Kühlschrank, schnüffelte in den Räumen herum, als ob er da zu Hause wäre, trank etwas Saft und versetzte die Bewohner mit einem Messer und Drohungen in Angst und Schrecken, bevor er sich mit einem Dampfbügeleisen, einem Videorecorder, einem Halstuch und etwas Geld davonmachte. Er wurde als ein junger Mann, Mitte zwanzig, mit buschigen Augenbrauen, schwarzer Hautfarbe, einem mittelgroßen Schnurrbart und langen Koteletten beschrieben. Zu dem Messer konnten die Frauen nichts Genaues sagen. Kommt euch das nicht bekannt vor?«

Die Beamten, die gespannt zuhörten, nickten schweigend. McGeown fuhr fort: »Okay«, sagte er. »Das war am 11. Juni, also vor ungefähr fünf Wochen. Circa einen Monat früher wurde jemand am Oak Place 223, nicht weit vom Northern Parkway, beraubt, als eine unbekannte Person ein Fenster zu einem hoch gelegenen Wohnzimmer aufbrach und 200 Dollar Bargeld stahl.«

McGeown hob die Augen und blickte die anderen Polizisten, einen nach dem anderen, vielsagend an. »Die Bewohnerin war eine 74jährige alte Lady, die einen Konzertflügel in ihrem Wohnzimmer stehen hatte. Der Einbrecher ließ eine Getränkedose stehen, wodurch Ränder entstanden und es Fingerabdrücke gab.«

»Harker dachte zuerst, die alte Lady lügt. Wie bei einigen anderen Einbrüchen konnte der Kerl auf normalem Wege nicht dort hineingelangen. Schließlich meinte er, er müsse vom Dach gekommen sein.«

Im Raum verbreitete sich beifälliges Gemurmel.

»Es klingt, als ob es unser *Perp* wäre«, schaltete sich Sal ein.

McGeown räusperte sich, um Ordnung zu schaffen. »Also. Was haben wir?« Er fingerte an den vor ihm liegenden Berichten herum.

»Es geht um sieben Einbrüche, bei denen der Täter sich auf ungewöhnliche Weise Eingang verschaffte. Die Tatorte liegen alle nahe beeinander, in einem fünf oder sechs Blocks umfassenden Gebiet. In einem Haus am Northern Parkway ist er zweimal aufgekreuzt. Dann schlenderte er zu Nr. 225 gegenüber und schlug da zu.«

McGeown hielt inne, trank einen Schluck Wasser und fuhr fort: »Übrigens, Nr. 225 gehört zu der Gegend, in der Spiderman zuletzt eine Vergewaltigung begangen hat, und ist auch nicht weit entfernt von den anderen Einbruchstatorten und dem Haus in der Ocean Avenue, in dem noch eine Spiderman-Vergewaltigung stattgefunden hat. Die am Rogers Place geschah nur circa vierzehn Stunden nach der Vergewaltigung von Eileen Ross in Manhattan.«

McGeown sah Patti Kehoe und Sal Catalfumo einen Augenblick lang aufmerksam an. »Sobald ich fertig bin, könnt ihr mir sagen, ob ihr glaubt, daß es derselbe Mann ist.«

McGeown setzte sich und, seine Hände flach auf den Tisch legend, fragte: »Denkt ihr das gleiche wie ich?«

Man hörte zustimmendes Gemurmel. McGeown fuhr fort:

»Es gibt drei Gründe für die Annahme, daß Spiderman mit den Einbrüchen zu tun hat: seine Vorliebe für Obstsaft oder andere alkoholfreie Getränke. An allen Tatorten, an denen Vergewaltigungen stattgefunden haben, und bei den meisten Einbrüchen ist man auf leere Flaschen oder Dosen gestoßen. Bei einem Einbruch verhielt sich der *Perp* genauso wie Spiderman: Er zwang zwei Frauen, ihm etwas zu essen zu machen. Er hat sie nicht vergewaltigt, aber die Frühstücksszene, die Drohungen, das Messer und die spektakuläre Art des Eindringens scheinen zu der Vorgehensweise von Spiderman zu passen. Ich glaube, Spiderman und der Einbrecher sind ein und dieselbe Person.« McGeown wandte sich an Patti Kehoe. »Was ist mit euch, Patti? Zu welchem Schluß seid ihr, du und Sal, gekommen?«

Patti Kehoe warf Sal Catalfumo einen bestätigenden Blick zu und sagte: »Es steht völlig außer Frage, und es steht auch außer Frage, daß diese Eileen Ross vergewaltigt wurde, ungeachtet dessen, welche Ansicht die Manhattaner Abteilung für Sexualdelikte vertritt. Ich brauchte Eileen Ross nicht zu fragen, ob der Typ Saft oder ein ähnliches Getränk verlangt hatte: Sie erzählte, er habe 7-Up aus einem Glas getrunken, das sie ihm gegeben hatte, um an seine Fingerabdrücke zu kommen.«

Patti lehnte sich zurück.

»Es stimmt. Die Frau hat Schneid. Wir haben die Sache

überprüft. Sie ist praktisch blind, aber ihre sonstigen Sinne sind verdammt gut ausgebildet, und in unmittelbarer Nähe kann sie genug sehen, um ihm ein sauberes Glas für sein Limonadengetränk zu reichen. Er hat es genommen und daraus getrunken. Sie nahm es später so ganz nebenbei wieder fort, stellte es ins Becken und tat so, als ob sie Wasser darüberlaufen ließ. Nicht schlecht der Plan, was? Wir sollten sie bei uns einstellen.« Alle lachten.

»Jedenfalls besteht das Problem mit der Manhattaner Polizei darin, daß die ersten, die kamen, einen Schwarzen in der Wohnung antrafen, und, wie ihr wißt, hat der Wachmann der Wohnanlage die Vergewaltigung als einen Familienstreit gemeldet. Die Polizisten haben die voreingenommene Meldung sowie ihren ersten Eindruck zusammengefaßt und sind zu einem falschen Schluß gekommen. Eileen hat nicht versucht, einen Streit in einem Liebesnest mit einem schwarzen Liebhaber zu kaschieren, indem sie von Vergewaltigung sprach. Mein Gott, der Mann ist dem Tode nahe. Er mußte sich aus dem Bett hochraffen, um sich in ihre Wohnung zu begeben und sie von den Fesseln zu befreien. Er brauchte fast zehn Minuten, um mit dem Aufzug nach unten zu fahren. Ein Gesunder hätte es in weniger als drei Minuten geschafft. Jeder, der nur halbwegs denken kann, wüßte, daß er sie nicht geschlagen, geschweige denn vergewaltigt haben konnte.«

Sal Catalfumo lehnte sich vor und sagte ruhig, aber ernst: »Ich bin mit Patti einer Meinung. Die Manhattaner zweifeln noch aus einem anderen Grund an dieser Sache, nämlich wegen des Verhaltens, das Eileen Ross seit der Vergewaltigung an den Tag gelegt hat. Sie ist an die Öffentlichkeit gegangen. Das ist doch überhaupt nicht typisch für eine vergewaltigte Frau, aber das gilt auch für das Sicherstellen der Fingerabdrücke des Eindringlings. Wenn Ross Mut hat, heißt das noch lange nicht, daß sie lügt. Sie hat mich beeindruckt, und –«, er machte eine Pause, »ich glaube, daß die Diebstähle auch auf das Konto von Spiderman gehen. Damit hat er angefangen, bevor er an Vergewaltigung dachte.«

McGeown schaute zu Bob Merz und Bruce Milau hinüber. Beide nickten, und Merz sagte: »Ich glaube, das 77. Revier hat Richie Harker eine Menge zu verdanken.«

McGeown nickte: »Das stimmt, und jetzt haben wir etwas Konkretes, das wir der Presse mitteilen können. Sie will schon die ganze Zeit von mir wissen, wann wir mit einem Durchbruch in dieser Sache rechnen. Zunächst werden wir Spiderman beschreiben. Danach müssen wir feststellen, ob Harker mit seinem Verdacht recht hat. Er sagte, Paganucci wollte morgen zum BCI, um Tyrone Grahams Fingerabdrücke mit den beiden, die schon zusammenpassen, zu vergleichen. Ich finde, bis morgen vergeht zuviel Zeit. Ich rufe ihn jetzt zu Hause an. Wir brauchen ihn sowieso für die Fingerabdrücke von der Vergewaltigung Sterling Street. Er kann sich neben den Vergleichen für die Einbrüche darum kümmern. Wenn alle drei passen, dann haben wir unseren Mann!«

McGeown schwieg. Dann sah er die vier Mitglieder seines Teams an:

»Warum treffen wir uns nicht wieder hier in ungefähr einer Stunde, sagen wir um 18 Uhr, essen eine Kleinigkeit und halten uns anschließend zur Verfügung, nachdem wir mit den Reportern gesprochen haben. Mir ist so, als ob sich heute abend für uns etwas Entscheidendes ergeben könnte.«

Patti Kehoe und die anderen bekundeten ihre Zustimmung. Sie wollte etwas sagen, überlegte es sich dann aber anders. Auf ihrem Gesicht erschien ein kleines, hartes, zufriedenes Grinsen.

Um 19 Uhr, als sich eine Anzahl Zeitungs- und Fernsehreporter in seinem Büro auf dem 71. Revier versammelte, las McGeown seine Mitteilung vor. Sie war kurz und präzise:

»Die Vergewaltigung einer Frau in Crown Heights, Brooklyn, am frühen Dienstagmorgen war der letzte Fall einer Serie von Sexualdelikten und Einbrüchen, die nach einem bestimmten Muster begangen wurden und die wir dem ›Spiderman‹ genannten Vergewaltiger zuschreiben. Bei mehreren Einbrüchen wurde den Wohnungsinhaberinnen die Vergewaltigung angedroht. Diese Tatsache und andere Ähnlichkeiten im Verhalten des Einbrechers haben bei uns zu der Überzeugung geführt, daß die unter dem Namen ›Spiderman‹ bekannte Person für mehrere Einbrüche ohne sexuellen Mißbrauch und mindestens zwei Einbrüche, bei denen die Wohnungsinhaberin vergewaltigt wurde, verantwortlich ist.

Jeder, der Hinweise zur Identität des Mannes geben kann, wird dringend gebeten, das 71. Revier anzurufen.«

McGeown wußte, daß die Nachrichtenreporter sein knappes Statement mit Informationen über Spiderman ausschmücken würden, in denen sie noch einmal auf seine Fähigkeit eingingen, kühn wie ein Akrobat von hohen Dächern hinabzusteigen und in ungeschützte Wohnungen einzudringen. Aber er war zufrieden, daß der Bissen, den er ihnen vorgeworfen hatte, dazu beitragen würde, neugieriges Herumschnüffeln in den Aktivitäten der Brooklyner Abteilung für Sexualdelikte während der nächsten Stunden zu verhindern.

Dann setzte McGeown sich mit Frank Paganucci in Verbindung. Inzwischen hatte er einen Plan, von dem er annahm, daß er zur Festnahme von Spiderman führen könnte. Er erreichte den Latent Print Officer zu Hause, und der eifrige kleine Mann war bereit, sein Familienleben zurückzustellen und sich direkt zum BCI am Police Plaza zu begeben. Sein Auftrag lautete, sich die dort befindliche Akte über Tyrone Graham zu beschaffen und seine Fingerabdrücke mit denen der beiden Einbrüche zu vergleichen.

Danach sollte der Officer die drei Abdrücke, wenn sie übereinstimmten, mit Fingerabdrücken von der letzten Vergewaltigung, die am Rogers Place Nr. 222 in Crown Heights stattgefunden hatte, vergleichen. Das war der letzte sexuelle Mißbrauch von Spiderman gewesen, von dem man wußte. Er geschah kaum vierzehn Stunden, nachdem Eileen Ross in ihrer Wohnung überfallen worden war.

Wenn alle vier übereinstimmten, dann wüßte die Polizei, wer der schwer faßbare Mann war, der anscheinend senkrechte Wände hinunterkriechen, durch unzugängliche Fenster schlüpfen und sich dann plötzlich von einem flinken, geschickten, selbstsicheren Dieb in einen grausamen, gemeinen Vergewaltiger verwandeln konnte, der Freude daran fand, seine Opfer zu demütigen, bevor er sich schließlich über sie hermachte.

McGeown bat Paganucci noch um einen letzten Vergleich: Wenn unzweifelhaft feststand, daß die Fingerabdrücke von den Einbrüchen und die Abdrücke von dem Einbruch mit Vergewaltigung mit denen von Graham übereinstimmten, dann sollten Grahams Abdrücke zusätzlich mit denjenigen verglichen werden, die in der Wohnung von Eileen Ross sichergestellt wurden.

»Eine tolle Idee«, stimmte Paganucci zu.

Das letzte Telefonat führte McGeown mit Lieutenant George Duke, dem Leiter der Abteilung für Verbrechensbekämpfung, die dem 77. Revier angegliedert war.

McGeown wies sich aus und begrüßte Duke, den er gut kannte. Dann erläuterte er ihm den Sachverhalt in bezug auf Spiderman und die Umstände, die zu seinem Anruf geführt hatten, einschließlich der entscheidenden Leistung von Richie Harker, dem Fingerabdruckexperten. »Frank Paganucci kommt wahrscheinlich in diesem Moment am Police Plaza an. Er wird für seine Untersuchungen nicht lange brauchen, da er Grahams Namen und Kennziffer hat. Es kann sein, daß wir in einer Stunde Bescheid haben«, spekulierte McGeown, »und wissen, ob Tyrone Graham der Spiderman ist oder nicht.« Im letzteren Fall hätte Paganucci eine verdammt lange Nacht vor sich, um einen unbekannten Sexualdelinquenten zu finden, der sich auch als Einbrecher betätigte, oder einen unbekannten Einbrecher, der zu einem Vergewaltiger geworden war.

»Ich tippe darauf, George, daß Graham unser Mann ist. Wenn ja, was hältst du von einer gemeinsamen Verhaftungsaktion? Wir müssen diesen Kerl so bald wie möglich in Gewahrsam nehmen. Bei seinem Tempo! Er macht immer häufiger Jagd auf Frauen, und das mit eindeutig zunehmender Gewalt. Harker hat Grahams Adresse von seiner Karteikarte; er wohnt am Park Place. Da er sowohl ein Einbrecher als auch ein Vergewaltiger ist, wollt ihr ihn wegen der Einbrüche und wir wegen der Sexualdelikte. Wir kriegen ihn zuerst. Ihr könntet euch von seinem Bewährungshelfer die Adresse am Park Place bestätigen lassen. Was meinst du dazu?«

Lieutenant Duke sagte: »Das klingt, als hätten wir das große Los gezogen. Aber was hat Harker damit zu tun?«

McGeown erklärte ihm, daß Harker an den Tatorten der Einbrüche und Vergewaltigungen wiederholt Saftflaschen aufgefallen waren und daß ein Informant von der Straße ihm den Namen Tyrone Graham für die Einbrüche zugespielt hatte, den er als »einen gemeinen, eitlen Kerl bezeichnete, dem es Spaß machte, Leuten weh zu tun«.

»Das hört sich an, als ob Harker Detective werden sollte«, sagte Duke. »Yeah, ich würde mich wahrscheinlich für ihn einsetzen«, meinte McGeown. »Hör zu, ich fahre jetzt mit meinem Team zum BCI und warte, bis Paganucci bestätigt, daß Graham der Täter ist oder diese Möglichkeit ausschließt. Ist Graham der Täter, dann besorge ich mir Kopien der Abdrücke und treffe dich auf dem 77. Revier. Wir können von da losfahren.«

»Okay, meine Jungs und ich erwarten dich«, sagte Duke. »Wegen Grahams Adresse werde ich mich mit Harker kurzschließen und feststellen, ob Grahams Bewährungshelfer eine neuere Anschrift hat oder ob Park Place immer noch stimmt. Ruf mich vom BCI aus an, sobald du etwas Neues weißt.«

»Einverstanden.«

Frank Paganucci richtete sich an einem Schreibtisch in der Latent-Print-Abteilung der kriminaltechnischen Identifizierungsstelle ein. Wie gewöhnlich wartete er ungeduldig. Seine Rolle im gerichtsmedizinischen Identifizierungsverfahren war immer das Endglied in der Beweiskette, an die sich die Polizei hielt, wenn sie einen Verbrecher festnehmen wollte. Natürlich war der Leichenbeschauer das letzte Rädchen im polizeilichen Untersuchungsgetriebe, aber nach Paganuccis Verständnis rangierten medizinische Ermittlungen hinter den Fakten. Dadurch wurde ihre Bedeutung nicht geschmälert, aber von der Rangordnung her verwies man sie in die Kategorie »Fakten nach geschehener Tat«.

Außerdem umfaßte Paganuccis Aufgabe, die Identifizierung von Fingerabdrücken, die Lebenden und die Toten. Das machte sie für ihn zu einer Wissenschaft, die die Kluft zwischen Bekanntem und Unbekanntem überwand. Er lachte über seine Selbsteinschätzung. Aber er wußte auch, daß sie es war, die ihn seiner Arbeit verpflichtete.

Er betrachtete nun das Polizeifoto von Tyrone Graham, der das Schild mit der Nummer 401 75990, unter der er in der Haft geführt wurde, in der Hand hielt, und sah einen jungen Mann mit dem typischen verschlossenen Gesicht eines Wiederholungstäters, der gelernt hat, daß man das Leben im Gefängnis am besten übersteht, wenn man ein neutrales Gesicht zur Schau stellt und sich von der Persönlichkeit her als nichtssagend darstellt. Paganucci stellte den Vergleich der Fingerabdrücke zurück, bis er die Haftgeschichte des Delinquenten gelesen hatte. Er wollte absolut sicher sein, daß es zu einer Übereinstimmung kam.

Zwei Jahre nach seiner ersten Festnahme wurde Graham des Einbruchs zweiten Grades überführt und erhielt drei Monate Bewährung. Einen Monat später verhaftete man ihn wegen strafbaren Eindringens, wofür er sechzig Tage im Gefängnis verbrachte. Im März 1979 warf man ihm erneut Einbruch zweiten Grades vor und verurteilte ihn zu dreißig bis sechzig Monaten. Von Februar 1980 bis Mai 1981 war er in der staatlichen Haftanstalt Elmira und wurde dann auf Bewährung entlassen. Ein paar Monate danach verurteilte man ihn im Oktober 1981 wegen Einbruchs zweiten Grades zu dreißig bis sechzig Monaten. Im August 1982, als er erst kurze Zeit hinter Gittern war, wurde er bei einem Ausbruchsversuch gefaßt, was ihm eine Erhöhung seiner Strafe um anderthalb Jahre einbrachte.

Schließlich, im Juni 1983, kam er in das staatliche Gefängnis in Attica, von wo er im Februar 1986 auf Bewährung entlassen wurde.

Paganucci zweifelte nicht daran, daß der auf der Karteikarte dargestellte Mann ein erfahrener Dieb war, dessen Strafregister erkennen ließ, daß er sich entschlossen hatte, von ›grobem Einbruchdiebstahl‹ zu leben. Er pflegte durch Fenster einzusteigen und legte dabei keine besondere Gerissenheit oder Schlauheit an den Tag. Nach den Taten zu urteilen, die er begangen hatte, beschränkte er sich auf Bagatellsachen und bewegte sich an der Schwelle zum rituellen Einbrecher.

Während Paganucci weiterlas, blieb das Gesicht des Mannes in seinem Gedächtnis haften. Es war interessant: Manche dieser Strolche hatten etwas an sich – man konnte den Finger nicht darauf legen –, aber wenn man die Polizeifotos sah, kam es einem vor, als ob manche eine Warnflagge schwenkten. Graham war einer von ihnen. Es war fast so, als ob er Paganucci ins Ohr flüsterte: »Paß auf! Noch bin ich vielleicht ganz unbedeutend. Aber du wirst noch von mir hören. Eines Tages werde ich dich überraschen!«

Wenn Paganucci richtig lag, dann hatte Graham sein

Versprechen gehalten und einen gewaltigen Schritt vorwärts getan, indem aus dem einfachen Dieb ein brutaler Vergewaltiger geworden war. Sorgfältig projizierte er Tyrone Grahams Daumenabdruck auf die Vergleichsfläche. In das andere Magazin steckte er den Daumenabdruck von dem Einbruch in der Bergen Street. Als er das Dia einschob, paßte das obere Foto genau auf das untere. Die beiden waren völlig identisch!

Er setzte sich zurück und seufzte.

Der Rest war einfach. Als nächstes verglich er in gleicher Weise Grahams rechten Daumen und linken Mittelfinger mit den Abdrücken auf einer Saftflasche, die man in einem Eßzimmer am Northern Parkway sichergestellt hatte.

Das Ergebnis war positiv! Auch die entscheidenden Fingerabdrücke, die Spiderman am Rogers Place Nr. 225 in Crown Heights hinterlassen hatte, paßten! Als das Original und der Abdruck des rechten Mittelfingers, den man auf dem Wasserglas in der Küche von Eileen Ross gefunden hatte, ebenfalls absolut deckungsgleich waren, überkam Paganucci das Glücksgefühl, etwas geleistet zu haben. Jetzt lagen alle Beweise vor, um den Mann anklagen zu können. Paganucci fühlte sich gut und sah sich bestätigt.

Es stieß ihn ab, aber faszinierte ihn auch, wie Männer vom Typ Graham zwanghaft zu ständig zunehmender Gewalt getrieben wurden. Graham war im Februar 1986, also erst vor fünf Monaten, aus Attica entlassen worden. In dieser Zeit hatte er sich an mindestens fünf Frauen vergangen. Die Daten, an denen die Verbrechen stattgefunden hatten, ließen klar erkennen, daß er unter immer größerem Druck stand, und jedesmal wurde er brutaler.

Aus Liebe zum Detail hatte Paganucci Spidermans Vergehen dokumentiert und die Daten der schlimmsten, an Frauen begangenen, notiert. Diese Liste war an die für den Vergewaltiger angelegte Akte geheftet. Paganucci hatte selbst herausfinden wollen, ob Spiderman mit einer gewissen Regelmäßigkeit in Erscheinung trat und ob die Gewalttätigkeit des Mannes mit jeder begangenen Tat zunahm. Er ging davon aus, und er hatte recht: Die erste Frau, von deren Vergewaltigung die Polizei erfuhr, wohnte in Crown Heights. Der Überfall geschah am 15. Mai. Dabei stahl Spiderman Geld, Schmuck sowie eine Kamera im Wert von ungefähr 1500 Dollar, und ließ eine hysterische Frau zurück. Die zweite Vergewaltigung fand am 22. Juni statt. Diesmal hinterließ er den Abdruck seiner Zähne auf den Brüsten des Opfers, nachdem er es in Gegenwart des gefesselten Ehemannes vergewaltigt hatte, und machte sich mit Geld, einem Videorecorder, einem Einkaufswagen, Schmuck und einer Stereoanlage davon.

Am 14. Juli, fast einen Monat später, vergewaltigte Graham Eileen Ross und schlug brutal auf sie ein. Kaum vierzehn Stunden danach, am 15. Juli, trat er wieder in Erscheinung, fesselte einen Mann, vergewaltigte seine Frau und richtete sie übel zu. Dann bestahl er die beiden.

Das waren die Vergewaltigungen, von denen die Polizei wußte.

Frank Paganucci war dabei, mechanisch Kopien der Beweise gegen Tyrone Graham in einem Ordner abzulegen, als Sal Catalfumo, Patti Kehoe, Lieutenant Jim McGeown, Bob Merz und Bruce Milau mit erwartungsvollen Mienen an seinen Schreibtisch traten.

Er grinste die Kollegen an und sagte schlicht: »Wir haben ihn. In vier Fällen. Ich wollte Sie gerade anrufen, Lieutenant McGeown.« Er sah Patti an: »Er ist auch dran für die Vergewaltigung von Eileen Ross in East Side. Wir haben seine Fingerabdrücke dort gefunden.«

»Wo?« fragte Patti.

»Ich dachte, Sie würden mich das fragen«, antwortete Paganucci und betrachtete die Karten mit den Fingerabdrücken in seiner Hand. »Der dritte, das heißt der rechte Mittelfinger war auf einem Glas, das im Spülbecken in der Küche stand, und . . .«

Patti unterbrach ihn: »Das ist es, was ich bestätigt haben wollte.«

Als die Beamten wieder in die beiden Autos stiegen, mit denen sie gekommen waren, und sich zum 77. Revier begaben, um dort mit George Duke und seinen Leuten zusammenzutreffen, dachte Patti Kehoe darüber nach, wie erfreulich es sein würde, Eileen Ross anzurufen und der blinden Frau mitzuteilen, daß sie mit ihrer Strategie etwas erreicht hatte. Ihr tapferer Plan, Fingerabdrücke von dem Eindringling, der sie nachts in Angst und Schrecken versetzt hatte, sicherzustellen, war aufgegangen!

13

Es war fast 20 Uhr, als die Kommission zur Bekämpfung von Sexualdelikten auf dem 77. Revier eintraf und eine Kopie von Frank Paganuccis Bericht über die Fingerabdrücke auf George Dukes Schreibtisch legte. Duke setzte McGeown sofort davon in Kenntnis, daß Richie Harker für die Adresse von Tyrone Graham einstand und daß man auch in einem Telefonat mit Grahams Bewährungshelfer die Bestätigung erhalten habe, daß Park Place richtig sei. Es stellte sich heraus, daß es sich um die Anschrift von Tyrone Grahams Schwester handelte, die in Crown Heights wohnte.

Duke wollte Graham aufgrund des von Frank Paganucci erarbeiteten Beweismaterials wegen Einbruchdiebstahl. Beide Lieutenants waren sich einig, daß die Brooklyner Einheit zur Bekämpfung von Sexualdelikten Vorrang hatte, weil die von dem Einbrecher begangenen Vergewaltigungen schwerer wogen. Im Rahmen der Gesamtbeweisführung würde man ihm auch jeden Einbruch zur Last legen, mit dem man ihn in Zusammenhang bringen konnte.

Richie Harker wußte von seinem Informanten, daß die Adresse von Grahams Schwester stimmte. Das war die Gegend, in der Graham sich herumtrieb. Man hatte ihn dort noch am Vortag gesehen.

Schnell saßen sie alle in Polizeiautos und machten sich auf den Weg. Der Klinkerbau im Brooklyner Crown Heights war sechs Stockwerke hoch, und selbst in der ereignislosen Stille dieser dunklen, warmen Julinacht schien das Haus wie ein müder alter Mann, den die Jahre gebeugt haben, auf seinem Fundament zu stehen. Es gehörte zu mehreren Gebäuden auf der Straße, die in der mondscheinlosen Nacht mit den erleuchteten rechteckigen Fenstern wie Dominosteine aussahen.

Patti konnte die hinausschauenden Bewohner grollen hören: »Das sind die Bullen. Die Bullen sind da!«

Sie ließen sich nicht irreführen, diese Menschen. Sie erkannten ein Polizeiauto, auch wenn es nicht gekennzeichnet war, im Handumdrehen. Sie hatten ihre Erfahrungen mit der Straße und der Polizei und wußten, daß die drei Wagen mit den Kriminalbeamten in Zivil gekommen waren, um jemanden abzuholen. Es gab jemanden, der in großen Schwierigkeiten steckte und festgenommen werden sollte. Die Polizei erschien nicht mit solchem Aufgebot, wenn sie nicht hinter einem wirklich üblen Burschen her war.

»Heda, verpißt euch!« rief eine laute metallische Stimme.

»Geht zum Teufel«, schloß sich eine andere an.

Patti ignorierte die Beschimpfungen und Pfiffe, als sie aus dem Auto stieg, in dem sie, Sal Catalfumo und Lieutenant Jim McGeown vom 77. Revier abgefahren waren. Sie holte tief Luft und bedauerte es auch schon. Der ekelhafte Geruch drang in ihre Nase, Mund und Lunge. Das war der Gemeinschaftsatem von Crown Heights. Patti wunderte sich immer wieder, daß, wenn sie Menschen, die hier wohnten, woanders traf, diese wie alle anderen rochen. Sie nahmen die Ausdünstungen von zu Hause nicht mit. Was Crown Heights ausatmete, war Versagen, Enttäuschung und Wut und roch gewaltig nach Fäulnis, Müll, Urin, Fäkalien und vermodertem Holz.

»Immer wieder der gleiche Gestank«, sagte Sal und kam vorne um den Wagen herum.

Jim McGeown blickte die im Schatten liegende Straße hinunter und beobachtete, wie Bruce Milau seine 127 Kilo aus dem Auto wuchtete, in dem er mit Lieutenant George Duke von der Abteilung für Verbrechensbekämpfung des 77. Reviers gefahren war.

Ihr Plan sah vor, daß Bruce mit Sal, Jim, Bob und einem Beamten vom 77. Revier im 4. Stock bei Tyrone Grahams

Schwester an die Tür klopfen und ihn auffordern sollten, herauszukommen. Patti und George Duke sollten mit dem Aufzug zum Dach hinauffahren, für den Fall, daß Graham versuchte, auf diesem Weg zu entkommen. Noch ein Detective von Dukes Abteilung würde sich unten an der Feuerleiter postieren und Graham dort in Empfang nehmen, falls er so gerissen war, den Beamten in der Wohnung und auf dem Dach auszuweichen.

Während Sal, Bruce, Bob, McGeown und ein stiller junger Detective von Dukes Abteilung sich über die Treppe zur 4. Etage aufmachten, drückte Patti, die neben Duke stand, den Aufzugknopf in der Halle. Eine Lichtquelle an der Decke warf einen schwachen Schein auf die Beamten, die sich als geduckte Schatten auf dem Boden wiederfanden. Als Patti die stickige Eingangshalle betrat, sah sie sich hilflosem Zorn über das in diesem Haus herrschende Elend gegenüber, dem man durch Geschmiere auf der verkratzten grünen Aufzugtür Ausdruck verliehen hatte.

Kritzeleien an den Innenwänden des Aufzugs kündeten genauso von Verzweiflung wie die in großen Lettern mit Farbsprühdosen gepriesene Überlegenheit einer Bande über die andere und zweifelhafte Telefonnummern zur Beschaffung von Koks, Schnee oder Sex. Auf dem Boden lag Abfall herum. Quer über den unteren Teil einer Wand zogen sich rote Flecken, und über allem lag der Geruch von Urin.

Duke schnappte nach Luft und hob resigniert die Arme. Diese Geste bedurfte keiner Erklärung. Patti wußte, was in dem Lieutenant vorging. Die ganze Gegend war eine Kloake. Der *Perp,* auf den sie es abgesehen hatten, war in einer zersetzenden Umgebung von Armut, Haß, Neid und – was am schlimmsten war – Hoffnungslosigkeit aufgewachsen.

Als der Aufzug ganz oben hielt, zogen Patti und Duke ihre Waffen, schalteten ihre Taschenlampen ein und stiegen die eine Treppe zu der Tür, die aufs Dach führte, hinauf. Bevor sie diese öffneten, nahm Patti ein an ihrem Gürtel befestigtes Walkie-talkie zur Hand und rief Sal. Dieser war bei Bruce und McGeown sowie dem Beamten von Dukes Abteilung.

»Yeah, wer spricht da?«

»Sal? Ich bin es, Patti. Seid ihr drin? Ist er da?«

»Noch nicht ganz, Patti. Ich rufe dich in ein paar Minuten zurück.«

Sal Catalfumo steckte das Walkie-talkie in dem Moment in seinen Gürtel zurück, in dem Bruce Milau energisch an die hölzerne Eingangstür der Wohnung Nr. 22 klopfte. Mit tiefer, Respekt fordernder Stimme sagte er laut: »Polizei! Öffnen Sie die Tür!« Geschwind trat er zur Seite. Jim McGeown drückte sich flach gegen die Wand auf der anderen Seite der Tür, und Sal sowie Sergeant Frank Shields vom 77. Revier befanden sich jeweils hinter den beiden.

»Was wollen Sie?« fragte eine weibliche Stimme schroff.

»Öffnen Sie die verdammte Tür!« sagte Milau drohend.

Die Tür ging ungefähr zehn Zentimeter auf, soweit die angebrachte Kette es zuließ.

Das genügte Milau, um den kupferfarbigen Arm einer Frau, einen Teil ihres Gesichts und ihres kastanienbraunen Kleides zu erkennen.

»Mein Gott, was für ein Kerl von einem Bullen. Was wollen Sie?«

»Tyrone Graham. Ist er da?«

»Nein, er ist nicht hier. Was wollen Sie überhaupt von ihm?«

»Öffnen Sie nur die Tür, Lady.«

»Ich habe Ihnen doch gesagt, daß er nicht da ist.«

»Wir müssen nach ihm suchen. Öffnen Sie die Tür, oder ich breche sie auf.«

Einen Moment lang herrschte Stille. Dann folgten ein paar gedämpfte Worte, die weder Bruce noch McGeown verstehen konnten. Schließlich wurde die Kette entfernt, und eine Frau mittleren Alters mit scharfen Gesichtszügen stand mit gekreuzten Armen, teilweise den Zugang versperrend, in der Türöffnung. Bruce drängte sich mit gezogener Waffe an ihr vorbei. Die anderen schlossen sich ihm vorsichtig an.

»Mein Bruder ist ein guter Mann«, sagte die Frau zu Milau, seinem breiten Rücken folgend, während er in die Wohnung stürmte.

»Ich habe Ihnen ja gesagt, daß er nicht da ist«, rief die Frau und hob ihre Stimme zu schrillem Protest, als die vier Beamten, nachdem sie zwei Schlafzimmer und die Küche durchsucht sowie auf der Feuerleiter nachgesehen hatten, ins Wohnzimmer zurückkehrten. Sie hatte sich in einen Wutanfall hineingesteigert. In ihrer Verärgerung fand sie Unterstützung bei einer Frau mit Afrofrisur und roten Lippen sowie einem grauhaarigen Mann mit ebenholzfarbener Haut, die am Küchentisch saßen und die Polizisten finster anstarrten.

Unmittelbar bevor er durch ein Küchenfenster von der Feuerleiter in die Wohnung zurückkehrte, rief Sal Patti auf seinem Walkie-talkie zu: »Hier ist er nicht, Patti. Wir sind leer ausgegangen.«

Patti hörte die Nachricht von Sal Catalfumo, als sie und

Duke das Dach betraten und sich schnell aus dem rechteckigen Lichtfleck entfernten, der von einer runden Wandlampe oberhalb des äußeren Türrahmens kam. Patti schaltete ihre Taschenlampe ein und richtete den Strahl auf die Füße, bis ihre Augen sich an die dichte Dunkelheit gewöhnt hatten. Dukes Lampe ging im selben Moment, ungefähr einen Meter neben ihr, an, und sie hätte wetten können, daß er das gleiche dachte wie sie.

Mit ihren Taschenlampen bildeten sie beide gute Zielscheiben. Wenn auch aus der Untersuchung von Grahams Arbeitsweise nicht hervorging, daß er bei den von ihm begangenen Verbrechen eine Waffe bei sich oder benutzt hatte, so gab es schließlich für alles ein erstes Mal! Sie wußten, daß er vor allem mit dem Messer operierte. Patti schauderte unwillkürlich. O Gott, sie haßte Messer! Es ging ihr durch den Kopf, daß Eileen Ross gesagt hatte, ihr Angreifer sei die ganze Zeit, die er in ihrer Wohnung war, nie ohne Messer gewesen.

»Verflixt«, murmelte sie vor sich hin. Es war so schrecklich dunkel, wie in einem Tunnel. Der einzige Trost waren das Licht in der Ferne und der blaßrosa Schein der Stadt am Horizont. Mond und Sterne verbargen sich, und das heiße Dach war dunkel und stank.

In den paar Minuten, die sie und George Duke gebraucht hatten, um vom Gehsteig zum Dach zu gelangen, hatte die schwere Hitze den Schweiß wie Tau auf einem Blatt aus ihren Poren treten lassen. Ihre Hose fühlte sich plötzlich zu eng an. Die Bluse klebte an ihrer Haut, und ihre taillenlange Polizistenjacke mit den geschlitzten Taschen speicherte die Hitze auf ihrem Körper. Das am Taillenband ihrer Hose anliegende Pistolenhalfter fühlte sich steif und unbequem an.

Mist, dachte sie kurz, blickte erst nach links, dann nach rechts und wieder zurück. Das waren kaum ideale Bedingungen, um einen Vergewaltiger zu finden, der mit ziemlicher Sicherheit sein Messer bereithielt und den ungeheuren Vorteil hatte, ihre Taschenlampe zu sehen und daher wußte, wo sie sich aufhielt.

Sie flüsterte Duke zu: »Welche Seite wollen Sie, Lieutenant?«

»Verdammt, ich kann sowieso nichts sehen. Lassen Sie uns nebeneinander vorwärts gehen. Ich untersuche etwa drei Meter auf Ihrer Gegenseite. Wenn er hier ist, sollten wir ihn auf diese Entfernung mit unseren Lampen ausmachen können.«

Patti nickte im Dunkeln. Duke brauchte ihre Bestätigung nicht zu sehen. Sie kannten einander gut genug, um sich auf ihre Reaktionen verlassen zu können. Patti hob die Taschenlampe so an, daß sie einen vor ihr liegenden halbkreisförmigen Lichtfleck von 2,50 Meter Durchmesser bildete. Sie bewegte sich leise und überlegte jeden Schritt. In ihrem Lichtkreis tauchten kaputte Flaschen auf. Ein grauer Wattebausch, Bonbonpapier und die zerknüllte Aluminiumschale eines Fertiggerichts bildeten ein Abfallknäuel, an das sie mit dem Fuß stieß.

Sie war überrascht, als sie ein Bündel Decken an der Dacheinfassung liegen sah. Einen Moment lang war sie verwirrt. Der runde Haufen schmutziger Decken war eine Bettrolle, die jemand liegengelassen hatte. Sie ging vorsichtig näher und wunderte sich. Doch plötzlich erkannte sie, daß sich unter den Decken ein menschliches Wesen befand. Jemand von der Straße wahrscheinlich, ein Vagabund.

Patti senkte die Taschenlampe, so daß die obere Hälfte

des Schlafenden im Dunkeln blieb. Wer es auch immer war, sie wollte nicht, daß er mit einem Schrecken aufwachte. Als sie näher hinschaute, stellte sie fest, daß die in einer warmen Nacht in Decken gehüllte Person wie nach verdorbener Wurst roch.

Vorsichtig trat sie zurück und richtete die Taschenlampe senkrecht in die Höhe. Das war ein Zeichen für George Duke, der zu ihr eilte.

»Vor mir«, flüsterte Patti ihm zu. »Da an der Einfassung, unter den Decken und Kleidern. Es könnte Graham sein, aber auch ein Penner.«

»Er gehört Ihnen – ich gebe Ihnen Deckung«, sagte Duke und änderte den Griff, mit dem er die Pistole hielt.

Patti umschloß ihre 0,38er Chief fester und bewegte sich stumm auf die schlafende Gestalt an der Dacheinfassung zu. Sie ließ das Licht um die Schultern des reglos Daliegenden spielen und gewahrte seinen Hinterkopf. Er lag auf dem Bauch mit dem Kopf zur Wand. Sie schnappte nach Luft. Er sah aus wie Graham. Patti kannte seine Merkmale. Sie hatte sein Bild ebenso wie die anderen Beamten in Dukes Büro auf dem 77. Revier genauestens studiert, bevor sie zu seiner Schwester fuhren.

Sie sah den Mann forschend an. Es war Graham! Jetzt, wo sie nahe bei ihm stand, konnte sie ihn riechen. Der Geruch war widerlich: eine Mischung aus scharfem, kaltem Schweiß und frischem Schmutz und ungewaschenen Tennisschuhen. Er stank zugleich nach altem Fisch und verwelkten Rosen, dachte sie.

Nach Aussage von drei der Frauen, die Spiderman beschrieben hatten, roch er streng, schal und verkommen. Ein dreckiger Mann, in dessen Kleidern der Geruch von Schweiß und Schmutz saß.

George Duke stand zu Grahams Füßen, als Patti sich auf ein Knie fallen ließ, den Lauf ihrer 0,38er gegen Grahams Stirn drückte und ihn mit der Hand, in der sie die Taschenlampe hielt, schüttelte.

»Polizei. Rühren Sie sich nicht von der Stelle«, warnte sie ihn, »oder ich puste Ihnen den Kopf weg.«

Der Mann blinzelte in das Licht von George Dukes Taschenlampe und versteifte sich. Doch dann lockerte er seine Muskeln, da Pattis Waffe ihn davon überzeugte, daß es besser war, ruhig liegenzubleiben.

»Ich habe verstanden«, murmelte er.

Patti hielt die linke Hand fest gegen Grahams Schulter gepreßt, damit er nicht auf die Idee kam, plötzlich aufzuspringen und sich über die Dacheinfassung ins Dunkle zu stürzen. Den Lauf der Waffe weiter an seine Stirn haltend, rief sie: »Steh'n Sie langsam auf.«

Während er gehorchte, indem er Schultern und Brust anhob, sah sie es, das Rambo-Messer, in einer dünnen Lederscheide mit unbefestigtem Knöchelriemen. Es lag in der Vertiefung, die sein Körper in der Decke gebildet hatte. Vorsichtig, ihm immer noch die Pistole an die Stirn haltend, streckte Patti ein Bein danach aus und trat es weg.

Einen Moment lang blickte sie der Waffe nach. Es war ein Messer mit Wellenschliff, wie Rotwildjäger es zum Aufbrechen erlegter Tiere benutzten. Kein Wunder, daß Eileen vor Angst wie gelähmt gewesen war.

Nicht mehr als 60 Zentimeter von ihm entfernt stehend, sah Patti den Mann direkt an, während ihr Herz heftig klopfte. »Sind Sie Tyrone Graham?«

Er murmelte etwas Zusammenhangloses.

»Sind Sie Tyrone Graham?« Sie drückte die Waffe etwas fester gegen seine Stirn.

»Ja.«

»Kommen Sie von der Wand weg, auf mich zu«, sagte Patti.

George Duke war nun hinter Graham, während sie in Richtung Dachmitte zurückwich. Geschickt riß Duke die Arme des Mannes nach hinten und verpaßte ihm Handschellen.

»Legen Sie sich mit dem Bauch auf das Dach«, forderte Duke Graham auf.

Patti ging an den Dachrand und rief dem unten an der Feuerleiter wartenden Detective zu: »Wir haben ihn. Hier oben!« Über ihr Walkie-talkie nahm sie mit Sal Catalfumo Kontakt auf.

»Wir haben ihn hier oben gefaßt, Sal!«

Patti bemerkte, daß ihr Herz immer noch etwas zu schnell schlug. Sie fühlte sich wie aufgepumpt. Das war die Nachwirkung des Adrenalinstoßes, den sie immer bekam, wenn sie an der Festnahme eines Gewalttäters beteiligt war. Sie ging zurück, um die Sachen zu untersuchen, auf denen der Mann geschlafen hatte, und fand, teilweise zusammengerollt, eine Hose, einen geknautschten Pullover, schmutzige blaue Turnschuhe sowie einen kaputten Kamm. Ein paar Münzen waren ihm aus der Tasche gefallen. Wenn man einen Mann nach seinem Besitz beurteilen wollte, dann ließ die in der zerwühlten Decke zutage tretende Armut auf einen völlig mittellosen Menschen schließen, dessen Eigentum so gering war, daß eine Inhaftierung eine Verbesserung seines Lebensstandards bedeutete. Patti ging langsam zu Graham hinüber, der sie unverwandt anstarrte. Seine Stimme klang schneidend:

»Wenn ich Sie gehört hätte, dann hätten Sie mich nicht gekriegt. Ich wäre zu dem Baum da hinuntergesprungen, und Sie hätten mich nie gefunden. Wenn doch, dann hätten Sie's bereut.«

Sie blickte wieder in Grahams Augen, die jetzt eiskalt waren, und glaubte ihm. Er hatte mehr als ein Dutzend Opfer, von denen die Polizei wußte, in Angst und Schrekken versetzt, ganz zu schweigen von den Sexualdelikten und Einbrüchen, die die Leute nicht angezeigt hatten.

Es blieb Patti immer ein Rätsel, wie ein Mann zu einem Vergewaltiger werden konnte. War es der Umstand, daß er sein Leben nicht meistern konnte, der diesen Graham dazu trieb, um jeden Preis andere Menschen beherrschen zu wollen? War das der eigentliche geheime Grund für eine Tat, die so verabscheuenswert und grausam war, daß eine vergewaltigte Frau sich nie mehr davon erholte?

Die Psychologen sagten, Vergewaltigung sei ein Akt der Gewalt, der mit Geschlechtsverkehr wenig zu tun hätte. Es ginge vielmehr um ein Kräftemessen zwischen einem brutalen Tyrannen und einem wehrlosen Opfer. Und oftmals eskaliere das Bedürfnis des Angreifers, seine Männlichkeit unter Beweis zu stellen, zu tödlicher Gewalt.

Patti richtete die Taschenlampe auf Graham, warf einen Blick auf Duke und sagte, eine kleine Karte aus der Brusttasche ziehend: »Sie haben das Recht zu schweigen . . .« Während sie die wohlbekannten Worte zitierte, sah sie Sal, Jim, Bruce, Bob und den Detective vom 77. Revier durch die Tür zum Dach kommen. Sie bildeten einen Halbkreis um Graham, der jetzt im Strahl mehrerer Taschenlampen stand.

Das war der Mann, der in der Küche einer Frau einen Hund verstümmelte und ihn ausgeweidet hatte. Mindestens vier Frauen waren von ihm vergewaltigt worden, zwei davon in Anwesenheit ihrer gequälten Ehemänner, die gefesselt und nicht in der Lage waren, den Qualen und der Demütigung ihrer Frauen ein Ende zu bereiten. Nachdem sie Graham über seine Rechte belehrt hatte, sprach Bruce aus, was sie alle im Sinn gehabt hatten: »So macht er nicht viel her, oder?«

Auf den Eingangsstufen des Hauses hatten sich mehrere Männer und Frauen versammelt, als Patti und die anderen Graham in Handschellen im Aufzug nach unten brachten. Bruce Milau, der kräftige Detective, dem die kleine Gruppe widerstrebend den Weg freigab, ging voran.

»Warum wollt ihr ihn fertigmachen? Was hat er getan?« fragte ein großer Mann mit bronzefarbener Haut.

»Yeah, ihr Dreckskerle, warum laßt ihr uns nicht in Ruhe?« mischte sich ein anderer ein.

»Geht nach Hause«, sagte Bruce. »Das hier geht euch nichts an.«

Er schob Graham auf den Rücksitz eines nicht gekennzeichneten Polizeiwagens und folgte ihm. Auf dem Weg zum 71. Revier blickte Patti immer wieder nach hinten, um sich zu vergewissern, daß Graham sich nicht heimlich bewegte. Sal fuhr.

Auf der 16 Kilometer langen Fahrt zum Revier sprach Graham nur einmal: »Ihr wißt wohl, daß ich der Beste bin. Ich bin der beste Einbrecher, der euch je begegnet ist.«

»Setz es in die Vergangenheit. Du warst der Beste«, antwortete Milau. In den darauffolgenden Stunden nahm man Graham Fingerabdrücke ab, fotografierte und befragte ihn. Dann brachte man ihn in eine Arrestzelle, während die Beamten von der Abteilung für Sexualdelikte sich mit den vier Brooklyner Vergewaltigungsopfern in Verbindung setzten und Vorbereitungen für eine Gegenüberstellung trafen, die noch am selben Abend auf dem 71. Revier stattfinden sollte.

Patti Kehoe, die anerkanntermaßen Expertin im Anheuern von Nichtseßhaften als »Lückenfüller« war, fuhr mit Sal Catalfumo zum Brooklyner Armory in der Atlantic Avenue, einer Art Übergangsheim für Alkoholiker und Drogenabhängige nach dem Entzug.

Als Patti vorfuhr, wurde sie von den heruntergekommenen Menschen herzlich begrüßt. Sie mochten sie wegen ihres Humors und weil sie ihrer Sucht offensichtlich nicht mit Frömmelei begegnete. Auch zahlte sie aus Reviergeldern stets jedem Mann zehn Dollar dafür, daß er sich ein paar Minuten mit in die Reihe stellte. Die Männer wurden in einem Polizeiwagen zum Revier und zurück zum Armory gebracht.

Die Gegenüberstellung begann um 22 Uhr. Für jeden Fall waren neue Leute erforderlich. Die Polizei wollte nicht das Risiko eingehen, daß Graham wegen Verletzung seiner Rechte als Staatsbürger gerichtlich gegen sie vorgehen konnte.

Die vier unschuldigen Männer mit Graham dazwischen standen da und sahen ähnlich verschüchtert aus, als ihnen die erste Frau gegenübertrat.

Die kleine, zitternde Brünette hatte zu Patti gesagt, sie glaube nicht, daß sie den Mann, der sie vergewaltigt hatte, identifizieren könnte. »Ich hatte zu viel Angst, um nachzudenken«, meinte sie.

Aber als sie Graham mit den Männern in einer Reihe stehen sah, schrie sie: »Das ist er! Das ist er!«

Patti nickte zustimmend und tröstete die anschließend an ihrer Schulter schluchzende Frau.

Da sie wußte, welch ungeheuren Papierkriegs es bedurfte, um Graham schrittweise durch das juristische Verfahren zu bringen, arbeitete sie die Nacht durch. Sie und ihre Kollegen unterbrachen die Arbeit nur zum Abendessen, um eine Tasse Kaffee zu trinken, und später zum Frühstück.

Der Zirkus begann am nächsten Morgen um sieben Uhr, als die Presse und die hohen Beamten von der Polizei hereinströmten.

Mehrere leitende Polizeibeamte standen zur Verfügung, um der Ergreifung eines Mannes, der für die Bewohner von Crown Heights zu einem Schreckgespenst geworden war, Gewicht zu verleihen.

Captain Ralph Dumond, der Leiter des 77. Reviers, übernahm es, den versammelten Zeitungs- und Fernsehreportern zu schildern, was der Festnahme an Polizeiarbeit vorausgegangen war.

Richie Harker, der emsige Polizist, der die Angriffe von Spiderman mit Tyrone Graham in Verbindung gebracht hatte, wurde lobend erwähnt:

»Gestern abend konnte in Crown Heights der unter dem Namen ›Spiderman‹ bekannt gewordene Mann von einer Sonderkommission zur Verbrechensbekämpfung des 77. Reviers gefaßt werden. Seine Verhaftung erfolgte auf dem Dach des Hauses Nr. 919 in der Park Avenue, Crown Heights, Brooklyn.

Die Festnahme brachte das Ende monatelanger Untersuchungsarbeit, an der Mitglieder der Brooklyner Einheit zur Bekämpfung von Sexualdelikten, das 77. Revier und drei Fingerabdruckexperten beteiligt waren.

Am Dienstag wurde Police Officer Richard Harker von Police Officer Frank Paganucci von der Latent-Print-Abteilung informiert, daß von den Officern Harker und Baker bei zwei Einbrüchen in Crown Heights sichergestellte Fingerabdrücke als die von Tyrone Graham identifiziert werden konnten. Die besagten Einbrüche wiesen ein ähnliches Verhaltensmuster auf wie weitere Delikte gleicher Art, die im 77. Bezirk und angrenzenden Gebieten begangen worden waren.

Bei mehreren Einbrüchen kam es zu sexuellem Mißbrauch, oder es wurde mit Vergewaltigung gedroht, und in einem Fall erstach der Täter den Hund der Wohnungsinhaberin, als dieser ihr helfen wollte. Der letzte sexuelle Angriff erfolgte am frühen Dienstagmorgen an einem im Zuständigkeitsbereich des 77. Reviers liegenden Ort.

Die Vorgehensweise paßte zu anderen, in Crown Heights begangenen Sexualdelikten, und so kam es am Dienstagabend zu einer Pressemitteilung durch Lieutenant James McGeown, dem Leiter der Brooklyner Abteilung für Sexualdelikte, in der der Täter als der ›Spiderman-Vergewaltiger‹ umschrieben wurde. Police Officer Harker gab die Information von Police Officer Paganucci unverzüglich an Lieutenant George Duke, den Leiter der Kriminalpolizei des 77. Reviers, und Lieutenant James McGeown weiter.

Bei einem Vergleich sämtlicher an den Tatorten sichergestellter Fingerabdrücke mit denen von Graham kam es zu einer Übereinstimmung mit den Abdrücken vom 15. Juli. Durch Police Officer Harker brachte man dann in Erfahrung, daß Graham sich wahrscheinlich am Park Place 919, zwischen der New York und Brooklyn Avenue im 77. Bezirk aufhielt. Gestern abend begaben sich Mitglieder der Kriminalpolizei des 77. Reviers und der Brooklyner

Abteilung für Sexualdelikte dorthin und nahmen Graham auf dem Dach des Hauses fest.«

Während Captain Dumond die Verhaftung schilderte, stand Graham mit den Armen auf dem Rücken und angelegten Handschellen, den Kopf wie zum Zeichen der Niederlage gesenkt, zwischen Sal Catalfumo und Bob Merz, die ihn festhielten. Ein paar Minuten später wurde er die Treppe hinunter zu einem wartenden Polizeiauto geführt, das ihn zu einem anderen Brooklyner Revier mit einem größeren Gefängnistrakt bringen sollte. Patti Kehoe ging hinter Graham und den beiden Beamten her, die sich einen Weg durch die Presseleute mit ihren surrenden Kameras und Scheinwerfern bahnten.

Vor der Wache war eine Fernsehkamera auf einen Nachrichtenredakteur gerichtet, der inmitten einer Schar aufgebrachter Bewohner von Crown Heights, die am Abend zuvor von der Verhaftung erfahren hatten, das Geschehen kommentierte.

Als Graham langsam durch die Tür auf die Straße geführt wurde, drängten sich die wütenden Menschen mit schneidenden Rufen wie »Kastriert ihn!« – »Werft den Schlüssel weg!« – »Überlaßt ihn uns!« nach vorn. Die Beamten schützten Graham vor Tätlichkeiten, konnten aber die Drohungen nicht aufhalten. Beide Männer wußten, daß die Vorführung eines Verbrechers, der sich den Zorn der Bürger zugezogen hatte, weil sie selbst sein Opfer hätten werden können, den Menschen die Möglichkeit gab, sich emotional abzureagieren, indem sie ihn beschimpften, die Faust gegen ihn erhoben und Drohungen ausstießen.

Während Graham zu einem Auto gebracht wurde, geriet Richie Harker ins Blickfeld eines Reporters. Auf der Seite stehend, mit seinem geblümten Freizeithemd und einer bequemen Hose, ausgeglichen und zufrieden, beantwortete der Polizeiveteran zügig die ihm gestellte entscheidende Frage: »Wie habt ihr den Durchbruch geschafft?«

»Mit Fingerabdrücken«, sagte Harker und erklärte, wie am Tatort Fingerabdrücke abgenommen und manuell mit anderen verglichen wurden, bis es zu einer Übereinstimmung kam.

Der zu Kanal 7 gehörende Nachrichtenredakteur Will Stens sammelte Informationen über den Ort, an dem Graham am Vorabend verhaftet worden war. Er und ein Kamerateam bezogen Stellung vor dem Haus, dessen Nummer über der Eingangstür stand. Mit dramatischer, sonorer Stimme berichtete er: »Um 21 Uhr gestern abend gelang es der Polizei, in Crown Heights, Brooklyn, den sogenannten ›Spiderman-Vergewaltiger‹ zu fassen. Er wurde als der 26jährige Tyrone Graham identifiziert, der Frauen in hoch gelegenen Wohnungen überfiel, wobei er bisweilen von einem Gebäude zum anderen sprang oder von der Feuerleiter aus durch offene Fenster eindrang. Er muß sich nunmehr wegen Kapitalverbrechens in vierundzwanzig Punkten verantworten. Seine Festnahme erfolgte in diesem Gebäude, in dem er seit seiner Haftentlassung auf Bewährung wohnte.«

Die Stellungnahme, die am besten die Erbitterung der Bewohner von Brooklyn widerspiegelte, kam vom stellvertretenden Polizeichef Louis Raiford, der sagte: »Dieser Mann hatte auf der Straße nichts zu suchen. Seine kriminelle Energie könnte ihn letzten Endes zum Mörder machen. Was er getan hat, war schlimm genug. Warum er bei seinem Vorstrafenregister frei herumlief, ist eine Frage, die die Justiz klären muß.«

Zwei andere Frauen, die vergewaltigt worden waren, erkannten Graham ebenfalls als den Täter.

Es war zehn Uhr, als Patti Kehoe nach Hause fahren konnte. Sie hatte einundreißig Stunden gearbeitet. Sofort rief sie die Beamten von der Manhattaner Abteilung zur Bekämpfung von Sexualdelikten an. Darauf hatte sie lange gewartet. Sie teilte dem Chef der Truppe in aller Kürze mit, daß bei der Latent-Print-Abteilung des BCI unbestreitbare Beweise vorlägen, denen zufolge der Vergewaltiger von Brooklyn derselbe Mann sei wie der, der Eileen Ross, die blinde Frau aus Manhattan, vergewaltigt hatte, die dank ihres strategischen Denkens Tyrone Graham dazu gebracht hatte, deutliche Fingerabdrücke auf einem Glas, aus dem er in ihrer Küche 7-Up getrunken hatte, zu hinterlassen.

»Ich bin sicher, Sie werden Anklage gegen ihn erheben wollen«, sagte Patti, die wußte, daß Captain Dumond vom 77. Revier McGeown bereits mitgeteilt hatte, daß eine Verhaftung bevorstand. Ihr Anruf kam also nicht überraschend. Aber er gab ihr ein gutes Gefühl. Sie empfand eine Befriedigung wie kaum je zuvor in den sechzehn Jahren, seit sie bei der Polizei war. Das letzte, was ihr zu ihrem Glück noch fehlte, war ein Anruf bei Eileen Ross.

14

Eileen saß an ihrem Küchentresen und tat einen gehäuften Teelöffel Zucker in ihre Tasse, als das Telefon klingelte.

»Eileen, hier spricht Detective Kehoe. Sie wissen schon, von Brooklyn. Ich habe Neuigkeiten für Sie. Wir konnten Spiderman auf dem Dach eines Hauses in Crown Heights verhaften. Er ist im Gefängnis. Wir haben ihn definitiv auf fünf Vergewaltigungen festgenagelt, vier in Brooklyn und . . . Ihre in Manhattan. Er ist Ihnen in die Falle gegangen, wie Sie es wollten. Die Zeitungen werden darüber berichten. Sie dürfen wirklich mit sich zufrieden sein, Eileen. Natürlich muß Manhattan ihn noch belasten, aber das wird bald geschehen. Und es findet noch eine Gegenüberstellung statt. Ich muß jetzt Schluß machen. Alles Gute.«

Bevor Eileen ihr richtig danken konnte, hatte Patti schon aufgelegt. Eileen lächelte. Sie fand diese Polizistin sehr sympathisch; sie war ihr sehr ähnlich, freimütig und offen. Und sie gehörte nicht zu den Leuten, die gute oder schlechte Nachrichten zurückhalten. Was zu sagen war, hatte sie gesagt, und nun mußte Eileen herausfinden, was es für sie bedeutete.

Die Vorstellung, daß der Mann im Gefängnis saß, kam ihr seltsam vor. Es war erst ein paar Tage her, daß er mit einem Messer in der Hand auf dem Platz gesessen hatte, auf dem sie jetzt saß. Sie erinnerte sich, wie sie am Herd gestanden und darauf gewartet hatte, daß das Fett in der Bratpfanne schmolz. Als ob dieser Augenblick zurückgekehrt sei, wußte sie wieder mit absoluter Klarheit, wie sie erwogen hatte, ihm die Pfanne mit dem heißen Fett an den Kopf zu werfen, um ihm die Augen zu verbrennen, und dann aus der Wohnung zu fliehen.

Der Gedanke war ihr so realistisch und umsetzbar erschienen, daß sie schon das Gewicht der Pfanne geprüft, sie heimlich angehoben und überlegt hatte, wie sie sie, den Stiel richtig haltend, werfen mußte, und sie erinnerte sich, wie sie die Idee aufgegeben und Angst sowie ein wenig Atemnot verspürt hatte, weil sie der Entscheidung derart nahe gekommen war. Im Geiste konnte sie die Pfanne fliegen und das rauchende Fett, das heiß genug war, um ihm die Haut zu verbrennen und mit Blasen zu verunstalten, herausspritzen sehen. Dann hatte sie sich gefragt, was wäre, wenn sie ihn verfehlte, und war davon abgekommen. Sie wußte nicht, wo genau am Tresen er saß. Er konnte der Pfanne ausweichen, wenn sie nicht richtig zielte. Aber dann wäre sie dran gewesen!

Es war erstaunlich, dachte Eileen, daß sie sich an die Sache mit der Pfanne ganz genau erinnern konnte, aber nicht an sein Gesicht. Sie war nicht imstande, seine Züge vor ihrem geistigen Auge zu einem Bild zusammenzusetzen. Aber sie wußte, sie würde Tyrone Graham wiedererkennen, wenn sie ihm nahe genug käme, um sich aufgrund dessen, was sie sah, hörte und roch, einen Gesamteindruck von dem Mann zu verschaffen. Ihr Gehör war gut und ihr Geruchssinn stark ausgeprägt. Aber das Bild, das sie sich von einer Person machte, kam zustande durch optische und akustische Wahrnehmung sowie durch das, was sie ertasten konnte. Eine Bekannte von ihr verwendete ein besonderes Parfüm, das auf ihrer Haut einen spezifischen Geruch annahm. Daran erkannte Eileen sie, weil gleichzeitig in ihrem Gedächtnis alle anderen über diese Frau gespeicherten Daten abgerufen wurden.

Eileens Problem, über das sie im Zusammenhang mit ihrem Angreifer viel nachgedacht hatte, war ihr, besonders unter ungünstigen Umständen, schwaches Sehvermögen. Was sie von Patti Kehoe erfahren hatte, bedeutete mit Sicherheit, daß – darauf hatte sie auch hingewiesen – die Polizei in ihrem Fall auch eine Gegenüberstellung vornehmen würde. Eileen mußte als Zeugin auftreten und den Mann, der sie vergewaltigt hatte, in einer Reihe mit mehreren anderen erkennen. Und sie müßte die Entscheidung, ob sie in der Lage war, ihn physisch zu identifizieren, bald treffen! Eileen wartete ungeduldig auf die Morgenzeitung, die sicherlich sein Bild bringen würde.

Am 18. Juli 1986, einem Freitag, vier Tage nach der Vergewaltigung von Eileen Ross, brachte die *New York Post* die Geschichte von der erfolgreichen Zusammenarbeit der Brooklyner Abteilung zur Bekämpfung von Sexualdelikten, eines unermüdlichen Fingerabdrucktechnikers, eines Polizisten in Uniform, der am Tatort Fingerabdrücke sicherstellte und eine Nase für wichtige Einzelheiten hatte, sowie eines Opfers, das kategorisch entschlossen war, zu verhindern, daß sein Vergewaltigungsfall in der riesigen Bürokratie der New Yorker Polizei verschwand. Der von Anne E. Murray und Chris Oliver geschriebene Artikel lautete wie folgt:

Brooklyner Vergewaltigungen:
Verdächtiger auch verantwortlich für Überfall auf Blinde?

Der Mann, dem sexueller Mißbrauch von vier Frauen in Crown

Heights, Brooklyn, zur Last gelegt wird, gilt auch als verdächtig, eine praktisch blinde Geschäftsfrau aus Manhattan geschlagen, vergewaltigt und beraubt zu haben, wie die »Post« heute in Erfahrung bringen konnte.

Wie es von offizieller Seite heißt, sieht es so aus, als ob die Fingerabdrücke von Tyrone Graham, der wegen vierfachen sexuellen Mißbrauchs in Brooklyn verhaftet wurde, mit den Fingerabdrücken des Mannes übereinstimmen, der die 37jährige Eileen Musumeci-Ross überfallen hat.

Sie wurde am frühen Montagmorgen in ihrer Wohnung in East Side vergewaltigt und gequält.

Nach Aussage der Polizei wird Miss Ross gebeten werden, ihren Angreifer bei einer Gegenüberstellung aus nächster Nähe zu identifizieren, sobald die gesetzlich vorgeschriebenen Maßnahmen, einschließlich des erforderlichen Schriftverkehrs, für die Brooklyner Fälle abgeschlossen sind.

Der aus Crown Heights, Park Place 919, stammende 26jährige Graham wurde gestern des Kapitalverbrechens in 24 Punkten, darunter vierfacher sexueller Mißbrauch in Brooklyn zwischen dem 15. Mai und letztem Dienstag, beschuldigt.

Der Überfall auf Miss Ross fand am Montag statt. Als sie um 2.30 Uhr erwachte, stellte sie fest, daß ein Mann in ihrer im 1. Stock gelegenen Wohnung in der 77. Straße 500 E an ihrem Bett stand.

Er schlug sie mit einem Hammer, bedrohte sie mit einem Messer, forderte sie auf, ihm Frühstück zu machen, und vergewaltigte sie dann zweimal.

Im Laufe der zweistündigen Tortur sprach der Angreifer die Warnung aus: »Ich habe schon früher geraubt und vergewaltigt. Ich könnte dich töten, ohne mit der Wimper zu zucken.«

Bevor er sie verließ, entschuldigte er sich dafür, daß er sie geschlagen hatte, mit den Worten: »Jetzt, wo ich weiß, daß du blind bist«, und wusch ihre Kopfwunde aus.

Dann fesselte er sie und floh mit einem Koffer, in den er einen Nerzmantel, einen Videorecorder, Geld und Shrimps aus dem Kühlschrank gepackt hatte.

Miss Ross sagte aus, sie habe im Gesicht ihres Angreifers einen Spitz- und einen Oberlippenbart gefühlt.

Die dritte, am 22. Juni in Crown Heights überfallene Frau äußerte gegenüber der Polizei, der Vergewaltiger habe einen Bart und einen Schnurrbart gehabt.

Das letzte Brooklyner Opfer, von Dienstagmorgen, sprach lediglich von einem Schnurrbart.

Der Polizei zufolge hatte Graham bei seiner Verhaftung einen Schnurrbart. Den Spitzbart hatte er abrasiert.

Ein Beamter, der durch seine Beharrlichkeit den Kollegen zum Durchbruch verholfen hatte, wurde anerkennend erwähnt.

Der Brooklyner Police Officer Frank Paganucci untersuchte Tausende von Fingerabdrücken, bis er eine Übereinstimmung zwischen Abdrücken, die bei zweien der vier Brooklyner Sexualdelikte sichergestellt worden waren, und Abdrücken von einem Einbruch im April feststellte.

Dann ging er die Fingerabdrücke bekannter Krimineller durch und erzielte mit Graham einen »Treffer«, hieß es bei der Polizei.

Neben Vergewaltigung werden Graham in Brooklyn sexueller Mißbrauch, Einbruch, Raub, schwerer Diebstahl und Waffenbesitz vorgeworfen. Wenn man ihn dieser Taten überführen kann, drohen ihm bis zu 25 Jahren Haft.

(aus The New York Post, Copyright 1986, New York Post Co. Inc.)

Als Eileen das Bild von Tyrone Graham in der *Post* studierte, indem sie die Zeitung auf zehn Zentimeter an ihr rechtes Auge heranbrachte, konnte sie einen schwarzen Mann erkennen, dessen Gesicht durch die Kopfhaltung, die er einnahm, fast verdeckt war. Wie für viele mutmaßlichen Sexualverbrecher typisch, hatte er das Kinn in die Brust vergraben, so daß der Fotograf überwiegend den oberen Kopfteil und eine verkürzte Ansicht von Stirn und Nase festgehalten hatte.

Enttäuscht stellte Eileen fest, daß sie den Mann nicht wiedererkannte. Nach dem, was sie sah, hatte er keinen Oberlippen- oder Spitzbart. Durch die Art und Weise, wie er den Kopf gesenkt hielt, blieben sämtliche Identifikationsmerkmale wirksam verborgen. Das einzige, was sie mit Sicherheit sagen konnte, war, daß es sich um einen schwarzen Mann handelte, den sie auf Ende Zwanzig schätzte.

Ihre vorausgegangenen Überlegungen reiften allmählich zu einem festen Entschluß. Sie würde den Mann auf keinen Fall identifizieren, wenn sie nicht sicher war, daß man ihre Aussage nicht erschüttern konnte. Die Chancen dafür jedoch waren fast gleich Null. Sie würde nicht das Risiko auf sich nehmen, einen Fehler zu begehen, der den Effekt der Fingerabdrücke, die man in ihrer Wohnung gefunden hatte und die mit denen von Graham übereinstimmten, zunichte machte. Die kräftigsten und deutlichsten Abdrücke waren auf dem Glas gefunden worden, das sie dem Mann vier Tage zuvor in ihrer Küche gegeben hatte. Eileen erinnerte sich noch an den Augenblick, daran, daß er es eigentlich nicht nehmen wollte, es aber dann doch tat.

Sie wußte, daß sie richtig handelte, wenn sie nicht Gefahr laufen wollte, daß er davonkam, weil sie ihn, da sie blind war, nicht eindeutig identifizieren konnte. Bisher hatte sich ihre Strategie mit der Presse bewährt. Die Brooklyner Abteilung zur Bekämpfung von Sexualdelikten hatte durch die Medien von ihrer Vergewaltigung erfahren und nicht durch die voreingenommene Manhattaner Polizei, von der sie zuerst befragt worden war.

Ihre Beschreibung des Vergewaltigers war der Grund gewesen, warum Patti Kehoe und Sal Catalfumo sie aufgesucht hatten. Selbst wenn ihr Gang an die Öffentlichkeit darüber hinaus nichts bewirkt hätte, wäre dies schon ein überwältigender Erfolg gewesen. Aber jetzt würden die juristischen Schwierigkeiten beginnen, und das beunruhigte sie. Die Sorge, ob sie den Verdächtigen als Augenzeugin identifizieren konnte, machte Eileen schwer zu schaffen. Sie wollte der Polizei helfen, mit der bestmöglichen Beweisführung gegen Graham aufwarten zu können.

Wenn sie bei der Gegenüberstellung sagte, sie sei sich bei keinem der Männer sicher, weil sie dazu nicht genug sehen könne, dann blieb die Frage offen, und Graham käme vielleicht ungerechtfertigterweise aus der Sache heraus. Sie schüttelte den Kopf.

Sie würde nicht ihre Glaubwürdigkeit aufs Spiel setzen und dem Fall eine ungünstige Wendung geben. Wenn sie jedoch das Risiko einging und sich für einen Mann entschied, der wie Graham aussah, es aber nicht war, dann hätten alle, Polizei, Ankläger und Presse, guten Grund, ihre Urteilsfähigkeit in Zweifel zu ziehen. Sie würden meinen, sie klammere sich an Strohhalme, oder, was noch schlimmer wäre, sie sei verantwortungslos.

Eines war klar: Die Polizei wußte, wer Spiderman war.

Sie hatte seine Fingerabdrücke. Juristisch gesehen war es, um gegen Graham vorgehen zu können, wahrscheinlich nicht einmal erforderlich, daß sie ihn identifizierte. Aber beweismäßig konnte man ihn dadurch noch besser festnageln. Je stichhaltiger die Beweise gegen ihn waren, desto größer war die Chance für eine unnachgiebige Haltung der Jury und ein härteres Urteil.

Und noch etwas gab es zu bedenken: Auch gute Fingerabdrücke ließen sich durch von der Verteidigung bestellte Sachverständige anfechten. Sie wußte, daß ihr Vergleich Raum für alle möglichen Mutmaßungen ließ. Ein gerissener Anwalt mit einem erfahrenen Sachverständigen, der Zweifel an der Übereinstimmung der Fingerabdrücke des Verdächtigen mit den am Tatort sichergestellten anmeldete, konnte bei den Geschworenen genug Verwirrung stiften, um ihre Entscheidung zu beeinflussen.

Wenn die Geschworenen vorher erfuhren, daß sie bei der Gegenüberstellung auf den falschen Mann gewiesen hatte, dann könnte sie als unzuverlässig gelten, und die zwölf Männer und Frauen würden vielleicht auf Freispruch plädieren, weil die Beweise insgesamt nicht überzeugend waren. Eileens Versagen könnte den Ausschlag geben und die Sache kippen lassen, wenn die Jury unschlüssig war. Mehr als ein Schuldiger war bereits durch gewissenhafte Geschworene freigesprochen worden, weil ein Anwalt es verstanden hatte, sie davon zu überzeugen, daß sein Mandant unschuldig war.

Nun, das würde sie in ihrem Fall zu verhindern wissen. Sie wollte nicht dazu beitragen, Tyrone Grahams Verteidiger mit der Munition zu versorgen, mit der er ihn freibekommen konnte.

Sie wußte, man konnte argumentieren, daß es ihrem

Vergewaltiger zugute käme, wenn sie ihn nicht identifizierte. Die Identifizierung eines Täters durch einen Zeugen war für die Geschworenen ein Beweis von Gewicht. Aber was für Eileen mehr zählte, war die Tatsache, daß ihr mangelndes Sehvermögen bestimmte Arten der physischen Identifikation nahezu unmöglich machte. Und was war, wenn sie sich irrte? Diese direkte Frage hatte sie schon schlaflose Nächte gekostet.

Wenn man ihr doch erlaubte, den Mann anzufassen und die Finger über sein Gesicht streifen zu lassen – ihre Finger waren so empfindsam –, dann könnte sie ihn mit Sicherheit identifizieren. Aber sie wußte, daß man ihr das wahrscheinlich nicht gestatten, sondern darauf bestehen würde, daß sie ihn optisch einwandfrei erkannte. Sie saß also in der Klemme. Was sie auch immer tat, es würde falsch sein. Doch damit wollte sie sich nicht abfinden! Sie würde nicht zulassen, daß der Wert der Fingerabdrücke durch irgend etwas verwässert wurde.

Während Eileen ihre endgültige Entscheidung traf, wurde ihr bewußt, daß manche Leute ihr Verhalten seit der Vergewaltigung vielleicht als für ein Vergewaltigungsopfer, bzw. jedes Opfers schlechthin, unziemlich ansehen könnten. Dabei dachte sie nicht an die Manhattaner Polizei. Was diese ihr insgesamt vorwarf, war die Tatsache, daß sie ihr langsam Kopfschmerzen bereitete. Die Beamten hatten lieber mit fügsamen Opfern zu tun, und in dieser Hinsicht bildeten sie gegenüber der Polizei im allgemeinen keine Ausnahme.

Eileen dachte an die generelle Toleranz dem Verbrechen gegenüber, die scheinbar in New York und überall in den Vereinigten Staaten um sich gegriffen hatte. Die Menschen akzeptierten das Verbrechen, waren froh, wenn sie nicht zu den Betroffenen gehörten, und schienen häufig dem Opfer die Schuld dafür zu geben, daß es angegriffen worden war.

Leute wie sie, die für Gerechtigkeit kämpften, indem sie die Aufmerksamkeit der Mitbürger auf die schrecklichen Folgen des Verbrechens für das Opfer lenkten, waren selten. Sie ließen es nicht zu, daß die anderen vergaßen, wie gefährlich das Leben sein kann. Für viele Menschen war das eine unerwünschte Erkenntnis, sie machte ihnen angst und war unbequem; denn irgendwo im Hinterkopf rechneten sie immer damit, daß sie als nächste an die Reihe kommen könnten.

Eileen verstand diese Gefühle. Verdrängung war ein so leicht anzuwendendes und zugleich trügerisches Mittel. Was sie jedoch irritierte, war das fehlende Gespür für Greueltaten. Die New Yorker waren besonders ambivalent: Einerseits konnten sie auf dem Gehsteig an einem Toten vorbeigehen, als ob sie selbst für den Tod unerreichbar wären, und andererseits reagierten sie mit Lobeshymnen, wenn ein Opfer Mut oder Kampfgeist bewies und sich verteidigte!

Ihr waren durch die Zeitungen, die zunächst nicht ihre genaue Anschrift in Manhattan angegeben hatten, Tausende von Briefen zugegangen, deren Schreiber ihre Entscheidung, in aller Öffentlichkeit für sich einzutreten, begrüßten.

Aber Eileen verfolgte auch das Ziel, anderen vergewaltigten Frauen zu helfen, von denen sie glaubte, daß sie gerechter behandelt würden, wenn sie ihrem Beispiel folgten.

Sie hatte ihren unbekannten Vergewaltiger aus demselben Grund verfolgt, aus dem sie auch die Strategie mit dem 7-Up-Glas entwickelt hatte: Sie wollte, daß der Mann bestraft wurde, weil er ihr Gewalt angetan hatte. Sie mit der ihr eigenen Persönlichkeit gehörte ausschließlich sich selbst! Niemand, aber auch wirklich niemand, hatte das Recht, sie zu verletzen, zu demütigen oder gar zu bedrohen. Kein Mensch durfte einen anderen terrorisieren und ihn solchen körperlichen und seelischen Qualen aussetzen!

Von dieser grundsätzlichen Überzeugung konnte Eileen nichts abbringen. Sie war ihr so kostbar wie die persönliche Freiheit. Was Eileen im tiefsten Innern damit meinte, hatte sie zum Ausdruck gebracht, als sie in jüngeren Jahren in Demonstrationen mitmarschierte. Indem sie für die Bürgerrechte der Schwarzen kämpfte, verteidigte sie auch ihr eigenes Recht auf Unantastbarkeit.

Für sie stand die Unversehrtheit des einzelnen Menschen über sämtlichen, auf das Allgemeinwohl zielenden bzw. philosophisch orientierten Erwägungen. Jedes Argument, das es einem Angreifer indirekt gestattete, einem anderen Menschen Schaden zuzufügen, weil es ihm an etwas mangelte, war falsch! Es gab nie eine Entschuldigung oder Rechtfertigung dafür, daß man seine Mitmenschen verletzte. Der Denkansatz stimmte schon nicht. Derjenige, der sich dazu hinreißen ließ, mußte bestraft werden!

Eileen würde sicherstellen, daß dem Mann, der sie überfallen hatte, die volle, nach dem Gesetz für seine Gewalttat vorgesehene Vergeltung traf. Sie würde an dem Rechtsvorgang, der zu seiner Bestrafung führte, beteiligt sein, und sie war überzeugt, daß es viel weniger Verbrechen gäbe, wenn andere Opfer genauso unbeugsam entschlossen wären wie sie.

Sie machte weiter mit ihrem Streben nach Gerechtigkeit. Drei Tage nachdem sie sich Tyrone Grahams Bild in der *New York Post* genau angesehen hatte, rief sie die Bezirksstaatsanwaltsstellvertreterin Nancy Patterson an, die Tyrone Graham anklagen sollte.

»Sagen Sie mir, wie ich Ihnen helfen kann«, bat Eileen, nachdem sie sich vorgestellt hatte. Patterson erklärte ihr, daß als erstes ein Gespräch stattfinden solle, in dem sie Eileen über die Vergewaltigung befragen würde. Im Anschluß daran würde ein Termin für die Gegenüberstellung festgesetzt, die gewöhnlich etwa einen Tag nach dem ersten Gespräch durchgeführt wurde.

Die Bezirksstaatsanwaltschaft von New York City befand sich am Hogan Place Nr. 1, im Geschäftsviertel von Manhattan. Das Haus, in dem sie untergebracht war, bildete zusammen mit anderen Justiz-, Gerichts- und Polizeigebäuden einen ganzen Komplex, der der Rechtsprechung, verbürgt durch Polizei, Anklagebehörde, Richter und Anwälte, diente.

Eileen wurde in ein großes Büro mit hohen Decken und großen Fenstern geführt, deren Jalousien das Sonnenlicht eines späten Julitages abgeblendet einließen. Nancy Patterson kam hinter ihrem Schreibtisch vor und reichte Eileen die Hand. Sie war eine Frau, circa Mitte Dreißig, mit einem sanften, wenig geschminkten Gesicht und blondem Haar, deren Händedruck keinerlei Rückschlüsse zuließ. Sie lächelte kaum merklich und wies auf einen Stuhl, auf dem Eileen Platz nehmen sollte.

»Ich bin Nancy Patterson. Ich danke Ihnen dafür, daß Sie pünktlich sind. Zweck dieses Gespräches ist es, Ihnen einiges über das nun, nach der Verhaftung von Tyrone Graham, stattfindende juristische Verfahren zu erklären.«

Nancy Patterson setzte sich hinter den Schreibtisch, faltete die Hände und lehnte sich bequem auf ihren Ellenbogen vor. Geduldig erläuterte sie: »Da Sie Klägerin und Zeugin sind, erfolgt die Anklage durch den Staat. Mit anderen Worten: Der Staat ist Ihr Anwalt. Wir vertreten Sie. Unsere Aufgabe ist es, dafür zu sorgen, daß der mutmaßliche Täter aufgrund der vorliegenden Beweise überführt wird. Verstehen Sie das?«

»Damit meinen Sie, daß, was Sie sagen, gilt. Ich bin das Opfer, aber das letzte Wort haben Sie.«

»Nun . . . ja. Ich würde es nicht ganz so formulieren, aber es kommt der Sache recht nahe.«

»Werden Sie mich vor Gericht vertreten?«

»Ja.«

»Okay, das wollte ich nur wissen.«

Patterson lächelte und sagte: »Als nächstes, Eileen, müssen Sie mir erklären, was Sie unter Vergewaltigung verstehen. Ich weiß, das klingt vielleicht dumm, aber man wird Ihnen diese Frage vor Gericht stellen: Hat er seinen Penis in Ihre Scheide gesteckt?«

»Ja.«

»Das werden Sie vor Gericht aussagen müssen. Genauso: Er hat seinen Penis in meine Scheide gesteckt. Es ist nicht meine Absicht, Ihnen Schwierigkeiten zu machen oder gemein zu Ihnen zu sein. Aber der Angeklagte hat auch die Rechte eines Staatsbürgers. Für das Gericht muß also feststehen, daß eine Vergewaltigung stattgefunden hat, daß es zum Eindringen kam.«

»Ich verstehe«, erklärte Eileen. Ihr gefiel die Präzision der zierlichen Blondine, in deren leiser Stimme ein stählerner Unterton mitschwang. Sie bemühte sich offensichtlich, Eileen jegliche eventuelle Befangenheit zu nehmen, wobei sie sich gleichzeitig behutsam ein Bild von deren Intelligenz zu machen suchte, um herauszufinden, inwieweit sie juristischen Feinheiten folgen konnte.

»Natürlich«, sagte Patterson, »werden Sie Zeugin sein, wenn es zur Verhandlung kommt, Eileen. Und das bedeutet, daß der Anwalt des Angeklagten Ihnen Fragen über Ihre Vergangenheit, Ihr Sexualleben und so etwas stellen wird. Wir versuchen, diese Art der Befragung auf ein Minimum zu beschränken. Ja, wir haben damit jetzt sogar mehr Erfolg als früher. Aber es gibt sie noch bis zu einem gewissen Grad, und Sie müssen darauf vorbereitet sein. Doch erzählen Sie mir jetzt, was in der Nacht, in der Graham in Ihre Wohnung einbrach, geschehen ist.«

In den darauffolgenden Minuten schilderte Eileen kurz die Vergewaltigung. Nancy Patterson hörte aufmerksam zu und machte sich gelegentlich auf einem gelben Block Notizen.

Als Eileen fertig war, meinte Patterson: »Nun, ich habe keine Zweifel an der Überzeugungskraft Ihres Falles. Er dürfte bestens zu vertreten sein. Das heißt nicht, daß wir uns zurücklehnen und ausruhen können. Graham hat einen guten Pflichtverteidiger, und der wird uns nichts schenken.«

Eileen war froh, daß die stellvertretende Bezirksstaatsanwältin sich so positiv zu ihrer Geschichte und den Beweisen gegen Tyrone Graham geäußert hatte. Sie machte sich jedoch Sorgen, daß Nancy Patterson auch den üblichen Fehler begehen und ihre Blindheit als physische Beeinträchtigung betrachten könnte, die natürliche sexuelle Begegnungen nicht zuließ.

Sie dachte, es sei wichtig, diese Annahme, falls sie zutraf, zu korrigieren. Es hatte in ihrem Leben mehrere Männer gegeben. Blindheit war nicht gleichbedeutend mit Zölibat oder sexueller Entbehrung. Sie wußte, daß viele Blinde mit den geschlossenen Augen und dem kontemplativen Gesichtsausdruck hilflos, unerfahren, fast ehrerbietig wirkten. Dieser Eindruck war irreführend.

Blinde waren genauso veranlagt und hatten die gleichen Wünsche wie andere Menschen, und das Verlangen nach Sex gehörte zweifellos dazu. Eileen lehnte sich vor. Sie würde äußerst ungern über die persönlichsten Einzelheiten ihres Liebenslebens sprechen – nicht daß sie so viele Affären gehabt hätte –, aber sie wollte auch nicht, daß Nancy Patterson überrascht war, wenn Tyrone Grahams Anwalt ihr im Zeugenstand intime Fragen stellte und sie diese mit der für sie typischen Direktheit beantwortete.

Abgesehen von ihren Augen war sie eine normale, gesunde Frau, die nichts zu verbergen hatte, und sie würde es nicht zulassen, daß irgend jemand die ganz privaten Augenblicke ihres Lebens, in denen sie ihren Körper und ihre Gefühle mit einem anderen geteilt hatte, in den Schmutz zog. Es war ihr durchaus bekannt, daß nach dem New Yorker Rechtssystem die sexuelle Vergangenheit einer Frau vor den Geschworenen ausgebreitet werden durfte, während das Sexualleben eines Mannes, einschließlich früherer Beschuldigungen und Verurteilungen wegen Vergewaltigung, bei der Beweisführung nicht berücksichtigt werden konnte, wenn der Angeklagte nicht in den Zeugenstand trat. Das war ungerecht und machte deutlich, wie der Mann sich vor dem Gesetz schützte, das dem Vergewaltigungsopfer die Last aufbürdete, seine Moral unter Beweis zu stellen.

Als Eileen Nancy Patterson gegenüber Bedenken äußerte, daß das Recht, sie im Rahmen der Anklageerhebung zu ihrem Sexualleben zu befragen, mißbraucht werden könnte, hörte diese aufmerksam zu und sagte langsam: »Ich glaube, daß wir sie vor einer unzulässigen Bloßstellung bewahren können, Eileen. In Ihrem Fall werden wir uns auf die wesentlichen Punkte konzentrieren: die Fingerabdrücke, den Anschlag auf Sie mit dem Holzhammer, die eigentliche Vergewaltigung natürlich und Grahams Vorgeschichte als Einbrecher. Sie werden aussagen müssen, daß er Sie vergewaltigt hat und in Sie eingedrungen ist.«

»Ja, ich verstehe«, antwortete Eileen ruhig. »Sie haben mir erklärt, ich muß sagen, daß er seinen Penis in meine Scheide gesteckt hat.«

Nancy Patterson nickte und ging die Notizen durch, die sie sich auf dem gelben Block gemacht hatte. Dann sah sie Eileen fragend an: »Lassen Sie uns über Ihr Sehvermögen sprechen, Eileen. Es wird Einfluß darauf haben, wie wir die Gegenüberstellung organisieren. Wieviel können Sie sehen? Ich weiß, Sie sind praktisch blind, aber wie groß ist Ihr Sehvermögen?«

»Mit meinem rechten Auge kann ich Buchstaben erkennen, wenn ich das Gedruckte nahe genug halte, und ich kann aus allernächster Nähe fernsehen. Ich habe ein tunnelförmiges Sehvermögen, das heißt, ich sehe wie durch ein Schlüsselloch, aber nicht sehr weit. Ich weiß, Sie sitzen hinter Ihrem Schreibtisch. Einzelheiten kann ich jedoch nicht feststellen. Ausführlicher kann ich es Ihnen nicht erklären. Es wäre hilfreich, wenn ich den Mann berühren, die Hände über sein Gesicht gleiten lassen dürfte.«

Patterson lehnte sich in ihrem Stuhl zurück und dachte scheinbar über Eileens Worte nach. Dann schüttelte sie den Kopf. »Ich glaube nicht, daß man uns das erlaubt. Ich glaube auch nicht, daß es erforderlich sein wird, und möglicherweise gibt es Grundsatzurteile, die dagegensprechen. Wir müssen uns an das vorgeschriebene Verfahren halten und sollten nichts tun, wodurch Grahams Rechte verletzt werden könnten. Schließlich wollen wir doch die Sache nicht gefährden.«

»Wie wäre es denn aber, wenn er und die anderen laut etwas sagten? Ein Stimmentest. Dann könnte ich hören, wie er spricht. Das würde mir sehr helfen.«

»Auch dazu lautet die Antwort nein«, erwiderte Patterson mitfühlend. »Sie müssen verstehen, daß es Grundsatzentscheidungen gibt, in denen die Regeln für die Identifizierung eines Verdächtigen festgelegt sind. Wenn wir versuchen, etwas Neues einzuführen, dann fordern wir die Verteidigung quasi dazu auf, Einspruch zu erheben. Das wollen wir doch vermeiden, ebenso wie eine unter Umständen damit verbundene Verzögerung. Ich weiß, das kommt Ihnen alles ungerecht vor.«

Eileen unterbrach sie: »Mehr als ungerecht! Wenn man blind ist, kompensiert man das mangelnde Sehvermögen durch andere Sinne, und die sind bei mir verflixt gut ausgebildet. Aber wenn ich sie nicht einsetzen darf und Sie nur das Sehvermögen gelten lassen, das heißt die Wahrnehmung, auf deren Genauigkeit ich mich am wenigsten verlassen kann, wie soll ich mir da sicher sein?«

Nancy Patterson zögerte und lächelte dann: »Eileen, ich wünschte, wir könnten nach Ihrer Weise verfahren, doch es geht nicht. Die Gegenüberstellung findet übermorgen statt. Einer von meinen Leuten wird Sie über Ort und Zeit informieren.«

Eileen erhob sich, als sie hörte, wie Nancy Patterson

ihren Stuhl zurückschob. Sie gab der stellvertretenden Bezirksstaatsanwältin die Hand, nachdem diese um den Schreibtisch herumgekommen war. Auf dem Weg zum Aufzug beschloß sie, sobald sie wieder zu Hause war, Peggy Pindar anzurufen. Die blinde Frau aus Iowa war Mitglied der Bundesvereinigung der Blinden.

Bill Gallagher, ein Mitarbeiter der amerikanischen Stiftung für Blinde, der durch die Medien von Eileens Vergewaltigung wußte, hatte ihr dringend dazu geraten. Er war mit ihr in Verbindung getreten, weil er, wie er sagte, zwischen den Zeilen gelesen habe und auch damit rechnete, daß sie wahrscheinlich beim Bezirksstaatsanwalt auf Widerstand stoßen würde, wenn es um eine von der Norm abweichende Identifizierungsmethode ging. Er hatte ihr gesagt, daß die blinde Peggy Pindar, die früher Staatsanwältin in Iowa war und jetzt eine eigene Kanzlei hatte, ihr vielleicht helfen könne mit Präzedenzfällen, in denen die Identifizierung des Verdächtigen durch Berühren und über die Stimme zugelassen worden war.

Als Eileen Peggy Pindar in ihrer Kanzlei in Des Moines erreichte, sagte die Anwältin, sie würde dem Manhattaner Bezirksstaatsanwalt gerne auf Anfrage die Aktenzeichen der Fälle mitteilen, die die Zulässigkeit einer Identifizierung durch Ertasten und Stimmenverifikation belegten.

Aufgeregt rief Eileen Nancy Patterson an und gab die Information von Peggy Pindar an sie weiter. Sie erörterte sie auch mit Pattersons Chefin, Linda Fairstein, der Leiterin der für Sexualdelikte zuständigen Abteilung bei der Manhattaner Bezirksstaatsanwaltschaft. Fairstein dämpfte Eileens Begeisterung und sagte, ihr höflich dankend, es sei zu spät, um mit Pindar zu sprechen, da die Gegenüberstellung bereits anberaumt und ihre Durchführung wie üblich vorgesehen sei.

Das war der Moment, in dem Eileen sich entschied, wahrscheinlich davon Abstand zu nehmen, bei der Gegenüberstellung mit dem Finger auf Tyrone Graham zu weisen, auch wenn es scheinbar der richtige Mann war. Das Problem bestand darin, daß sie sich nie absolut sicher sein konnte, wenn sie sich einzig und allein auf ihr unzulängliches Sehvermögen verlassen mußte!

Der Gedanke, auf eine Identifizierung zu verzichten, brachte Eileen in einen starken Konflikt. Er stand allem entgegen, was sie bisher für richtig erachtet hatte, ihrem Grundsatz, stets geradeheraus zu sein, die Wahrheit zu sagen und sich nicht in irgendeine Ecke zu verkriechen. Außerdem war der physische Akt der Beschuldigung, während sie dem Mann nach der herkömmlichen Verfahrensweise Auge in Auge gegenüberstand, für sie im Geiste Ausdruck gerechter Rache. Sie hatte diese Szene immer wieder, über hundertmal, durchgespielt.

Nun stellte sie sich vor, wie überheblich und selbstzufrieden Graham sein würde, wenn er sie zögern und sagen hörte: »Ich weiß es nicht.« Er würde sich insgeheim totlachen, dachte sie und war auf einmal wütend auf Nancy Patterson, Linda Fairstein, die Manhattaner Polizei und die ganze Bürokratie, die durch archaisches Rechtswesen so gelähmt war, daß sie Leuten wie Eileen mehr schadete als ihre Blindheit.

15

Am Freitag, dem 25. Juli, war Eileen früh auf. Seit der Vergewaltigung waren elf Tage vergangen. Sie hatte ihren Anwalt, Gary Trachten, angerufen, um ihn über die Gegenüberstellung zu informieren, und er hatte darauf bestanden, sie zu begleiten.

»Die Sache ist wichtig. Die Presse wird da sein, und ich möchte sicherstellen, daß du nichts sagst, was sich nachteilig auf deine Zivilrechtsklage auswirken könnte.«

Eileen hatte nämlich im Zusammenhang mit der Verhaftung von Graham der Presse Interviews gegeben. Inzwischen kam sie mit den Journalisten gut zurecht; sie ermutigte sie, Fragen zu stellen, beantwortete sie aufrichtig und wußte, daß ihre Offenheit geschätzt wurde. Ferner hatte Eileen den Eindruck, daß ihre anhaltende Aufgeschlossenheit ein Zeichen setzte für andere, stumme Opfer, die die Zeitungen lasen und durch ihr Beispiel vielleicht dazu veranlaßt wurden, sich zu offenbaren, wie sie es getan hatte.

In Sachen Publizität war sie mit Gary Trachten und Norman Pearlman uneins. »Überzieh es nicht«, lautete deren Rat. Sie wollten, daß Eileen sich zurückhielt, um nicht den gegnerischen Anwälten unter Umständen Zündstoff zu liefern, den diese Anwälte vor einer Jury, die über ihren Rechtsstreit mit der Gebäudeverwaltung zu befinden hatten, verwenden könnten. Das Wichtigste für Trachten und Pearlman war das viele Geld, das auf dem Spiel stand.

Natürlich war das Geld für Eileen auch wichtig. Es wäre eine Wiedergutmachung für die erlittenen Qualen und die grobe Fahrlässigkeit des Hauseigentümers, die zu dem Überfall geführt hatte.

Es war sehr wichtig, aber nicht das Wichtigste!

Für Eileen stand die Bestrafung von Tyrone Graham für seine brutale Tat an erster Stelle. Unmittelbar danach kam ihr Anliegen, Opfern von Vergewaltigungen das Stigma der Schande und Schuld zu nehmen.

Eileen war überzeugt, daß keiner ihrer Anwälte erkannte, von welch unmittelbarem, subtilem, psychologischem Nutzen die Medien für diese Zielsetzung waren.

Eine positive Presse, die der Öffentlichkeit die Brutalität des an ihr begangenen Verbrechens vor Augen führte, sowie ihre Entschlossenheit, den Angreifer bestraft zu sehen, würde die Leser und Fernsehzuschauer zwingen, sich mit dem Thema zu befassen. Vielleicht würde sich die Haltung vieler den Vergewaltigungsopfern gegenüber endlich ändern!

Durch auf Band gesprochene Bücher, Vorlesungen und eigene Initiative hatte Eileen sich ein immenses Wissen angeeignet – sie hatte sich sogar einmal mit dem Gedanken getragen, Jura zu studieren – und kannte den Zusammenhang zwischen sexueller Verletzlichkeit und Vergewaltigung. An demselben Tag, an dem man sie in ihrer Wohnung vergewaltigte, erlitten mindestens einhundertsiebzig andere Frauen in New York City das gleiche Schicksal.

Ihr war klar, daß einer der Hauptgründe, warum man ihr Titelseiten widmete, der war, daß sie »auch im Unglück Format bewies«, wie eine scharfsinnige Beobachterin der Berichterstattung über Vergewaltigung, die Autorin Susan Brown-Miller, es formulierte. Hinzu kam, daß sie das Schweigen, das die Opfer schützen sollte, gebrochen hatte, daß sie nicht sehen konnte, wodurch sie ihren Mitmenschen gegenüber noch verwundbarer erschien, und daß sie bedingungslos entschlossen war, ihren Vergewaltiger gefaßt und bestraft zu sehen. All diese Umstände sorgten dafür, daß der Überfall auf Eileen auf den Titelseiten behandelt wurde.

»Man kann ein System nicht ändern, wenn es einem nicht gelingt, auf dessen Fehler aufmerksam zu machen.« Das war immer Eileens Motto gewesen. Danach lebte sie. So wie sie die Dinge sah, war es ihre Aufgabe, diese Worte, so gut sie konnte, in die Tat umzusetzen. Indem sie nun energisch in der Öffentlichkeit für sich eintrat, handelte sie zugleich für Tausende anderer aufgebrachter Frauen, die wollten, daß ihr Vergewaltiger bestraft wurde. Durch die Veröffentlichung ihres Beispiels bewies sie, daß die Medien, egal aus welchem Grund, als Mittel dienen konnten, den Menschen die Ungeheuerlichkeit einer Vergewaltigung nahezubringen und dafür zu sorgen, daß ein solches Verbrechen immer weniger hingenommen wurde.

Eileens Überzeugung, sich ihre Akzeptanz durch die Medien zunutze machen zu sollen, wurde erneut durch einen Artikel bestätigt, der am 22. Juli, drei Tage vor der Gegenüberstellung, gedruckt wurde. Das über drei Spalten reichende, gut 16 Zentimeter hohe, rührende Foto von ihr zeigte sie mit ihrem Beagle Bethie im Arm.

Sogar mit einem Pflaster auf dem Kopf, das die genähte Wunde, die Tyrone Graham ihr mit dem Fleischklopfer beigebracht hatte, schützte, sah Eileen so attraktiv aus wie ein Filmstar. Das wie eine italienische Skulptur modellierte, von dunklem Haar umrahmte Gesicht mit den dunklen Augen und den schön geformten Lippen vermittelte das Bild einer begehrenswerten Frau, deren Unschuld verletzt worden war. Es handelte sich um eine ausgezeichnete Fotografie, die das ganze Geheimnis und die Verletzlichkeit einer Frau widerspiegelte. Aus dem Artikel ging hervor, daß die junge, attraktive blinde Frau Zugang zu den Herzen von Millionen Zeitungslesern gefunden hatte.

Neben der Bekanntgabe des Termins für die Gegenüberstellung ging man nochmals auf Eileens Äußerung ein, sie hoffe inständig, den mutmaßlichen Täter berühren und ihn sprechen hören zu dürfen, damit sie ihn einwandfrei identifizieren konnte.

Für Eileen war eine gewisse Ironie damit verbunden, daß bei dem Bericht in der *Post,* der mit seiner zweizeiligen Überschrift *Blindes Vergewaltigungsopfer vor Gegenüberstellung mit Verdächtigem* ins Auge sprang, in der Verfasserzeile der Name Anne Creason stand. Sie war die Reporterin, die Eileen fünf Tage zuvor angerufen und ihr mitgeteilt hatte, daß die *Post* den geplanten Artikel über Eileen und ihre Beschützer nicht bringen würde!

Eileen sah den eigentlichen Wert des Berichtes in der *Post* darin, daß die Polizei und die Anklagebehörde damit unter Druck gesetzt wurden. Indem er Dutzende von anderen Artikeln ausstach, machte er den Überfall auf Eileen zu einem Titelseiten- und Medienereignis. Sie war absolut davon überzeugt, daß sie, wenn sie sich nicht gleich zu Anfang durch ihre Freundin Kay Ketchum mit Rolanda Watts, der Fernsehreporterin von Kanal 7, in Verbindung gesetzt hätte, einfach eine weitere vergewaltigte Frau gewesen wäre, deren Aussage von der New Yorker Polizei zu Protokoll genommen, abgelegt und vergessen worden wäre.

Eileen hatte das Gefühl, daß die meisten Polizisten sich die überwiegend männliche Betrachtungsweise zu eigen machten, nach der es sich bei einer Vergewaltigung um »einen kleinen, außer Kontrolle geratenen Streit« handelte. Das war das Klischee, dem viele Frauen begegneten, wenn sie sexuellen Mißbrauch anzeigten.

Eileen erinnerte sich an den Brief eines Opfers, den sie ein paar Tage nach der ersten Veröffentlichung ihrer Geschichte erhalten hatte. Die Schreiberin, die sich selbst als unscheinbar bezeichnete, berichtete über ihre Befragung durch zwei Streifenpolizisten: »Einer von ihnen sagte: ›Ach, wer würde Sie schon vergewaltigen wollen?‹«

Das war der Grund, warum Eileen beschlossen hatte, sich der Publizität zu bedienen, um Gerechtigkeit zu erlangen. Dadurch rückte das Opfer in den Mittelpunkt der öffentlichen Meinung, und widerstrebende Polizisten wurden gezwungen, gegen Frauenschänder genauso professionell zu ermitteln wie gegen Raubmörder.

Während sie an diesem Freitagmorgen in ihrem Schlafzimmer stand, dachte Eileen erneut über Gary Trachtens ausdrücklichen Wunsch nach, ihm das Reden zu überlassen, wenn sie bei der Gegenüberstellung der Presse begegneten. Eileen schnitt eine Grimasse. Er dachte, daß er sie verstand. Aber das stimmte nicht. Weder er noch Norman Pearlman begriffen, was für Auswirkungen eine Vergewaltigung auf die Psyche hatte. Diese seelische Belastung war das Erbe des von Männern durch Legenden, Überlieferung und die Geschichte verbreiteten Mythos, daß alle Frauen sich insgeheim danach sehnen, von einem Mann beherrscht zu werden, und daß diese Beherrschung ihre höchste Form in der Vergewaltigung findet. Diese Phantasie wurde geschickt aufgegriffen in der Religion, der Ehe, der Kunst und zwangsläufig auch im Gesetz. Die langsam im Schwinden begriffene juristische Theorie von der Mitwirkung der Frau, der zufolge diese beweisen mußte, am Zustandekommen der Vergewaltigung nicht beteiligt gewesen zu sein, war ein zynischer Ausdruck männlicher Übermacht.

So besorgt und hilfsbereit die beiden Anwälte auch Eileen gegenüber waren, sie verstanden nicht, welches Motiv der von ihr zur Auffindung und strafrechtlichen Verfolgung des Täters geführten Kampagne zugrunde lag. Ihr lag daran, persönlich gegen den Mythos von der Unterwerfung der Frau durch Vergewaltigungsphantasien, das Dogma von der »Lust im Schmerz«, wonach Vergewaltigung etwas war, das die Frauen sich wünschten, vorzugehen. Diese Sicht der Frau, in ihrem weitesten und tiefsten Sinne, war ebenfalls ein beherrschendes Thema in Büchern, Filmen, bekannten Liedern und Fernsehserien, in denen Frauen meistens als Opfer und nur selten als Sieger dargestellt wurden.

Das mußte sich ändern! Die Frauen mußten von der Last sexueller Ausbeutung befreit werden. Vergewaltigung war die bösartigste Form dieser Ausbeutung. Eileen hatte nie daran gedacht, eine Bewegung zu gründen. Aber jedesmal, wenn ein Mann der Gewalttätigkeit gegenüber einer Frau überführt wurde, war das ein Schritt in die richtige Richtung. Das Mitwirken der Medien war für Eileen wesentlich, damit ihr Anliegen und ihre Forderung nach gesetzlicher Rache bekannt wurden.

Die Anwälte hatten Eileen geraten, etwas anzuziehen,

das sie unschuldig und tugendhaft aussehen ließ. Als ob solche Äußerlichkeiten etwas besagten. Das war auch so ein Klischee, das Vergewaltigungsopfern anhaftete, daß sie die Dinge »provoziert« hätten. Eileen biß sich auf die Lippen. Sie wußte, wie sie gelitten hatte, und dachte einen Moment lang an die Qualen der anderen Frauen, die sie angerufen oder ihr geschrieben hatten. *Wer, zum Teufel, hatte das Recht, zu behaupten, daß man, wenn man sich auf bestimmte Art kleidete oder einen besonderen Lebensstil hatte, von einem anderen brutal behandelt und in Angst und Schrekken versetzt werden durfte?*

In ihren Augen brannten Tränen, als sie zum Schrank ging und die Tür öffnete. Ebenso wie sie den Wert der Publizität zu schätzen wußte, war ihr klar, daß es wichtig war, an diesem Tag den richtigen Eindruck von sich zu vermitteln.

Ihr Gesicht glühte, als sie langsam das weiße Baumwollkleid mit dem großen runden Ausschnitt und den weiten Ärmeln vom Bügel nahm.

Sie kleidete sich sehr sorgfältig, bürstete das lange Haar und legte eine Perlenkette an. Als sie ins Wohnzimmer trat, um auf Gary Trachten und die Polizisten, deren Ankunft ihr von der Halle aus gemeldet werden sollte, zu warten, sah sie entzückend hilflos aus. Aber sie stand kerzengerade, und ihr Wille war eisern. Sie hatte nur einen einzigen Gedanken: *Ich werde dafür sorgen, daß Tyrone Graham bestraft wird!*

Der erste Versuch, auf dem Revier 82. Straße West eine Gegenüberstellung zwischen Eileen und Graham sowie fünf anderen Männern durchzuführen, scheiterte. Sie konnte nicht durch die nur von einer Seite durchlässige

Glastrennwand zwischen dem Raum mit den Verdächtigen und dem, in dem sie sich aufhielt, sehen.

Die geduldige und hilfreiche Nancy Patterson schlug letzten Endes vor, eine Reihe von Metallstühlen mit den Rücken zu Eileen aufzustellen, so daß diese jeweils hinter einem Stuhl stehen und dem auf der anderen Seite des Stuhls befindlichen Mann direkt ins Gesicht schauen konnte. Wenn sie sich auch nur leicht nach vorn lehnte, war ihr Gesicht kaum 15 cm von dem des Verdächtigen entfernt.

Zugunsten von Eileen hatte sich die stellvertretende Bezirksstaatsanwältin für die sechs zu überprüfenden Männer ein besonderes Numerierungssystem ausgedacht. Um ihren Hals hingen quadratische gelbe Pappschilder mit 60 Zentimeter großen schwarzen Zahlen von 1 bis 6.

Als die sechs Verdächtigen, außer Graham alles schwarze Freiwillige, desinteressiert dastanden, damit Eileen sie sich ansehen konnte, ging Nancy Patterson auf Eileen zu und sagte: »Sie brauchen nicht nervös zu sein. Nehmen Sie sich Zeit. Niemand hetzt sie. Wenn Sie sich mit einem Mann befaßt haben und weitergegangen sind, ihn sich dann aber noch einmal ansehen wollen, tun Sie es ruhig. Nehmen Sie sich die Zeit. Nur berühren dürfen Sie niemanden.«

Eileen nickte und trat vor Nr. 1. Hinter ihr standen Gary Trachten, Nancy Patterson und mehrere Polizisten vom 20. Revier. Sie waren da, um einzuschreiten, falls Graham, wenn er erkannt wurde, auf Eileen losging.

Sie stellte sofort fest, daß Nr. 1 zu groß war, um in Betracht zu kommen. Im Geiste strich sie ihn von der Liste und ging weiter zu Nr. 2.

Vor Nr. 2 fragte sie sich: Ist das der Mann, der mich vergewaltigt hat und zurückgekommen ist, um mich zu töten, nachdem er meine Geschichte in der Zeitung gelesen hatte? Es überkam sie ein zunehmendes Gefühl der Angst, während sie Nr. 2 anstarrte, um deutlicher sehen zu können, und in ihrem Gedächtnis nach einem Erkennungsmerkmal suchte.

Der Mann hatte etwas vage Vertrautes und Bedrohliches an sich, aber sie war nicht davon überzeugt, daß es Tyrone Graham war. Er atmete schwer, schien nervös und fahrig. Seine Erregung verwirrte sie. Er mußte etwas getan haben, dachte sie, aber daß er sie vergewaltigt hatte, glaubte sie nicht.

Nr. 3 und 4 schloß sie aus. Einer war zu schwer und der andere zu groß, mindestens 1,98 Meter. Sie mußte zu ihm aufschauen.

Nr. 5 war der Mann, über den Eileen am längsten nachdachte. Er war vollkommen still, atmete ruhig und regelmäßig und schien keine Angst zu haben oder aufgeregt zu sein. Sie versuchte, eventuelle Gefühle oder, was sonst noch von ihm ausging, in sich aufzunehmen. Sein Gesicht war glatt, er hatte keinen Spitz- oder Oberlippenbart. Die konnte er abrasiert haben. Er war ein behaartes und fleischiges Muskelpaket, das keinerlei Information ausstrahlte. Sie hob die Hand, um ihn zu berühren, zog sie dann aber schnell wieder zurück. Das war nicht gestattet.

Sie trat von ihm zurück und ging weiter zu Nummer 6, dem letzten Mann in der Reihe. Er hatte sie von dem Augenblick, an dem die Gegenüberstellung begann, frech angesehen. Wollte er sie dazu herausfordern, ihn auszusuchen, und beweisen, daß sie unrecht hatte? Sie wettete mit sich selbst, daß es ein Polizist war, der seine Rolle überzog. Natürlich kam er nicht in Frage. Er war zu klein, um Graham sein zu können.

Eileen ging noch einmal zurück zu Nr. 5 und 2 und blieb schließlich vor Nr. 2 stehen. Sie lehnte sich vor und grübelte. Wenn es Graham war, dann sollte er sehen, daß sie keine Angst vor ihm hatte, selbst wenn es nicht stimmte. Sie richtete sich auf und nahm Haltung an wie ein Offizier, der seine Truppen inspiziert. Damit wollte sie zum Ausdruck bringen, daß sie die Zügel in der Hand hatte und, gestützt auf die Autorität der Polizei und der Anklagevertreterin, die Schwere ihrer Beschuldigungen in den Vordergrund rücken.

Eileen trat zurück. Es war genauso, wie sie befürchtet hatte. Sie konnte ihren Angreifer durch Sehen allein nicht einwandfrei identifizieren. *Wie kann man das von mir erwarten? Ich bin blind, verflixt noch mal. Das wissen sie!* Ihr Unwille nahm zu.

Sie versuchte, ihre Stimme unter Kontrolle zu halten, als sie sagte: »Wenn ich sie nur anfassen oder kurz reden hören dürfte. Ich bin sicher, dann würde ich den Mann wiedererkennen, der mich vergewaltigt hat.«

»Es tut mir leid, Eileen«, antwortete Nancy Patterson ruhig. »Das dürfen Sie nicht. Ich habe Ihnen erklärt, warum. Ich kann Ihnen nur gestatten, die Männer optisch zu überprüfen.«

Eileen drehte sich wieder um zu den Männern. Sie war ärgerlich und aufgebracht. Verstand Nancy Patterson nicht, was der heutige Tag für sie bedeutete? Sie hatte letzten Endes über den Mann, der sie brutal und kaltblütig geschlagen und vergewaltigt hatte, triumphiert. Außerdem hatte sie sich über seine Drohung, zurückzukommen und sie zu töten, wenn sie redete, hinweggesetzt. Sie wußte, daß er sich auf die Wirkung dieser Drohung verlassen hatte. Doch er war hereingelegt worden von einer

Frau, die sich seine Fingerabdrücke verschafft hatte, zu einem Zeitpunkt, als er glaubte, sie sei am Boden zerstört.

Jetzt brannte sie darauf, ihn wissen zu lassen, daß er nichts gewonnen hatte und für seine Tat mit einem Teil seines Lebens bezahlen mußte. Sie war eingeschüchtert, aber nie besiegt gewesen, und jetzt war sie hier, um Vergeltung an ihm zu üben für jede Minute, in der er sie gequält hatte. Sie wollte ihn so gerne identifizieren. Aber weil man sie nicht auf ihre Weise »sehen« ließ, konnte sie es nicht.

Sie mußte ihrem Vorsatz, ihren Angreifer nicht zu identifizieren, wenn sie nicht absolut sicher war, treu bleiben.

Am Ende gab sie sich geschlagen. Sie konnte Tyrone Graham nicht erkennen.

Sie war enttäuscht, aber auch froh, daß sie diesen Vorsatz gefaßt hatte, und konzentrierte sich auf das Ziel, um jeden Preis dafür zu sorgen, daß Graham bestraft wurde.

Eileen wandte sich Nancy Patterson zu, während die sechs Männer in ordentlicher Folge den Raum verließen. Sie mußte es wissen. »Wer von ihnen ist Graham?« fragte sie leise.

Nancy Patterson zögerte und sagte dann: »Ich darf es Ihnen nicht sagen, Eileen. Er ist noch nicht angeklagt worden. Wenn Sie es danach immer noch wissen wollen, fragen Sie mich noch einmal.«

Eileen wollte protestieren, zuckte dann aber mit den Achseln. Sie und Gary Trachten verließen den Raum und gingen durch die Halle zum vorderen Teil der Wache. Sie hörten mehrere Leute scherzen.

»Die Medien sind da, Eileen«, sagte Trachten. »Ich rede mit ihnen.« Er drückte ihren Arm, um seine Absicht zu unterstreichen.

In ihrer Niedergeschlagenheit nickte Eileen nachgiebig. »Wer, glaubst du, war Graham, Gary?«

»Nr. 5. Du dachtest, es war Nr. 2, nicht wahr? Du hast lange vor ihm gestanden.«

»Ich habe geschwankt«, sagte sie, »zwischen 2 und 5.«

Der erste Reporter, der Eileen erreichte, war von der *New York Daily News:* »Miss Ross, haben Sie Graham identifiziert? Ist er Spiderman? Ist er der Mann, der Sie vergewaltigt hat?«

Geschwind schaltete sich Gary Trachten ein: »Miss Ross konnte ihren Angreifer nicht identifizieren. Sie . . .«

Eileen trennte sich von Trachten und sagte: »Er hat recht, aber man hat mir nicht erlaubt, die Männer zu berühren oder ihre Stimmen zu hören . . .«

Es dauerte 15 Minuten, bis die Reporter Eileen gehen ließen. Gary Trachten, der verärgert war, weil er vergeblich versucht hatte, den Prellbock zwischen seiner Mandantin und der Presse zu spielen, wandte sich Eileen zu und sagte: »Warum verlasse ich mich darauf, daß du mich für dich sprechen läßt, wenn du jedesmal dein Wort brichst? Du mußt an das Zivilrechtsverfahren denken . . .«

»Gary«, unterbrach Eileen ihn hastig, »du solltest inzwischen wissen, daß ich mein Leben nicht von dir bestimmen lasse. Ich schätze deinen Rat, aber die Medien sind meine direkte Art gewöhnt. Wenn sie nicht wären, dann säße Tyrone wahrscheinlich nicht im Gefängnis.«

»Was machen wir bloß mit dir, Eileen?« sagte Trachten halb erbittert und halb liebevoll, während er nach ihrem Arm griff und sie die Stufen vor der Wache hinunterführte. Unten öffnete er die Tür des Polizeiwagens, hinter dessen Steuer die Polizistin darauf wartete, sie beide zu Eileen nach Hause zu fahren.

Während Eileen mit Gary Trachten im Fond des Wagens saß, wurde ihr klar, daß die Verhaftung von Graham, ob sie ihn nun identifizieren konnte oder nicht, auf immer unbestreitbar mit ihrer Entschlossenheit, »ihn zur Strecke zu bringen«, verbunden sein würde. Und es war ihr Erfolg. Sie fing an, sich besser zu fühlen. Schließlich war sie dabei, einen Präzedenzfall zu schaffen für die Frauen, die noch vergewaltigt werden würden. Das positive Ergebnis ihrer Bemühungen zusammen mit der Polizei und der Anklagevertreterin könnte auch sie zu Entschlossenheit veranlassen. Wenn sie auf Grund dessen, was sie tat, Mut faßten, dann würde der Tag, an dem gewalttätige Männer zweimal nachdachten, bevor sie eine Frau vergewaltigten, nicht mehr so fern sein.

Eileen verhielt sich also richtig, wenn sie ihren Vorteil bei Presse, Radio und Fernsehen nutzte, damit Graham nach seiner Verhaftung überführt wurde und die Öffentlichkeit ein neues Bewußtsein gegenüber der Brutalität von Vergewaltigungen entwickelte.

Sie wurde in ihrer Haltung bald bestätigt, obwohl sie Graham bei der Gegenüberstellung nicht hatte identifizieren können. Im späteren Verlauf desselben Tages, des 25. Juli, wurde Tyrone Graham in Brooklyn vor einem großen Geschworenengericht der Vergewaltigung, des Raubes und des Einbruchdiebstahls, jeweils in zwei Fällen, angeklagt.

16

Trotz ihrer von der Ratio bestimmten, langfristigen Strategie für andere Vergewaltigungsopfer fand Eileen ihr persönliches reales Alltagsleben schwierig und beängstigend.

Abends schlief sie schlecht ein, und nachts wachte sie oft, in kalten Schweiß gebadet, auf. Tagsüber begann sie ohne Grund zu zittern und fuhr bei jedem Geräusch hoch.

Noch schwieriger war es für sie, allein zu sein.

Wäre da nicht Rick mit seinen liebevollen Gesten gewesen, der, ihre Nervosität spürend, die Rolle ihres Beschützers übernommen hatte und immer öfter bei ihr blieb, dann hätte Eileen nicht gewußt, wie sie diese Zeit überstehen sollte.

Schließlich empfahl ihr Gary Trachten, der sich um ihre Zivilrechtsklage kümmerte, wegen des psychischen Schadens, den sie durch die Vergewaltigung erlitten hatte, eine Psychotherapeutin aufzusuchen. »Wir brauchen ihr Gutachten später«, erklärte er, »um den monetären Wert desselben, der auf die Fahrlässigkeit der Hausverwaltung zurückzuführen ist, zu ermitteln.«

Solche Gutachten waren anscheinend bei Zivilrechtsverfahren üblich, um die verursachte Körperverletzung zu erfassen. Aber Eileen fand in der Psychotherapeutin eine sensible und verständnisvolle Gesprächspartnerin, die bald mit ihr daran arbeitete, daß sie lernte, mit ihrer schlimmen Erfahrung zu leben, und ein Stadium erreichte, in dem das Bild des Mannes, der mit einer Keule in der

Hand an ihrem Bett gestanden hatte, für sie an Schrecken verlor.

Die große, schlanke, blonde, aus Australien stammende Pamela Watson bewies Einfühlungsvermögen und eine gute Auffassungsgabe, wenn sie Eileen zuhörte, und beantwortete aufrichtig die ihr gestellten Fragen. Sie gab Eileen zu verstehen, daß sie erkennbare Schocksymptome hatte wie fast alle Frauen mit der gleichen Erfahrung.

»Sie fühlen sich wahrscheinlich so, Eileen«, sagte Watson, »als ob Sie dem Tod sehr nahe gewesen seien. Ist es nicht so?«

»O Gott, ja. Dieser Bastard hat mir ein Messer an die Kehle gehalten. Ich dachte, er würde sie mir aufschlitzen.«

»Nun, Sie können nicht erwarten, ein solches Erlebnis ohne Nachwirkungen hinter sich zu bringen. Wenn ich Ihnen erzähle, was andere Frauen empfinden, denen es genauso ergangen ist, verstehen Sie vielleicht besser, was Sie durchmachen, und finden eher die Bereitschaft, Ihre Reaktionen zu akzeptieren.«

Pamela Watson lehnte sich vor und sagte mit sanfter, aber fester Stimme: »Sie haben schreckliche Angst. Sie haben fast Ihr Leben verloren. Es gibt einen medizinischen Begriff für das, was in Ihnen vorgeht. Man spricht von einem Vergewaltigungstrauma. Andere Frauen, die vergewaltigt wurden, geben an, schreckhaft zu sein. Das Klingeln des Telefons, wenn jemand sie berührt, ein lautes Geräusch, fast alles läßt sie hochfahren.«

»Ich weiß«, sagte Eileen. »Ich mußte Rick bitten, die neue Alarmanlage wieder auszubauen. Sie ging immer zum falschen Zeitpunkt los, und ich fuhr jedesmal zusammen.«

»Okay, seien Sie nicht überrascht, wenn Sie Stimmungsschwankungen, von Frust bis zu Schuldgefühlen, von Rachegelüsten bis zu Scham, bei sich feststellen. Das Gefühl, gedemütigt worden zu sein, und größere Vorsicht bei der Begegnung mit anderen Leuten und den Orten, an die man sich begibt, sind ebenfalls weit verbreitet. Es kann zu Alpträumen und Phobien kommen. Die Änderung der Eßgewohnheiten ist ein anderes Symptom. Vielleicht wachen Sie mehrmals in der Nacht auf und haben Angst im Dunkeln.« Eileen unterbrach sie: »Das stimmt.« Pamela nickte: »Lassen Sie eine Lampe brennen, wenn das passiert. Ich möchte Sie über Ihre Alpträume befragen, Eileen.«

»Scheinbar habe ich immer welche, und an bestimmte Dinge kann ich mich nicht mehr erinnern.«

»Machen Sie sich deswegen keine Sorgen. Es gehört dazu. Träumen Sie viel?«

»Ja, und ein Traum kommt immer wieder. Ich sehe Tyrone und stelle fest, daß er ein weißer Rassist ist, sich aber auch jederzeit in einen Schwarzen verwandeln kann. Er gehört zu einer Gruppe von Leuten, die dazu imstande sind. Sie bewegen sich unter den Menschen und halten sie auf diese Weise zum Narren. Und dann, plötzlich, sagt Tyrone zu mir, nachdem er sich in einen Schwarzen verwandelt hat: ›Da drüben steht ein Mann, der dich retten kann.‹ Ich drehe mich in die Richtung, in die er zeigt, erkenne Hani – und verzage.«

Eileen fiel zurück in ihren Stuhl und seufzte: »Es ist ein schrecklicher Traum.«

»Hani ist der Name, den Sie Tyrone gegeben hatten, nicht wahr?«

»Ja, er ist mir so rausgerutscht.«

»Wer ist Hani?«

»Der Mann, der mich vor sechs Jahren hintergangen

hat. Hani war ein Schwein. Als wir miteinander Schluß machten, dachte ich, ich sterbe. Damals habe ich viel mit dem Gedanken an Selbstmord gespielt. Ich habe abgenommen und unter Schlafstörungen gelitten. Wenn ich darüber nachdenke, habe ich heute weitgehend die gleichen Symptome.« Eileen machte eine Pause.

»Ich begegnete Hani Gabriel bei einer kleinen Zusammenkunft behinderter Männer und Frauen, die mit der Bundesvereinigung für Blinde zu tun hatten. Der Anlaß war der Ton zu einem neuen, vom Verband produzierten Dokumentarfilm. Es handelte sich um eine Gruppe gleichgesinnter junger Leute Ende Zwanzig/Anfang Dreißig, die froh waren, einen Vorwand zu haben, um sich zu treffen. Während wir uns unterhielten, bemerkte ich, daß ich Aufzüge mit temperaturabhängigen Schaltknöpfen hasse. Sie verursachen Verzögerungen und schaffen Verwirrung bei Blinden, deren suchende Finger leicht den falschen Knopf erwischen und das ganze Schaltfeld aufleuchten lassen. Es ist lästig, sagte ich, auf jeder Etage halten zu müssen, wenn man versehentlich das Elektronikauge eingeschaltet hat.

Kaum war diese bissige Bemerkung über die Umwelttechnik heraus, hörte ich eine volltönende Stimme mit einem englischen Akzent, die sagte: ›Du schaltest also immer alle Knöpfe ein?‹

Ich lachte und war sofort an dem Sprecher interessiert. Er stellte sich mir vor. Sein Name war Hannibal Gabriel.

Meine Freundin, Pat Logan, nahm mich später an dem Abend beiseite und warnte mich vor dem Mann, der seit einem Unfall in einem Schwimmbad, den er im Alter von zehn Jahren in seinem Geburtsland Israel hatte, blind war. Er war in England zur Schule gegangen.

›Er hat einen schlechten Ruf, Eileen. Er besitzt viel Geld und ist ein Romantiker. Oberflächlich gesehen, kommt er groß raus. Aber sieh dich vor. Man sagt, er ist Frauen gegenüber gefühllos, herablassend und falsch. Ich weiß, du bist an ihm interessiert. Das höre ich an deiner Stimme. Ich sage dir nur: Sei vorsichtig.‹

Ich bedankte mich bei Pat. Im Herzen jedoch wußte ich, daß es zu spät war. Ich fühlte mich bereits unwiderstehlich zu Hani hingezogen. So einfach war das und so unkompliziert, aber auch so geheimnisvoll. Ich hatte Männer kennengelernt und erfahren, wie aufregend ein Flirt, der Austausch von Zärtlichkeiten, ja sogar Sex sein konnte, aber ich war noch nie so verliebt gewesen. Es war, als ob ich schwebte, und ich war überwältigt von der Tiefe meiner Gefühle für einen Mann, den ich kaum kannte.

Wir unternahmen lange Spaziergänge, gingen ins Kino, probierten Restaurants aus, die er empfahl, küßten uns unsicher und entdeckten eine gewaltige magnetische Anziehungskraft, die uns vereinnahmte. Als wir uns schließlich liebten, war ich glücklich darüber, in Hani einen phantastischen Liebhaber gefunden zu haben, der alles daransetzte, meine Leidenschaft zu wecken, mich vor- und nachher glücklich zu machen, und mich im Arm hielt, als ob er fürchtete, ich könnte zerbrechen.

Die Zeit des Glücks und der Wonne dauerte fünf Wochen. Dann gab es die ersten Mißklänge. Das war, als ich festzustellen begann, daß Hani sich für andere Frauen interessierte. Ich versuchte, mich damit zu arrangieren und die Sache nicht persönlich zu nehmen. Manche Männer sind eben so. Das heißt ja nicht, daß sie es mit jeder Frau, der sie begegneten, treiben wollten. Doch als er laut darüber nachzudenken begann, wie andere wohl im Bett wären, schlug ich in dem Versuch, meinem angeschlagenen Ego zu Hilfe zu kommen, vor: ›Vielleicht sollten wir uns beide nach einem zusätzlichen Partner umsehen.‹

Hani reagierte schnell und sagte, unsere Beziehung müsse so bleiben, wie sie war. Er würde lieber mit mir Schluß machen als mich mit jemandem teilen. Bald wurde er noch besitzergreifender. Wenn ich einen Anruf von einem anderen Mann erhielt und er den Hörer abnahm, pflegte er sich zu mir umzudrehen mit der sarkastischen Bemerkung: ›Einer von deinen Liebhabern ist schon wieder am Apparat.‹

In den darauffolgenden Wochen lernte ich mit immer größerem Unbehagen den wahren Charakter des Mannes kennen, dem ich mein Herz geschenkt hatte. Und schließlich, als eine Woche nach der anderen verging, erkannte ich, daß der Mann, der vorgab, sich für die Blinden einzusetzen, und als begnadeter Vertreter und Sprecher der Bundesvereinigung der Blinden auftrat, in Wirklichkeit ein Neurotiker war, der einen ungeheuren Haß auf seine Mutter empfand und zutiefst mit dem Schicksal haderte, das ihm das Augenlicht genommen hatte. Seine Mutter, so erfuhr ich, hatte sich nicht mit der Behinderung ihres Sohnes abfinden können, die er sich beim Aufschlagen auf den Schwimmbadboden geholt hatte. Dieser Unfall nahm ihm das Sehvermögen und ihr die Illusion, ein perfektes Kind zu haben. Unfähig, mit seiner Blindheit fertig zu werden, sorgte sie dafür, daß er mit zehn Jahren in ein Internat kam.« Eileen machte eine Pause. Dann fuhr sie fort.

Sie folgerte aus der Einstellung der Mutter, daß Hanis Verhalten Frauen gegenüber vielleicht daher rührte, daß seine Mutter nicht für ihn da war, als er sie am meisten brauchte, und daß er in jeder Frau, der er begegnete, seine

Mutter sah, die er zu bestrafen suchte. Wenn das, was sie von anderen Frauen über ihn hörte, stimmte, dann war er ein Weiberfeind, dem es Spaß machte, die Frauen an der Nase herumzuführen, bis sie verliebt und verwundbar waren. Dann machte er sich daran, sie zu vernichten, zunächst auf kaum spürbare Art, indem er ihr Selbstvertrauen unterminierte, sie ihren Freunden entfremdete, dadurch, daß er sie immer mehr von sich abhängig machte, und sie schließlich, wenn sie ihm aus tiefster Seele vertrauten, verließ.

Sein starker Drang nach Beherrschung der Menschen, insbesondere der Frauen, offenbarte sich Eileen eines Tages, als er mit einer Handvoll breiter Gummiringe in seine Wohnung zurückkehrte, wo sie zu Besuch war. Wenn er nervös wurde, kaute er an seinen Fingern und Handgelenken, oder er biß eine Reihe von Löchern in einen Gummiring und riß dann das schlaff gewordene Band auseinander.

Einen kaputten Gummiring hochhaltend, sagte er zu Eileen: »Das mache ich mit Leuten, die mir nicht gehorchen. Ich mache sie fertig.«

Je kritischer Hani Eileen gegenüber wurde, um so mehr forderte er auch von ihr. Er befahl ihr, Dinge zu tun, die sie für niemanden sonst getan hätte, und sie gehorchte. Einmal verlangte er gebieterisch, daß sie ihn aus einem Restaurant führte, in dem sie zu Abend gegessen hatten. Als sie aus seiner Sicht nicht schnell genug reagierte, griff er nach einem Gürtel hinten an ihrem Mantel, zog heftig daran und schubste sie rüde. Sie stolperte und verlor den Halt. Als sie sich umwandte, um ihm die Stirn zu bieten, warnte er sie davor, laut zu werden. Eine Lady täte so etwas nicht.

Am nächsten Tag, während sie beide an einer Demonstration teilnahmen, flüsterte Harold, ein Freund von Hani, ihr etwas ins Ohr. Hani kam sofort zu ihr, sagte, es mißfiele ihm, wenn sie mit einem seiner Freunde scherzte, und schlug ihr aufs Bein.

Eileen war erstaunt, verärgert und enttäuscht über die grausame Behandlung, die sie von Hani erfuhr. Er benahm sich, als ob er sie bewußt von sich wegtreiben wollte, und kam mit Ansinnen, die ihre Gefühle verletzten. Wenn sie ihn um eine Erklärung bat, tat er so, als ob sie dumm sei und in ihrer sich wandelnden Beziehung keine Rechte hätte. Eileen wurde immer verzweifelter, als sie seine Zuneigung zu ihr schwinden sah, während seine herablassende Art ständig mehr zur Regel wurde und es nicht mehr zu übersehen war, daß er sie verachtete.

Eines Tages, als sie nebeneinander auf der Straße gingen, trat ein ungeschlachter Mann mit einem riesigen, pilzförmigen Mantel hastig auf sie zu. Durch Eileens Kopf huschte eine böse Vorahnung. Plötzlich kreuzte eine erhobene Hand mit einer Flasche voll klarer Flüssigkeit ihren tunnelförmigen Sehbereich. Eileen griff nach dem Handgelenk des Mannes. Einen kurzen Moment rangen sie miteinander. Dann fiel die Flasche zu Boden, und der Mann lief davon. Noch bevor Eileen die Flasche aufhob, wußte sie, daß sie Säure enthielt. Sie war für Hani bestimmt gewesen. Hätte sie nicht so schnell geschaltet, dann wäre er im Gesicht getroffen worden. Aber so hatten nur ein paar Tropfen Löcher in sein Hemd gebrannt. In der Luft lag ein widerlicher, bitterer Geruch.

Eileen war erschüttert von diesem Erlebnis. Sie drängte Hani, zur Polizei zu gehen. Er weigerte sich. Da wurde ihr klar, daß Hannibal Gabriel nicht der Mann war, für den sie ihn hielt. Offensichtlich hatte er eine unbekannte Vergangenheit und tückische Feinde. In den anschließenden Wochen stellte sie eine totale Änderung seiner Persönlichkeitsstruktur fest: Sein Haß auf sie äußerte sich in hinterlistigem Verrat, in Lügen, die er bei gemeinsamen Freunden über sie verbreitete, sowie in einer teuflischen Kampagne, die dazu angelegt war, ihr Selbstbewußtsein als begehrenswerte Frau zu zerstören.

Jetzt verstand sie die wahre Bedeutung dessen, was sie vor ihrer Affäre von anderen Frauen gehört hatte. Hani stellte das Leben anderer Menschen auf den Kopf. Er war ein bösartiger Frauenfeind. Was ihn so gefährlich machte, war seine Attraktivität. Er setzte sein Lächeln, seine kultivierte Stimme, seinen Charme und seine Intelligenz ein, um den Frauen zu schmeicheln. Sobald sie ihm ihre geheimsten Gefühle offenbarten, verletzte er sie.

Doch bei keiner ging er so brutal vor wie bei Eileen. Er hatte sein Visier so weit heruntergelassen, daß sie den ängstlichen, unsicheren Mann, der sich hinter dem strahlenden Äußeren verbarg, entdeckte. Daß sie wußte, wie hohl er in Wirklichkeit war, konnte er ihr nie verzeihen. Dafür mußte er sie bestrafen.

»Ja«, sagte Eileen zu Pamela Watson, »ich habe Tyrone Hani genannt. Es mag melodramatisch klingen, aber Hani hat sich an meinem Verstand und meinem Herzen vergangen, wie Tyrone an meinem Körper. Tyrone ist zufällig auf mich gekommen. Aber Hani hat mich bewußt als Opfer ausgesucht.«

Mit heiserer Stimme sagte sie zu Pamela Watson: »Ich bin sechs Jahre lang nicht mehr mit einem Mann zusammengewesen, bis Tyrone mich dazu gezwungen hat.«

Pamela Watson riet Eileen zu einer Beteiligung am Programm des Vergewaltigungskrisenzentrums am Mt.-Sinai-Krankenhaus als sinnvolle Maßnahme zur Bewältigung ihrer Ängste. Auch die Erfahrung als solche würde nützlich sein, meinte Pamela, da Eileen mit anderen vergewaltigten, im Verarbeitungsprozeß unterschiedlich weit fortgeschrittenen Frauen zusammenträfe. Eileen lernte die Direktorin des Krisenzentrums, Iona Segal, eine energische blonde Frau, Mitte Vierzig, kennen, die ihr sofort sagte, wie sehr sie sie bewunderte. Sie habe Eileens Fall in den Zeitungen verfolgt und sei fasziniert gewesen, daß Eileen es darauf angelegt hatte, Tyrone Grahams Fingerabdrücke auf einem 7-Up-Glas festzuhalten.

In Gegenwart von Iona Segal verspürte Eileen Erleichterung und so etwas wie Freiheit. Sie konnte offen und spontan über das sprechen, was ihr widerfahren war, und brauchte ihre Äußerungen nicht abzuwägen wie bei den Anwälten, der Polizei und bei Nancy Patterson. Es war ein gutes Gefühl, sagen zu können, was man auf dem Herzen hatte!

Schon gleich zu Anfang traf sie die Entscheidung, im Krisenzentrum, wo sie sich zu Hause, beschützt und verstanden fühlte, ehrenamtlich mitzumachen. Sie nahm an Kursen teil, hörte anderen Frauen zu, wenn sie ihre schrecklichen Geschichten erzählten, und, was das Interessanteste war, sie lernte eine Menge in bezug auf Tyrone Graham. Das lag an der Literatur, die sie las und über die sie mit Segal und anderen diskutierte. Danach gab es eindeutig drei Grundformen der Vergewaltigung entsprechend den folgenden drei Beweggründen: Frust, Machtstreben und Sadismus. Graham gehörte vornehmlich zur zweiten Kategorie.

Frust und das Streben nach Macht, umgesetzt in Sexualverhalten: das waren die bei Graham erkennbaren Motive gewesen. Eileen erfuhr, daß es für einen von dem Drang, einen anderen Menschen zu beherrschen, getriebenen Vergewaltiger typisch war, daß er sein Opfer angriff, es physisch fertigmachte, ihm die Kleider vom Leib riß und es dann vergewaltigte. In einem anderen Fall verhielt sich der Vergewaltiger zunächst ruhig und gab dem Opfer durch seine stille Überlegenheit das Gefühl, daß es nichts von ihm zu befürchten habe. Doch dann änderte er sich plötzlich, wurde aggressiv und gemein. Die Vergewaltigung folgte.

Dieses letzte Verhaltensmuster kommt dem von Graham am nächsten, dachte Eileen. In einem Buch, das sie in der Bibliothek des Mt.-Sinai-Vergewaltigungskrisenzentrums fand, entdeckte sie eine Beschreibung, die fast so zu Tyrone Graham zu passen schien, als ob die Autoren ihn dabei im Sinn gehabt hätten. Es handelte sich um das 1979 vom Plenum Press herausgegebene Buch *Men Who Rape: Physiology of the Offender* von A. Nicholas Groth und H. Jean Birnbaum. Für den darin angesprochenen Täter ist Sexualität an sich normalerweise *auf einer gewissen Ebene subjektiver Erfahrung im Grunde etwas Niedriges, »Schmutziges« sowie Anstößiges und wird daher zu einer Waffe, einem Mittel, mit dem er sein Opfer verunglimpfen, herabsetzen und demütigen kann.*

Eileen erinnerte sich an Grahams Zurückhaltung. Vor der Vergewaltigung war er ja geradezu heftig vor einer Berührung mit ihr zurückgeschreckt. Er wollte nicht, daß sie ihn anfaßte, und während des Geschlechtsverkehrs hatte er fast mechanisch agiert. Als sie sich in der Küche absichtlich gegen ihn fallen gelassen und seinen Hals sowie sein Gesicht mit der Hand berührt hatte, war er vom Stuhl hochgefahren, als ob ihn etwas gestochen hätte.

Eileen fand, daß die Analyse der beiden Autoren eine exakte Beschreibung von Graham war. Ja, er hatte sich sogar scheinbar von dem Überfall distanzieren wollen.

Kurze Zeit danach geriet Eileen in ein Gespräch mit einem genesenen Vergewaltigungsopfer namens Roberta, das ihr geduldig zuhörte, als sie von ihrer Entdeckung erzählte.

»Es ist erstaunlich«, sagte Eileen. »Sie haben Graham genau erkannt. Ich wüßte gerne, ob andere Frauen, mit denen du gesprochen hast, die gleiche Erfahrung gemacht haben.«

Roberta lächelte: »Ja, eine ganze Reihe. Seit es mir passiert ist, habe ich mit vielen Frauen gesprochen und erfahren, was für ein Mensch so ein Mann wie Graham ist. Vielleicht hat er Phantasien über sexuelle Eroberungen und Vergewaltigung. Er ist ein Einbrecher, sagst du? Sicher hat er festgestellt, daß er durch das Eindringen in Wohnungen seine Phantasien ausleben kann. Ich wette, er hat dich beobachtet, als du noch schliefst, und dich taxiert, bevor er dich geweckt hat.«

Eileen starrte die Frau an und begriff, daß sie wahrscheinlich recht hatte. Der Gedanke, daß Graham ihre Wohnung ausgekundschaftet hatte, bevor er sie aufweckte, war ihr auch schon gekommen. Jetzt, da sie es von einem anderen Opfer hörte, leuchtete es ihr ein und gab ihr ein komisches Gefühl. Graham erschien ihr noch gefährlicher.

»Das Hauptmerkmal bei einem Mann wie ihm«, sagte Roberta, »ist, daß er sich wahrscheinlich mit seinem Opfer in der Küche oder im Schlafzimmer sieht. Wenn er seine

Vergewaltigungsabsicht deutlich macht, widersetzt sich die Frau natürlich seinen Annäherungsversuchen. Er nimmt sie sich mit Gewalt und schafft es, in sie einzudringen. Es gehört zu seiner Phantasie über die Befriedigung des Machtstrebens, daß das Opfer von seiner Leidenschaft überwältigt ist und ihm entgegenkommt, ja sogar den Beischlaf mit ihm will. Die Frau öffnet sich ihm.

Für jemanden wie Graham bedeuten diese Phantasien viel«, erklärte Roberta. »Der aus Machtstreben handelnde Vergewaltiger ist davon überzeugt, daß sein Opfer den Geschlechtsverkehr genießt, und findet Anhaltspunkte im Verhalten der Frau, in denen er bestätigt sieht, daß sie wirklich Sex wollte. Sie hatte zweifellos Spaß daran, war feucht, erregt oder gab Laute von sich, die er als lustvolles Stöhnen interpretierte.«

Eileen dachte daran zurück, wie Tyrone Graham sich in der Küche verhalten, wie er die Rolle des »Hausherrn« übernommen hatte. Mit Stolz berichtete er, daß er stahl, um zu leben, und erklärte, daß er ein erfahrener Einbrecher sei. Er wies darauf hin, daß »eine Menge übler Burschen auf der Straße herumlief«, vor denen sich eine alleinstehende Frau in acht nehmen mußte.

Sie ansehend, hatte er ernsthaft, ohne eine Spur von Ironie in der Stimme, gemeint: »Du solltest dir einen großen Hund anschaffen, der dich beschützt, wenn du ausgehst. Eine Frau alleine kann nicht vorsichtig genug sein . . . Warum? Man könnte dich überfallen.«

Als Eileen sich an dem Abend zum Schlafengehen bereitmachte, hatte sie den Eindruck, sie verstand den Mann, der sie vergewaltigt hatte, weitaus besser, als sie es je für möglich gehalten hätte. Im Geiste ging sie noch einmal durch, was ihre neue Freundin Roberta über die Zwanghaftigkeit bei Männern wie Graham gesagt hatte.

»Natürlich ist es so, Eileen, daß ihm, egal, wie sehr er sich einzureden versucht, daß das Vergewaltigungserlebnis großartig war, Zweifel bleiben. Da es darum geht, seine Männlichkeit, seine Meisterschaft unter Beweis zu stellen, muß er sich davon überzeugen, daß der Geschlechtsakt mit einer fremden Person riesig war. Der Mann, der mich vergewaltigt hat«, sagte Roberta, »prahlte mit mehreren Frauen, über die er hergefallen war. ›Sie haben der Polizei nichts gesagt, weil es ihnen gefallen hat, wie ich es mache‹, sagte er zu mir. Übrigens, der aus Machtstreben handelnde Vergewaltiger spürt, daß bei seinem Vorgehen oder in seiner Reaktion etwas fehlt. Nicht ejakulieren zu können, was auf die meisten nach Macht strebenden Vergewaltiger zutrifft, bereitet ihnen großen Kummer. Sie müssen wieder losgehen und sich ein neues Opfer suchen, das ›richtige‹, und damit kommt es zu Vergewaltigungsserien, die unter Umständen erst dann enden, wenn der Täter gefaßt wird.«

Wenn das, was Roberta über Männer wie Graham sagte, stimmte, warum ist er dann zurückgekommen, um mich zu töten, fragte sich Eileen. In ihrem Innersten wußte sie, daß er noch einmal da war. Die Hunde hatten es gerochen und völlig verrückt gespielt. Dann fiel ihr ein, daß sie die Antwort auf ihre Frage bereits in dem Buch *Men Who Rape* gefunden hatte.

Sie erinnerte sich an den Absatz: *»Der aus Machtstreben handelnde Vergewaltiger streitet häufig ab, daß die sexuelle Begegnung erzwungen war. Er braucht den Glauben daran, daß das Opfer sie wollte und Gefallen daran fand. Nach dem Über-*

fall besteht er möglicherweise darauf, das Opfer einzuladen, ein Glas mit ihm zu trinken, beziehungsweise mit ihm zu Abend zu essen, oder er äußert den Wunsch, die Frau wiederzusehen. In manchen Fällen läßt sich dies als eine Art ›Zurechtrücken der Dinge‹ interpretieren, das heißt als eine freundliche Geste, das Bemühen darum, daß man ihm nicht böse ist, oder als ein Mittel, spätere Aussagen der Frau, daß sie vergewaltigt wurde, zweifelhaft erscheinen zu lassen . . .«

Grahams freundliche Geste, wußte Eileen nun, war das Reinigen der Kopfwunde gewesen, die er ihr beigebracht hatte. Damit sollte alles wieder in Ordnung sein. Jetzt war ihr unwiderruflich klar, warum er zurückgekehrt war, um sie zu töten. Da er sich eingeredet hatte, daß sie ihn mochte, ihm vergab, daß er sie geschlagen hatte – ein zufällig unterlaufener Schnitzer –, und mit seiner sexuellen Leistung im nachhinein zufrieden war, packte ihn die Wut, und er fühlte sich verraten, als er in der Zeitung las, sie wolle um jeden Preis, daß er gefaßt wurde. Er war wiedergekommen, um sie dafür zu bestrafen, daß sie sich gegen ihn gewandt hatte!

Von einem plötzlichen tiefen Angstschauer gepackt, erkannte Eileen, daß Graham das Risiko einer fast unweigerlichen Entdeckung eingegangen war, um ihrer habhaft zu werden. Er würde erneut kommen, wenn er frei war. Ihr baldiges Erscheinen vor dem großen Geschworenengericht gewann dadurch auf einmal noch mehr an Bedeutung. Sie mußte den Geschworenen ohne jeden Zweifel klarmachen, wie gefährlich Graham war und wie sehr er es verdiente, angeklagt, vor Gericht gestellt und überführt zu werden. Es war an ihr, dafür zu sorgen, daß er für lange Zeit ins Gefängnis kam, damit sie und andere Frauen vor ihm sicher waren.

17

»Das große Geschworenengericht tritt am 30. Juli zusammen«, teilte Nancy Patterson Eileen mit. »Es wird über die Schwere des Verbrechens entscheiden. Wenn die Geschworenen Ihnen als Zeugin glauben und überzeugt sind, daß die Polizei unwiderlegbare Beweise beigebracht hat, dann werden sie gegen Tyrone Graham Anklage erheben.«

Das große Geschworenengericht. Dieser Begriff rief beängstigende Bilder bei Eileen wach. Wenn sogar Pressevertreter wie Anne Creason, die auf ihrer Seite zu stehen schienen, sich so leicht gegen sie wenden konnten, wie würden dann zwanzig, für sie unsichtbare Fremde, die sie nicht berühren durfte, auf sie und ihre Geschichte reagieren? Die Vorstellung, vor ihnen aussagen zu müssen, flößte ihr Furcht ein. In gewisser Weise kam es ihr so vor, als ob über sie Gericht gehalten, über ihre Schuld oder Unschuld entschieden werden sollte.

Im Inneren wußte sie natürlich, daß dem nicht so war und daß solche Gefühle von ähnlichen Ängsten im Unterbewußtsein herrührten, wie sie die anderen Vergewaltigungsopfer empfunden hatten. Sie hatten ähnlich gefühlt, als sie aufgefordert wurden, den Menschen, die nach der Beurteilung der Glaubwürdigkeit des Opfers über das Schicksal des Täters zu entscheiden hatten, zu vermitteln, welchen Qualen sie ausgesetzt waren.

Für Eileen war die Zeit bis zum Gerichtstermin die

schlimmste überhaupt. Sie hatte mit Selbstzweifeln zu kämpfen, die noch dadurch verstärkt wurden, daß sie glaubte, die Kontrolle über ihre geschäftlichen Aktivitäten zu verlieren. Obwohl Rick Rivera Außergewöhnliches leistete und sich tapfer für den Erhalt des kleinen Schreibdienstes für medizinische Berichte einsetzte, wirkte sich Eileens mangelndes persönliches Engagement nachteilig aus.

Hinzu kam, daß sie trotz Therapie praktisch nicht allein in der Wohnung sein konnte. Immer wenn sie versuchte, an dem ihr vertrauten Schreibtisch die auf Band diktierten Texte zu übertragen, wobei sie mit dem Rücken zur Tür saß, begann sie zu zittern, ihr Nackenhaar sträubte sich, und es liefen ihr kalte Schauer den Rücken hinunter. Dann fuhr sie vom Stuhl hoch und blickte verstört in den Raum, der über sie hereinzubrechen schien.

Manchmal schloß sie sich im Badezimmer ein und sprach von der Telefonnebenstelle stundenlang mit Freunden, bis Rick zurückkam.

Bei der polizeilichen Gegenüberstellung hatte sie ruhig und ausgeglichen gewirkt, aber nun, da sie hinter ihr lag, fühlten sich ihre Arme und Beine häufig an, als ob sie aus Blei wären. Für die Polizei, die Anklagevertreterin, ja sogar für die mutmaßlichen Täter hatte sie die tapfere Frau gespielt, die durch Willenskraft ihr Selbstbewußtsein zurückerlangt hatte.

Wie lächerlich! Ständig war sie den Tränen nahe, oder sie begann unvermutet am ganzen Körper zu zittern.

Angesichts ihrer Erschöpfung und Schreckhaftigkeit begrüßte sie dankbar jede Gelegenheit, ihre Wohnung verlassen zu können. Die Abende verbrachte sie zumeist oben im Haus, wo sie in Gesprächen mit ihrem Freund

David, dessen physische Verfassung sich weiter verschlechterte, Trost fand.

Dann, zwei Tage bevor Eileen vor das große Geschworenengericht treten mußte, starb David Wilson, der Mann, der sich unter Schmerzen von seinem Krankenlager hochgerafft hatte, um sie in der Nacht der Vergewaltigung von ihren Fesseln zu befreien und ihr beizustehen. Das war ein heftiger Schlag für Eileen. Nur wenige Menschen hatten ihr soviel bedeutet wie David. Sie schätzte vor allem die heitere, behagliche Atmosphäre, in der ihre freundschaftlichen Unterhaltungen stattfanden. Sie sprachen über alles mögliche und hielten es nie für notwendig, in Worte zu fassen, wie gern jeder mit dem anderen zusammen war. Obwohl Eileen wußte, daß David sterben mußte, hinterließ sein Tod eine große Lücke in ihrem Leben.

Es war, als ob man ihr den Boden unter den Füßen weggezogen hätte, zu einer Zeit, in der sie nur noch über wenige emotionale Reserven verfügte, um mit weiteren Verlusten oder neuen Enttäuschungen fertig zu werden. Als die Nachricht sie erreichte, lief sie ins Badezimmer, verschloß die Tür und setzte sich, die Arme um sich schlingend, auf den Toilettendeckel. Ihr Körper bebte, während die Tränen liefen und der Kummer in Wellen über sie hereinbrach.

In Newark, New Jersey, fand eine Totenwache für David Wilson statt, an der Eileen mit Pat Sulsona, Bill Clemmons und Chantal Gruber teilnahm. Sie waren nicht überrascht, mehr als zweihundert Leute vorzufinden, die gekommen waren, um dem Verstorbenen die letzte Ehre zu erweisen. David lag in einem offenen Sarg, und sie erinnerte sich an den Scherz, den er eine Woche vorher über diese Veranstaltung gemacht hatte: »Yeah, ich glaube, ich möchte offen aufgebahrt werden, damit ich sehen kann, ob überhaupt jemand kommt!«

Nun, da sie sich einsamer fühlte als je zuvor in ihrem Leben, mußte Eileen sich für ihren schweren Auftritt vor dem großen Geschworenengericht rüsten.

Als sie zu dem festgesetzten Termin in Begleitung ihrer Tante Ann, einer zierlichen Frau mit ergrautem Haar und einer guten Figur, die die gleiche optimistische Entschlossenheit an den Tag legte wie ihr Bruder, Eileens Vater, zu der Anhörung erschien, entdeckte sie, daß Linda Fairstein, stellvertretende Bezirksstaatsanwältin und Leiterin der Abteilung Sexualdelikte bei der Manhattaner Staatsanwaltschaft, für das Fernsehen interviewt wurde. Eileen hatte nicht erwartet, daß ihr Fall in einem Film für die 20/20-Show mit Hugh Downs und Barbara Walters behandelt würde, aber da sie ein Vergewaltigungsopfer war, das sich zu erkennen geben wollte, stellte man ihr ein paar Fragen über die Macht der Anklagevertretung, die in dieser Show ausgestrahlt werden sollten.

Es überraschte Eileen nicht, daß die Produzenten beschlossen hatten, Linda Fairstein zum Mittelpunkt ihres Films zu machen. Sie war eine große, attraktive Blondine mit einer klaren, sachlichen Sprache, ein ideales Beispiel für eine erfolgreiche Juristin, die sich den Ruf erworben hatte, eine ehrliche, energische Beamtin zu sein, die sich der strafrechtlichen Verfolgung von Sexualverbrechern, die übelsten Mißbrauch mit Frauen und Kindern trieben, widmete.

Eileen fand es belustigend, daß der für den Fernsehbeitrag zuständige Regisseur plötzlich das Interview mit ihr fallenließ und statt dessen um die Erlaubnis bat, sie für den Abspann beim langsamen Gang durch die Halle zum Gerichtssaal, den sie etwas später tatsächlich betreten würde, filmen zu dürfen. Die Kamera kam auf sie zu für eine Nahaufnahme von ihrem Gesicht. Dann begann sie umherzuschweifen und sich immer mehr von Eileen zu entfernen, bis diese durch die Tür verschwand.

In diesem Ausblendeverfahren lag eine symbolische Ironie, die Eileen zusagte. Das Leben eines Vergewaltigungsopfers war nie mehr so wie vor dem schrecklichen Erlebnis. Die Szene, in der sie auf ihrem Weg immer kleiner wurde, versinnbildlichte die Erniedrigung der Frau, deren emotionale Stabilität und das Gefühl, sich selbst zu gehören, durch den Akt der Vergewaltigung erschüttert worden waren.

Während der an diesem Morgen noch verbleibenden Zeit befragte Linda Fairstein Eileen zu dem Überfall im Jahre 1979.

»Ich muß darüber Bescheid wissen, Eileen«, sagte Fairstein und lehnte sich vor. »Tyrone Grahams Anwalt hat Anspruch auf sämtliche einschlägigen Informationen. Meine Aufgabe ist es, sie zu ermitteln.«

Folgsam berichtete Eileen über den Angriff, der in einem Sanierungsgebiet in der Nähe der East End Avenue stattgefunden hatte. Sie kam von einem Freund, der sich sinnlos betrunken hatte und nicht in der Lage war, sie zu ihrer Wohnung, nur ein paar Häuserblocks weiter, zu begleiten.

Sie schilderte, wie ein wie wild agierender Mann sie mit einem Messer in der Hand angesprungen hatte.

»Ich habe kein Geld!« hatte sie geschrien.

»Und ich lasse die Weiber nicht am Leben. Jetzt, wo du mich gesehen hast.«

»Aber ich bin blind. Ich kann Sie nicht identifizieren.«

»Ich schlag' dich zusammen, damit du dich an nichts mehr erinnern kannst.«

Er hatte begonnen, Eileen ins Gesicht zu schlagen. Zum Teil wurden die Schläge durch die dicke Wollmütze, die sie trug, aufgefangen. Was weh tat, war das Eisen an einem Gerüst, das sich jedesmal, wenn ihr Kopf einem Schlag des Angreifers nachgab, in ihr Gesicht eingrub. Er hatte ihr mit dem Messer die Cordhose aufgeschlitzt, den Penis herausgezogen und in seiner Raserei plötzlich auf eines ihrer Hosenbeine ejakuliert. Wütend und enttäuscht war er davongelaufen, und Eileen hatte ein paar Sekunden später ein Auto anfahren gehört.

»Nun, ich finde«, sagte Linda Fairstein, nachdem sie Eileens Geschichte gehört hatte, »daß bei dieser Begegnung keinesfalls von Provokation die Rede sein kann. Haben Sie Anzeige erstattet?«

»Ja.«

»Aber gehen Sie bitte nicht davon aus«, flüsterte Nancy Patterson Eileen zu, »daß die Sache hier ein Spaziergang wird, weil Graham in Brooklyn angeklagt wurde. Es gibt keine Jury, die nur aus Jasagern besteht. Zumindest habe ich so etwas noch nie erlebt. Wir müssen zweiundzwanzig Leuten beweisen, daß Tyrone Graham Sie sexuell mißbraucht und vergewaltigt hat, daß er widerrechtlich in Ihre Wohnung eingedrungen ist und Sie bestohlen hat. Bei den Geschworenen darf kein Zweifel darüber bestehen, daß diese Taten von ihm begangen wurden.

Ich fordere Sie nicht zu Dramatik auf. Aber überzeugend müssen Sie sein. Erzählen Sie Ihre Geschichte offen und ehrlich. Die Geschworenen werden die Wahrheit an Ihrem Gesicht erkennen und in Ihrer Stimme hören, wenn Sie ohne Umschweife berichten, was geschehen ist, und meine Fragen beantworten. Haben Sie jetzt noch Fragen an mich?«

»Nein, ich habe verstanden und glaube, daß wir bei der Probe an alles gedacht haben«, sagte Eileen. »Nur beschreiben Sie mir doch bitte noch den Raum.«

Rasch kam Nancy Patterson diesem Wunsch nach.

Anschließend bedankte sich Linda Fairstein bei Eileen und ihrer Tante, die dann mit Nancy Patterson zu den Bänken vor Raum Nr. 40 des Gerichtsgebäudes gingen. Eileen und ihre Tante nahmen nebeneinander Platz, während Patterson hineinging. Ann tätschelte Eileen die Hand.

»Es dauert jetzt nicht mehr lange, meine Liebe.« Ann, die keine Sehbehinderung hatte, ließ ihre Blicke den Korridor entlangschweifen.

»Ich gebe dir einen Stups. Dann kannst du dich darauf einstellen.«

Ein paar Minuten später öffnete Nancy Patterson die große gelbe Eichentür und nickte Ann zu, die sofort Eileen informierte. Diese stand zitternd auf, glättete die Sitzfalten in ihrem Kleid und legte ihre Hand auf Nancy Pattersons Unterarm. Die stellvertretende Bezirksstaatsanwältin führte sie in den großen Raum, zu einem alleinstehenden Tisch mit Stuhl.

Wenn Eileen auch über den Tisch hinaus von ihrer Umgebung nichts sehen konnte, so hatte sie doch Nancy Pattersons Beschreibung noch gut im Kopf: Auf einer halbkreisförmigen Plattform befanden sich mehrere steigend angeordnete Reihen von Holzstühlen, auf denen fünfzig bis sechzig Personen Platz finden konnten, wobei der Abstand zwischen der höchsten und der niedrigsten Reihe etwa 3,5 Meter betrug. Die Geschworenen würden direkt auf Eileen blicken.

Nancy Patterson begab sich, wie sie Eileen gesagt hatte, zu einem Pult im hinteren Teil des Raumes. Zwischen ihr und Eileen lagen ungefähr neun Meter. Sie würde ihre Fragen an Eileen laut und deutlich stellen.

Sie konnte zwar die großen Fenster des Gerichtssaals nicht sehen, wohl aber das durch sie einfallende Licht des warmen Julitages. Eileen nahm ihre sonnige Helligkeit und schwache, von der vier Stockwerke tiefer gelegenen Straße bis nach oben dringende Verkehrsgeräusche wahr. Auch hörte sie das Rascheln von Kleidern, das leise Knistern aufeinanderreibender Textilien, hier ein Husten, da Gemurmel, und das Hin- und Herschieben von Papier, während die Geschworenen ihre Plätze einnahmen.

Nancy Patterson begann damit, daß sie Eileen bat, sich vorzustellen.

»Würden Sie den Geschworenen bitte Ihren Namen und Ihre Anschrift nennen.«

»Mein Name ist Eileen Ross«, sagte Eileen und fügte ihre Adresse hinzu.

»Wurden Sie in den frühen Morgenstunden des 14. Juli 1986 von einem Eindringling geweckt?«

»Ja.«

»Bitte berichten Sie den Geschworenen, was damals geschah.«

Ruhig und mit fester Stimme schilderte Eileen das Eindringen von Tyrone Graham und wie er sie mit einem Holzhammer, den er in ihrer Küche gefunden hatte, auf den Kopf schlug sowie ihre geliebte Beaglehündin Bethie brutal verletzte.

Sie sagte: »Ich konnte den Knall hören, als der Hammer Bethie traf. Sie jaulte, und ich konnte ihr nicht helfen, weil ich benommen war von den Schlägen, die er mir versetzt hatte. Bethie wurde bewußtlos geschlagen.

Ich habe mit den Händen nach ihr gefaßt«, fuhr sie mit leiser Stimme fort, »und konnte das Blut fühlen. Sie blutete, und ich dachte, sie sei tot. Das war einer der schlimmsten Augenblicke meines Lebens.« Ihre Stimme hob sich klagend. Tränen traten ihr in die Augen und liefen ihr die Wangen hinunter, als sie sich an das angsterfüllte Gewinsel erinnerte, das Bethie von sich gab, bevor sie bewußtlos aufs Bett fiel, und an das Schwächegefühl, das sie überkam, als sie dachte, Bethie sei tot.

Eileen blickte, sich entschuldigend, in Richtung der Geschworenen. Die Stimme blieb ihr in der Kehle stecken. Einen Augenblick lang war sie von ihren Gefühlen übermannt worden. Sie hörte leise Schniefgeräusche von den Geschworenen und stellte fest, daß ihr Zusammenbruch einige von ihnen gerührt hatte.

Sie gewann ihre Fassung zurück, und Nancy Patterson führte sie geschickt schrittweise durch die Tortur, die sie mit Graham hatte durchmachen müssen, angefangen von seinem seltsamen Verhalten in der Küche – wo er darauf bestanden hatte, daß sie Eier für ihn zubereitete, die er dann anbrennen ließ, weil er von ihr verlangte, daß sie sich auszog – bis zu dem Moment, als er ihre Brüste berührte. Nancy verweilte bewußt bei den Einzelheiten, damit sie sich den Geschworenen einprägten.

»Heißt das, daß er Ihre Brust mit den Fingern berührte?«

»Ja.«

Als Eileen Grahams merkwürdiges Ritual mit den Schraubenziehern beschrieb, hörte sie, wie man bei den Geschworenen tief Luft holte. Die Bedeutung der Schraubenzieher als Waffe war ihnen nicht entgangen.

»Hat Tyrone Graham versucht, Sie mit den Schraubenziehern zu verletzen? Hat er Sie irgendwie damit berührt?«

»Nein«, antwortete Eileen. »Aber ich mußte an den Würger von Boston denken, der seinen Opfern Stöcke in die Vagina stieß, und ich hatte Angst. Doch er hat mit den Schraubenziehern nichts gemacht.«

Nancy Patterson leitete Eileen geduldig und gewandt zu dem Ereignis der Vergewaltigung.

»Eileen, würden Sie bitte beschreiben, wie der Mann Sie vergewaltigt hat.«

»Er hat seinen Penis in meine Vagina gesteckt.« Das war die Formulierung, auf die Eileen und Nancy Patterson so bedacht gewesen waren. Sie war juristisch wichtig, um den Akt der Vergewaltigung gemäß der gesetzlichen Definition zu begründen. Für das Opfer war sie auch wichtig, weil dieses vor zweiundzwanzig Fremden eine öffentliche Aussage zu machen hatte.

Patterson hatte Eileen erklärt, daß viele Frauen emotional nicht in der Lage waren, diese Worte über die Lippen zu bringen. Sie seien entsetzt und schämten sich bei der Vorstellung, völlig fremden Leuten gegenüber eine solche Äußerung tun zu müssen. Es sei nicht nur so, daß sie vor der Beschreibung des physischen, gewaltsamen In-sie-Eindringens zurückschreckten, sondern bei vielen kämen sämtliche immens belasteten, ganz persönlichen Gefühle und die ungeheure, aus der Vergewaltigung resultierende Wut zum Ausbruch.

An diesem Punkt waren manche Frauen Patterson zufolge so aufgewühlt, verletzt und nervös, daß sie die Worte physisch nicht bilden konnten. Sie schauderten und wanden sich tränenüberströmt und eingeschüchtert im Zeugenstand, einer für sie scheußlichen Einrichtung, in der sie sich der Befragung so ausgeliefert fühlten wie ihrem Vergewaltiger.

Für Frauen, die nicht in der Lage waren, die besagten Worte auszusprechen, hatte Nancy Patterson eine andere Strategie entwickelt. Das Gesetz verlangte von der klagenden Zeugin, daß sie ihren Angreifer mit einfachen Worten des sexuellen Eindringens in sie beschuldigte. Ausnahmen waren nicht möglich. Aber es war zulässig, eine genaue Beschreibung nur bestätigen zu lassen.

Wenn Eileen gemeint hätte, die adäquaten Worte nicht aussprechen zu können, dann hätte Nancy Patterson sie gefragt: »Ist es Ihre Absicht, den Geschworenen mitzuteilen, daß Tyrone Graham seinen Penis in Ihre Vagina gesteckt hat?«

Diese Fragestellung verlangte nur das Wort »Ja« als Antwort.

Eine andere ähnliche Frage, bei der sich viele Vergewaltigungsopfer krümmten, lautete: »Würden Sie den Geschworenen bitte erklären, was Sie unter Vergewaltigung verstehen?« Diese Frage ging der vorherigen meistens voraus, aber nicht immer. Der Stellvertreter des Bezirksstaatsanwalts hatte unbedingt dafür zu sorgen, daß bei den Geschworenen kein Zweifel darüber bestehen konnte, daß die Vergewaltigung stattgefunden hatte und daß das Opfer gegen seinen Willen daran beteiligt war.

Gestärkt durch ihre Entschlossenheit zu reden, hatte Eileen sich während des unangenehmsten Teils ihrer Aussage zu dem brutalen Überfall von Tyrone Graham gut gehalten. Nun, da er vorbei war, wartete sie ungeduldig darauf, zu schildern, wie sie es darauf angelegt hatte, ihrem Angreifer eine Falle zu stellen.

Schließlich fragte Nancy Patterson, ob sie Tyrone Graham absichtlich dazu gebracht hatte, ein Wasserglas anzufassen.

»Trifft es zu, daß Sie sich Tyrone Grahams Fingerabdrücke verschaffen wollten, indem Sie ihm ein Wasserglas reichten, wie Sie es mit jedem anderen Besucher in Ihrer Küche, der zum Frühstück etwas trinken wollte, getan hätten?«

Eileen lächelte triumphierend: »Ja, das trifft zu.«

»Hatten Sie keine Angst, daß er daraufkommen könnte, daß Sie auf Beweise für seine Anwesenheit aus waren, und Sie bestrafen würde?«

»Doch, ich hatte schreckliche Angst.«

»Wie haben Sie das Wasserglas wieder fortgenommen, nachdem er es in der Hand gehalten hatte?«

»Vorsichtig«, antwortete Eileen und lächelte wieder.

Ein Lachen ging durch den Raum und über die Gesichter der Geschworenen.

Geschickt die Situation ausnutzend, hielt Nancy Patterson einen Moment inne. Dann fuhr sie fort: »Stimmt es, daß Sie das Glas ungespült mit anderem Geschirr zusammen ins Becken stellten und der Polizei später sagten, wo sie es finden könne?«

»Ja, so war es«, bestätigte Eileen.

Nancy Patterson wandte sich direkt an die Geschworenen und sagte: »Ich habe beglaubigte Kopien der Fingerabdrücke, die auf dem Wasserglas und dem Telefon im Badezimmer sichergestellt wurden. Sie stimmen mit den bei der Kriminaltechnischen Identifizierungsstelle vorliegenden Abdrücken von Tyrone Graham überein.«

Ein paar Minuten später wurde Eileen aus dem Gerichtssaal entlassen. Erschöpft, aber zufrieden, setzte sie sich draußen zu ihrer Tante auf die Bank und stieß einen tiefen Seufzer aus, während die Geschworenen in dem Raum zurückblieben. Ann strahlte Eileen an und drückte ihr die Hand. »Es ist alles vorbei. Du kannst wieder leichter atmen.«

Nancy Patterson hatte Eileen dahingehend informiert, daß die Geschworenen wahrscheinlich sehr schnell über die Anklageerhebung entscheiden würden und daß sie, wenn sie warten wolle, das Ergebnis mit nach Hause nehmen könne.

Als die stellvertretende Bezirksstaatsanwältin zwanzig Minuten später vor ihr stand, verkündete sie lächelnd: »Sie haben ihn angeklagt, Eileen, in sieben Punkten: Vergewaltigung ersten Grades in zwei Fällen; Raub ersten Grades, Einbruchdiebstahl ersten Grades; Körperverletzung zweiten Grades; sexueller Mißbrauch ersten Grades.«

Eileen hörte aufmerksam zu, holte tief Luft und fragte dann: »Wie lange kann er bekommen?«

»Theoretisch, wenn man alles zusammenzählt, neunzig Jahre. In der Praxis laufen die Strafen aber gewöhnlich parallel. Bei guter Führung . . .?« Sie zuckte mit den Achseln.

Eileen dachte über Nancy Pattersons letzte Feststellung nach, während sie und ihre Tante mit dem Aufzug vom vierten Stock nach unten fuhren. Sie war wütend angesichts der Vorstellung, daß Graham, der sie und so viele andere brutal vergewaltigt hatte, vielleicht nur ein paar Jahre abzusitzen hätte und dann freikäme.

Als sich die Aufzugtüren öffneten, wandte sie sich langsam an ihre Tante: »Ich will, daß Tyrone Graham für den Rest seines Lebens unter Verschluß kommt«, sagte sie emphatisch. »Ich werde nicht aufgeben, bis ich alles in meiner Macht Stehende getan habe, um dafür zu sorgen.«

18

Eileen ging nach Hause in der Überzeugung, daß ihr, da das große Geschworenengericht Anklage gegen Tyrone Graham erhoben hatte, die Verhandlung noch bevorstand. Bis dahin würde es jedoch Monate dauern, in denen der Pflichtverteidiger seinen inhaftierten Mandanten durch die verwirrenden und für die, die auf das strafrechtliche Verfahren gegen ihn warteten, frustrierenden Stadien schleuste, die das Gesetz zur Beschaffung von Verteidigungsmöglichkeiten für den Angeklagten vorsah.

In dieser Zeit war Tyrone Graham in einem Gefängnis in der Stadt untergebracht, das höchstens sieben oder acht Kilometer Luftlinie von Eileens Wohnung entfernt lag. Der Mann war wegen Ausbruchsversuchs vorbestraft. Deshalb dachte Eileen ununterbrochen darüber nach, was geschehen würde, wenn es im gelang, auszubrechen.

Immer wieder durchlebte sie schreckliche Angstphasen wie an jenem Nachtmittag, an dem ihre Hunde, als sie von einem Spaziergang im Park mit ihnen zurückkehrte, wie verrückt zu bellen begonnen hatten, weil sie spürten, daß er dagewesen war.

Dann und wann, wenn sie allein in der Wohnung war und ein unbekanntes Geräusch hörte, fürchtete sie sich plötzlich. Die Knie wurden ihr weich, sie geriet in Panik, und ihre Kehle war wie zugeschnürt. Sie konnte weder schreien noch atmen, bevor dieser Angstzustand vorbei war.

In solchen Situationen setzte sie sich in die Küche und schaltete das Radio ein, um sich von der Furcht vor Tyrone Graham, die sie zu vernichten drohte, abzulenken. Dr. Pamela Watson hatte ihr behutsam erklärt, daß die Opfer von Vergewaltigungen in der Zeit danach unter Angstzuständen litten, die dem Vergewaltigungstrauma zuzuordnen seien. Die Vorstellung, der Vergewaltiger käme wieder, war bei den Frauen mit ihren zerrütteten Nerven allgemein verbreitet.

Eileen akzeptierte, daß dies so sein könnte, aber sie war sicher, daß die ungeheure Angst, unter der sie noch immer litt, viel akuter war. Sie schnürte ihr die Luft ab.

Eileen wußte auch, daß sie nie in der Lage sein würde, einem anderen Menschen ihre absolute innere Gewißheit zu vermitteln, daß Tyrone Graham mit ihr abrechnen wollte. Das war der Grund, warum sie sich in Anbetracht der Tatsache, daß er in einem Gefängnis in ihrer Nähe saß, während die Mühlen der Justiz langsam mahlten, so unbehaglich fühlte.

Wie sollte sie erklären, daß sie Angst vor etwas hatte, das noch nicht eingetreten war, ihr aber völlig realistisch und vertraut schien, weil es in ihrer Vorstellung existierte, als sei es bereits geschehen?

Ihr war bekannt, wie Graham über Vergeltung dachte. Er hatte sich in den zwei Stunden, in denen er sich in ihrer Wohnung aufhielt, mehrfach dazu geäußert. Nun wußte er, daß Eileen die Vergewaltigung nicht nur angezeigt hatte, sondern daß sie auch, indem sie soviel Aufmerksamkeit bei den Medien erregt hatte, für seine Festnahme verantwortlich war. Darum glaubte sie, er würde versuchen, sich zu rächen, wenn er die Chance dazu hatte.

Während er im Gefängnis saß, hatte er reichlich Zeit, über alles Geschehene und die Frau, die dafür gesorgt hatte, daß man ihn verhaftete, nachzudenken.

Eileen fröstelte. Wenn Graham freikam, würde er mit Sicherheit zurückkehren und sie für seine Inhaftierung bestrafen. Außerdem klangen ihr immer noch Nancy Pattersons Worte: *»Die Strafen können parallellaufen. Bei guter Führung . . .?«* im Ohr. Wer konnte wissen, wie das Verfahren ausging? Er konnte geltend machen, daß er nie tätlich gegen sie geworden wäre, wenn sie nicht geschrien hätte, das heißt, daß es rein zufällig zu dem Schlag und Angriff auf sie gekommen sei, so wie einem ein heißes Bügeleisen auf den Fuß fällt oder man sich die Hand an einer heißen Herdplatte verbrennt.

Man könnte argumentieren, daß das Urteil daher der Tat angemessen sein solle. Graham hätte nichts dagegen, des Einbruchdiebstahls beschuldigt zu werden. Das gehörte zu seinem Berufsrisiko. Und wenn er wegen dieser Vergewaltigung sitzen mußte, dann dürfte es nicht für lange sein!

Ja, Eileen wußte, was Graham und sein Verteidiger vorbringen könnten, damit er davonkam. Sie hatte auch gehört, daß manche Richter in New York dahin tendierten, von den Geschworenen für schuldig befundene Vergewaltiger vor Ort im Gefängnis zu lassen, anstatt sie in ein Zuchthaus zu schicken. Das war nicht immer so, aber einmal konnte genügen, wenn es sich um Tyrone Graham handelte ...

Eileen verbrachte viele Stunden damit, über das mit seiner Haftstrafe verbundene Problem nachzudenken. Sie wollte etwas unternehmen, um die Chance zu vergrößern, daß er mehr als nur ein paar Jahre hinter Gittern bekam, aber sie wußte nicht, was. Wenn sie sich weiterhin mit der Sache beschäftigte, glaubte sie, würde ihr wohl eine praktikable Lösung einfallen.

Sie hatte keine Ahnung, ob es für ein Vergewaltigungsopfer ungewöhnlich bzw. merkwürdig war, daß es sich für eine härtere Verurteilung des Täters einsetzte. Sie wußte nur, was sie zu tun hatte und daß sie bei ihrer Handlungsweise mit der Zustimmung aller Vergewaltigungsopfer rechnen konnte. Das hatte sie Hunderten von Briefen sexuell mißbrauchter Frauen entnommen.

Es war nicht die Rachsucht, die sie trieb, sondern das Streben nach persönlicher Sicherheit. Sie hatte eine Todesangst vor diesem Mann. Mit jeder Faser ihres Herzens spürte sie, daß er einen ungeheuren Groll gegen sie hegte. Nach seinem Verständnis hatte sie nicht nur das Versprechen, zu schweigen, gebrochen, das er versucht hatte, ihr aufzuzwingen, sondern darüber hinaus die in seinen Augen *»kleine Vergewaltigung«* viel schlimmer gemacht, als sie war. Durch die Einschaltung der Polizei hatte sie dafür gesorgt, daß ihm der Boden unter den Füßen zu heiß wurde. Es war schon schlimm genug, daß sie die Vergewaltigung angezeigt hatte. Aber neben dieser Kränkung hatte sie ihn auch noch geschmäht, indem sie sich an die Presse wandte, um zu seiner Verhaftung beizutragen. Sie war mehr als jeder andere verantwortlich für seine jetzige Situation.

Soweit Eileen wußte, hatte keine der anderen Frauen aus der Vergewaltigung durch ihn soviel gemacht wie sie. Einige hatten wahrscheinlich nicht einmal gesagt, was er ihnen angetan hatte. Also trug sie die Schuld an seinen Schwierigkeiten . . . und mußte dafür bezahlen. Diese Gedanken lasteten schwer auf ihrer Seele.

Doch es war nicht nur das Wissen, daß Tyrone Graham ganz in ihrer Nähe einsaß, das ihr zu schaffen machte, sondern auch das bevorstehende Gerichtsverfahren und der zunehmende Druck, den die Eigentümer des Apartmenthauses und deren Versicherung auf sie ausübten, um sie aus dem Haus zu treiben.

Ein paar Wochen, nachdem sie vor dem großen Geschworenengericht erschienen war, kam es zu einem Zwischenfall mit Rick, der Eileen davon überzeugte, daß das im Haus diensttuende Personal von der Verwaltung Anweisung hatte, sich ihr und jedem ihrer Besucher gegenüber unfreundlich, ja rüde und verächtlich zu benehmen.

Wenn sie je Zweifel an der Voreingenommenheit der Wachleute, Pförtner, Gärtner und Gelegenheitsarbeiter gehabt hatte, so erhielt sie an dem Tag, an dem Ricks Auto in der geschwungenen Auffahrt zum gläsernen Eingang der Wohnanlage liegenblieb, den Beweis für deren Grausamkeit.

Rick hatte ein gebrauchtes Auto gekauft, dessen Batterie schwach war. Es bot keinen attraktiven Anblick. Seinen Glanz und das neue Aussehen hatte es bei dem New Yorker Schmutz schon lange eingebüßt. Im Vergleich zu den gepflegten Rolls-Royce-, Mercedes- und Cadillaclimousinen, die imposant die Einfahrt hinauffuhren, ähnelte es einem elenden Klepper, der unter den stolzen Rassepferden fehl am Platze war.

Als das Auto eines Tages, nachdem Rick Eileen auf dem Beifahrersitz untergebracht hatte, nicht anspringen wollte, stiegen sie beide aus, um es zu schieben. Während sie sich abmühten, den schweren Wagen von der Stelle zu bewegen, stauten sich andere Wagen, die Fahrgäste aufnehmen oder herauslassen wollten. Binnen kurzem versammelte sich eine Gruppe von Pförtnern, Wachleuten und Gelegenheitsarbeitern, die Rick und Eileen beschimpften. Sie rührten keinen Finger, um beim Freimachen der Einfahrt zu helfen.

»Besorgt euch ein Pferd!«

»Schafft diesen Schrotthaufen weg!«

»Wo habt ihr das denn bloß gefunden? Auf der Müllkippe?«

Mit großer Anstrengung gelang es Rick und Eileen schließlich, das Fahrzeug zum Rollen zu bringen und aus der Einfahrt an eine Straßenbiegung zu schaffen. Als Eileen wieder zu Atem kam, war sie wütend und aufgebracht. Diese Leute hatten kein Recht, sich so zu verhalten. Ihr war jedoch klar, daß es sinnlos sein würde, sich bei der Verwaltung zu beschweren. Seit der Vergewaltigung hatte diese nicht einmal mehr auf ihre Anforderungen von normalen Wartungsarbeiten reagiert.

Es lag auf der Hand, daß sie eine Politik betrieb, die ihr das Leben in der Wohnanlage so unangenehm machen sollte, bis sie auszog. Eileen schwor sich, daß es schon mehr als ein paar unfreundliche Bemerkungen geben mußte, wenn man sie hinausekeln wollte. Doch ihre Wangen brannten von den höhnischen Äußerungen, auch Rick war wütend.

Ein paar Wochen später konnte Eileen sich beim Zusammentreffen mit einem Fremden davon überzeugen, daß die Hausversicherung ihr eine zweifelhafte Moral nachzuweisen suchte. Wenn es dieser gelang, zu demonstrieren, daß sie jede x-beliebige Person mit in ihre Wohnung nahm, dann konnte man ihrem Leumund wirksam schaden und ihren Wert als Zeugin in dem noch anstehenden Zivilrechtsverfahren, in dem es um Schadenersatz für die Nachlässigkeit der Hausverwaltung ging, erheblich mindern.

An dem bewußten Morgen wollte sie das Gebäude durch eine Lieferantentür auf der Rückseite betreten. Sie hatte Bethie und Bonnie bei sich. Plötzlich erschien ein wie ein Zuhälter aussehender, mit kurzer Hose, einem verrückt abstrakt gemusterten gelben Hemd und weißen Segeltuchschuhen bekleideter Schwarzer mit Goldketten um den Hals auf der Bildfläche.

»Hi, Baby«, sagte er in einem singenden Tonfall. »Wie geht's? Siehst echt gut aus heute. Ich will dir helfen. Ich bin dein Mann: geh' einkaufen, halt' dir die Hand, bin nett zu dir, okay?«

Eileen war erschrocken und fühlte sich von dem Mann angewidert. Er hatte eine schleimige, großspurige, übertriebene glatte Art, und seine Sprache schien auch aufgesetzt.

Er wollte Eileen den Arm um die Taille legen. Sie stieß ihn weg. Er versuchte, sich an ihr vorbei durch die Tür zu schlängeln, aber sie versperrte ihm mit ihrem Körper den Weg. »Lassen Sie mich in Ruhe«, sagte sie und ärgerte sich noch mehr über einen Wachmann, der in der Nähe stand und nichts unternahm.

Als sie sich schließlich von dem Mann befreit hatte und mit den Hunden in ihre Wohnung zurückkehrte, ging ihr auf, was mit ihm nicht stimmte. Es handelte sich um eine gebildete Person, die versuchte, flott und wie ein Zuhälter zu wirken. Es hatte nicht funktioniert. Während sie über die schlechte Vorstellung nachdachte, wurde ihr der Schwindel klar. Gary Trachten und Norman Pearlman hatten sie davor gewarnt, auf Tricks und Strategien der Hausverwaltung bzw. der Versicherung hereinzufallen, mit denen man ihr irgend etwas anhängen wollte.

Aus diesem kleinen Zwischenfall, der ein skrupelloser Versuch war, ihr Steine in den Weg zu legen, schloß sie endgültig, daß die Hausverwaltung ihr feindlich gegenüberstand. Sie befürchtete, daß ihre Nachlässigkeit sie Geld kosten würde, und aus Eileens Sicht versuchte sie, um eine ihr bei einem Gerichtsurteil zu Eileens Gunsten auferlegte Geldstrafe herumzukommen.

Während Eileen sich mit der schwierigen Situation in ihrem Haus abfinden und mit ihr leben mußte, rief Nancy Patterson, die stellvertretende Bezirksstaatsanwältin, ein- oder zweimal die Woche an, um sie über die im Hinblick auf die Gerichtsverhandlung gegen Tyrone Graham gemachten oder auch nicht gemachten Fortschritte auf dem laufenden zu halten.

Graham war ein Gauner. Da er die Bewährungsauflagen mißachtet hatte, konnte er nicht gegen Kaution freigelassen werden, aber bei einem seiner Verhöre hatte er geschrien und getobt, womit er offenbar dem Rat eines Mitgefangenen, den Verrückten zu spielen und durch seinen

Pflichtverteidiger erklären zu lassen, er sei schuldunfähig, folgte.

Das Gericht hatte ein psychiatrisches Gutachten erstellen lassen müssen. Nachdem dieses nichts ergeben hatte, verkündete Graham kurz darauf plötzlich, daß er sich selbst verteidigen wolle.

Verärgert über die immer neuen Aufschübe und ständigen Belästigungen hatte Eileen begonnen, ernsthaft zu erwägen, aus New York wegzuziehen, und in diesen Überlegungen wurde sie von Rick Rivera unterstützt.

19

Als sich die freundschaftliche Beziehung zwischen Rick und Eileen zu etwas Ernsterem zu entwickeln begann, waren sich beide ihrer Sache zunächst nicht sicher.

Eileen hatte zunächst geglaubt, sie bildete sich ein, daß er sich von ihr angezogen fühlte. Bei seiner Jugend! Sie war skeptisch. Als sie so alt war wie er, hatte sie jeden Tag gemeint, sie sei verliebt. Außerdem war sie seit der verhängnisvollen Affäre mit Hani nicht mehr mit einem Mann zusammengewesen.

Als Eileens junge Beschützer den Dienst bei ihr aufgaben, übernahm Rick deren Rolle. Zu diesem Zeitpunkt hatte die liebevolle Behandlung, die sie durch ihn erfuhr, begonnen, ihr das Herz zu wärmen. Eines Tages schenkte er ihr einen winzigen Beagle aus Porzellan und sagte, indem er sie in den Arm nahm: »Irgendwann werde ich dir einen richtigen Beaglewelpen kaufen.« Sie fragte sich, ob sie mit ihm über ihre Beziehung sprechen sollte, hatte aber Angst, er würde sie wegen ihres Alters abweisen.

Dann, eines Abends, gestand er Eileen, daß einer seiner Freunde ihn gefragt hatte, ob sie ihn möge, und daß er geantwortet hatte: »Ich weiß es nicht, aber ich mag sie.«

Ganz plötzlich hatten sie ein Verhältnis zueinander bekommen, das immer intimer wurde. Dann erkrankte Rick an einer schlimmen Grippe, und Eileen quartierte ihn von der Wohnzimmercouch ins Schlafzimmer um, wo sie ihn besser pflegen konnte.

Das Hin- und Herlaufen zwischen ihrem kleinen Raum und dem Schlafzimmer strengte sie an. Eines Abends, als sie sich neben ihn legte, um sich zu entspannen und mit ihm zu reden, streckte er den Arm nach ihr aus und sagte zärtlich: »Du bist schön, weißt du das?«

»Ich glaube, wir sollten das lassen, du bist viel zu jung für mich, und . . .«

»Ich bitte dich nicht, mich zu heiraten«, unterbrach er sie.

Rick tat ihr gut. Als Liebhaber war er sanft und geduldig. Er behandelte sie besser als jeder andere Mann, den sie gekannt hatte, und, da er ein schweres Leben hatte, zeigte er eine über sein Alter hinausgehende Reife.

Zu Weihnachten waren sie ein Paar und hatten beschlossen, New York, das inzwischen für sie gleichbedeutend war mit Brutalität, Furcht und Problemen, den Rükken zu kehren und nach Oregon zu ziehen.

Unmittelbar bevor Eileen abreiste, um ein Haus für sich und Rick zu suchen, teilte Nancy Patterson ihr mit: »Die Anklagevertretung hat beschlossen, sich mit Tyrone Graham zu arrangieren.«

Da Eileen ihn nicht einwandfrei identifizieren konnte, würde sie vielleicht vorschlagen, er solle sich zu Raub und Einbruchdiebstahl bekennen, wofür es die gleiche Strafe gab wie für Vergewaltigung.

»Bitte tun Sie das nicht«, flehte sie Nancy Patterson an. Eileen war wütend. »Dann wird es immer Zweifel geben, ob eine Vergewaltigung überhaupt stattgefunden hat. Wenn Sie ihn davonkommen lassen«, drohte sie, »dann werde ich mich wieder an sämtliche Fernsehsender sowie Zeitungen wenden und mich über die Ungerechtigkeit beschweren.« Die Stimme versagte ihr.

Die mitfühlende, aber auch müde gewordene Nancy Patterson versprach, alles in ihrer Macht Stehende zu tun, um die Anklage wegen Vergewaltigung aufrechtzuerhalten.

Eileen zog nach Oregon. Die schöne klare Luft und die üppige Vegetation schenkten ihr und Rick neue Lust am Leben und Frieden.

Bald darauf rief Nancy Patterson an und sagte: »Tyrone Graham ist bereit, sich in Ihrem Fall des Raubes in zwei Punkten und der Vergewaltigung für schuldig zu erklären.«

Er hatte sich am 30. März 1988 der Vergewaltigung von Eileen, der Körperverletzung und des Einbruchdiebstahls für schuldig erklärt. Als er vor dem Richter stand und unverwandt auf seine Fußspitzen starrte, war sein Anwalt, Doug Lyons, bei ihm. Er hatte alle gesetzlichen Möglichkeiten ausgeschöpft, um einer Verhandlung oder der Bekenntnis zu den gegen ihn erhobenen Beschuldigungen zu entgehen.

Seine Klageerwiderung erfolgte anderthalb Jahre nach

der Vergewaltigung von Eileen Ross und besiegelte den Mißerfolg der Verzögerungstaktik, die er mit Hilfe zweier Anwälte verfolgt hatte. In der New Yorker Strafprozeßordnung gibt es eine Bestimmung, die unter der Bezeichnung »30/30« bekannt ist. Danach muß der Anklagevertreter in einer Strafsache spätestens sechs Monate, nachdem der Verdächtige der Tat beschuldigt wurde, zur Verhandlung bereit sein. Die Verteidiger kennen diese Bestimmung nur zu gut und entwickeln alle möglichen gesetzlich zulässigen Strategien, um die Anklagevertretung in Verzug zu bringen.

Letztere weiß, daß sie unter Termindruck steht. Der Fall muß vorbereitet werden und bei Ablauf der vorgeschriebenen sechs Monate verhandlungsbereit sein, sonst besteht die Gefahr, daß der Richter unter Berufung auf die Bestimmung »30/30« die Eröffnung des Hauptverfahrens ablehnt.

Es gibt noch einen anderen Grund für den Verteidiger, die Verhandlung möglichst lange hinauszuschieben. Die Zeugen der Anklage könnten des Wartens auf ihre Aussage überdrüssig werden. Zumindest aber wirkt sich eine lange Wartezeit nachteilig auf das Erinnerungsvermögen der Zeugen aus, so daß sie, wenn das Verfahren endlich stattfindet, an Wert verloren haben.

Vom Verteidiger beantragte Vertagungen gehen nicht zu Lasten der Anklagevertretung.

Tyrone Graham beantragte fünf Vertagungen: eine routinemäßige im Mai 1987. Bei der zweiten im Juli desselben Jahres ging es um die psychologische Untersuchung seiner Schuldfähigkeit. Es lag keine Unzurechnungsfähigkeit im Sinne des Gesetzes vor.

Am 14. Oktober 1987 wurde auf Antrag seines Verteidigers ein Aufschub gewährt, damit seine Verhandlungsfähigkeit festgestellt werden konnte. Bei Anträgen dieser Art geht es gewöhnlich um eine routinemäßige Verzögerung, die dem Verteidiger oder dem Anklagevertreter Zeit zur Entscheidungsfindung geben soll.

Einem weiteren Aufschub wurde stattgegeben, weil Grahams vom Gericht bestellter Verteidiger, Tom Kline, das Mandat aus privaten Gründen niederlegen mußte.

Letzten Endes stand Tyrone Graham, da er keine Karte mehr ausspielen konnte, am 30. März 1988 vor Richter Edwin Torres und hörte seinen Anwalt, Doug Lyons, sagen: »Mein Mandant erklärt sich durch mich in allen Punkten der Anklage für schuldig.«

Richter Torres nahm die Klageerwiderung an und setzte den 4. Mai 1988 als Termin für die Urteilsverkündung fest.

Für Eileen und Rick war es wie eine Segnung ihres neuen Lebens.

Eileen wohnte bereits mehrere Monate in der Stadt Oregon im Staate Oregon, als am 3. Juni 1988 die mündliche Verhandlung mit dem Anwalt des Apartmenthauses stattfand.

Sie war von ihrem Anwalt, Robert Kappel, dessen Kanzlei, Schneider, Klinic und Weitz, die Norman Pearlman übernommen hatte, darauf vorbereitet worden, daß der gegnerische Anwalt versuchen würde, geltend zu machen, sie habe, als sie von Tyrone Graham vergewaltigt wurde, unter einem aus ihrer Beziehung zu Hannibal Gabriel resultierenden schweren Trauma gelitten. Darauf würde er sich mit seinen Fragen einschießen. Wenn er einer Jury beweisen konnte, daß Eileen bereits vor der

Vergewaltigung erheblich psychisch geschädigt war, dann ließe sich die Geldstrafe vielleicht reduzieren.

Der Anwalt mit dem Namen Richard Eniclerico war mit Eileen jede Einzelheit der Vergewaltigung durchgegangen und hatte ihr schonungslos Fragen zu ihrer psychiatrischen Behandlung im Anschluß an den Schock der Trennung von Hani gestellt.

Die stundenlange Befragung hatte sie erschöpft, aber am Ende drückte Kappel ihr die Hand und sagte, sie habe ihre Sache gut gemacht.

Anscheinend hatte ihre Aussage Eniclerico davon überzeugt, daß ein Gerichtsverfahren seinem Mandanten nur unnötige zusätzliche Kosten verursachen würde.

Am 5. September 1988 bot die Hausverwaltung Eileens Anwalt eine finanzielle Regelung an. Bei der ursprünglich eingereichten Klage ging es um elf Millionen Dollar. Man einigte sich auf einen ungenannten Betrag, der Eileen für den Rest ihres Lebens sämtlicher finanzieller Sorgen enthob, wenn sie ihn vernünftig anlegte.

Dafür verpflichtete Eileen sich, die Höhe des Betrages geheimzuhalten.

Die Antwort auf die Frage, wie sie eine lange Haftstrafe für Tyrone Graham sicherstellen konnte, fand sie eines Morgens, als sie sich allein in der Bibliothek des Schreibdienstes im Willamette-Falls-Krankenhaus aufhielt, wo sie zu arbeiten begonnen hatte.

Es war endlich ein Termin für die Verurteilung Tyrone Grahams angesetzt worden.

An jenem Tag hatte Eileen sich freigenommen. Sie saß ein paar Minuten ruhig da. Dann begann sie, langsam auf einen Kassettenrecorder, wie ihn die Ärzte für ihre Berichte benutzten, zu sprechen. Eine dreiviertel Stunde später setzte sie sich hin und schrieb folgenden Brief an Richter Edwin Torres:

Sehr geehrter Richter Torres,

es ist mir gegenwärtig unmöglich, zur Verkündung des Urteiles im Fall Tyrone Graham nach New York City zurückzukehren. Statt dessen richte ich diesen Brief an Sie, von dem ich hoffe, daß er einen hinreichenden Ersatz darstellt. Ich bitte Sie, ihn sorgfältig und ganz – wenn Sie es für angebracht halten, sogar laut – zu lesen, wenn Graham heute, am 4. Mai 1988, vor Ihnen steht. Möglicherweise macht dieses Schriftstück die Dinge für uns alle leichter, da mir, wäre ich heute bei Ihnen im Gerichtssaal anwesend, vielleicht die Worte fehlten.

14. Juli 1986, ca. 2 Uhr

Ein brutaler Mann bricht in meine Wohnung ein, schlägt mich und tötet beinahe meine Hündin Bethie. Dann bindet er den Beagle Bonnie (14 Jahre) auf der Terrasse an einem Gitter fest. Er vergewaltigt mich, macht mir heillose Angst und beraubt mich. Er frühstückt bei mir, schaltet die Stereoanlage ein, erzählt mir von seinem Leben, seinen kriminellen Aktivitäten und wie er sich an mir rächen wird, falls ich rede. Er führt mich ins Badezimmer, wo er vorsichtig die Kopfwunde reinigt, die er mir beigebracht hat, geleitet mich zu meinem blutenden Hund und sagt dann: »Es wird alles wieder gut.« Anschließend fesselt er mich mit einem Elektrokabel und verschwindet in die Nacht, mich angebunden, blutend und völlig verängstigt zurücklassend.

Was kann ich Ihnen noch für Fakten nennen, die Ihnen nicht schon bekannt sind? Wahrscheinlich keine, denn mir ist klar, daß sie lange und hart an diesem Fall gearbeitet haben, wofür ich Ihnen aufrichtig danke.

Zwei Stunden: Eine kurze Zeitspanne im menschlichen Leben. Doch diese zwei Stunden haben das meinige total verändert und mir irreparablen Schaden zugefügt. In diesem Brief kann ich Ihnen nur einen kurzen Abriß dessen geben, was ich, lediglich eine von vielen, immer noch durchmache, lange nachdem sich der Staub gelegt haben sollte.

Unmittelbar nach dem Überfall stand ich vor der nüchternen, harten Tatsache, daß mein Leben, wie es von da an sein würde, irgendwie weitergehen mußte: »Was mache ich jetzt bloß, was mache ich jetzt bloß?«, habe ich mich im Geiste wieder und wieder gefragt. Aber ich mußte weiterleben, weitermachen und die Geschichte irgendwie überstehen, wie ich glaubte, es immer getan zu haben.

Zu den Hilfen, auf die ich zurückgreifen konnte, gehörten einige sehr treue Freunde (besonders meine beiden Beagles), die Leute, die in meinem Geschäft mit mir zusammengearbeitet haben, mein Vater, die Medien und vor allem ich selbst. (Ich habe mich stets als meine beste Hilfsquelle betrachtet.) Später war ich im Vergewaltigungskrisenzentrum des Mt.-Sinai-Krankenhauses aktiv, wo ich mit Menschen, die das gleiche Schicksal hinter sich hatten, den Kummer und die Triumphgefühle geteilt habe. Dort fand ich den besten Trost.

Die beiden Stunden haben mein Leben für immer verändert. Egal, was die Zukunft bringt, es wird nie mehr so sein wie vorher.

Ich habe den kleinen Schreibdienst, den ich zehn Jahre betrieben hatte, aufgegeben. Ich mußte aus meiner Wohnung ausziehen und fand es sogar notwendig, den Staat New York, in dem ich mein ganzes Leben zugebracht hatte, zu verlassen.

Mein neues Leben war auch nicht leicht. Ich versuche, aus dem Nichts wieder von vorne anzufangen und etwas aufzubau-

en. Manchmal überkommt mich solche Angst, daß ich nicht weiß, was ich tun soll.

Dann wieder möchte ich weglaufen, aber wohin? Ich war stets froh, trotz meiner Behinderung unabhängig zu sein, und habe die Freiheit, ja sogar die Einsamkeit genossen. Können Sie sich vorstellen, daß ich seit dem 14. Juli 1986 keine Nacht mehr allein verbracht habe?

Subjektiv empfinde ich keinerlei Mitgefühl mit jener Kreatur, die sich aus freiem Willen dazu entschied, in der Dunkelheit der Nacht Elend über viele Menschen zu bringen und ihr Leben zu ruinieren.

Doch ich bin dankbar dafür, daß mein Leben und das meiner Hunde verschont blieb, besonders seit ich weiß, daß dieser Mensch den Hund einer anderen Frau auf brutale Weise erstochen hat.

Sehr geehrter Richter Torres, ich bitte Sie, wenn Sie diesem Individuum, das sich nicht nur zu meiner, sondern auch zu anderen Vergewaltigungen bekannt hat, gegenüberstehen, die im Gesetz vorgesehene Höchststrafe auszusprechen. Zu meiner Sicherheit und zur Sicherheit anderer Frauen sollte Tyrone Graham niemals vorzeitig entlassen werden.

Ich danke Ihnen für Ihre Aufmerksamkeit.

Eileen Ross

Eileen hatte Richter Torres' Adresse von Gary Trachten erhalten. Sie sorgte dafür, daß ihm der Brief am Mittwoch, dem 4. Mai 1988, dem Tag, an dem Tyrone Graham verurteilt werden sollte, vor 10.30 Uhr zugestellt wurde.

Der Richter reagierte schnell und durchgreifend auf ihre Ausführungen: »Dieser Fall scheint Gefühle in mir wachzurufen, über die ich in den einunddreißig Jahren meiner

Tätigkeit in unserem Rechtssystem hinweggekommen zu sein glaubte«, sagte Torres. »Er ist wirklich herzzerreißend. Wirklich.«

Die ärgerlichen Worte von Edwin Torres, Richter am Obersten Gericht des Staates New York, hallten durch den Gerichtssaal: »Nach meiner Auffassung sollte dieser Mann unter keinen Umständen vorzeitig auf freien Fuß gesetzt werden, damit er nie wieder eine Frau vergewaltigen sowie rauben, stehlen und plündern kann.«

Seine Bemerkung machte keinen sichtbaren Eindruck auf den mit einem Sweatshirt bekleideten, 27jährigen Tyrone Graham, der den Blick auf seine Schuhe geheftet hielt.

Am Morgen des nächsten Tages, dem 5. Mai 1988, stand ein Artikel von Mike Pearl in der *New York Post*, der unter der Überschrift *Spiderman-Vergewaltiger erhält 15 Jahre bis lebenslänglich* berichtete, was sich beim obersten Gericht infolge des Briefes von Eileen ereignet hatte:

Ein Manhattaner Richter verurteilte gestern den »Spiderman-Vergewaltiger« wegen Vergewaltigung einer blinden Frau zu fünfzehn Jahren bis lebenslänglich und sprach die Empfehlung aus, ihn für immer in Haft zu behalten . . .

Graham, der bereits wegen Vergewaltigung von vier Brooklyner Frauen zu 18 Jahren bis lebenslänglich verurteilt wurde, brach im Juli 1986 in die in der Upper East Side gelegene Wohnung von Miss Ross ein.

Er schlug die praktisch blinde Frau sowie einen ihrer Hunde, vergewaltigte und beraubte sie. Außerdem zwang er sie, ihm Frühstück zu machen, bevor er sie mit einem Elektrokabel fesselte und verschwand.

Die 39jährige Eileen Ross gab sich nach dem brutalen Überfall als Vergewaltigungsopfer zu erkennen, da das Stigma aus ihrer Sicht dem Täter anhaften muß.

Sie setzte sich beredt für die Rechte der Opfer ein und gab der Polizei eine genaue Beschreibung des Täters, die deren Position stärkte.

Erst danach brach Miss Ross zusammen und begann unter den in ihrem Brief beschriebenen Folgen zu leiden.

Die in dem gestrigen Urteil ausgesprochene Strafe wird mit der für die Brooklyner Vergewaltigungen verhängten parallellaufen.

»Aber es ist unwahrscheinlich, daß Mr. Graham nach achtzehn Jahren entlassen wird«, sagte die stellvertretende Bezirksstaatsanwältin Nancy Patterson.

»Die zuständigen Behörden sind über seine Vorgeschichte genauestens informiert und werden sich dafür aussprechen, daß er reichlich über die Mindestzeit hinaus in Haft bleibt«, fügte sie hinzu . . .

(aus The New York Post, Copyright 1988,
New York Post Co. Inc.)

Als Eileen den Bericht las, den Gary Trachten ihr zugeschickt hatte, dachte sie zurück an die Nacht, in der dieser Mann sie mit seiner Keule niedergeschlagen hatte, als sie schrie. Sie krümmte sich innerlich und begriff, daß, wenn er auch nie mehr freikäme, sie sich bis an ihr Lebensende in Alpträumen von ihm bedroht fühlen würde.

Aber jetzt handelte es sich um Alpträume, die, sowie es hell wurde, verscheucht werden konnten.

EPILOG

Als Eileen Ross in dem Restaurant mit dem Namen *Bill Budd* ankam, wo sie alle früheren Mitglieder der Brooklyner Abteilung zur Bekämpfung von Sexualdelikten treffen sollte, kam dieser Zusammenkunft eine besondere Bedeutung zu. Es handelte sich um ein Wiedersehen mit den fünf Kriminalbeamten, aber auch um eine Gelegenheit für Eileen als Vergewaltigungsopfer, den fünf Menschen, die nicht nur verstanden hatten, wie wichtig die Verhaftung des Täters für das Opfer war, sondern sogar auf Kollisionskurs mit ihren Vorgesetzten gegangen waren, um Spidermans brutaler Karriere ein Ende zu setzen, ihre Dankbarkeit auszusprechen.

Officer Rickie Harker und sein Partner hatten für ihre hervorragende Leistung, die zur Festnahme des Vergewaltigers führte, die höchste, von einer New Yorker Stiftung verliehene Auszeichnung erhalten. Harker ist verheiratet, Vater von zwei Kindern und wohnt in Staten Island.

In den vergangenen drei Jahren war viel geschehen. Am 3. September 1986, drei Monate nachdem Sal Catalfumo und Patti Kehoe Eileen Ross in ihrem Wohnzimmer befragt hatten, waren Untersuchungsbeamte in das Büro der Abteilung zur Bekämpfung von Sexualdelikten eingedrungen und hatten deren Notizblocks, Logbücher und Kartons voller anderer Unterlagen mitgenommen. Kurz darauf wurde Jim McGeown in eine andere Brooklyner

Abteilung versetzt. Ein paar Wochen später stürzte er schwer. Als er nach Monaten wiederhergestellt war, ließ er sich bei halbem Einkommen pensionieren.

In der Abteilung zur Bekämpfung von Sexualdelikten wurde die Sonderkommission zur Untersuchung von Verbrechensmustern aufgelöst. Die Akten legte man ab, und die Mitglieder wurden wieder zum normalen Strafverfolgungsdienst eingeteilt. Bob Merz, der wie McGeown zwanzig Jahre Polizeiarbeit auf dem Buckel hatte, entschied sich ebenfalls für die Penisonierung.

Patti Kehoe, Sal Catalfumo und Bruce Milau akzeptierten zunächst die Versetzung, schieden dann aber auch im Laufe der folgenden drei Jahre aus dem Polizeidienst aus. Sie fanden wieder zusammen und machten sich – Sal Catalfumo und Patti Kehoe zu zweit, Bruce Milau allein – als private Ermittler selbständig. Jim McGeown und Bob Merz wurden Partner in einer New Yorker Detektei (Jupiter Investigator Group, Floral Park).

Bei ihrer zivilen Tätigkeit waren die »Fancy Dans« bald erfolgreich in der Gewinnung von Klienten, die die originelle Denkweise und den Mut dieser Polizisten, »die sich mit den Schlichen auskannten«, zu schätzen wußten.

Als Eileen den Speisesaal betrat, war sie froh, das Team wieder vereint zu sehen. Während sie Platz nahm, erhob McGeown sein Glas, um die vier Kriminalbeamten, mit denen er am Fall Spiderman gearbeitet hatte, zu begrüßen. Alle waren sie da: die kleine, pfiffige, lebhafte Patti Kehoe, die gute Polizistin mit dem hervorragenden Instinkt; Bob Merz, der beständige Kriminalbeamte und Realist, der stolz auf seine Verdienstmedaille war; Bruce Milau, der 127-Kilo-Riese, und Sal Catalfumo, der Italiener mit dem Schnurrbart eines Opernstars, der das Wesen eines Menschen an seinen Augen ablesen konnte.

Eileen traten die Tränen in die Augen, als sie jeden von ihnen ansah. Das waren die Polizisten, die sie in der Überzeugung unterstützt hatten, daß ihre Entscheidung, ihren Vergewaltiger öffentlich zu verfolgen, richtig war. In den drei Jahren seit ihrer Vergewaltigung hatte Eileen mit vielen vergewaltigten Frauen gesprochen und festgestellt, daß diejenigen, die sich aktiv an der gesetzmäßigen Verfolgung ihres Angreifers beteiligt hatten, gewöhnlich besser mit dem Leben danach zurechtkamen.

Es war ihr, als sei sie am Ende eines langes Weges angelangt, wie sie nun mit den »Fancy Dans« zusammensaß. Diese hatten viel mehr getan, als ihr Beruf von ihnen verlangte, um die Bedrohung durch drei berüchtigte Vergewaltiger, von denen einer der Mann war, der ihr Leben verändert hatte, zu beseitigen.

Als sie ihnen dankte, hatten sie den Artikel im Kopf, der im New York Daily News Magazine erschienen war und aus dem hervorging, was für Opfer die Beamten gebracht hatten, um Spiderman das Handwerk zu legen, zu einer Zeit, in der ihre berufliche Laufbahn gefährdet war, weil die in der Chefetage bei der Polizei meinten, daß sie »zuviel Wind machten«. Eileen wußte, es wäre ihnen peinlich, wenn sie es erwähnte.

Während sie sie begrüßte, war ihr mehr denn je bewußt, was für ein Glück sie gehabt hatte, daß diese hartnäckigen Polizisten auf ihrer Seite waren. Sie machten Druck in einer Phase, in der sie sich aus Gründen der Vorsicht besser zurückgehalten hätten. Sie waren Polizisten, echte Polizisten!

Eileen begann über die Festnahme von Tyrone Graham

zu sprechen. Seitdem hatte sie sich im Vergewaltigungskrisenzentrum des New Yorker Mt.-Sinai-Krankenhauses betätigt und war in Oregon in Beratungsdiensten für vergewaltigte Frauen aktiv gewesen. Sie ließ sich zur Beraterin in Vergewaltigungsfragen sowie als Gruppentherapeutin ausbilden und beteiligte sich an Kontaktprogrammen für Vergewaltigungsopfer. Sie arbeitete auch mit dem Notaufnahmepersonal von Krankenhäusern, um es für das mit den klinischen Untersuchungen verbundene Trauma sensibler zu machen.

Sie stellte fest, daß zu viele Menschen immer noch die Ansicht vertraten, daß Frauen vergewaltigt wurden, weil sie »es herausgefordert hatten.«

Bei Informationsveranstaltungen für Polizisten der New Yorker Reviere war sie generell davon angetan, daß ihre Zuhörer, vornehmlich Männer, für Vorschläge zu einem besseren Umgang mit Vergewaltigungsopfern aufgeschlossen waren. Als sie ihnen von den Polizisten erzählte, die fälschlicherweise David Wilson für den Angreifer gehalten hatten, waren die meisten von ihnen einhellig der Meinung, daß die Kollegen vor Ort nach dem Augenschein urteilen hätten müssen. Infolge der unrichtigen Information durch den Wachmann der Wohnanlage waren sie bei ihrem Eintreffen davon überzeugt, daß sie es mit einem Familienstreit zu tun hatten.

Eileen konnte die Betrachtungsweise der Polizisten zwar nachvollziehen, aber sie vertrat dennoch weiterhin die Auffassung, daß die Untersuchung am Tatort zu Anfang falsch angegangen worden war und daß sich das auf die offizielle Haltung zur Glaubwürdigkeit ihrer Geschichte auswirkte. Sie riet den Polizisten, nicht immer nach dem ersten Anschein zu urteilen, sondern dem, was die Opfer sagen, mehr Aufmerksamkeit zu schenken.

Indem Eileen herauszufinden versuchte, was sie dabei empfunden hatte, als sie mit ihrer Vergewaltigung fertig werden mußte, entwickelte sie allmählich Empfehlungen für potentielle Opfer sexuellen Mißbrauchs.

Sie spürte, daß sie es vor allem dem Versuch, den Mann durch menschliche Behandlung unter Kontrolle zu bekommen, verdankte, daß sie noch lebte.

Sie sagte den Frauen oft, daß sie sich am besten selbst helfen konnten, indem sie versuchten, ruhig zu bleiben sowie ihr emotionales Gleichgewicht zu bewahren, und daß es angesichts einer Vergewaltigung so etwas wie »richtiges« oder »falsches Verhalten« nicht gab.

Zu jeder Vergewaltigung, erklärte sie, gehörten drei Dinge: der Vergewaltiger, der Ort, an dem die Vergewaltigung stattfand, und das Opfer.

»Versuchen Sie, sich in den Vergewaltiger hineinzudenken, beziehungsweise gehen Sie rational wirksam gegen ihn vor. Achten Sie auf Hinweise, die Ihnen weiterhelfen können oder Ihnen sogar die Möglichkeit geben, der Gefahr zu entrinnen. Man kann aus der Instabilität des Vergewaltigers Kapital schlagen, indem man sich bemüht, nicht in Panik zu geraten.«

Eileen hielt es für wichtig, daß die Frauen versuchten, sich wie sie wieder unter Kontrolle zu bekommen, da sie, so betonte Eileen, wenn sie in einer sexuellen Auseinandersetzung ihr emotionales Gleichgewicht bewahrten, die Überlegenen seien. Wenn sie sich nicht aus der Fassung bringen ließen und den Vergewaltiger aus der Reserve lockten, konnten sie sich einen gewaltigen Vorteil verschaffen.

Als Tyrone Graham in ihrer Wohnung war, brachte Eileen ihn bewußt dazu, über sich zu reden, indem sie sich als interessierte Zuhörerin gab. Eine Frau konnte den ihr widerfahrenden Schaden begrenzen, wenn sie sich an diese Regel hielt, stellte sie fest.

»Auch emotional gestörte Menschen wollen dem gerecht werden, was andere von ihnen erwarten. Wenn man jemanden wie einen tollen Hund behandelt, tut er wahrscheinlich sein Bestes, einen nicht zu enttäuschen. Nennt man ihn eine widerliche Bestie, dann ist alles darauf angelegt, daß er sich widerlich und brutal gebärdet. Reagiert eine Frau einem Vergewaltiger gegenüber so, als ob er ein Unmensch sei, dann hält er es nicht für notwendig, die menschlichen Normen einzuhalten.«

Eine andere wichtige Strategie, erklärte Eileen den Frauen, sei die, das Vertrauen des potentiellen Vergewaltigers zu gewinnen.

Nur wenige Frauen bemerkten es zwar, aber im allgemeinen habe der Vergewaltiger während des Angriffs genauso viel Angst wie das Opfer. »Vielleicht befürchtet er, daß die Frau schreien und auf sich aufmerksam machen könnte, oder daß sie, wenn sie sich wehrt, am Ende eine Waffe gegen ihn richtet, so daß er derjenige ist, der verletzt wird. Möglicherweise hat er auch Angst, daß die Frau die Tat anzeigt, ihn identifiziert und ins Gefängnis bringt. Unter Umständen ist er besorgt, daß die Frau ihm nicht das gibt, was er will, beziehungsweise das, was er glaubt, haben zu müssen. Oder er fürchtet sich vor seiner eigenen Triebhaftigkeit.«

Eileen pflegte besonders darauf hinzuweisen, daß die Frauen um ihrer Sicherheit willen versuchen müssen, dem Angreifer die Angst zu nehmen.

»Finden Sie einen Weg, ihm zu vermitteln, daß Sie weder geistig noch physisch eine Bedrohung für ihn darstellen, so kommen Sie vielleicht davon oder reduzieren die Gefahr, in der Sie sich befinden. Gelingt es Ihnen nicht, das Vertrauen des potentiellen Vergewaltigers zu gewinnen, dann sind Sie die ganze Zeit in Gefahr. Der Vergewaltiger verhält sich Bedrohungen gegenüber wie wir alle: Er kämpft oder flieht. Sieht er in seinem Opfer eine Bedrohung, dann ergreift er vielleicht die Flucht. Aber es ist auch möglich, daß er bedenkenlos zuschlägt und die Frau tötet.«

Niemand kam je völlig über eine Vergewaltigung hinweg. Das galt auch für Eileen. Ihr hätten die Frauen geholfen, mit denen sie gesprochen hat und die sie gelehrt haben, zu verstehen, was sich hinter der ihr widerfahrenen Gewalt verbirgt. Tyrone Graham war im Gefängnis. Aber was war mit den anderen? Vergewaltigungen kamen immer häufiger vor. Was konnte man dagegen tun?

Eileen vertritt den Standpunkt, daß wir alle unsere Ansichten darüber, wie man mit einem überführten Vergewaltiger umgeht, revidieren müssen. Unser eigentliches Ziel sollte sein, die Tat zu verhindern und nicht – wie in ihrem Fall – für Gerechtigkeit zu kämpfen, nachdem sie geschehen ist.

Sie hält eine psychiatrische Behandlung für den besten Weg, einen Vergewaltiger, einen Eindringling mit einem Messer oder einer Waffe und einem grausamen Zwang im Herzen aufzuhalten. Man muß seine Probleme aufdecken und versuchen, ihm bei der Lösung zu helfen. Die einzige Alternative dazu ist lebenslange Haft. Eileen glaubt, daß der Gesetzgeber, wenn man genügend Druck auf ihn ausübt, ein vernünftiges Zwangsbehandlungsprogramm für Vergewaltiger entwickeln wird. Ein langfristiges Programm kombiniert mit einem mehrjährigen Krankenhausaufenthalt erscheint ihr als die sinnvollste, am ehesten funktionierende und von der Gesellschaft akzeptierte Lösung.

Sie meint: »Wenn man einen sexuellen Angriff überstanden hat, sollte man sich als ›Überlebenden‹ betrachten. Das ist man nämlich. Den größten Schritt auf dem Weg, damit fertig zu werden, hat man getan, indem man lebend aus den Qualen hervorgegangen ist. Ich glaube nicht, daß ich etwas gemacht habe, was andere nicht können. Gelingt es einem, die Ruhe zu bewahren, dann gewinnt man auch Mut.«

Eileen Ross engagiert sich auch heute noch für diese Sache und hält auf Wunsch viele Vorträge zu dem Thema »Verbrechen an Frauen«. Sie lebt mit Rick Rivera, dem Gefährten aus ihren Krisenjahren, zusammen.